Der Prophet des Phönix

Katja Brandis wurde 1970 geboren, wuchs im Rhein-Main-Gebiet auf und studierte dort Germanistik und Anglistik. Sie begann schon als Kind Geschichten zu schreiben, die oft in fernen Welten spielten, und produzierte als Jugendliche stapelweise Manuskripte. Viele Jahre lang gehörte sie dem Frankfurter Schriftstellerkreis an, der das Entstehen ihres ersten Romans *Der Verrat der Feuer-Gilde* begleitete. Heute lebt sie in München und arbeitet als Journalistin und Autorin.

Katja Brandis

Der Prophet des Phönix

Kampf um Daresh

CARLSEN

Außerdem von Katja Brandis im Carlsen Verlag lieferbar:
Kampf um Daresh – Der Verrat der Feuer-Gilde

Veröffentlicht im Carlsen Verlag
Mai 2006
Mit freundlicher Genehmigung des Ueberreuter Verlages

Umschlagbild: Almud Kunert
Umschlaggestaltung: Kerstin Schürmann, formlabor
Corporate Design Taschenbuch: Dörte Dosse
Gesetzt aus der Bembo von H & G Herstellung, Hamburg
Druck und Bindung: GGP Media GmbH, Pößneck
ISBN-13: 978-3-551-36411-1
ISBN-10: 3-551-36411-7
Printed in Germany

Für Christian

I
Schatten über Daresh

Die Nachricht

Berühmt zu sein stellen sich viele lustig vor, dachte Rena gequält. Aber das ist es nicht. Jedenfalls nicht, wenn man als jüngstes Ratsmitglied in der Felsenburg sitzt. Dann ist es einfach nur öde.

Heute war schon wieder eine Sitzung. Seit einem halben Sonnenumlauf hockten sie im prächtigen Hauptsaal des Rates und diskutierten endlos irgendwelche Formalitäten.

»Wir müssen diesen Punkt noch klären«, sagte Ennobar gerade, der wichtigste Vermittler der Regentin und einer von Renas Freunden. Er war ein selbstsicherer, weltgewandter, manchmal arroganter Mann mit dem empfindsamen Gesicht eines Künstlers. Vor einem Winter, als Rena in die Felsenburg gekommen war, hatte er sie unter seine Fittiche genommen und sie vieles gelehrt. »Aus der Provinz Vanamee gab es eine Anfrage: Ist es ein Verstoß gegen den Pakt, wenn Menschen verschiedener Gilden sich gegenseitig beleidigen? Das ist zwar kein tätlicher Angriff, aber es stört auch den Frieden.«

»Kommt drauf an, was gesagt wird«, meinte eine Delegierte der Erd-Gilde. »Irgendwo muss man die Grenze ziehen.«

»Ja, der Rat sollte eine Liste nichtakzeptabler Wörter zusammenstellen«, meinte ein anderer.

Rena hörte nicht mehr zu. Sie sehnte sich danach, durch den Weißen Wald zu streifen oder sich mit den Iltismenschen zu unterhalten. Irgendetwas mit Menschen zu tun zu haben statt hier sitzen zu müssen. Ihre Augenlider wurden immer schwerer. Sosehr sie sich bemühte, sie wurden unwiderstehlich nach unten gezogen …

Verdammt, du kannst jetzt nicht einfach bei der Sitzung einschlafen, schalt sich Rena und riss die Augen weit auf. Du hast schließlich einen Ruf zu verlieren! Seit sie es auf ihrer gefährlichen Reise durch die Provinzen mit ihren Freunden Alix und Rowan geschafft hatte, die verschiedenen Gilden zum Frieden zu überreden, kannte auf Daresh jeder ihren Namen. Das war auch der Grund, warum sie im Rat saß, obwohl sie erst siebzehn Winter alt war. Doch wenn sie geahnt hätte, was das für eine Quälerei werden würde, hätte sie gleich Nein gesagt!

Rena überlegte, ob sie nicht einfach behaupten sollte, sie hätte Erdfieber. Dann hätte sie ein paar Tage Ruhe vor diesen Sitzungen. Nein, ein Fall von Schattenmilben war besser. Dann brauchte sie sich nicht ins Bett zu legen und konnte in den Wald. Jemand, der Schattenmilben hatte, musste viel nach draußen, damit das Sonnenlicht die Milben abfallen ließ …

Gerade als Rena darüber nachgrübelte, wie sie ein paar Milben zum Mitmachen überreden konnte, bemerkte sie den Tumult vor der Tür. Im Gang vor der Ratskammer rumpelte und rumorte es, als wütete dort eine Bande von Iltismenschen.

»Sofort!«, brüllte jemand. »Sofort, nicht erst später!«

Von der Antwort war nicht viel zu verstehen. »Ihr könnt jetzt nicht rein … Ratssitzung … nicht stören …«
»Die Räte werden euch an den Zehen aufhängen, wenn ihr mich nicht sofort einlasst! Ich … ja, verdammt, das müssen sie … nein, jetzt!«
Ein dumpfer Schlag folgte, Metall klirrte auf Stein. Jemand schrie etwas von den Barbaren der Feuer-Gilde.
Die Delegierten hatten ihre Diskussion unterbrochen und blickten nun alle zur Tür hinüber. Ennobar seufzte, ging zur Tür und riss sie auf. »Was beim Erdgeist ist hier los?«, schnauzte er.
Rena lehnte sich vor, um besser sehen zu können, und stieß mit einem Delegierten der Luft-Gilde zusammen, der den gleichen Gedanken gehabt hatte. Im Gang knäulten sich drei Wachen, ein Diener und ein Mann, den niemand von ihnen je gesehen hatte. Es war ein bärtiger Schmied in der schwarzen Tracht seiner Gilde. Im groben, nach Schweiß und Rauch riechenden Stoff seines Umhangs waren viele kleine Brandlöcher, wahrscheinlich von umherfliegenden Funken. Als die Wachen Ennobars Stimme hörten, versuchten sie sich schwankend aufzurichten und Haltung anzunehmen. Auch der Fremde richtete sich langsam auf.
»Wer seid Ihr?«, fragte Ennobar finster. »Ihr stört uns bei der Besprechung wichtiger Fragen!«
Wichtiger Fragen, dass ich nicht lache, dachte Rena.
Der Schmied blickte Ennobar misstrauisch an. »Ich will den Frieden erhalten helfen«, begann er. »Aber ich kann nur sprechen, wenn ich weiß, dass das Wissen nicht in falsche Hände gerät.«

»Hier ist der Rat der vier Gilden versammelt, er hört euch zu«, meinte Ennobar ungeduldig. »Wenn Ihr kein Vertrauen in den Rat habt, in wen dann? Nun sagt schon, was Ihr so Wichtiges zu berichten habt, und haltet uns nicht länger auf.«
Der Mann in der schwarzen Tracht lachte. Es war ein sprödes, nicht besonders heiteres Lachen. »Was ich Euch zu sagen habe, wird Euch noch länger aufhalten, Höfling.«
Rena wusste ohne hinzusehen, dass Ennobar bei dieser Bezeichnung die Lippen zusammenpresste. Er hatte zwar der Regentin Treue gelobt und für sie seiner Gilde, den Erd-Leuten, abgeschworen, aber das ließ er sich nicht gerne unter die Nase reiben.
»Ich komme gerade aus Tassos«, sagte der Schmied. »Hätte die Provinz beinahe nicht mehr verlassen. Sie wollten nicht, dass ich rauskomme.«
»Wen meint Ihr mit *sie*?«, fragte Ennobar. Es war still geworden im Rat, seine Stimme hallte von den Steinwänden des Sitzungsraumes wider.
»Meine Gildenbrüder. Ja, es ist schwer zu glauben. Aber wahr. Etwas … Seltsames geht mit ihnen vor. Ihnen brennt das Blut in den Adern, ihr Kopf ist voller Rauch. Sie haben seltsame Ideen, sie sind begeistert von Dingen, die … schwer zu sagen. Düster sind sie und gefährlich.«
»Fahrt fort«, sagte Ennobar und wies auf einen leeren Platz in der Runde. Erschöpft ließ sich der Mann in den Stuhl sinken. Ein Diener brachte einen Krug Cayoral, und Aron, einer der Delegierten der Feuer-Gilde, schenkte dem Fremden ein. Der herbe Geruch des Kräutergetränks wehte zu Rena herüber. »Hier, *tanu,* Bruder, trink.«

»Auch mich hat es mitgerissen«, fuhr der Schmied mit heiserer Stimme fort. »Wir haben geredet, viel geredet, davon, dass Tassos so wichtig werden würde wie nie eine Provinz zuvor. Wie Daresh durch das Feuer des Propheten wieder gereinigt werden würde. Es war eine Idee, wie sie nur ein Mal in tausend Wintern die Welt erobert.«

Die Delegierten begannen wild durcheinander zu reden.

»Sicher nur einer dieser Kulte! Das braucht man nicht ernst zu nehmen.«

»Aber wie konnte er sich so schnell verbreiten?«

»Von wem kommt die Idee?«, krächzte Rena. »Weiß man das?«

»Ja«, antwortete der Schmied und auf einen Schlag war es wieder still im Saal. »Man nennt ihn den Propheten des Phönix.«

»Wer ist er? Habt Ihr ihn getroffen?«, fragte Ennobar.

Der Mann in der schwarzen Tracht nickte und nahm einen Schluck aus seinem Becher. »Niemand kennt seinen wirklichen Namen. Ich stand ihm gegenüber, so nah wie ich euch jetzt gegenübersitze. Er hat viele Anhänger, sehr viele. Sie reden nur heimlich, aber seine Idee verbreitet sich schnell. Und sie planen etwas Großes. Ich weiß nicht genau was, doch es hat etwas mit dem reinigenden Feuer zu tun. Ich vermute, dass der Prophet alle töten will, die nicht an ihn glauben.«

Entsetztes Murmeln unter den Delegierten. Ennobar bat um Ruhe und erteilte Dorota, der rundlichen Delegierten der Erd-Gilde, das Wort. »Ihr wart selbst auch begeistert«, sagte sie. »Warum jetzt nicht mehr?«

Der Schmied kam nicht mehr dazu, die Frage zu beantworten. Seine Augen verdrehten sich, bis man nur noch das Weiße sah, und er rang nach Luft. Er versuchte zu husten, aber er schaffte es schon nicht mehr. Seine zuckende Hand stieß nach dem Becher Cayoral und fegte ihn zu Boden.

Die Delegierten hatte es auf die Füße gerissen. Einige betteten den von Krämpfen geschüttelten Mann auf den steinernen Fußboden. Ennobar öffnete seinen Kragen, damit er besser atmen konnte.

»Den Diener!«, donnerte Ennobar. »Schafft mir den Diener her, der das Cayoral gebracht hat!«

Rennende Füße verschwanden in den Gängen.

»Dagua! Ihr versteht doch etwas von Heilkunst.«

»Lasst mich«, sagte Dagua, der Delegierte der Wasser-Gilde, und drängte sich nach vorne durch. »Vielleicht gibt es noch eine Möglichkeit ...« Er legte dem Mann die Fingerspitzen an die Schläfen. Die Sehnen an Daguas Hals traten vor Anstrengung hervor, als er versuchte den Funken des Lebens, der noch in dem Schmied war, zu halten.

Doch es war zu spät. Nach einigen Momenten richtete sich Dagua auf und schüttelte den Kopf. Beklommen sah Rena auf den Toten hinunter. Sie ahnte, dass ihrer Welt etwas Furchtbares bevorstand.

Kurz darauf ging die Versammlung auseinander, niemand hatte jetzt noch die Kraft, sich auf die Sitzung zu konzentrieren. Rena hastete zu ihren Räumen zurück. Als Erstes wollte sie Rowan von dem erzählen, was passiert war. Wahrscheinlich hatte er es bereits gehört, der Tumult in der Burg musste sich schnell herumgesprochen haben. Noch suchten alle nach dem Diener, der den Becher Cayoral gebracht hatte, aber er war verschwunden, wahrscheinlich schon außerhalb der Burg und auf der Flucht.

In ihren Räumen war Rowan nicht. Rena ahnte schon, wo sie ihn finden würde. Sie rannte die Treppen hoch und schob sich durch den schmalen Gang, der nach draußen führte, zur Flanke des Berges hoch über der Erde. Auf einem schmalen Sims ohne jedes Geländer hockte Rowan, die Arme um die Knie geschlungen. Er hatte den Kopf etwas zurückgelegt, sein Gesicht war friedlich. Seine Augen schienen nichts zu sehen; in ihnen spiegelte sich der blassviolette Himmel. Rena presste sich mit klopfendem Herzen und zitternden Knien an die Felswand. Sie zwang sich, nicht an den Abgrund unter ihnen zu denken, und blickte ebenfalls hoch. Über ihren Köpfen wirbelten die Wolken in Formen, die es in der Natur nie gegeben hätte. Wie viele Menschen der Luft-Gilde konnte Rowan das Wetter beeinflussen und er vertrieb sich oft die Zeit damit, aus den Wolken kunstvolle Muster zu bilden.

»Und, gefallen sie dir?«, fragte Rowan ohne sie anzublicken. Er hatte also doch gemerkt, dass sie da war.

»Sie sind wunderschön«, sagte Rena und zwang sich zu einem Lächeln. »Aber es ist etwas Schlimmes passiert bei der Ratssitzung. Kommst du runter?«

Jetzt wandte er sich ihr zu. Seine hellen Augen blickten besorgt. »Bin gleich da.«

Er richtete sich auf und reckte seinen langen, schlaksigen Körper. Unbekümmert ging er auf dem Sims entlang zum Tunneleingang; im Gegensatz zu Rena war ihm Höhenangst fremd.

Sie hatten sich im letzten Sommer ineinander verliebt, als er sie aus den Fängen der Menschenhändler befreit hatte und sie zusammen durchs Grasmeer gereist waren. Als Rena ihr Ziel erreicht und die Gilden Frieden geschlossen hatten, konnte Rowan nicht mehr ins Grasmeer zurückkehren – es war bei den Kämpfen zwischen den Gilden abgebrannt. Doch eigentlich wollten sie beide nicht einfach heimkehren, sie wollten zusammenbleiben. Seit einem Jahr lebten sie nun gemeinsam in der Felsenburg der Regentin.

Als Rowan wieder im Inneren der Burg war, sprudelte Rena hervor, was geschehen war. Erschrocken legte Rowan eine Hand auf ihren Arm. »Gut, dass dir nichts passiert ist. Wenn du auch von dem Cayoral getrunken hättest …«

Ein kleiner Trupp Soldaten kam eilig durch den Gang geschritten und drängte sich grob vorbei. Rowan und Rena mussten sich an die Steinwände pressen, um sie vorbeizulassen, dann verklangen die Geräusche ihrer Stiefel. Einer der Soldaten hatte einen Leuchttierchen-Käfig angestoßen, er prallte gegen die steinerne Wand und warf flackernde Schatten in den Gang. Rowan hielt den schwankenden Käfig an und spähte besorgt hinein. »Alles in Ordnung, Kleiner?«

Das Leuchttierchen zirpte bestätigend und sie gingen zu ihren Räumen zurück, um den Wachen bei ihrer Suche nicht im Weg zu stehen. Als sie die dicke Holztür hinter sich schlossen, atmete Rena tief durch. Selbst wenn der Verräter sich noch in der Burg befand, hier waren sie sicher.

Die Regentin hatte Rena und ihrem Gefährten weitläufige Gemächer hoch in einer der Felsflanken des Berges zugewiesen. Es war ein geschickter Kompromiss zwischen den

Bedürfnissen von Erd-Leuten wie Rena, die sich unter der Oberfläche wohl fühlten, und Leuten der Luft-Gilde, die nur mit Mühe ein festes Dach über ihren Köpfen ertrugen: Schmale, hohe Fenster ließen Licht und Luft herein, aber die Wände aus meterdickem dunkelgrauem Fels wirkten auf Rena beruhigend. Gildenmeister aus allen Provinzen hatten ihnen als Zeichen ihrer Bewunderung Möbel aus weißem Colivar-Holz gespendet und das eine oder andere Stück hatte Rena selbst geschnitzt. Die Matten aus geflochtenem Gras und die luftigen blauen Stoffe, die Rowan mitgebracht hatte, passten nicht so recht dazu, aber schließlich war die Hauptsache, dass es gemütlich war.

»Glaubst du denn, dass es wahr ist, was der Schmied euch erzählt hat?« Unruhig ging Rowan zwischen den Stühlen in ihrer Ruhezone umher und ließ die Fingerspitzen über das glatte Holz gleiten.

»Ja, was er sagte, klang sehr überzeugend.« Rena zögerte. »Du meinst, die Feuer-Gilde könnte ihn geschickt haben, um den Rat zu verunsichern? Nein, ich glaube nicht. Der Mann war echt.«

»Wie haben die Leute der Feuer-Gilde reagiert, die im Rat saßen?«

»Völlig verblüfft. Sie waren nicht eingeweiht, da bin ich sicher. Wahrscheinlich liegt es daran, dass sie lange nicht mehr in ihrer Provinz waren.«

»Sicher weiß die Regentin Bescheid. Sie hat überall ihre Späher. Ihr entgeht doch sonst nichts.«

»Du meinst, sie hat von diesem Propheten erfahren, aber den Mund gehalten?«

»Vielleicht.« Rowan strich sich nachdenklich durch die widerspenstigen hellblonden Haare. »Weißt du, wer so etwas wissen könnte?«

»Nein, wer?«

»Alix.«

Der Name stand im Raum wie eine Beschwörung, hallte in der Stille nach.

Renas Gedanken flogen zu der Freundin zurück, mit der sie im letzten Sommer so viel erlebt hatte. Sie gehörte zur Feuer-Gilde, war eine der besten Schwertkämpferinnen der Provinz. Alix mit ihren langen kupferfarbenen Haaren. Alix, die in ihrem Leinenkleid immer wirkte, als könnte sie kein Wässerchen trüben – bis jemand den Fehler machte, sie zu bedrohen oder anzugreifen. Die Provinz Tassos, das Kernland der Feuer-Gilde, war ihre Heimat, dort kannte sie jeden Stein und Phönixbaum.

»Ja«, sagte Rena. »Vielleicht weiß sie etwas. Schließlich ist sie eine ehemalige Agentin ihrer Gilde. Gewohnt, die Augen offen zu halten.«

Auf einmal war Rena den Tränen nahe. Zu Anfang hatte sie viel an Alix gedacht. Aber seit ihre kriegerische Freundin die Felsenburg verlassen hatte, war keine Nachricht mehr von ihr gekommen. Wahrscheinlich waren wir doch nicht so gut befreundet, wie ich gedacht habe, sagte sich Rena. Sonst hätte Alix wenigstens einmal von sich hören lassen! Auch wenn es nur ein Satz im Stil von Mir-geht-es-gut-wie-geht-es-euch gewesen wäre. Zu Anfang hatten Rowan, sie und Dagua, ihr verschmitzter Reisegefährte aus der Wasser-Gilde, noch ab und zu über Alix gesprochen. Doch als die beiden Männer gemerkt hatten, dass Rena dann jedes Mal traurig wurde, hatten sie damit aufgehört.

»Wie es ihr jetzt wohl geht?«, sagte Rena und blickte aus den Fenstern über die Ebene hinaus.

»Schade, dass sie es hier nicht lange ausgehalten hat«, meinte Rowan. »Diese grässlichen Verhandlungen lagen ihr nicht. Zu wenig Geduld, zu viel Energie.«

»Mag sein. Aber warum meldet sie sich nicht?« Rena gestand sich ein, dass sie das verletzte. Schließlich waren Alix und sie einmal so etwas wie Waffenschwestern gewesen.

»Ich wette, die Leute der Regentin haben sie im Auge behalten.«

Rena schüttelte den Kopf. »Nein. Ich habe bei den Spähern nachgefragt, habe ich dir das nicht erzählt? Es war ihnen ziemlich peinlich, sie wollten es erst nicht sagen. Schließlich haben sie zugegeben, dass Alix sie schon nach ein paar Tagen abgeschüttelt hatte.«

»Wahrscheinlich ist sie zurück nach Tassos und hat dort eine Waffenschmiede aufgemacht.«

»Sie wollte wieder reisen, keine Schmiede aufmachen«, beharrte Rena. »Außerdem hätten wir das mit der Schmiede erfahren. Hoffentlich ist ihr nichts passiert.«

»Alix und was passiert?« Rowan blickte skeptisch. »Glaube ich nicht. Sie kann ganz gut auf sich aufpassen.«

Einen Moment lang war Rena ärgerlich. Begriff er nicht, dass Alix kein Übermensch war, sondern eine normale Frau, der es auch hin und wieder schlecht gehen konnte? Rena hatte Alix schon einmal an der Schwelle des Todes erlebt und nur mit viel Glück hatte die Schmiedin es damals geschafft, durchzukommen.

In diesem Moment klopfte es und der Misston zwischen ihnen war wieder vergessen. Rowan ging öffnen. Ein Bote stand auf der Schwelle und verbeugte sich vor ihnen. »Ennobar lässt Euch zur Eilsitzung in seine Räume bitten.«
»Wir kommen gleich«, versicherte Rena, warf sich ihren guten Umhang über die Schulter und steckte sich das Messer in den Gürtel. Sie hätte es nicht für möglich gehalten, dass sie es in der Felsenburg noch einmal brauchen würde. Doch wenn sogar im Rat jemand ermordet werden konnte, war niemand sicher.

In Ennobars schlichten Räumen hatten sich der Kommandeur der Farak-Alit, der Elitetruppe der Regentin, und ein halbes Dutzend Ratsmitglieder eingefunden. Er will den Kreis klein halten, damit wenig nach außen dringt, dachte Rena und führte eine schnelle Bestandsaufnahme durch. Zwei Leute von der Erd-Gilde: sie selbst und die mollige Dorota, die trotz ihrer schlichten Kleidung und ihrer einfachen Art eine hervorragende Diplomatin war, Dagua von der Wasser-Gilde, Rowan und der Offizier Okam von der Luft-Gilde. Von der Feuer-Gilde hatte Ennobar eines der wichtigsten Ratsmitglieder rufen lassen: Aron, ein immer schwarz gekleideter Meister vierten Grades, versank oft in düsteres Schweigen, doch sein Verstand war messerscharf.
Die Männer und Frauen standen unruhig herum – Stühle gab es nur wenige.
»Ah, Rena, Rowan, gut, dass ihr kommt. Wir sind hier, um die ersten Maßnahmen zu besprechen«, sagte Ennobar. Er gab sich keine Mühe, seine Unruhe zu verbergen. »Wir müssen

jetzt schnell handeln. Es kann jeden Tag zu Angriffen gegen Garnisonen oder Siedlungen kommen. Angriffe mit Feuer. Die Regentin hat auf meinen Wunsch hin bereits Nachricht an ihre Späher gesandt, dass sie auf ungewöhnliche Vorkommnisse achten sollen.«

»Ich bin dafür, dass wir zusätzlich noch einige Leute ausschicken«, sagte Dorota. »Dieser Kult ist mir nicht geheuer. Nicht nur deshalb, weil meine Gilde das Feuer fürchtet. Es gefällt mir gar nicht, dass er selbst hier in die Felsenburg Spione einschleusen konnte. Haben wir den Mörder inzwischen dingfest machen können?«

Der Kommandeur der Farak-Alit lächelte verlegen. »Ja und nein. Einer meiner Leute hat ihn zu fassen bekommen, als er versuchte ins Labyrinth unter der Burg abzutauchen. Es gab ein Handgemenge … und bevor wir es verhindern konnten, hat der Frevler den Dolch gegen sich selbst gerichtet. Er ist tot.«

Auf Ennobars Stirn ballten sich Sturmwolken. »Das heißt, wir sind auch nicht schlauer als vorher. Was wissen wir über den Mann?«

»Er arbeitete noch nicht lange in der Felsenburg, erst seit einem Winter. Aber er stammt aus einer Familie, die der Regentin schon seit Generationen loyal dient und hier wohnt.«

»Man hat ihn also bei uns eingeschleust«, sagte Okam. Sein melancholisches Gesicht war noch eine Spur bitterer geworden.

»Wir könnten versuchen den Spieß herumzudrehen und jemanden in diesen Kult einzuschmuggeln«, schlug Dagua vor. Schon kehrte der Funke in seine Augen zurück.

»Wie wäre es mit Alix ke Tassos?«, fragte Okam und einen Moment lang herrschte wieder diese Stille.
»Gute Idee.« Dagua schüttelte den Kopf. »Alix hätte das Zeug dazu. Ohne sie hättet ihr damals den Verräter in euren Reihen nie gefunden, nicht wahr, Aron?«
Aron stieß ein Grunzen aus, das wohl Zustimmung ausdrücken sollte. »Sie war unsere beste Agentin. Das Problem ist: Niemand weiß, wo sie sich aufhält. Seit einem Winter schon nicht. Womöglich folgt sie selbst diesem gefährlichen Propheten.«
»Das tut sie sicher nicht«, widersprach Rena wütend. »Solche Allmachtsfantasien waren nie ihre Sache.«
»Deine Loyalität in allen Ehren, Rena, aber wir müssen leider mit allem rechnen«, sagte Ennobar. »Wir können niemandem mehr vertrauen.«
Soso, dachte Rena. Und wieso vertraut er dann den Menschen in diesem Raum? Oder lässt er uns auch bespitzeln, um sicher zu sein, dass wir nichts von dem weitertragen, das hier gesprochen wird?
Rowan schien denselben Gedanken gehabt zu haben. »Richtig: Wir können niemandem vertrauen – außer den Ratsmitgliedern«, sagte er ruhig. »Meister, die schon seit vielen Wintern in der Felsenburg sind, können kaum mit diesen gefährlichen Lehren in Kontakt gekommen sein. Anscheinend ist dieser Prophet ja noch nicht lange in Tassos.«
»Irgendetwas ist da draußen passiert, das wir nicht mitbekommen haben. Trotz unserer Späher«, sagte Dorota traurig. »Trotz der vielen Menschen, die herkommen, um uns Bericht zu erstatten.«

»Das heißt, wir müssen uns vor allen Angehörigen der Feuer-Gilde in Acht nehmen«, sagte Dagua.
Aron knurrte: »Blödsinn! Dann wäre es ja unmöglich, jemanden von unseren Leuten in den Kult einzuschleusen.«
»Ich bin auch dafür, dass wir versuchen Alix zu finden«, sagte Ennobar. »Jemand muss losreisen und sie suchen. Jemand, der nichts mit dem Kult zu tun haben kann, der sich aber mit den Bräuchen der Feuer-Gilde auskennt.«
Alle Augen richteten sich auf Rena. Sämtliche Delegierte wussten, dass Rena versucht hatte die Gilde zu wechseln und dass Alix sie in den Bräuchen und Techniken der Feuer-Leute unterrichtet hatte. Rena zählte zu den wenigen »Zwischengängern« auf Daresh, Menschen, die mehreren Gilden angehörten. Sogar ein Feuer-Gilden-Amulett hatte sie, auch wenn sie es sorgfältig vor Blicken verbarg und offen nur die Symbole der Erd-Leute trug.
Rena starrte zurück. Sie wusste noch nicht recht, was sie von dem Vorschlag halten sollte.
»Ihr könntet inkognito reisen – zwar kennt jeder auf Daresh Euren Namen, aber nur wenige wissen, wie Ihr ausseht«, sagte Aron, offensichtlich angetan von der Idee.
»Während du Alix suchst, könntest du dir vor Ort einen Eindruck von der Situation verschaffen«, meinte Ennobar. »Dich umschauen, das Ganze ein bisschen auskundschaften.«
Dorota nickte. »Das ist keine schlechte Idee. Wir könnten noch ein paar Leute gebrauchen, die die Augen offen halten.«
Gute Gelegenheit, endlich mal wieder raus aus dieser muffigen Burg zu kommen, dachte Rena. Keine Ratssitzungen

mehr, mindestens ein paar Wochen lang! »In Ordnung«, sagte sie. »Ich mach's.«
»Aber sei vorsichtig«, knurrte Ennobar. »Gerade in Tassos wird es zurzeit ziemlich turbulent zugehen. Nimm ein paar unserer Leute mit. Und schick uns regelmäßig Nachricht. Wann wirst du aufbrechen?«
»In den nächsten Tagen.«
Rena schaute zu Rowan hinüber. Sein Gesicht war düster und er vermied ihren Blick. War er wütend auf sie? Hatte er Angst? Oder ahnte er etwa Unheil voraus?

Aufbruch

In angespanntem Schweigen kehrten Rena und Rowan in ihre Räume zurück. Wie gerne hätte Rena einfach seine Hand genommen, die beruhigende Wärme seines Körpers gespürt. Doch sie wagte es nicht, solange er in dieser Stimmung war.
»Wieso hast du den Auftrag gleich angenommen, ohne Bedenkzeit?«, fragte Rowan rau. »Du hast dir nicht mal die Mühe gemacht, es vorher mit mir abzusprechen!«
»Entschuldige«, sagte Rena zerknirscht. Ja, das war nicht sehr nett von ihr gewesen. »Aber ich wusste nicht, ob du überhaupt mitkommen magst. Was ist, bist du dabei?«
»Weiß noch nicht«, knurrte er.
»Reizt es dich denn gar nicht, mal wieder aus der Burg rauszukommen, etwas zu sehen und zu erleben?«

»Du glaubst doch nicht wirklich, dass wir es schaffen, Alix zu finden, oder?«
Einen Moment lang war Rena verdutzt. »Ich weiß nicht. Ich weiß nur, dass ich endlich wissen will, was aus ihr geworden ist.«
Rowan nickte leicht und blickte zum Fenster hinaus. Es war schwer, zu sagen, was er dachte. Die Frage war, ob ihn Alix' Schicksal interessierte. Zunächst waren die Schmiedin und er sich immer in die Haare geraten, beinahe hätten sie sich duelliert. Später hatten sie einander schätzen gelernt. Doch wirklich gute Freunde waren sie nie geworden.
Rena merkte, dass ihre Finger mit einer der zusammengerollten Landkarten auf dem Tisch spielten, und zwang sich ärgerlich damit aufzuhören. »Kommst du jetzt mit oder nicht?«
»Wieso willst du mich überhaupt dabeihaben?«, fragte Rowan. »Du machst doch sowieso, was du willst. Das war damals schon so. Du hattest eine Idee und wir konnten mitziehen oder es bleiben lassen.«
Er sieht die Welt so, wie er sie sehen will, dachte Rena halb wütend, halb traurig. »Diesen verdammten Propheten auszukundschaften war ganz bestimmt nicht meine Idee. Du hast doch gehört, was dieser fremde Schmied gesagt hat! Wir könnten alle in furchtbarer Gefahr sein!«
»Darum sollen sich andere Leute kümmern, unsere Aufgabe ist eine andere«, meinte Rowan, stand auf, ging nach draußen und knallte die Tür hinter sich zu.
Nicht aufregen, sagte sich Rena. Ruhig bleiben. Sie breitete eine der Karten auf dem Tisch aus, doch ihre Augen nahmen

nichts von dem wahr, was sie sahen. Nicht zum ersten Mal in den letzten Monaten fragte sie sich, ob Rowan sie noch liebte. Sie waren sich nicht mehr so nah wie früher, irgendetwas war schon seit längerer Zeit nicht in Ordnung zwischen ihnen. Ich will ihn nicht verlieren, dachte Rena gequält. Auf einmal wusste sie, warum es ihr so wichtig war, dass er auf diese Reise mitkam. Gemeinsam zu reisen schweißte zusammen, brachte vielleicht die Gefühle vom letzten Jahr zurück. Und falls sie ohne ihn loszog, wochen- oder monatelang weg war, dann würde er ihr vielleicht nicht mehr gehören, wenn sie zurückkam.

Sie versuchte noch eine Weile die Landkarten zu studieren, doch sie merkte, dass sie dafür zu unruhig war. Also beschloss sie den Iltismenschen, die in der Burg lebten, einen Besuch abzustatten. Als Rena und ihre Freunde sie vor einem Winter aus ihrer Knechtschaft befreit hatten, waren die Halbmenschen aus der Burg geflohen. Ihre wilden Jubelschreie würde Rena nie vergessen. Doch einige, die es nicht geschafft hatten, sich draußen in den Wäldern einem Clan anzuschließen, waren zurückgekehrt und wieder – diesmal freiwillig – in den Dienst der Regentin getreten.

Die Iltismenschen waren die gefährlichsten der vielen Halbmenschenarten, die auf Daresh lebten. Doch Rena brauchte ihre Fangzähne nicht mehr zu fürchten, seit ihr alter Freund, der Iltismensch Cchrlanho, ihr die geheimen Worte gegeben hatte. Deshalb gehörte sie zu den wenigen Menschen, die es wagen konnten, einfach so in ihre Räume in den Kellern der Burg zu marschieren. Aber auch die anderen Halbmenschenarten verehrten Rena als Retterin.

Bevor Rena die dunklen, beißend riechenden Räume betrat, stieß sie einen leisen Ruf aus, die höfliche Ankündigung, die ihr Freund Cchrlanho sie gelehrt hatte. Im Halbdunkel sah sie, dass fünf Köpfe sich ihr zuwandten. Ihre Gesichter wirkten fast menschlich, obwohl sie in einer kurzen Schnauze ausliefen und die Ohren pelzige Lauscher waren. Doch ihre geschmeidigen Körper waren unverkennbar nicht menschlich, schmal und mit braun- und cremefarbenem Pelz bedeckt. Die Vorderpfoten ähnelten daumenlosen Händen.

»Chrena, ssei willkommen, willkommen sseisst du!«, maunzte einer der fünf und Rena erkannte einen ihrer speziellen Freunde, Cchrneto; er arbeitete in den Ställen der Regentin. Praktischerweise konnte er recht gut Daresi. Zwar verstand Rena die Sprache der Halbmenschen, seit sie die *Quelle* berührt hatte, doch sprechen konnte sie sie nicht – ihre Zunge schaffte es nicht, die Fauchlaute zu erzeugen.

Rena setzte sich im Schneidersitz zu den Iltismenschen. »Was gibt es Neues von euch?«

»Wir ssind traurig, dasss du bald die Burg verlasssen wirsst, Chrena, bald«, sagte Cchrneto.

Rena musste lachen. So war es also mit den Geheimnissen des Rats. Die Iltismenschen hörten und sahen alles; es machte keinen Sinn, etwas vor ihnen verbergen zu wollen.

»Habt ihr gewusst, dass sich ein Feind eingeschlichen hat?«

»Ein Feind, ja, ein Feind. Wir haben ihn gewittert. Giftige Gedanken hatte er, giftig!«

»Verdammt, wieso habt ihr denn nichts gesagt!« Fassungslos blickte Rena die fünf Iltismenschen an. »Habt ihr es schon lange gewittert?«

Verlegen begann Cchrneto zu erklären. Rena reimte sich zusammen, dass er vor ein paar Wochen gemerkt hatte, dass mit diesem Diener etwas nicht in Ordnung war. Aber er hatte nicht geglaubt, dass es ernst sei – ein schlechter Mensch eben, und von denen gab es ja reichlich. Und da kaum jemand da war, mit dem man reden konnte, und sie sich sowieso nicht in die Angelegenheiten der Menschen mischten, wenn es sich irgendwie vermeiden ließ, hatten sie niemandem etwas gesagt.
»Oje!«, stöhnte Rena. »Gibt es denn noch mehr Feinde in der Burg? Sagt's mir besser gleich. Sonst hat das nächste Mal einer der anderen Ratsmitglieder Gift im Becher.«
»Einer von den anderen ist nicht gut. Er verssucht vieless zu ssehen, wass nicht sseine Ssache ist, vieless. Doch er ssieht wenig, denn im Kopf hat er auch nicht viel. Vielleicht ist er ein Feind. Aber vielleicht auch nicht.«
Rena ließ sich den Mann beschreiben – braunhaarig, stark und doppelt so alt wie sie selbst – und stand dann auf. »Das muss ich gleich melden. Ich komme jedoch noch einmal vorbei, bevor wir abreisen ...«
»Chrena, ssei ssicher und ssei sstark«, knurrte einer der anderen Iltismenschen. Rena verbeugte sich kurz und eilte die Treppen zu den Ratsgemächern hoch. Doch dann entschied sie sich direkt beim Kommandeur der Farak-Alit vorbeizugehen und schlug den Weg zu den Dienstbotenräumen ein. Ohne einen Blick hastete sie an den Wandskulpturen vorbei, die die Gänge in ein Panorama versteinerter Bilder verwandelten. Sie kannte die Motive sowieso alle: links die Jagdszene, rechts ein Relief zu den Feierlichkeiten einer längst

vergangenen Sonnenwende. Weiter vorne war eine vergessene Gildenfehde festgehalten, die sich vor hundert Wintern zugetragen haben mochte.
Doch bevor Rena die Wachen erreichte, stockte sie. Das war ja Rowans Stimme! Unverkennbar. Jetzt lachte er. Wie ausgelassen es klang. Rena hätte viel darum gegeben, ihn wieder einmal so zum Lachen zu bringen. Aber was machte Rowan hier eigentlich? Normalerweise gab es für ihn keinen Grund, in diesen Trakt der unterirdischen Burg zu kommen.
Vorsichtig setzte Rena einen Fuß vor den anderen und hasste sich gleichzeitig dafür, dass sie den Mann ausspionierte, den sie liebte. Aber jetzt war die Neugier doch stärker. Denn eine zweite Stimme antwortete ihm, die Stimme einer Frau. Jemand sprach mit ihm, lachte mit ihm. Jetzt war Rena so nah, wie sie herankommen konnte ohne entdeckt zu werden. Sie stand verborgen hinter einer Biegung des Gangs.
»Es gibt sogar angeblich Kräuter, weißt du, die dich richtig wild nach einer Frau machen«, sagte Rowan gerade. »Aber ich glaube, das sind nur Gerüchte. Auf meinen Handelsreisen habe ich oft versucht mal was von dem Zeug in die Finger zu bekommen, doch es gab immer nur die Geschichten.«
»Na, das ist bestimmt ganz gut so«, sagte die Frauenstimme heiter. »Stell dir nur mal vor, was das geben würde. Alles würde das durcheinander bringen!«
»Ach, so würde ich mich schon ganz gerne mal durcheinander bringen lassen.« Wieder Rowans Stimme. »Aber das Zeug wäre bestimmt so teuer, dass ich es mir sowieso nicht leisten könnte.«
»Ich denke, Händler sind reich?!«

»Nicht alle. Ich habe alles, was ich besessen habe, im Grasmeer gelassen. Doch zum Glück ist die Regentin großzügig, Not leiden müssen wir hier nicht gerade.«

»Scheint mir auch so. Echte Hirschwolle, deine Tunika, oder? Und sind das nicht Perlen?«

»Ach wo, das sind Schneebeeren! Eine Notration für harte Zeiten, weißt du …«

Zwei Stimmen lachten fröhlich.

Harmloses Geplänkel, mehr nicht, sagte sich Rena. Trotzdem war die Versuchung groß, um die Biegung im Gang zu lugen und zu schauen, mit wem sich Rowan unterhielt. Aber Rena widerstand ihr. Auf leisen Sohlen zog sie sich zurück und wählte einen anderen Gang, der sie zu den Räumen der Wachen brachte.

Sie glaubte zu wissen, wem die andere Stimme gehörte: einer der Dienerinnen, Derrie war ihr Name. Ein dunkelblondes Mädchen, höchstens ein oder zwei Winter älter als Rena, das durch die Gänge huschte wie ein Herbstwind. Wenn man ihr etwas auftrug, war sie manchmal ein bisschen zu freundlich, manchmal übertrieben unterwürfig. Rena wurde nicht schlau aus ihr.

Im Wachzimmer war nur ein junger Bursche. Rena berichtete, was die Halbmenschen ihr erzählt hatten.

»Aber die Iltisse wissen seinen Namen nicht?«, fragte die Wache skeptisch, nachdem er sich ihre Angaben notiert hatte. »Das wird es schwer machen, ihn zu finden.«

»Ich weiß – von diesem Typ Mann gibt es in der Burg Dutzende«, sagte Rena. »Vielleicht ist es ja auch gar nicht wichtig. Sie waren sich nicht sicher, ob er gefährlich ist oder nicht.«

»Tja. Wir werden der Sache nachgehen.«

Als Rena in ihre Räume zurückkehrte, war ihr nicht ganz wohl zu Mute. Ihre Gedanken kreisten noch um das, was die Iltismenschen gesagt hatten, und um den toten Schmied. War es genug gewesen, so Bescheid zu geben? Würden die Wachen wirklich gründlich nachforschen? Oder hätte sie sich besser an den Kommandeur der Farak-Alit selbst wenden sollen? Nein, nach dem Zwischenfall mit dem Schmied würden sie die Sache sicher sehr ernst nehmen.

Ihre Gedanken kehrten zu Rowan und der Dienerin zurück und sie vergaß den geheimnisvollen Unbekannten. Abwesend begann sie die Sachen zu packen, die sie auf die Reise mitnehmen wollte. Viel war es nicht, denn das Zeug musste ja in eine einzige geflochtene Tasche passen. Schließlich entschied sich Rena für eine Decke, eine schlichte weiße Ersatztunika, das Messer, das Alix ihr einmal geschmiedet hatte, ein paar Kochutensilien und ein Pfund frische Viskarienblätter als Proviant. Sie reiste gerne mit leichtem Gepäck. Eigentlich hatte sie auch wenig Lust, die Wachen mitzunehmen. Das wäre doch etwas: nur sie und Rowan, auf dem Weg ins Unbekannte. So wie früher. Aber sie gehörte jetzt, obwohl sie erst siebzehn Winter alt war, zu den Beratern der Regentin, da konnte sie nicht mehr einfach ohne Eskorte reisen.

Rena hob den Kopf, als sich die Tür öffnete und Rowan hereinkam. Sein Gesicht hatte wieder den mürrischen Ausdruck wie nach ihrem Streit am Vormittag. Nichts war davon zu merken, dass er eben noch mit dieser Dienerin gescherzt hatte. Faszinierend, dachte Rena bitter. Sie würde ihn auf keinen

Fall darum bitten, dass er mitreiste. Entweder er kam von selbst auf die Idee oder es hatte sowieso keinen Sinn mehr. Rena konzentrierte sich wieder darauf, ihre Sachen zu packen. Doch sie spürte, dass Rowan sie beobachtete.

»Wann gehen wir los?«, fragte er schließlich.

Rena richtete sich auf. Sie versuchte gar nicht erst ihre Freude zu verbergen. »Wir?«

»Ich bin dabei – aber unter einer Bedingung. So primitiv wie früher möchte ich nicht mehr reisen. Lass uns eine Dienerin und ein paar Wachen mitnehmen. Und ordentlichen Proviant.«

Von wegen Bequemlichkeit, dachte Rena säuerlich. Er will diese Derrie dabeihaben! Also würde aus dem romantischen Trip zu zweit nichts werden. Aber gut. Es war besser, als die beiden hier in der Burg allein zu lassen.

»Einverstanden«, sagte Rena. »Wie wäre es, wenn wir heute Nachmittag losziehen?«

Plötzlich stand Rowan ganz nah vor ihr, so nah, dass sie seinen Atem an ihrem Gesicht spüren konnte. Sie fühlte seine Hand langsam über ihren Nacken streichen, so dass sich die feinen Härchen auf ihrer Haut aufrichteten. Einen Moment lang war alles wie früher. Rena fuhr mit den Fingern durch sein widerspenstiges Haar, schloss die Augen und ließ sich küssen.

»Glaubst du, dass wir auch am Grasmeer vorbeikommen? Inzwischen sollte es nachgewachsen sein …«

»Soso, hast du Heimweh?«

»Ach. Ein bisschen.«

»Das waren gute Zeiten damals – du, ich, Alix und Dagua …«

»Vielleicht kommen sie wieder, diese Zeiten …«

Doch dann klopfte es an der Tür und einen Atemzug später stand eine Dienerin auf der Schwelle. Verlegen ließen sie die Hände sinken.

Die Dienerin war Derrie. Rena nutzte die Gelegenheit, sie genauer zu betrachten: kurze dunkelblonde, lockige Haare, ein ovales, hübsches Gesicht, aber ziemlich ausladende Hüften unter der einfachen Bedienstetentracht. An ihrem Hals baumelte das Amulett der Luft-Gilde – also war sie eine von Rowans Gildenschwestern. Verstanden sie sich vielleicht nur deswegen so gut? Machte Rena sich ganz umsonst Sorgen?

Derrie ließ sich nicht anmerken, dass sie ihre Herrschaft gerade bei Zärtlichkeiten ertappt hatte. Ihr Gesicht blieb völlig ausdruckslos. Rena schaffte es nicht, in ihren grünen Augen zu lesen. Auf Derries Lippen lag jetzt ein unverbindliches Lächeln. »Der Meister wünschte, dass ich packen helfe ...«

»Du könntest dich schon mal um die Lebensmittel kümmern«, befahl Rowan schnell. »Wir brauchen Proviant für etwa fünf Leute, es könnte eine längere Reise werden.«

»Sehr wohl«, sagte Derrie, verbeugte sich und zog sich zurück.

»Nettes Mädchen«, meinte Rena, um Rowans Reaktion zu testen.

»Sehr nett. Und zäh. Sie hat eine ziemlich schwere Kindheit gehabt, ihre Eltern sind in einer Gildenfehde getötet worden. Danach ist sie von einem Verwandten zum anderen weitergereicht worden und musste sich ihr Essen oft genug aus Abfallhaufen klauben.«

»Beim Erdgeist«, sagte Rena erschrocken. »Wie ist sie dann zu ihrer Arbeit in der Felsenburg gekommen?«

»Durch pure Hartnäckigkeit. Wer den Willen hat, nach oben zu kommen, schafft es meist auch.«
Die zärtliche Stimmung zwischen ihnen war verflogen. Rowan machte sich geschäftig daran, seine Reiseutensilien zusammenzupacken. »Was ist eigentlich unser erstes Ziel? Oder marschieren wir einfach ins Nirgendwo?«
»Als ich damals mit den Spähern gesprochen habe, meinten sie, Alix hätte sie irgendwo im Weißen Wald abgeschüttelt, in der Nähe von Canda. Sie war in Richtung Tassos unterwegs. Aber das ist schon einen ganzen Winter her.«
»Also geht's erst mal nach Canda. Vielleicht weiß dort jemand etwas von ihr.«
»Hoffentlich«, meinte Rena. »Wir brauchen sie, Rowan. Wie sollen wir es ohne sie schaffen, es mit diesem mysteriösen Propheten aufzunehmen?«
»Keine Ahnung«, sagte Rowan.

Zu ihrem Abschied hatte sich eine richtige kleine Volksmenge eingefunden. Selbst die Iltismenschen der Burg waren gekommen und drückten sich schüchtern am Rand der Menge herum. Rena wurde warm ums Herz, als sie es sah. Wir scheinen richtig beliebt zu sein, dachte sie, als sie mit ihrer kleinen Gruppe die hohen hölzernen Tore in die Außenwelt durchquerte. Nur eine hatte sich nicht von ihnen verabschiedet, wohl weil der Anlass nicht wichtig genug war: die Regentin, die offizielle Herrscherin über Daresh. Zwar war die Felsenburg ihr Sitz, doch seit der Rat der vier Gilden ihr einen großen Teil ihrer Macht genommen hatte, begnügte sie sich meist damit, Symbol zu sein.

Renas Herz schlug schnell, als sie hinaustraten in den Weißen Wald – ihre wahre Heimat, der magische Ort ihrer Kindheit. Es war ein klarer Tag. Sonnenlicht strömte in vielen goldenen Speeren durch die weißen und cremefarbenen Blätter der hohen Bäume und brachte das helle Laub zum Leuchten. Nicht umsonst hatte Rena für diese Reise eine weiße Tunika ausgewählt – in dieser traditionellen Kleidung der Erd-Gilde war sie in dieser Umgebung fast perfekt getarnt.
Strahlend blickte sich Derrie um und Rena lächelte ihr zu. Wahrscheinlich war es Dienern nicht erlaubt, die Felsenburg zu verlassen, und sie hatte lange unterirdisch gelebt.
Rena schlug ein flottes Tempo an. Sie sehnte sich danach, so wie früher leichtfüßig die Waldpfade entlangrennen zu können, doch das ging jetzt nicht. Viel zu würdelos. Jedenfalls, ergänzte Rena verschmitzt, solange sie in Sichtweite der Felsenburg waren.
Mit langen Schritten blieb Rowan an ihrer Seite. Er hatte sich eine der schweren Taschen auf die Schultern geladen, so dass Derrie weniger zu tragen hatte. Die junge Dienerin ging ein paar Schritte hinter ihnen. Die beiden Wachen bildeten den Schluss. Es waren Farak-Alit – darauf hatte Ennobar bestanden. Beide waren sehr muskulös und hatten so kurzes dunkles Haar, dass man ihre Kopfhaut durchschimmern sah. Besonders gesprächig schienen sie nicht zu sein, nur manchmal redeten sie leise miteinander. Sie trugen ein beeindruckendes Waffenarsenal, je ein Schwert sowie eine Sammlung von Dolchen, Wurfsternen und leichten Ketten. Dagegen kam sich Rena fast schon nackt vor, obwohl sie Schwert und Messer dabeihatte. Rowan trug seine leichte

Armbrust über der Schulter, die traditionelle Waffe der Luft-Gilde.

Als sie abends ihr Lager aufschlugen, richtete Rena es so ein, dass sie neben Derrie arbeitete. Ihren Brei aus Viskarienblättern – die traditionelle Speise der Waldleute – bereitete Rena immer noch selbst zu, das überließ sie niemand anderem. Für Rowan, die Wachen und sich selbst grillte Derrie ein paar fette Nerada-Vögel. Rena hatte nicht vor, davon zu probieren: Trotz ihrer Zeit mit Alix aß sie immer noch ungern Tiere.

»Warst du schon mal in Canda?«, fragte Rena, um ein Gespräch anzufangen. »Besonders gut gefallen wird es dir dort nicht, fürchte ich.«

Derrie hatte wieder dieses Lächeln aufgesetzt – ein Dienstbotenlächeln ist das, dachte Rena unwillkürlich. Freundlich und ohne jede Bedeutung. »Wieso meint Ihr das? Weil es eine unterirdische Stadt ist? Ach, das bin ich von der Felsenburg ja gewohnt.«

»Sag einfach Du zu mir! Wir sind doch fast gleich alt.«

»Wie Ihr wünscht«, antwortete Derrie vorsichtig und drehte den Spieß, an dem die Vögel brutzelten.

Rena seufzte. Außerhalb der Felsenburg, in den Provinzen, war es auf einmal wieder wichtig, wer von welcher Gilde war. Und da Derrie zur Luft-Gilde gehörte und Rena zu den Erd-Leuten, gab es kein sofortiges Band zwischen ihnen – normalerweise wären sie sogar Feinde gewesen. Doch die Stimmung zwischen den Gilden hatte sich entspannt, seit die Macht der Regentin gebrochen war, und im Laufe des letzten Winters war ein vorsichtiger Friede in Daresh eingekehrt.

Während Rena diesen Gedanken nachhing, begann sie sich darüber zu ärgern, dass sie ihre Gilde und ihre Verwandten so vernachlässigt hatte, seit sie in der Felsenburg lebte. Dabei kannte sie eine Menge Leute in der Umgebung: ihren Onkel, bei dem sie den Beruf der Holzschnitzerin gelernt hatte, in einem Dorf, ein Stück im Nordosten; ihre Eltern im nördlichen Alaak; eine Tante und eine Menge Cousins, gar nicht weit von hier, im Dorf Fenimor. Bald werde ich sie wieder besuchen, versprach sich Rena. Wenn das mit diesem Propheten ausgestanden ist.

Am nächsten Morgen rollte sich Rena schon früh aus den Decken. Sie zog sich an und blickte zu den anderen hinüber. Von Rowan und Derrie waren nur die Haare zu sehen. Auch einer der Soldaten schlief, der andere stand ein paar Meter entfernt und beobachtete Rena.

»Ich geh ein paar frische Blätter fürs Frühstück sammeln«, sagte Rena zu ihm und ging in den Wald hinein. Es war noch neblig, aber sie spürte die Ausstrahlung der Bäume so stark wie selten. Selbst mit geschlossenen Augen hätte sie die Baumarten allein durch ihre Aura voneinander unterscheiden können – diese Fähigkeit besaß sie, seit sie die *Quelle* berührt hatte.

Sobald sie außer Sichtweite des Lagers war, rannte Rena los, lief ausgelassen den Pfad entlang und fühlte sich sehr kindisch und sehr frei. Das Blut pulste durch ihre Adern und eine unbändige Lebensfreude quoll in ihr hoch. Vor einem großen Colivar blieb sie stehen und atmete tief, lauschte darauf, wie er im Wind sprach. Lief weiter. Legte die Hände auf die zarte Borke eines jungen Nachtholz-Baumes. Stopfte sich den

Keimling einer Frühlingsranke in den Mund und wanderte weiter. Fast hätte sie vergessen, wirklich wie versprochen Blätter zu pflücken. Sie erledigte es hastig und kehrte dann ins Lager zurück.

Schon von weitem hörte sie die Dienerin lachen und sie spürte, wie sich der graue Schleier wieder über ihr Herz legte. Rowan und Derrie bereiteten gemeinsam das Frühstück zu.

»He, mach nicht so viel Lonnokraut rein, willst du uns vergiften?«, rief Derrie gerade und wand ihm das kleine Ledersäckchen mit den Gewürzen aus der Hand.

»Das ist doch nicht viel, sag bloß, du verträgst so ein bisschen nicht?«

»Ich vertrage noch ganz andere Sachen, aber dein zarter Magen ... au, hör endlich auf mich zu kneifen, du Natternmensch!«

»Jetzt mal ehrlich, du bist selbst schuld, weil du ...«

In diesem Moment bemerkten sie, dass Rena zurück war.

»Na, hast du ein paar leckere Sachen gefunden?«, fragte Rowan, das Lächeln noch auf den Lippen.

»Ja«, sagte Rena kurz und wandte sich ab, um ihren Brei zuzubereiten. Es tat weh, den beiden zuzusehen. So hatten Rowan und sie früher zusammen gescherzt. Wieso ging das jetzt nicht mehr? Seit wann war er so vertraut mit Derrie? Vielleicht schon seit Monaten.

Während des Frühstücks sprach kaum jemand, schweigend nagten Rowan und die anderen an ihrem Braten. Rena löffelte in Gedanken versunken ihren Brei. Besser wäre es wahrscheinlich gewesen, einfach mitzulachen, mitzuscher-

zen, erkannte Rena, als Derrie nach dem Frühstück dabei war, das Essgeschirr mit Sand sauber zu scheuern. Dann wäre ich Teil ihres Lachens gewesen, statt die Stimmung kaputtzumachen. Jetzt bin ich für sie der Feind, die Spielverderberin und ich habe Rowan noch ein Stück weiter von mir weggetrieben. Eigentlich bin ich selbst schuld. Ich muss diese blöde Eifersucht überwinden!
Doch Rena wusste, dass das in etwa so einfach werden würde, wie einen Colivar mit bloßen Händen umzuwerfen.

Als sie nach vier Tagesreisen in Canda eintrafen, war Rena wieder einmal beeindruckt davon, wie wenig man von der Stadt sah. Oberirdisch bestand sie nur aus ein paar Hütten aus geflochtenem Gras, die aussahen, als würde der erste Sturm sie platt auf den Boden werfen oder auf Nimmerwiedersehen durch die Luft segeln lassen. Doch das waren nur die Quartiere der Luft-Gilde, alle anderen Vollmenschen lebten im Ganglabyrinth unter der Erde.
»Bleibt hier«, befahl der eine Farak-Alit kurz. Sein Partner huschte lautlos durch die Bäume auf die Hütten zu. Rena machte es sich auf der Erde bequem, sie wusste, dass es eine Zeit lang dauern würde, bis der Soldat zurück war. Er musste ein sicheres Nachtquartier für sie auskundschaften und feststellen, was für eine Stimmung im Ort herrschte. In den Zeiten, als die Gildenfehden überhand genommen hatten, war das lebenswichtig gewesen, jetzt war es Routine.
»Schaut mal, ein Dhatla«, rief Derrie leise. Tatsächlich, Rena hörte das schlurfende Geräusch schwerer Grabkrallen und kurz darauf tauchte der Panzer eines Dhatlas aus dem Schatten

der Hütten auf. Sein Reiter versuchte es fluchend in eine andere Richtung zu dirigieren und hieb wütend mit der Faust auf den dicken Schädel seines Transportmittels. »Wirst du wohl folgen, du dreckiges Mistvieh!«

Dhatlas waren massige Reptilien, an der Schulter etwa zweimal so hoch wie Rena, mit säulenartigen Beinen und langen, flachen Schnauzen. Ihr beeindruckendes Äußeres täuschte: Sie waren eher behäbig denn aggressiv. Was sie gefährlich machte, war ausgerechnet ihre Ängstlichkeit. Denn wenn sie sich in Gefahr wähnten, dann gruben sie sich blitzschnell ein, bis sie komplett unter der Erde verschwunden waren. Sprang man nicht rechtzeitig ab, lief man Gefahr, verletzt zu werden oder gar zu ersticken. Und wenn man Pech hatte, büßte man durch diese Eskapaden einen Teil seiner Ausrüstung ein.

Sie waren so damit beschäftigt, das Dhatla und seinen fluchenden Reiter zu beobachten, dass sie gar nicht bemerkt hatten, dass der zweite Farak-Alit zurückgekehrt war. Lautlos wie ein Schatten musste er sich wieder zu ihnen gesellt haben. »Alles in Ordnung?«, fragte Rena, nachdem sie ihren Schreck überwunden hatte.

»Die Stadt scheint sicher zu sein, Meisterin. Aber nicht nur das, ich habe sogar jemanden gefunden, der uns Auskunft geben kann. Der Wirt einer Schänke hat Eure Schmiedin möglicherweise gesehen.«

»Was!« Vier Augenpaare wandten sich ihm zu.

»Vor kurzem?«, fragte Rena und wartete mit angehaltenem Atem auf die Antwort.

»Nein, es ist schon ein paar Monate her. Aber er kann sich noch gut an sie erinnern.«

Durch einen der Haupttunnel tauchten sie ein in das unterirdische Labyrinth Candas. Die Tunnel bestanden aus festgestampfter Erde und waren so niedrig, dass Rowan gebückt gehen musste. In der Nähe des Eingangs roch es muffig, nach Feuchtigkeit und Wachstum, doch je tiefer sie kamen, desto stärker wurde der Geruch von trockener Erde. Rena sog ihn genüsslich ein. Die meisten Angehörigen ihrer Gilde lebten unterirdisch und dieser Geruch war ihr vertraut und willkommen.

Käfige mit Leuchttierchen, die hier und da angebracht waren, spendeten ein fahles Licht. Einer der Farak-Alit zündete Fackeln an, so dass die Gruppe in ihrem zuckenden Schein besser erkennen konnte, wohin sie ging. Für Rena wäre das nicht nötig gewesen – sie sah als Einzige von ihnen hervorragend im Dunkeln, ihre Augen fingen noch das geringste Restlicht ein. Neugierig betrachtete sie die Schilder an den massiven Holztüren, an denen sie vorbeikam: Es waren Unterkünfte, Schänken – was man auch an dem Lärm merkte, der hinter den Türen herrschte –, Handelsposten oder Wohnungen der hier lebenden Erd-Menschen.

Schließlich kamen sie zu der Taverne, in der der Farak-Alit gefragt hatte. Rena gab es einen Stich: Es war das gleiche Gasthaus, in dem sie Alix damals zum allerersten Mal getroffen hatte. Vielleicht war das ein gutes Omen.

Wie damals stank die Luft in der Kneipe nach Rauch und den Ausdünstungen menschlicher Körper. Fast alle Tische waren dicht an dicht mit Menschen besetzt und das Gewölbe hallte wider vom Gemurmel und Gelächter vieler Stimmen.

»Ja, doch, ich kann mich an sie erinnern – diese Frau mit den roten Haaren«, bestätigte der Wirt, ein dünnes Männchen mit lebhaften Augen. Er musste fast schreien, um sich verständlich zu machen. »Sie hat ein paar Leute beim Kelo ausgenommen. Das macht sie immer, wenn sie hier ist, ja! Diesmal hat sie mit ein paar Männern der Feuer-Gilde gespielt. Aber die wurden wütend darüber, dass sie ständig gewonnen hat, hehehehe.«

»Gab es einen Kampf?«

»Ja, die Männer schrien etwas von Falschspiel und Betrug. Es gab eine gewaltige Schlägerei, so viel Ärger hatte ich seit Monaten nicht! Zwei Gäste wurden verletzt, zum Glück sind nur ein paar Stühle zu Bruch gegangen.«

»Ist die Frau verletzt worden?«

»Macht Ihr Witze? Der kann keiner was, die weiß, wie man mit einem Schwert umgeht. Selbst zu dritt konnten die Feuer-Leute ihr nichts tun, deshalb haben sie ja vor Wut die Stühle zerschlagen. Bevor ich die Frau auffordern konnte mir den Schaden zu bezahlen, war sie schon weg. Und ich hoffe, dass sie sich so bald nicht mehr hier blicken lässt!«

»Ihr wisst nicht zufällig, in welche Richtung sie weitergereist ist?«, fragte Rena ohne viel Hoffnung.

Der Wirt wiegte den Kopf. »Ich habe zufällig etwas mitbekommen. In der Unterhaltung ging es um Vanamee …«

Sollte sie in Richtung der Provinz der Wasser-Gilde gereist sein? Rena zögerte. Irgendwie sah das Alix gar nicht ähnlich. Wenn sie etwas hasste, dann mehr Wasser, als man brauchte, um sich damit zu säubern. Und Vanamee war das Land der Seen, der endlosen Wasserflächen und Inseln.

»Gut, dann ist es entschieden, wir reisen in Richtung Vanamee«, sagte sie zögernd.

Derrie strahlte. »Ins Seenland? Ganz ehrlich? Ich wollte es schon immer mal sehen!«

Rowan nickte. »Es wird dir gefallen ... und seit Dagua uns freies Geleit gegeben hat, werden wir dort auch keine Probleme haben, schnell voranzukommen. Er gehört ja zum Hohen Rat der Wasser-Gilde.«

Die Farak-Alit nickten und ließen sich wie üblich nicht anmerken, was sie dachten.

In dieser Nacht träumte Rena von brennenden Bäumen, von einer schwarzen Ebene, auf der viele dunkle Zelte standen wie ein unheimlicher symmetrischer Wald. Als Rena auf sie zutreten wollte, kam ihr Feuer entgegen. Es floss wie Wasser, es kroch wie ein lebendes Wesen, ein eigenartiger grünweißer Strom. Rena wich zurück, doch das Feuer folgte ihr, schlängelte sich an ihrem Arm hoch. Es hüllte ihren Körper ein ...

Mit heftig pochendem Herzen und völlig verschwitzt wachte Rena auf und kuschelte sich an Rowans langen, beruhigend vertrauten Körper. Sie lauschte auf seinen gleichmäßigen Atem, bis ihr Herzschlag sich beruhigt hatte. Was für ein scheußlicher Albtraum. Dieses Feuer ... so hatte sie das Kalte Feuer in Erinnerung, das die Residenz der Feuer-Gilde schützte wie ein unüberwindlicher Vorhang. Rena dachte an den Propheten des Phönix und schauderte. Hatte er einen Weg gefunden, wie man dieses Feuer entfesseln konnte, so dass es über das Land fegte? Dann würde von ihrem Weißen Wald nicht mehr viel übrig bleiben ...

Vielleicht war der Traum auch ein Hinweis gewesen. Diese

schwarzen Ebenen – das war nicht Vanamee, sondern Tassos. Die raue Provinz der Feuer-Gilde.

Sie ist nach Tassos zurückgegangen, dachte Rena. Sie hatte keine Ahnung, woher diese plötzliche Gewissheit kam. Doch auf einmal war sie sich völlig sicher. Alix würde nie nach Vanamee reisen. Ihr Ziel war Tassos gewesen.

Gut gelaunt packten Rowan und Derrie am nächsten Morgen ihre Sachen zusammen. »Da können wir endlich mal wieder ein richtiges Bad nehmen«, schwärmte Rowan. »Die Wassermengen, die's hier gibt, sind wirklich lächerlich.«

»Ich denke, ihr aus dem Grasmeer reinigt euch mit Sand?«

»Nicht wenn's was Besseres gibt!«

Sogar der Farak-Alit lächelte. Rena tat es Leid, ihnen den Spaß verderben zu müssen. Darin wurde sie langsam zur echten Expertin. »Verzeiht mir, Jungs. Aber wir reisen doch nicht nach Vanamee.«

Bestürzt blickte Rowan sie an. »Was soll denn das jetzt?«

»Nenn es eine Ahnung. Alix ist nicht nach Vanamee gereist. Und so hübsch es da ist, wir haben dort nichts zu suchen. Der Prophet des Phönix kommt aus Tassos, der größte Teil seiner Anhänger ist auch dort. Wir müssen nach Tassos.«

Die Gesichter der Farak-Alit waren düster geworden. Tassos war eine gefährliche Gegend, da kam Arbeit auf sie zu. »Das können wir nicht verantworten«, sagte der eine.

Rena glaubte nicht richtig gehört zu haben. Waren die Farak-Alit nun ihre Wächter oder ihre Beschützer? Mit allem Nachdruck, den sie aufbringen konnte, sagte sie: »Es steht euch nicht zu, über unsere Reiseziele zu entscheiden. Wir brechen morgen früh auf.«

Rowan starrte sie noch immer an. »Aber was ist mit dem, was der Wirt erzählt hat?«
»Entweder er hat sich verhört oder er lügt«, sagte Rena. »In Vanamee werden wir weder über Alix noch diesen Propheten etwas herausfinden können. Du hättest ja nicht mitkommen brauchen.«
Ihre Reisegefährten blickten sich an und zuckten mit den Schultern.

Feuer-Frau

Sie gingen durch einen Wald, der einmal gelebt haben mochte, jetzt aber nur noch aussah wie eine Ansammlung von schwarzen Säulen. Darüber erhoben sich Berge mit zackigen Spitzen, fahlgrau, kahl. »Das ist das Ynarra-Gebirge«, sagte Rena nach einem Blick auf die Karte. »Nicht sehr hoch, da kommen wir leicht drüber ...«
In diesem Moment stieß einer der Farak-Alit einen leisen Ruf aus. »Jemand kommt. Habt Acht.«
Rena blickte sich um. Ja, hinter den geschwärzten Baumstämmen huschten schwarze Gestalten hin und her. Erst sah man sie als flinke Bewegung aus dem Augenwinkel, glaubte schon sich getäuscht zu haben. Doch dann sah Rena ein Gesicht hinter einem der Bäume auftauchen und sie mustern. Ein Mann in einem schwarzen Umhang. Feuer-Gilde, dachte Rena und versuchte, wie Alix es sie gelehrt hatte, aus seiner

Kleidung und Haltung abzulesen, was für einen Beruf er hatte. Metallgießer, entschied sie.

Die beiden Soldaten wollten ihre Schwerter ziehen, doch mit einer Handbewegung hielt Rena sie zurück. »Noch nicht. Wir wissen noch nicht, was sie von uns wollen. Vielleicht sind es gewöhnliche Reisende wie wir.«

»Glaube ich nicht.« Rowan sprach leise und behielt die blauen Augen fest auf die Fremden gerichtet. »Sie haben kein Gepäck. Außerdem hätten sie dann keinen Grund, so herumzuschleichen.«

Wenigstens fängt er jetzt nicht einem Ich-hab's-dir-doch-gesagt-Sprüchlein an, dachte Rena. Aber vielleicht kommt das noch.

»Sie beobachten uns«, flüsterte Derrie blass. »Wahrscheinlich wollen sie uns ausrauben. Das ist meinem Vater in Tassos ziemlich oft passiert.«

Betreten blickte Rena an sich hinunter. Früher hatte sie wenig Angst vor Wegelagerern haben müssen, da sie fast nichts besessen hatte. Aber jetzt trug sie eine Tunika mit aufgenähten Wasserdiamanten und auch dem einen oder anderen Silberornament. Es war schon so selbstverständlich für sie, dieses Zeug zu tragen, dass es ihr erst jetzt einfiel, wie wertvoll es war. Geschieht dir recht, dachte Rena. Vielleicht stimmt es, was Rowan sagt, und die Zeit in der Felsenburg hat mir wirklich nicht gut getan.

»An den Farak-Alit kommen die nicht vorbei«, meinte Derrie mit unsicherer Stimme und blickte zu den beiden Soldaten hinüber. Die beiden Männer sondierten unablässig die Umgebung und drehten sich um die eigene Achse, um das Gelände vor und hinter sich im Blick zu behalten. Und tatsächlich, die Abschreckung schien zu wirken – die Feuer-Gilden-Leute kamen nicht näher. Sie wechselten nur ab und zu die Position, witschten von einem Stamm zum anderen.

Komisch, dachte Rena. Fast so als wollten sie auf sich aufmerksam machen: Hallo, wir sind noch da …

»Lass uns einfach weitergehen«, sagte Rowan. Rena fragte sich, warum sie alle unwillkürlich leise sprachen. Die Männer waren so weit weg, dass sie sie unmöglich hören konnten. Aber wer wusste das schon mit Sicherheit? In dieser klaren Luft trugen Töne weit.

Sie setzten sich in Bewegung und wanderten in gleichmäßigem Tempo auf die Berge zu, versuchten, nicht allzu nervös zu wirken. Ein Farak-Alit schritt voran, der andere bildete die Nachhut.

Dann ging alles sehr schnell.

Zwei Gestalten stürzten hinter den Stämmen der toten Bäume hervor, huschten auf sie zu. Schwerter mit geschwärzten Klingen, damit sie nicht im Sonnenlicht aufblinkten. Ein Farak-Alit stieß Rena aus dem Weg und stürmte an ihr vorbei. Sie fiel. Die hart gebackene schwarze Erde zerschrammte ihre Knie.

Sie richtete sich auf. O nein, einer der Soldaten blutete bereits! Aber der andere kämpfte noch mit voller Kraft und hatte seinen Gegner schon ein paar Schritte zurückgedrängt. Rena sah, wie Rowan seine Armbrust hob, kaltblütig zielte. Knapp vorbei! Der Pfeil blieb in einem der Baumstämme stecken. Mit einer fließenden Bewegung legte er einen neuen Pfeil ein. Rena sah sich um: Wo war Derrie? Damit beschäftigt, das Gepäck aus dem Weg zu schaffen.

Rena wusste, dass sie den beiden Feuer-Leuten nicht gewachsen war. Aber sie konnte sie ablenken. Das war besser als nichts! Das Schwert fühlte sich gut an in der Hand, Rena hatte viel geübt und sogar Unterricht genommen im letzten Winter. Sie ließ es einmal um ihren Kopf wirbeln, das Herz flatterte ihr in der Kehle. Noch nie hatte sie es benutzt, um einen Menschen zu verletzen.
Wo eingreifen? Sie entschied dem Farak-Alit zu helfen, der bereits blutete. Er war nicht schwer verletzt, aber vielleicht konnte er Hilfe gebrauchen.
Jetzt war sie ganz nah dran, nur eine halbe Menschenlänge entfernt. Das Aufeinanderprallen von Stahl klang ohrenbetäubend, sie konnte Schweiß und gegerbtes Leder riechen und den herben Geruch nach Asche und Rauch, der vom Mann der Feuer-Gilde ausging.
Rena hielt sich im Rücken des Fremden, versuchte in seinem toten Winkel zu bleiben und blitzschnell zuzustoßen. Ihr Schwert traf etwas Weiches, sie hörte einen Schrei. Getroffen! Auf einmal war Blut auf dem Saum seines Umhangs. Rena war übel.
Der Mann wirbelte herum, stellte sich auf die neue Situation ein. Ein Schlag, der ihr Schwert erzittern ließ. Dann fuhr das Schwert schnell wie eine angreifende Schlange unter ihrer Deckung hindurch, Rena konnte gerade noch parieren. Ihr Körper war schon jetzt schweißbedeckt. Zum Glück stürzte der Farak-Alit jetzt nach vorne, zwang den Mann nach der kurzen Atempause wieder sich auf ihn zu konzentrieren.
Ihr Arm zitterte, das Handgelenk schmerzte von dem mächtigen Schlag. Rena umkreiste den Fremden, versuchte zu tän-

zeln, mit flachen Schlägen seine Beine zu treffen. Doch dann hielt sie inne.
War da nicht hinten bei den Bäumsäulen ein dritter Mann aufgetaucht? Er hetzte heran, hatte wohl den Kampfeslärm gehört. Hatte er es auf das Gepäck abgesehen? Nein, er lief daran vorbei, auf die Kämpfer zu. Aber dafür musste er Derrie passieren. Sie duckte sich, versuchte auszuweichen, doch es war zu spät. Ein kurzer Schlag im Vorbeigehen und Derrie hielt sich aufheulend den blutenden Arm.
Rowans Kopf fuhr herum. Wieder legte er an, schien vollkommen ruhig. Diesmal traf sein Pfeil das Ziel. Er blieb mitten in der Brust des dritten Mannes stecken. In einer Staubwolke stürzte der Fremde und stand nicht mehr auf. Mit doppelter Wut droschen die Farak-Alit auf ihre Gegner ein. Schritt für Schritt konnten sie sie zurückdrängen. Einer der Soldaten musste noch einen Hieb einstecken, aber er kämpfte weiter, ließ sich nicht das Geringste anmerken. Schließlich flüchteten die beiden Fremden in den Schutz der schwarzen Stämme zurück. Schon bald waren sie außer Sicht.
Der Kampf hatte nur wenige Minuten gedauert, doch Rena fühlte sich schwach und zittrig. Am liebsten hätte sie das blutbefleckte Schwert fallen lassen, sie ekelte sich davor. Aber sie wagte es nicht: Was war, wenn die Männer gleich wiederkamen? Vielleicht standen sie nur ruhig hinter den Stämmen, ein paar Baumlängen von hier, und warteten, bis die Farak-Alit abgelenkt waren? Es fühlte sich noch immer so an, als würden sie beobachtet. Wenige Atemzüge später knieten sie alle bei Derrie.

»Macht Platz«, befahl Rena und holte Verbandszeug aus ihrem Gepäck.
Nach dem ersten Schrei hatte Derrie keinen Laut mehr von sich gegeben. Sie war sehr blass und ihre hellen Locken waren schweißverklebt. Blut lief ihr den Arm hinunter und durchtränkte ihre Tunika.
»Lass mich schauen«, sagte Rena und säuberte die Wunde vorsichtig mit frischen Blättern. »Ziemlich tief, aber es wird heilen. Du wirst den Arm eine Weile nicht bewegen können.«
»Diese feigen Maushunde – eine Frau zu verletzen, die ihnen nichts getan hat!«, knurrte Rowan und spuckte aus.
Die Farak-Alit blickten düster drein. »Wenn dieser dritte Mann nicht aufgetaucht wäre ...«, sagte der eine.
»Er ist aber aufgetaucht«, äußerte der zweite schroff. »Wir hatten Glück, dass es keine erfahrenen Kämpfer waren, sondern nur einfache Dörfler, würde ich schätzen.«
»Warum haben sie uns dann angegriffen?« Rena blickte nicht auf; sie wickelte gerade eine Lage weiche Rinde um Derries Arm. »Das verstehe ich überhaupt nicht.«
»Wie auch immer, wir sollten schnellstens weg. Es ist nicht gesagt, dass sie nicht mit Verstärkung wiederkommen.«
Als sie Derrie verarztet hatte, machte sich Rena daran, die Verletzungen der Farak-Alit zu versorgen. Es waren nur oberflächliche Schnitte, aber auch die konnten sich entzünden, wenn man nicht aufpasste. Keiner der Farak-Alit gab einen Laut von sich oder verzog das Gesicht, als Rena die klare Flüssigkeit aus Lanzenbäumen auf die Wunden träufelte. Wahrscheinlich denken sie daran, was ihnen blüht, wenn sie wieder in der Felsenburg sind, dachte Rena. Aber wahr-

scheinlich würden sie nicht einmal abgemahnt: Eine verletzte Dienerin rechtfertigte in den Augen der Regentin keine Bestrafung.

Nein, dachte Rena, im Grunde ist das eher meine Schuld. Ich war dafür, nach Tassos zu reisen.

Rowans Gesicht sagte ihr, dass er dasselbe dachte. Als er sich ihr zuwandte, verkrampfte sie sich, weil sie wusste, was jetzt kommen würde. »Es war ein Fehler, herzukommen«, meinte er. »Ich bleibe nicht länger in diesem Land, Alix und der Prophet hin oder her. Ich mache mich auf den Weg nach Nerada, zum Grasmeer. Komm mit oder lass es bleiben – ganz wie du willst.«

»Wenn wir jetzt sofort umkehren und fliehen, dann ist der Abstecher nach Tassos sinnlos gewesen«, wandte Rena ein. »Gib mir drei Tage. Wenn wir bis dahin keinen brauchbaren Hinweis bekommen haben, verlassen wir Tassos. In Ordnung?«

Sie sah, wie er überlegte. Dann sagte er: »In Ordnung. Drei Tage und keinen Atemzug länger.«

Zu den Fähigkeiten der Luft-Gilde gehörte es, den Wind anzufachen oder zu besänftigen. Um ihre Spuren zu verwischen, rief Rowan ein paar kräfige Böen. In ihrem Schutz zogen sie sich aus der gefährlichen Gegend zurück.

In den drei Tagen, die Rowan ihr zugestanden hatte, fragte Rena überall. Oder wenigstens kam es ihr so vor. Sie hörte sich in Gasthäusern um, spendierte Dutzende von Bechern Cayoral, provozierte die Lauten und lockte die Stillen aus der Reserve. Doch das Ergebnis war immer dasselbe: Niemand hatte etwas von einer großen rothaarigen Schmiedin gehört, und wenn Rena die Rede auf den Propheten brachte, erntete sie verständnislose Blicke oder Kopfschütteln. Wer etwas wusste, gab es nicht preis. Wer wollte schon mit einer Fremden solche gefährlichen Dinge bereden?

Die Frist lief aus und Rowans grimmiges Schweigen ließ es sie nie vergessen. Drei Verletzte und kein einziges Ergebnis, nicht mal der kleinste Hinweis. Noch ein paar Stunden, dann musste sie umkehren und wahrscheinlich war es besser so. Aber das bedeutete auch, dass sie gescheitert waren. Rena war sich nach wie vor absolut sicher, dass sie in Nerada und Vanamee nichts erfahren würden.

Verzweifelt beschloss Rena es noch einmal direkt bei den Schmieden zu versuchen. Vielleicht hatte Alix bei einem von ihnen das Gastrecht erbeten. Das war einfach: Man musste nur bei einem Gildenbruder anklopfen. Dann waren einem ein herzlicher Empfang, eine warme Mahlzeit und ein Nachtlager sicher.

Für ihren letzten Versuch wählte Rena einige gewöhnliche Dörfer aus. Sie alle lagen auf der Reiseroute von Alaak nach Tassos. Es gab eine winzige Chance, dass irgendjemand in dieser Gegend Alix Quartier gewährt hatte – wenn sie hier durchgekommen war.

Das erste Dorf war ein Nest, das nur aus fünf Häusern bestand, allein drei davon schwarze pyramidenförmige Schmieden. Eigentlich durfte Rena als Angehörige der Erd-Gilde es nicht wagen, mit einem der Feuer-Leute zu sprechen. Doch sie nahm ihren Mut zusammen und klopfte. Knarzend öffnete sich eine Seitentür und ein Geruch nach Rauch und

Schweiß quoll ihr entgegen. Ein rußverschmiertes Gesicht blickte sie fragend an, bemerkte ihr fremdes Amulett, wurde düster.

»Ich suche nach einer Eurer Gildenschwestern. Sie muss im Laufe der letzten Monde auf der Durchreise gewesen sein. Eine Schwertkämpferin mit kupferfarbenen Haaren, ziemlich groß.«

»Nie gesehen«, scholl es zurück, »… und mach, dass du fortkommst, Blattfresserin!«

Die Tür knallte vor ihrem Gesicht zu.

Schulterzuckend kehrte Rena zu ihren Reisegefährten zurück. »Probieren wir's im nächsten Dorf.«

Nach dem fünften Dorf und vielen gleichen Antworten wurde Rowan ungeduldig. »Denk an dein Versprechen! Außerdem werden wir bald von der Feuer-Gilde gelyncht, wenn wir so weitermachen. Beim Nordwind, im letzten Winter, zur Zeit der Fehden, wären wir wahrscheinlich schon zu Hackfleisch verarbeitet worden.«

»Ja, ja«, sagte Rena erschöpft. »Ein letzter Versuch noch.«

Ohne sich anmerken zu lassen, was sie dachte, hob sich Derrie ihr Gepäck auf die unverletzte Schulter und folgte ihnen.

In diesem Dorf gab es eine große Pyramide und vier kleinere. Rena probierte es bei einer der kleineren, aus der das helle Geräusch von Hammer und Amboss erklang. Es dauerte lange, bis jemand aus dem dunklen Inneren heranschlurfte, doch dann sah Rena das Gesicht eines noch jungen Feuer-Gilden-Meisters. Rena wiederholte ihre Frage.

Erstaunt über die Unverschämtheit einer Erd-Frau, jemanden wie ihn bei der Arbeit zu stören, funkelte der Schmied sie an. Aber Rena war nach ihren Erlebnissen bei den Residenzen nicht mehr so leicht einzuschüchtern. Sie verzog keine Miene, wich seinem Blick nicht aus und rührte sich nicht. Der junge Schmied überlegte offensichtlich, ob er überhaupt antworten sollte, doch dann sagte er zögernd: »Ja, ich habe eine von uns gesehen. Aber sie hatte mehr braune als rote Haare. Sehr mager und ziemlich am Ende.«

»Wieso am Ende?«

»Beljas«, erklärte der Schmied. »Viel Beljas.«

Rena hatte selbst schon Beljas gekaut; das Kraut wirkte berauschend, man fühlte sich eine Weile zwar irgendwie betäubt, aber glücklich und ausgeglichen.

»Kann sie das sein?«, fragte Derrie mit gerunzelter Stirn.

Rena dachte zurück an ihre stolze Schwertkämpferfreundin, wie sie immer mit unendlicher Geduld ihre Haare gebürstet hatte, bis sie glänzten wie fließende Seide. Mager – nein, auch das passte nicht. Alix war zwar schlank, aber dünn konnte man ihren trainierten Körper nicht nennen. Das berauschende Kraut Beljas hatte Rena sie nur ein Mal nehmen sehen – nachdem der Rat der Feuer-Gilde ihr damals im Turm ihren Auftrag entzogen hatte. »Ich glaube nicht. Trotzdem vielen Dank …«

Rena wandte sich zum Gehen. Schon wieder eine Niete gezogen, dachte sie enttäuscht, doch als sich die Tür bereits schloss, überlegte sie es sich noch einmal.

»Moment, warte! Wo war das denn? Vielleicht sollte ich doch mal dort vorbeigehen.«

»Eine halbe Tagesreise von hier. In der Taverne von Galto.«

»So nah! Wann war das?«

»Vor ein paar Tagen erst. Vielleicht kann man Euch dort sagen, wohin sie weitergezogen ist.«

Rena überlegte schnell. Eine halbe Tagesreise war nicht weit. Bestimmt konnte sie Rowan überreden, das noch auf sich zu nehmen, um dieser Spur nachzugehen – so wenig aussichtsreich sie auch klang.

»Aber ...«, der Mann zögerte, sah sie an. »Ihr solltet nicht allein hingehen. Ich meine, es ... ist ein ziemlich übler Ort.«

»Ich werde zwei Leute aus der Felsenburg mitnehmen«, sagte Rena und lächelte. »Trotzdem danke.«

Am nächsten Tag suchten und fanden sie die Taverne von Galto; sie lag am Ortsrand, ein niedriges, verfallenes Haus aus rohen Holzbalken. Es war erst Mittag, wahrscheinlich war darin noch nicht allzu viel los. Angewidert betrachtete Rena die von Käfern zerfressenen Holzwände, während sie sich ihren Weg durch Stapel von Kisten und Säcken bahnte, um zum Gastraum zu kommen. Ein schaler, säuerlicher Geruch stieg ihr in die Nase.

Derrie sagte leise zu Rowan: »In so einer Schänke hat mein Vater früher gearbeitet. Ich ... kann ich vielleicht draußen warten?«

»Mach nur«, meinte Rowan und Rena tat es nicht Leid, dass sie nicht mitkam. Sie winkte den Farak-Alit, ihr zu folgen. »Passt auf, dass ihr nicht ausrutscht, hier ist es glitschig.«

Der Gastraum war dunkel, dreckig und fast leer, bis auf den einen oder anderen zerlumpten Stammgast und einen alten Natternmenschen, dessen Schuppen blind und gesplittert waren.

Nein, hier wird Alix sicher nicht sein, dachte Rena voller Ekel. Nichts wie weg hier. »Kommt, wir gehen«, sagte sie zu ihren Leuten.

Sie wollten gerade umkehren, als Rena aus einer Ecke ein Geräusch hörte. Später konnte sie sich selbst nicht erklären, warum dieses Geräusch sie veranlasste sich noch einmal umzudrehen. Sie ging näher, einen Schritt, zwei Schritte ... und sah halb unter dem Tisch das Stück eines schwarzen Leinenkleids. Rena sah genauer hin und erschrak. Dort unten, auf dem staubigen Boden, der sicher schon tagelang nicht gefegt worden war, lag eine Frau. Sie war anscheinend so stark von Beljas berauscht, dass sie nicht mehr stehen konnte. Niemand schien sich daran zu stören.

»Alles in Ordnung mit Euch?«, fragte Rena und rüttelte die regungslose Gestalt. Keine Reaktion. In diesem Moment bemerkte Rena den Dolch, der der Frau im Gürtel steckte, und einen Augenblick lang konnte sie sich nicht bewegen, nicht denken, nur fühlen. Sie kannte diesen Dolch, sie hatte ihn schon viele Male gesehen auf den Reisen, die sie und Alix gemeinsam unternommen hatten.

Erschüttert sah sie sich das Gesicht der Frau genauer an.

Alix! Es war Alix, die hier lag! Beim Erdgeist, was war mit ihr geschehen?

Rena rief ihren Namen, immer wieder. »Alix! Alix, wach auf!«

Es dauerte eine Weile, bis irgendeine Reaktion erfolgte, doch dann hob die Schmiedin mühsam den Kopf und blickte sie an. Ihre Pupillen waren so stark geweitet, dass ihre grünen Augen schwarz wirkten.

»Rena? Bist … du … das?«
»Hat ja ganz schön lange gedauert, bis du mich erkannt hast …«
Dann wusste Rena nicht mehr, was sie sagen sollte. Sie hatte so viele Fragen – was passiert war, wieso sie gerade hier gelandet war, warum sie sich nicht gemeldet hatte –, aber sie brachte keine davon heraus. Sie hätten nur wie Vorwürfe geklungen.
»Geh weg, Rena. Hau ab«, stöhnte die Schmiedin. »Ich will nicht, dass du mich so siehst …«
Rena konnte kaum sprechen, Tränen sammelten sich in ihren Augen. »Nein, ich gehe nicht. Jedenfalls nicht ohne dich.«
»Lass mich in Ruhe!«
»Vergiss es«, sagte Rena und begann die Sachen ihrer alten Freundin zusammenzupacken. »Bringt sie raus hier, ins Dorf«, wies sie die Farak-Alit an.
Ohne eine Miene zu verziehen ergriffen die beiden Männer die Schmiedin bei den Armen und zogen sie auf die Füße. Es stimmte, sie war abgemagert. Ihr Haar war verfilzt und hatte seinen Schimmer verloren, das Kleid war zerschlissen. Rena tat es weh, zu sehen, was aus Alix geworden war. Aber ich lasse sie nicht im Stich, schwor sie sich. Es wird wieder so werden wie früher.
Alix wehrte sich nicht, knurrte nur: »Ich kann alleine gehen«, und ließ zu, dass die Farak-Alit sie stützten. Es dauerte lange, bis sie wieder im Dorf waren.
Rena wusste, dass es nicht in Frage kam, Alix bis zur Felsenburg zu bringen – dazu war sie viel zu schwach. Jetzt brauchte sie erst einmal ein heißes Bad, Schlaf und Ruhe. Rena be-

sorgte ihr einen Platz im Erdhaus eines Gildenbruders, der den Feuer-Leuten Holz für ihre Schmiedefeuer lieferte. Die runde, mit dürrem Wüstengras bewachsene Kuppel, die von hohen Stapeln Holz fast völlig verborgen wurde, erhob sich nur eine Menschenlänge hoch über der Erdoberfläche. Doch darunter verbargen sich viele geräumige, trockene Zimmer.
»Sie ist eine Feuer-Frau, nicht wahr?«, wisperte der Meister eingeschüchtert.
Rena nickte. »Aber keine Sorge, sie gehört zu mir. Hast du auch ein Plätzchen für mich und meine Leute, *tanu,* Gildenbruder? Uns reicht eine Decke auf dem Boden, wir sind nicht anspruchsvoll.«
»Kommt gar nicht in Frage! Wir haben genug Zimmer für alle. Meinen Lehrlingen macht es nichts aus, mal in der Werkstatt zu nächtigen.«
Sie brachten Alix ins Lehrlingszimmer. Fast sofort schlief die Schmiedin ein.
Mit gemischten Gefühlen saß Rena an ihrem Bett und beobachtete Alix' Gesicht. Um ihre Augen und von der Nase zum Mund waren neue Falten. Selbst im Schlaf hatte ihr Gesicht eine Bitterkeit, die Rena an ihr nicht kannte. Die Feuer-Frau war ein verschwiegener Mensch und gab ungern etwas von sich preis. Vielleicht würde Rena nie erfahren, was Alix im letzten Winter erlebt hatte, aber es musste furchtbar gewesen sein. Ohne Grund wäre es niemals so weit mit ihr gekommen.

Die Farak-Alit und ein paar andere Soldaten aus einer nahe gelegenen Garnison, die sie kurzerhand rekrutiert hatten, sicherten das Haus des verschüchterten Erd-Gilden-Meisters.

Sie verwandelten es in eine kleine Festung; hier kam niemand mehr herein, der hier nicht hingehörte. Seit Rena den Mord an dem Zeugen in der Felsenburg miterlebt hatte, wollte sie auf Nummer sicher gehen. Zum Glück machte der unfreiwillige Gastgeber gute Miene zu allem und die aufgeschreckt umhereilenden Lehrlinge erwiesen sich als sehr hilfreich, als sie endlich begriffen hatten, dass dies ein Notfall war. Derrie kochte für alle und machte sich nützlich.

Alix schlief zwei Tage lang. Dann stand sie plötzlich in Renas Räumen – die Farak-Alit hatten keine Zeit mehr gehabt, Rena zu alarmieren, und nicht gewagt die Schmiedin aufzuhalten. Sie war zwar noch schwach und mager, aber in ihrer Haltung war etwas von der alten Selbstsicherheit.

»Ich danke dir für das, was du getan hast«, sagte Alix. Sie klang freundlich, doch in ihrer Stimme war kaum mehr als ein Schatten der alten Herzlichkeit zwischen ihnen. Es gab Rena einen Stich. Keine Umarmung, kaum eine Begrüßung – so hatte sie sich das Wiedersehen nicht vorgestellt.

»Ich wollte dir nur sagen, dass ich mich auf den Weg mache, sobald der dritte Mond aufgeht«, fuhr die Schmiedin fort.

Rena erschrak. »Aber warum? Beim Erdgeist, willst du etwa wieder in diese wurmstichigen Kneipen zurück?«

»Weiß ich noch nicht. Ich reise, wohin ich gerade Lust habe.«

Die Enttäuschung machte Rena einen Moment lang gemein. »Brauchst du Beljas? Ich lasse dir welches holen …«

Halb ärgerlich, halb resigniert winkte Alix ab. »Rostfraß und Asche! Hör auf, Rena.«

»Tut mir Leid.« Rena senkte den Kopf. »Ich dachte nur, wir könnten wieder zusammen reisen, weißt du … und jetzt, ich …«

Alix nickte, sie hatte verstanden. »Vielleicht bin ich einfach eine Einzelgängerin«, sagte sie langsam. »Unsere Reise damals war eine Ausnahme. Es hat Spaß gemacht. Aber das ist vorbei. Vergangenheit.«

Rena wusste, dass sie bei Alix mit Zwang nichts erreichte und mit Überredung auch nicht viel mehr. »Wirst du in die Felsenburg zurückkehren – irgendwann mal?«

»Nein.«

»Willst du nicht in der Nähe der Frau aus Stein sein?«, fragte Rena. »Oder hat es etwas mit uns zu tun – mir, Rowan, Dagua?«

»Sei nicht albern. Natürlich nicht.«

»Wo warst du in all der Zeit? In Tassos?«

»Meine alte Heimat. Ja. Ich war in Tassos. Habe ein paar Leute wieder gesehen, die ich schon fast vergessen hatte.«

»Aus deiner Familie?«, fragte Rena neugierig. Alix hatte nie viel über sich gesprochen und erst recht nicht über ein solches Thema.

Alix antwortete nicht. Sie ging im Zimmer umher, abwesend berührte sie Gegenstände, nahm sie auf, drehte sie in den Fingern, legte sie wieder beiseite. »Ich sollte jetzt wirklich gehen.«

»Wieso?« Renas Stimme war rau vor Enttäuschung. »Verdammt, wir haben uns so lange nicht gesehen!«

»Das weiß ich«, sagte Alix und einen Moment lang blickten ihre grünen Raubvogelaugen etwas weicher. »Weißt du, manchmal habe ich dich vermisst. Dich und deinen scheußlichen Blätterbrei. Ohne dich fällt es mir schwer, daran zu glauben, dass mit Daresh einmal alles gut wird.«

Rena entschloss sich ihr stärkstes Argument auszuspielen. »Im Moment ist jedenfalls nicht alles in Ordnung und es sieht auch nicht so aus, als ob demnächst alles gut wird. Wir brauchen dich. Gerade jetzt, wo dieser Prophet des Phönix vorhat alles in Schutt und Asche zu legen!«

Sie wartete darauf, dass Alix fragen würde, wer das denn sei. Aber Alix zeigte keine Überraschung. »Das ist ja das Problem«, bemerkte sie tonlos. »Es ist alles meine Schuld.«

»Kann nicht sein. Du hast doch mit diesen Verrückten nichts zu tun.«

»Mehr, als du denkst«, sagte Alix und lächelte bitter. »Rena, ich kenne ihn. Leider sogar ziemlich gut.«

Rena blieb der Mund offen stehen. »Was?! Den Mann, der sich Prophet des Phönix nennt? Wer ist er?«

Doch aus Alix war an diesem Tag nichts mehr herauszubekommen. »Lass uns erst einmal aus diesem Haus verschwinden. Hier erstickt man ja. Lass uns irgendwo draußen lagern, auf der Ebene. Wenn ich bei euch bin, sind wir nicht in Gefahr.«

Es fühlte sich seltsam an, wieder zusammen zu sein. Sie waren so viele Monde lang gemeinsam gereist. Und jetzt waren sie hier, in einem der kegelförmigen schwarzen Feuer-Gilden-Zelte, das sie gut getarnt in einem Dornengestrüpp errichtet hatten, tranken Cayoral und schafften es nicht so recht, sich in die Augen zu sehen. Während Rena ihrer alten Freundin erzählte, was alles in der Felsenburg geschehen war, und von den Zwischenfällen mit dem fremden Schmied und vom Angriff der Feuer-Leute berichtete, stellte Rowan ein paar neue

Pfeile für seine Armbrust her und schaute kein einziges Mal auf. Er hatte seinen langen Körper in den Schneidersitz gefaltet und saß ihnen gegenüber. Sie hätten sich berühren können. Sie taten es nicht.

Derrie hatte es sich im hinteren Teil des Zelts bequem gemacht und beschäftigte sich mit einem Geduldsspiel, das in der Luft-Gilde sehr beliebt war. Rena war nicht ganz wohl bei dem Gedanken, dass sie alles hörte, was sie sich erzählten. Aber es wäre unhöflich gewesen, sie hinauszuschicken, und nach einer Weile vergaß sie die Dienerin.

»… und so sind wir losgereist und schauen jetzt, was wir herausfinden können über diesen eigenartigen Propheten«, beendete Rena ihren Bericht.

»Ihr habt Angst vor ihm, nicht wahr?«

»Der Schmied hat genug erzählt, um dem Gildenrat – uns allen – Angst einzujagen, ja. Glaubst du, dass er gefährlich ist?«

Alix zögerte keine Sekunde mit der Antwort. »Ja. Das ist er.« Nachdenklich blickte sie in die Flammen, die sie eben mit einer gemurmelten Zauberformel entzündet hatte. »Aber sehr viel mehr weiß ich leider auch nicht über diesen Kult.«

Doch du weißt, wer der Prophet ist – und du willst es mir nicht sagen, dachte Rena. Vielleicht tut es dir schon Leid, dass du es vorhin zugegeben hast …

Bevor sie das ansprechen konnte, war es Zeit, eine viel wichtigere Frage zu klären. »Also du … äh …«

»Nein, ich folge diesem Propheten nicht«, kam ihr Alix zuvor. »Ich halte ihn für das Schlimmste, was Daresh überhaupt passieren konnte. Wahrscheinlich war es so eine Art Machtloch, das er genutzt hat. Nachdem wir die Regentin sozusagen in die Knie gezwungen hatten, gab es niemand mehr, der den Ehrgeiz einzelner Gilden bremsen konnte. Und meine Gilde ist sehr ehrgeizig. Sie hat den Propheten begeistert begrüßt, fürchte ich.«

»Du würdest uns also helfen etwas gegen diesen Propheten zu unternehmen? Der Rat würde dich gerne in seine Anhängerschaft einschleusen, damit du mehr darüber herausfindest.«

»Ich weiß noch nicht, Rena«, sagte die Schmiedin offen. »Ich hänge irgendwie doch an meinem Leben, so mies es im Moment auch ist.« Sie zögerte. »Aber was er mit Daresh anstellen will, ist wirklich furchtbar.«

Rena schauderte. »Wenn man glauben kann, was der Schmied gesagt hat, will er uns alle töten – alle, die nicht an ihn glauben! Ein Mensch würde so etwas nicht tun, nur ein Monster in Menschengestalt.«

Alix blickte seltsam drein, Rena konnte ihren Ausdruck nicht deuten. Doch sie kam nicht dazu, etwas zu sagen, denn jetzt hob Rowan den Kopf. »Ja, das wäre schrecklich. Aber ich glaube, dass das nur eine verrückte Drohung ist. Und dir geht es doch auch darum, vor dem Rat gut dazustehen, Rena«, meinte er bitter. »Du willst wieder einmal die Retterin Dareshs sein!«

»Rowan, das ...«

»Dafür hast du unser Leben riskiert! Dass Derrie verletzt wurde, hat dir wahrscheinlich noch nicht mal besonders Leid getan!«

Er warf sein Schnitzmesser auf den Boden und verließ das Zelt. Derrie blickte erschrocken auf und huschte ebenfalls hinaus. Alix sah Rowan verblüfft nach, dann zu Rena zurück. »Rostfraß und Asche, was ist denn mit euch beiden los?«

In diesem Moment war es um Renas Selbstbeherrschung geschehen. Sie krümmte sich zusammen, verbarg den Kopf in den Armen und fühlte, wie ihr die Tränen aus den Augen stürzten. Ihre Kehle zog sich in heftigen Schluchzern zusammen, sie konnte einfach nicht aufhören.

»Ihr wart doch mal das Traumpaar der vier Provinzen«, hörte sie Alix' Stimme, ganz weich diesmal und ein bisschen mitleidig. »Na ja, aber das ist ja auch einen ganzen Winter her. In dieser Zeit kann eine Menge passieren …«

Rena konnte nicht antworten, all die angestaute Traurigkeit bahnte sich ihren Weg nach draußen. Sie schämte sich vor Alix dafür, dass ihr Rotz und Wasser übers Gesicht liefen. Aber es war wohl alles ein bisschen zu viel gewesen in letzter Zeit. Hatte sie Rowan ein für alle Mal verloren, hasste er sie jetzt? Ein neuer Weinkrampf schüttelte Rena. Das hatte sie nicht verdient – sie hatte getan, was sie für richtig hielt! Und schließlich hatte sie sich selbst ganz genauso in Gefahr gebracht! Wieso tat er ihr Unrecht?

»Ist Rowan so wütend, weil er sich die Verletzung dieser Dienerin so zu Herzen genommen hat?«, rätselte Alix, nachdem sich Rena wieder ein wenig beruhigt hatte. »Oder kommt er nicht klar damit, dass er immer die zweite Geige spielt, dass du die Berühmte von euch beiden bist?«

»Ich glaube, es hat etwas mit Derrie zu tun. Sie ist mehr als eine Dienerin. Sie ist eine seiner Gildenschwestern und außerdem haben sie sich angefreundet.«

Alix blickte scharf auf und Rena wusste, dass ihr der leichte Unterton in Renas Stimme nicht entgangen war. Doch sie fragte nicht weiter nach, sondern wechselte das Thema: »In welcher Gegend war eigentlich dieser Zwischenfall genau?«

»Kurz vor dieser Bergkette. Wie heißt sie noch mal? Yna... irgendwas – ach ja, das Ynarra-Massiv.«

»Das ist seltsam«, sagte Alix nachdenklich. »Völlig unsinnig, wie diese Männer reagiert haben. Vor allem weil in dieser Gegend nichts ist. Ich meine, keine Dörfer, nicht mal Erzminen. In dem Gebiet gibt's ziemlich oft Leuchtgasstürme, deshalb wohnt niemand dort.«

»Wie sieht es hinter den Bergen aus?«

»Hm ... es ist schon eine Weile her, dass ich da war. Aber soweit ich es in Erinnerung habe, ist hinter den Bergen ein Talkessel mit einem kleinen Phönixbaum-Wald. Mehr weiß ich auch nicht.«

»Sie wollten nicht, dass wir in diese Richtung weiterziehen, das ist sicher.«

»Hm.« Alix' Augen hatten sich zu Schlitzen verengt. »Vielleicht würde es sich lohnen, dort noch einmal genauer nachzuschauen. Ich glaube, ihr könntet da etwas gefunden haben.«

Das Geheimnis der Berge

Alix war entschlossen im Talkessel nachzusehen und dem Rätsel auf den Grund zu gehen. Rena machte keinen Versuch, sie davon abzuhalten – sie wollte selbst wissen, warum sie angegriffen worden waren.

Doch es war nicht einmal drei Tage her, dass sie Alix in der Kneipe gefunden hatten. »Bist du sicher, dass du schon genug Kraft hast?«, fragte Rena besorgt.
»Ja, ja«, sagte Alix und polierte konzentriert ihr Schwert. Es war eine sehr teure Waffe; in die blanke Klinge war ein Flammenmuster eingraviert und am Griff trug es rote Edelsteine. An diesem Tag hatte sie wieder mit ihrem Schwertdrill begonnen, ihren täglichen Übungen, um in Form zu bleiben. Nicht einmal Rena durfte zusehen. An den Flüchen, die hinter dem Zelt hervordrangen, las sie ab, dass Alix etwas außer Übung war. Aber immerhin hatte sie ein bisschen an Gewicht zugelegt und im frisch gewaschenen Kleid und mit glänzenden Haaren sah sie fast aus wie früher. Nur bleich war sie immer noch. Doch Rena spürte ihre neue Energie. Es tut ihr gut, eine Aufgabe zu haben, dachte Rena. Vielleicht ist es das, was ihr gefehlt hat. Ein Ziel, ein Auftrag …
Schließlich war Alix reisefertig. »Ich schaue, was ich herausfinden kann. Falls ich nicht zurück bin, wenn der zweite Mond aufgeht, dann würde ich euch raten, dass ihr Tassos verlasst, so schnell ihr könnt.«
Rena nickte. Das war sicher ein guter Rat: Wenn selbst Alix auf ihrem eigenen Terrain versagte, dann hatten sie erst recht keine Chance.
Sie versuchte sich für ihre Hilfe zu bedanken, doch Alix wehrte ab. »Heb dir das auf, bis ich zurück bin! Sonst bringt es noch Unglück.«
»Dann wünschen wir dir einfach viel Glück«, sagte Rowan und Rena murmelte leise eine Schutzformel ihrer Gilde.
»Gute Reise!«, rief Derrie. Alix schien sie einzuschüchtern

und sie hatte sich wenig an ihren Gesprächen beteiligt. Auch Rowan war schweigsam gewesen in den letzten Tagen, hatte sich zurückgezogen. Erst als er hörte, was Alix plante, hatte er sich wieder unter sie gemischt. Von dem Ultimatum, das er Rena gestellt hatte, war keine Rede mehr. Wahrscheinlich will er selbst wissen, was es mit diesen Feuer-Leuten auf sich hat, dachte Rena, tastete nach seiner Hand und drückte sie. Er erwiderte den Druck nicht.

Mit einem trostlosen Gefühl im Bauch sah Rena Alix zu, wie sie sich mit langen, kräftesparenden Schritten auf den Weg machte. In der Ferne konnte man die Spitzen der Ynarra-Berge erkennen.

Rena setzte sich im Schneidersitz nach draußen und wartete darauf, dass der zweite Mond aufging. Sie wusste, dass sie sich jetzt auf nichts anderes konzentrieren konnte. Taktvoll hielten sich die Farak-Alit im Hintergrund, Rena hörte nur hin und wieder die Sohlen ihrer Sandalen auf dem Schlackeboden knirschen.

Sie merkte, dass Rowan im Zelt seine Sachen packte. Er ist entschlossen zu gehen, dachte Rena traurig. Ob Derrie wohl mitgehen wird? Vielleicht ist es falsch von mir, ihn aufhalten zu wollen. Vielleicht war es von Anfang an nicht gut, dass er und Derrie mitgekommen sind – vielleicht ist das hier in Tassos eine Reise, die nur Alix und ich machen können.

Als sie zum ersten Mal nach Tassos gekommen war, hatte die Provinz sie erschreckt. Man musste hier zäh sein und denken wie ein wildes Tier, dessen ganzer Wille auf das Überleben gerichtet war. Selbst die Spiele der Kinder waren so rau, dass man dabei umkommen konnte. Feuer speiende Reptilien am

Schwanz zu ziehen und dabei möglichst wenige Verbrennungen abzubekommen war noch das harmloseste. Doch nach und nach spürte Rena, dass Tassos sie zu faszinieren begann. Schließlich hatte die Feuer-Gilde sie schon immer interessiert und heute gehörte sie zu den wenigen Erd-Gilden-Menschen, die überhaupt ein Schwert trugen …

Rena legte den Kopf in den Nacken, bis der fahle Himmel ihr Blickfeld füllte. Sie sog den bitteren Geruch nach Rauch und Asche ein, der in Tassos allgegenwärtig zu sein schien. Ja, manchmal konnte sie sich vorstellen, welche Hassliebe Alix für ihre Provinz empfand, denn in ihr selbst wuchs etwas ganz Ähnliches …

Bilder von Derrie und Rowan in ihrem Kopf, immer wieder. Das Echo ihres Lachens. Warum kann ich nicht an etwas anderes denken?, fragte sich Rena ärgerlich und beobachtete den Horizont, wartete darauf, dass die rötliche Scheibe des zweiten Mondes erschien. Rena wusste nicht mehr, wie lange sie schon hier saß, die Zeit schien zum Stillstand gekommen zu sein. Sie erschrak, als die langen Schatten ihr anzeigten, wie spät es schon war. Kurz darauf war es so weit: Der zweite Mond ging über der Bergkette auf. Renas Augen suchten die Ebene ab. Weit konnte man nicht schauen, weil immer wieder Gestrüpp oder Baumgruppen den Blick versperrten.

Sie drehte sich um, als sie ein Geräusch hinter sich hörte.

»Also: Wo ist sie?«, fragte Rowan und in seiner Stimme war ein Ton wie von einer straff gespannten Saite.

»Verdammt noch mal, kann ich hellsehen?«, blaffte Rena zurück.

Rowan ging wortlos ins Zelt zurück. Traurig und wütend blickte Rena ihm nach – und als sie sich wieder umdrehte, blickte sie direkt ins Alix' grinsendes Gesicht. Rena zuckte heftig zusammen. »Alix! Scheiße, hast du mich erschreckt! Mach das nie wieder!«
»So was verspreche ich grundsätzlich nicht«, sagte Alix gut gelaunt. Gespannt versuchte Rena in ihrem Gesicht zu lesen. Anscheinend hatte sie etwas herausgefunden!
Nachdem sich Alix Staub und Schweiß abgewaschen hatte, setzten sie sich zusammen und Alix begann zu erzählen. »Mir ist das Gleiche passiert wie euch. Als ich den Bergen zu nahe kam, sind zwei Feuer-Leute aufgetaucht. Immerhin haben sie mich nicht gleich angegriffen. Das wäre ja auch eine Unverschämtheit bei einer Gildenschwester. Ich habe versucht sie auszufragen, bin aber nicht weit gekommen. Sie haben nur gesagt, dass ich wiederkommen könnte, wenn ich bereit wäre. Mehr nicht.«
»Das klingt ja seltsam«, meinte Rena.
»Dachte ich mir auch. Deshalb bin ich weitergegangen zum nächsten Ort. Ein grässliches Nest namens Roruk. Dort wussten die Leute auch nicht viel mehr, aber sie konnten bestätigen, dass diese Wachen anscheinend seit ein paar Monaten dort sind. Vorher konnte jeder, der wollte, in den Talkessel hinuntersteigen. Sie sagten mir, dass seit dieser Zeit immer wieder Fremde aus anderen Gegenden von Tassos oder sogar Feuer-Leute aus anderen Provinzen in die Berge gegangen sind. Sie schienen genau zu wissen, was sie dort wollten, und sind nicht wieder zurückgekehrt.«
»Meinst du, sie sind dort umgekommen?«, fragte Rowan verblüfft. »Von den Wächtern erledigt worden?«

»Nein. Ich glaube, dass sie noch dort sind … jenseits der Berge.«

Rena begann zu dämmern, was Alix meinte. »Hat das etwas mit diesem Propheten des Phönix zu tun? Vielleicht sind es Jünger dieses Propheten … und dort treffen sie sich.«

»Eine Art von Treffpunkt, aber vielleicht auch mehr als das. Meine Vermutung ist, dass sich Feuer-Gilden-Leute, die sich für den Propheten und seine Lehre interessieren, an einen örtlichen Kontaktmann wenden und dort das Kennwort bekommen. Sie gehen ins Ynarra-Gebirge und werden von den Wächtern durchgelassen. Tja, und dann …«

»Und wir sind ahnungslos einfach so da entlangspaziert …«

»Ich würde sagen, ihr habt enormes Glück gehabt«, bemerkte Alix ernst. »Gut, dass ihr diese beiden Farak-Alit dabeihattet, sonst wärt ihr Futter für die Nachtwissler gewesen.«

Rena nickte mit schiefem Grinsen. »Ich habe zwar Übungsstunden genommen, aber so richtig gut bin ich mit dem Schwert noch nicht.«

»Das wird schon noch ein paar Jahre dauern«, beruhigte sie Alix. »Erst mal ist wichtig, dass wir dieses Wissen zum Rat bringen. Wollt ihr gleich zurück zur Felsenburg und Bericht erstatten?«

Rena antwortete nicht sofort und machte sich daran, eine Kanne Cayoral zuzubereiten. Sie brauchte die Zeit zum Nachdenken. Derrie blickte verdutzt drein; normalerweise war das die Aufgabe einer Dienerin. Aber sie sagte nichts. Die anderen beobachteten, wie Rena die Kräuter abmaß, und warteten. Rowan zeichnete nervös Symbole in den Sand und wischte sie mit einer Handbewegung wieder weg.

»Ich gehe etwas zu essen besorgen«, erklärte Derrie schließlich. »Hoffentlich gibt's hier etwas.«
Es klang eine Spur beleidigt. Vielleicht hat sie das Gefühl, dass wir sie nicht im Zelt möchten, dachte Rena schuldbewusst. Ich hätte das Cayoral nicht selbst machen sollen, das hat sie vielleicht als Wink verstanden.
»Gute Idee, sagt mein Magen«, meinte Alix mit einem Raubtiergrinsen.
»Könnte sein, dass du in Roruk etwas erhandeln musst – das hier ist eine karge Gegend.« Rowan gab ihr ein paar Münzen mit. »Meinst du, du schaffst das mit deinem verletzten Arm?«
»Ja, das geht schon.«
Rena war beeindruckt davon, wie wenig die Wunde Derrie auszumachen schien. Obwohl sie noch immer einen Verband tragen musste und den Arm schonte, erledigte sie fast schon wieder alle Arbeiten, die im Lager anfielen. Ja, Rowan hatte Recht: Sie war zäh und alles andere als wehleidig.
Schließlich setzte Rena ihren Freunden die Tassen vor und sagte: »Nein, ich glaube, es würde wenig bringen, wenn wir jetzt zurückreisen. Dann sitzen wir wieder in der Burg und drehen Däumchen – und sicher sind wir dort auch nicht, das hat sich ja gezeigt. Ich würde vorschlagen, dass wir einen Wühler mit einer Nachricht losschicken.«
»Hoffen wir mal, dass der Wühler durchkommt – der Boden ist verdammt hart hier«, sagte Rowan und hob eins der zappelnden Tierchen aus dem Korb, in dem sie sie transportiert hatten. Rena kritzelte ihren Bericht auf ein glattes Stück Baumrinde, schob sie in eine Silberkapsel und flüsterte dann dem Wühler zu, was er zu tun hatte. Sie ließ ihn die Nachricht

schlucken und setzte ihn auf den Boden. In Sekundenschnelle hatte er sich eingegraben – zurück blieb nur ein Häufchen aufgeworfene Erde.

»Erinnerst du dich an den Plan des Rats, Rowan?«, fragte Rena. »Sie wollen jemand in diesen Kult einschleusen. Jetzt könnte das klappen – es müsste nur jemand das Passwort herausfinden.«

»Vielleicht ist es einem der Agenten des Rats schon längst gelungen und wir haben es noch nicht erfahren«, wandte Rowan ein. »Immerhin sind wir schon seit fast einem halben Monat unterwegs.«

Rena glaubte nicht recht daran. »Hoffen wir's mal …«

»Wahrscheinlich wäre es gar nicht so schwer, jemanden einzuschleusen«, meinte Alix und in ihren Augen war plötzlich ein kleiner tanzender Funke. »Man müsste nur wissen, wer die Kontaktperson ist …«

»Der Rat war der Meinung, du solltest dich in den Kult einschmuggeln«, sagte Rena. »Könntest du dir das vorstellen?«

»Es gibt leider ein paar Gründe, die dagegen sprechen. Der wichtigste ist: Ich bin bei gewissen Leuten zu bekannt. Man bräuchte jemanden, der nicht so auffällig ist, der harmlos wirkt und mit der Menge verschmelzen kann. Na ja, es gibt noch viele andere Agenten.«

»Schon. Aber wir wissen nicht, ob nicht einige von ihnen schon an den Propheten glauben – und darüber schweigen.«

»Ich habe natürlich ein paar Freunde, für die ich die Hand ins Feuer legen würde«, überlegte Alix. »Doch ich weiß nicht, ob sie sich für den Rat in eine solche Gefahr begeben würden.«

»Aber wissen sie denn nicht, was auf dem Spiel steht? Sie können doch nicht wollen, dass alle anderen Gilden ausgelöscht werden!«
Alix antwortete nicht gleich. »Viele wollen das natürlich nicht. Aber ich fürchte, einer ganzen Reihe von Leuten würde das kaum etwas ausmachen. Und noch vor ein, zwei Wintern – vor unserer Reise – hätte sogar ich vielleicht ähnlich gedacht.«
»Das ist ja Wahnsinn«, sagte Rowan; seine Stimme war laut geworden. »Dann ist der Friede zwischen den Gilden eine Illusion!«
»He, ganz ruhig«, sagte Alix erschrocken. »Wir sind nicht alle Monster und es gibt viele von uns, die den Frieden wollen. Trotzdem ... vielleicht sollte man einen Zwischengänger schicken, jemand wie dich, der nicht zur Feuer-Gilde gehört ...« Prüfend betrachtete sie Rena.
Das kann sie nicht ernst meinen, dachte Rena und winkte verlegen ab. »Ich bin zwar unauffällig, aber keine Agentin.«
»Und? Wenn ich dich ordentlich vorbereiten und dir ein paar von meinen Sachen geben würde, könnte man dich kaum von einem Angehörigen meiner Gilde unterscheiden. Nur dass du eben unsere besonderen Fähigkeiten nicht hast.« Alix flüsterte eine Formel und ihr Lagerfeuer loderte hell auf. »Weißt du noch, wie ich dich damals in die Residenz des Hohen Rates eingeschmuggelt habe? Keiner hat es gemerkt.«
Rena erinnerte sich daran und musste lächeln. Doch dann streifte ihr Blick Rowans angespanntes Gesicht. Ihr Lächeln verflog und ein anderer Gedanke blieb zurück: Vielleicht wäre es sogar das Beste. Was habe ich denn zu verlieren?

Nicht mehr viel – Rowan ist schon weit weg, alles zieht ihn nach Nerada und ich habe keinen Platz mehr in seinen Plänen. In die Felsenburg will ich, wenn ich ehrlich bin, nicht zurück. Aber eine andere Heimat habe ich nicht mehr …

Rena senkte den Kopf, den Tränen nahe. Doch dann rief sie sich zur Ordnung. He, was soll das Selbstmitleid? Du hast hier eine Aufgabe, verdammte Blattfäule, und du weißt, was davon abhängt!

Alix blickte noch immer etwas schuldbewusst drein. Als Rena sie ansah, spürte sie, dass die Schmiedin ihnen noch etwas verschwieg. »Es ist Zeit, dass du mit offenen Karten spielst«, sagte Rena hart. »Findest du nicht?«

Es war dunkel geworden. Das Licht des Feuers flackerte auf der groben Leinwand des Zelts. Eine Grollmotte hatte sich zu ihnen hereinverirrt und flatterte hektisch herum, auf der Suche nach dem Ausgang. Doch nicht einmal Rowan achtete auf das brummende Tier.

Alix gab sich einen Ruck. »Das stimmt. Ich weiß, wer dieser Prophet des Phönix ist. Er heißt Cano und war ursprünglich ein Erzsucher aus dem Norden von Tassos.«

Doch Rena ließ noch nicht locker. »Du hast nicht gesagt, dass du weißt, wer er ist. Du hast gesagt, du kennst ihn gut.«

Alix' Stimme hatte wieder diesen bitteren Ton. »Ja. Er ist leider nicht nur irgendein Mann. Er ist mein Bruder.«

Rowan und Rena verschlug es die Sprache.

Alix grinste schief. »Man kann sich seine Verwandtschaft eben nicht aussuchen. Am besten erzähle ich euch alles von Anfang an …«

Sie und ihr Vater lebten zusammen in einer Schmiede im Norden von Tassos, in Tavorkian; ihre Mutter war zu ihrer Familie im Süden zurückgekehrt. Eines Tages stand Cano auf der Türschwelle: ein schmaler, dunkler Junge mit einem trotzigen Zug um den Mund. Er war Alix' Halbbruder – seine Mutter kam aus einem anderen Ort. Alix, gerade mal fünf Winter alt, kauerte hinter dem Amboss und beobachtete ihn neugierig. Ob sie sich wohl verstehen würden?

Es wurde ein zwiespältiges Verhältnis. Einmal hetzten die anderen Kinder des Dorfes – die Alix wegen der besonderen Ausbildung, die sie von ihrem Vater bekam, nicht besonders mochten – zwei Feuer spuckende Tass auf sie. Wütend erledigte Cano erst die beiden Reptilien, dann verprügelte er die Kinder, bis sie heulend nach Hause rannten. Keines von ihnen wagte mehr Alix auch nur schief anzusehen. Von da an war ihr neuer Bruder für sie ein Held.

Doch er war unberechenbar. Nur ein paar Tage später überredete Cano Alix dazu, sich einen Zweig von einem reifen Phönixbaum abzubrechen, weil man daraus angeblich besonders gute Messergriffe machen konnte. Natürlich entzündete sich der Baum von selbst, sobald sie ihn berührte, und verwandelte sich über ihr in eine lodernde Fackel. Brennende Äste brachen auf sie herunter. Alix konnte sich nur retten, indem sie sich blitzschnell auf den Boden warf und wegrollte, um damit ihre brennenden Kleider zu löschen und gleichzeitig aus der Gefahrenzone zu kommen. Als sie rußgeschwärzt und hustend auf die Füße kam, merkte sie, dass Cano die ganze Zeit über eine halbe Baumlänge entfernt gestanden und mit kühler Neugier zugeschaut hatte.

Manchmal amüsierte er sich damit, ihr etwas beizubringen. Er hatte

ein starkes Gespür für Metalle und Erze und lehrte sie, wie sich die einzelnen Metalle anfühlten. An anderen Tagen war er mürrisch, ließ sie links liegen und fuhr sie an, wenn sie ihn etwas fragte.
Früh begann er mit Feuer zu experimentieren, erst mit dem gewöhnlichen Schmiedefeuer ihres Vaters – dabei ließ er Alix noch mitmachen –, dann mit exotischeren Varianten. Er war fasziniert von Kaltem Feuer, Blauem Feuer und den anderen Unterarten. Doch zu Anfang unterschätzte er ihre Gefährlichkeit und verbrannte sich ein paarmal böse. Von einem Experiment mit Kaltem Feuer behielt er eine helle Narbe auf dem Unterarm zurück. Doch obwohl er nie viel Erfolg mit seinen Versuchen hatte, gab er nicht auf.

»Zeit für den Drill«, sagte ihr Vater jeden Tag am frühen Morgen. Folgsam stand Alix auf und holte ihre Waffen. Sie wollte die größte Schwertkämpferin der Provinz werden und sie wusste, das bedeutete üben, üben, üben. Sie wusste auch, dass sie dank ihres Vaters, eines der berühmtesten Kämpfer dieser Zeit, schon jetzt besser war als die meisten Erwachsenen.
»Damit bist auch du gemeint!«, fuhr ihr Vater Cano an. Doch der fauchte zurück wie ein Iltismensch. »Warum soll ich mich da draußen schinden? Macht das doch alleine!«
Wortlos, mit einem letzten bösen Blick auf seinen Sohn, verließ ihr Vater mit Alix im Gefolge die Schmiede.
Am Abend gab es wieder Streit und wieder endete er damit, dass Cano seine Decken nahm, sich in das Erzlager zurückzog und dort übernachtete, zwischen den kantigen, staubigen Telvarium-Brocken.

Und dann war er auf einmal weg. Spurlos verschwunden. Mitgenommen hatte er nur ein paar seiner Sachen und ein bisschen Proviant. Mit siebzehn Wintern hatte er entschieden sein Schicksal in die eigenen Hände zu nehmen. Sein Vater verzog keine Miene und nickte nur, als er es merkte. Alix war verzweifelt und gleichzeitig froh: froh, weil es jetzt keine wütenden Wortgefechte mehr geben würde, verzweifelt, weil Cano ihr schon jetzt schrecklich fehlte.

Der Name ihres Bruders wurde in den zwei folgenden Wintern nicht mehr oft erwähnt – es war nicht gut, das in Gegenwart ihres Vaters zu tun. Dann klopfte es eines Nachts, der dritte Mond war schon aufgegangen, an der Tür der Schmiede. Es war Cano. Hatte er gewusst, dass der Vater gerade fort war, um Metalle zu erhandeln? Alix lag mit klopfendem Herzen zusammengerollt auf ihrem Schlafplatz unter einer Werkbank und hörte, wie er mit seiner Mutter sprach. Rasch zog sie sich an und schlich sich in die Frauenräume. Als sie Cano sah, erschrak sie – er wirkte düsterer als früher und gefährlich.

»Schön, dass du wieder da bist!«, sagte sie und ärgerte sich, weil ihr in der Aufregung nichts Besseres eingefallen war. »Du, äh … hast du viel erlebt?«

»Ja, habe ich«, sagte er und musterte sie ohne ein Lächeln.

»Warst du Erze suchen? Hast du viel gefunden?«

»Hm, wie man's nimmt.«

»Auch Calonium?« Alix wusste, dass ihr Bruder schon seit Jahren nach diesem Metall suchte.

Ein Schulterzucken als Antwort diesmal. Wie fremd er ihr war! Irgendwann gab Alix auf, kroch in die Decken zurück. Sie lauschte noch lange auf seine Stimme, obwohl sie nicht verstand, was gesprochen wurde. Irgendwann schlief sie dabei ein.

Am nächsten Morgen war er schon wieder fort – und diesmal blieb er verschwunden.

»Das ist jetzt fast zehn Jahre her«, sagte Alix. »Ich wusste nicht, was aus ihm geworden ist – bis mir jemand vor ein paar Monaten den Prophet des Phönix beschrieben hat und dabei diese Narbe erwähnte. Da wusste ich Bescheid.«

»Was wohl in diesen zehn Jahren geschehen ist?«, überlegte Rowan.

»Es muss ein komisches Gefühl gewesen sein, so von ihm zu hören.« Rena hatte vergessen ihr Cayoral zu trinken und verzog nun das Gesicht, weil der Rest in ihrem Becher schal geworden war. »Aber wieso hast du nicht versucht ihn zu treffen?«

»Verstehst du das nicht?« Alix ließ die Fingerspitzen über die gravierte Klinge ihres Schwerts gleiten, als berührte sie einen Talisman. »Er würde mich nicht mehr gehen lassen, er würde mit aller Kraft versuchen mich in den Kult reinzuziehen – und wenn es mein Leben kosten sollte. Mein Vater ist längst beim Feuergeist und Canos Mutter ist vor zwei Wintern, als es so schlimm war in den Provinzen, bei einer Gildenfehde getötet worden. Ich bin der einzige Mensch, der noch weiß, wer er wirklich ist, und der seine Jugend miterlebt hat.«

»Das heißt, du bist ein Risko für ihn, wenn er sich eine neue Legende stricken will«, sagte Rowan trocken. »Aber er würde dir bestimmt nichts tun. Schließlich bist du seine letzte lebende Verwandte.«

»Ich weiß nicht. Er war immer unberechenbar. Ich würde es ungern riskieren. Obwohl ich ihn natürlich gerne wiedersehen würde. Verdammt ... ich weiß wirklich nicht, was ich tun soll.«

»Glaubst du, er würde dich wiedererkennen?«, fragte Rena. »Hast du dich sehr verändert seit damals?«

»Früher hatte ich kurze Haare, wie bei Lehrlingsmädchen üblich. Aber ich glaube schon, dass er mich erkennen würde. Natürlich auch an meinem Schwert. Er kennt es genau.«
»Das spricht auch dagegen, dass du dich in seinen Kult einschleust«, sagte Rowan.
Rena räusperte sich und trotzdem klang ihre Stimme ein wenig krächzend, als sie ins Schweigen hinein sagte: »Ich mach's.«
»Was machst du?« Alix wirkte, als hätte jemand sie urplötzlich aus der Vergangenheit gerissen.
»Ich spioniere ihn aus. Jemand muss es tun, und zwar bald, Cano scheint ja ständig stärker zu werden. Helft ihr mir?«
»Beim Nordwind, du bist wirklich eine seltsame Frau«, sagte Rowan mit einer Mischung aus Verwunderung und Zärtlichkeit, bei der Rena feuchte Augen bekam. Sie lachte, um es zu überspielen.
»Kann sein. Bitte glaub mir, ich mache es nicht nur, weil ich dem Rat imponieren will.«
In diesem Moment hörten sie, wie jemand sich dem Zelt näherte. Gleich darauf erschien Derrie im Eingang und grinste fröhlich, einen Sack Vorräte über der gesunden Schulter. »Ich habe jede Menge bekommen! Gleich gibt es Essen!«
»Perfekt«, sagte Alix anerkennend.
Rena lächelte gezwungen. Das Essen interessierte sie nicht; sie wollte wissen, was Rowan dachte. Nachdem sich Derrie zum Kochen zurückgezogen hatte, kamen sie endlich wieder auf das Thema von vorhin zurück.
»Ich glaube, du bist vor allem neugierig auf diesen Cano«, sagte Rowan mit einem halben Lächeln zu Rena. Sie war froh, dass sein Ärger verraucht zu sein schien.

Alix wirkte nicht so überrascht, wie Rena gedacht hatte. Ob sie es geahnt hatte, dass ihre junge Freundin so entscheiden würde? »Ich glaube, du tust das Richtige – obwohl es für dich verdammt riskant wird«, meinte sie ernst. »Ein paar Tage brauchen wir natürlich noch für die Vorbereitungen. Was ist – fangen wir gleich an?«

»In Ordnung«, sagte Rena und bemühte sich ihre Stimme fest klingen zu lassen. Sie wollte nicht, dass die anderen ihr die Angst anmerkten.

Am nächsten Tag verlegten sie erst einmal ihr Lager und bewegten sich von den Bergen weg, damit die Leute des Propheten nicht auf sie aufmerksam wurden. Sie zogen Richtung Süden, in Richtung der Purpurfelsen – in der großen Feuer-Gilden-Siedlung sollte Rena versuchen einen Kontaktmann des Propheten ausfindig zu machen. Die beiden Farak-Alit schickten sie zurück zur Felsenburg. Sie waren jetzt eher hinderlich als nützlich.

Alix hatte sich für Rena eine Legende ausgedacht: Sie würde sich als einzige Tochter eines Goldschmieds ausgeben, der im Weißen Wald lebte – »Man muss so nah wie möglich an der Wahrheit bleiben, dann kann man mehr auf eigene Erfahrungen zurückgreifen«, erklärte Alix. Viele Atemzüge lang erklärte Alix ihr Techniken der Goldschmiedekunst und ließ sie sie wiederholen. Sie beschrieb ihr, wie man wertvolle Metalle fand, kaufte und mit ihnen handelte. »Hoffen wir mal, dass keiner dieser Leute auf die Idee kommt, bei dir eine Gürtelschnalle oder so was zu bestellen«, seufzte Alix. »Leider würde es zu lange dauern, dir das Zeug wirklich beizubringen.«

Stattdessen standen nun wieder tägliche Übungen mit Schwert und Messer auf dem Programm, bis Renas Arme und Beine schmerzten. Stöhnend kroch sie morgens aus ihren Decken. »Aaah, alles an mir fühlt sich grässlich an ...«

»Ruhe da. Gejammert wird nicht«, begrüßte sie Alix und drückte ihr das Übungsschwert in die Hand.

Aber auch typische Spiele und Gebräuche der Feuer-Gilde zeigte ihr Alix: wie man beim Neck-das-Tass mitmachte ohne allzu viele Verbrennungen abzubekommen, wie man Kelo und Arfedi spielte und wie der Beginn der Lanzenbaum-Saison gefeiert wurde. Wenn der dritte Mond untergegangen und es zu kalt war, um weiter draußen zu üben, musste Rena Formeln und Ausdrücke ihrer neuen Gilde pauken und sich die Eckpunkte ihrer erfundenen Kindheit und Jugend einprägen.

»Ein einziges ›Beim Erdgeist‹ – und du bist erledigt«, warnte Alix. »Hast du dir eigentlich schon einen Tarnnamen ausgedacht?«

»Eleni würde ich gerne heißen. Eleni ke Alaak, weil ich ja angeblich aus dem Weißen Wald komme.«

»Hm, das ist kein typischer Feuer-Gilden-Name, aber das ist Alix schließlich auch nicht. Also gut. Ab jetzt werden wir dich Eleni nennen, du musst schon ganz in deiner neuen Rolle leben.«

Rowan gefiel der neue Name; er fand zwanzigmal am Tag Gelegenheit, sie damit zu rufen. Nach einem Tag reagierte Rena darauf – nur wenn sie in Gedanken war, konnte es passieren, dass sie es vergaß.

Derrie glotzte erstaunt, als Rena plötzlich anders gerufen wurde. Sie hatte ja nicht mitbekommen, was sie im Zelt besprochen hatten. Rowan erklärte ihr, was Rena vorhatte, und Derrie nickte interessiert. »Das ist spannend. Wie dieser Prophet wohl ist?«

Rowan und Rena sprachen nicht viel in dieser Zeit. Aber in der Nacht kuschelten sie sich zum ersten Mal seit Beginn der Reise aneinander. Rena zitterte und Rowan zog sie näher zu sich. Sie spürte seine Finger ganz leicht über ihr Gesicht streichen. In dieser Nacht liebten sie sich wortlos und sanft. Vielleicht kann doch noch alles gut werden mit uns, dachte Rena, zum ersten Mal wieder mit Hoffnung. Aber wird Rowan noch da sein, wenn ich zurückkomme – *wenn* ich zurückkomme …?

Den nächsten Tag brachte Alix damit zu, sich in einem weiter entfernten Dorf mit neuen Kleidern und Gegenständen einzudecken. Rowan wurde dazu verdonnert, einen Umhang und zwei Kleider abzuändern, so dass sie Rena passten. Er war geschickter mit Nadel und Faden, als Rena ihm zugetraut hätte.

Nach einem halben Mond hatte Rena das Gefühl, dass in ihren Kopf nichts mehr passte, und bettelte um Gnade. Alix hatte ein Einsehen und es gab einen Tag lang keinen Unterricht.

»Du bist bald bereit«, meinte sie. »Aber eins können wir nicht ändern: dass du kein Feuer machen und keine Metalle spüren kannst. Du musst einfach versuchen dich davor zu drücken. Denk daran, dass es eine Ehre ist, wenn man jemand bittet das Feuer zu entzünden. Also komm den anderen immer zuvor und bitte sie zuerst darum. Du wirst sehen, sie fühlen sich geschmeichelt!«

»Was machen wir, wenn ich mit euch in Kontakt treten muss – um euch irgendetwas mitzuteilen zum Beispiel? Sinn der Sache ist ja, dass ich etwas über Canos Pläne erfahre und an euch weitergeben kann.«

Alix krauste die Stirn. »Hm, das wird ein bisschen schwierig. Rowan und ich, wir könnten uns zurückziehen nach Roruk, in die Nähe der Berge. Es gibt eine Schmiede am Ortsrand, in der ich Gastrecht in Anspruch nehmen kann. Der Schmied heißt Zinovar. Wenn du eine Nachricht hast, schick sie dahin.«

»Kannst du ihm vertrauen?«

»Woher soll ich das wissen? Ich kenne ihn kaum, ich habe nur mit ihm geplaudert. Sorg eben dafür, dass mir die Nachricht persönlich übergeben wird.«

Am nächsten Tag erreichten sie die Purpurfelsen. Hier mussten sie sich trennen – es würde Verdacht erregen, wenn Mitglieder mehrerer verschiedener Gilden zusammen reisten. Und wenn sich Rena eins nicht mehr leisten konnte, dann war es, Verdacht zu erregen. Sie übergab Alix ihre hellen Kleider, ihr Erd-Gilden-Amulett und alles andere, was noch an ihre wirkliche Gilde erinnerte, zur Aufbewahrung.

Der Abschied war kurz. Alix umarmte sie. »Möge der Feuergeist mit dir sein.«

»Soll ich Cano erzählen, dass ich dich kenne?«

»Bloß nicht!«

Rowan küsste sie – nicht so lange, wie Rena gerne gehabt hätte, aber immerhin. Seine sommerblauen Augen waren ernst. »Sei vorsichtig. Wenn auch nur der geringste Verdacht gegen dich aufkommt, dann musst du dich sofort aus dem Staub machen. Versprich mir das.«

»Ich verspreche es. Also – bis bald dann!«

»Viel Glück!«, rief Derrie.

Rena hängte sich ihre Tasche um und machte sich auf den Weg.

II
Kaltes Feuer

Der erste Test

Rena spürte ein leichtes Ziehen im Bauch, als sie auf die Gruppe von Pyramiden zuging. In einer von ihnen musste sie um Gastrecht bitten. Das war der erste Test für ihr neues Selbst als Eleni: Witterte einer der Feuer-Menschen hier in der Siedlung bei den Purpurfelsen, dass etwas mit ihr nicht in Ordnung war, dann musste sie den Versuch abbrechen.

Schon stand sie vor den seltsamen Gebäuden der Feuer-Gilde. Aus dieser Entfernung sah Rena, dass sie etwa fünf Menschenlängen hoch waren und schräge, glatte Wände aus einem rostigen dunklen Metall hatten. Nervös verlagerte Rena ihr Gewicht von einem Fuß auf den anderen. Diese Pyramiden sahen für sie alle gleich aus und sie alle stanken nach Rauch, manche auch nach geschmolzenem Metall. Einige hatten noch ein paar Außengebäude, Lager wahrscheinlich. Sie musste eben auf gut Glück irgendeine auswählen.

Ein letztes Mal blickte sie an sich hinunter, um zu kontrollieren, ob alles stimmte. Ihr schwarzer Umhang saß tadellos, das Schwert an ihrer Seite glänzte frisch poliert und sie trug ihr neues Gildenamulett gut sichtbar am Hals. Du siehst echt aus, versicherte sich Rena – zum zwanzigsten Mal. Und wieder glaubte sie sich nur fast, dachte, man müsse es ihr doch ansehen, dass sie zu den Erd-Leuten gehörte, eine Fremde war. Eine Spionin.

Rena suchte sich eine kleinere Pyramide am äußeren Rand der Siedlung aus – sie wirkte nicht ganz so bedrohlich wie die anderen – und klopfte an die Tür, die in der schrägen Wand eingelassen war. Das Metall fühlte sich rau und kalt an und ihre Fingerknöchel riefen einen dumpfen, schweren Ton hervor. Mit einem unguten Gefühl erinnerte sie sich daran, wie unfreundlich sie die Schmiede damals auf ihrer Suche nach Alix empfangen hatten. Aber das war einmal, erinnerte sich Rena. Jetzt bin ich eine von ihnen. Der Gedanke fühlte sich gut an. Es war noch nicht so lange her, zwei Winter gerade mal, dass Rena alles darangesetzt hatte, in die Feuer-Gilde aufgenommen zu werden. Es war eigenartig, jetzt auf einen Schlag, ohne Zeremonie, wirklich dazuzugehören – wenn auch nur vorübergehend.

Nutz es aus, sagte sich Rena und klopfte noch einmal, diesmal lauter. Schritte näherten sich im Inneren der Pyramide. Renas Puls hämmerte.

Die eiserne Tür schwang quietschend nach innen und ein schmächtiger junger Mann mit dunkelbraunem, etwas strubbeligem Haar stand Rena gegenüber. Sein Gesicht leuchtete auf, als er sie sah. »Sei willkommen, *tani*! Gastrecht, nicht wahr?«

Es war sehr angenehm, diesmal nicht angeschnauzt zu werden. Rena spürte, wie auch ihr ein Lächeln ins Gesicht stieg. »Ja, das wäre schön …«

»Komm rein! Ich heiße Denno.«

»Eleni ke Alaak«, stellte sich Rena vor – es ging ihr schon ganz flüssig von der Zunge.

Es war lange her, dass Rena zuletzt in einer Schmiede gewesen war. Neugierig blickte sie sich um. Sie folgte dem Mann durch einen hohen, dunklen Korridor, der nur hier und da von Leuchttierchen erhellt wurde. Seltsame runde Metallobjekte schmückten seine Wände. Schließlich kamen sie zu einem Wohnraum mit schlichten eisernen Möbeln: Esstisch, Bett, Regale, mehr gab es nicht. Ein Fenster über ihren Köpfen spendete etwas Licht. Rena sah nur ein Bett und stöhnte innerlich: Warum, zum Erdgeist, hatte sie so eine kleine Pyramide ausgewählt? In einer größeren hätte sie wenigstens ein eigenes Zimmer für die Nacht bekommen!

Der Schmied bemerkte ihren Blick und versicherte: »Das Bett bekommst natürlich du, *tani*, ich werde in der Werkstatt schlafen. Beim Feuergeist, es ist schön, Besuch zu haben! Ich habe gerade erst meinen Meister gemacht und eine eigene Pyramide bekommen. Deshalb habe ich auch noch keine Lehrlinge. Vielleicht schickt meine Schwester mir ihren Sohn …«

»Glückwunsch!«, sagte Rena. Auch die Wände des Wohnraums waren über und über mit metallenen Objekten behängt – und jetzt, im Licht, erkannte Rena auch ihren Zweck: Es waren Kochutensilien, fünf verschiedene Arten von Töpfen, drei unterschiedliche Pfannen und eine ganze Wand voll mit Haken, Kellen und anderem Zubehör.

»Äh, sag mal – kochst du gerne?«, wagte sich Rena schließlich zu fragen.

Denno lachte. »Wieso? Nein, natürlich nicht! Mit so vielen Schmieden hier in dieser Gegend brauchst du einfach ein Spezialgebiet. Meine Pfannen sind die besten der ganzen Gegend. Ich mache praktisch nur noch Kochgeräte. Was ist dein Gebiet?«
»Ich bin noch Lehrling bei einem Goldschmied«, sagte Rena und hoffte, dass das ihren Tritt ins Fettnäpfchen erklärte. Sie erzählte ihre Tarngeschichte und wurde mit jeder Minute sicherer, als sie sah, dass Denno eifrig nickte. »... und so bin ich jetzt unterwegs«, schloss sie.
»Wirklich bitter, im Weißen Wald leben zu müssen«, plapperte Denno. »Hier ist es viel schöner. Man ist praktisch unter sich, kaum Menschen anderer Gilden und nur gelegentlich ein paar Iltis- oder Natternmenschen.«
Rena wurde klar, was ihr Glück war: Denno rechnete nicht im Entferntesten damit, dass jemand so dreist sein könnte, sich als Mitglied seiner Gilde auszugeben und als solches um Gastrecht zu bitten. Es war einfach zu verrückt. Deshalb kam er nicht auf die Idee, ihre Geschichte in Frage zu stellen. Renas Puls beruhigte sich langsam wieder etwas.
»Komm, ich zeige dir die Schmiede«, sagte Denno und sprang begeistert auf. Rena folgte ihm interessiert. Jetzt würde sie endlich einmal selbst sehen, was Alix ihr schon so oft beschrieben hatte.
Auch die Schmiede bestand nur aus zwei kleinen Räumen, die das Schmiedefeuer auf sommerliche Temperaturen aufgeheizt hatte. Denno deutete mit großer Geste auf die Reihe Werkzeuge, nahm eine Zange von der Wand und ließ sie vor ihr stolz ein paarmal auf- und wieder zuschnappen. »Klein,

aber mein. Verdammt, jetzt hätte ich fast vergessen diese Ladung Brathaken fertig zu machen ...!«

Fasziniert sah Rena zu, wie Denno hin und her sprang – hier ein Metallstück in die Esse schob, dort ein paar Hammerschläge anbrachte, hier ein anderes Werkzeug zurechtlegte –, bis sein kurzes Hemd Schweißflecken unter den Armen hatte. Trotz seiner schmächtigen Statur ließ er die schweren Hämmer mit Leichtigkeit auf die Haken niedersausen. Er hatte wohl eine ähnlich sehnige Kraft wie Rowan.

»Na, ist doch toll hier, was?«, strahlte Denno sie an. »Gefällt es dir?«

»Ja sicher! Nette Werkstatt ...«

»Habt ihr auch ein großes Feuer – oder wie läuft das bei euch Goldschmieden?«

»Äh, nein, wir arbeiten mit kleinen Tiegeln und Formen«, meinte Rena. »Und später hämmern und biegen wir das ganze mit feinen Werkzeugen in Form. Ziemlich komplizierte Sache.«

»Ach, das ist doch Fitzelkram«, sagte der Schmied wegwerfend. Rena musste lächeln, als sie erkannte, was Denno vorhatte: Da sie ihre Lehre gerade erst begonnen hatte, hoffte er, sie noch irgendwie abwerben zu können. Sicher war es kein Spaß, eine Schmiede ohne eine einzige Hilfskraft zu betreiben.

Später aßen sie in der Wohnstube ein einfaches Abendessen aus Torquilbraten und Wurzelgemüse. Nein, Kochen ist wirklich nicht Dennos Stärke, dachte Rena, während sie auf dem zähen Fleisch herumkaute. Sie war froh, dass Alix ihr schon vor längerer Zeit beigebracht hatte ihren Ekel vor dem

Essen von Tieren zu überwinden – normalerweise waren die Menschen der Erd-Gilde Vegetarier.
Nach dem Essen war offensichtlich der gesellige Teil angesagt. Denno legte die Füße hoch, reinigte sich mit einer kleinen Eisenspitze die Fingernägel und schlug eine Partie Kelo vor. Rena nickte – Kelo kannte sie, das war sicheres Terrain. Während sie würfelten, überlegte Rena, wie sie unauffällig das Gespräch auf den Propheten bringen könnte. Sie wollte so bald wie möglich anfangen sich nach dem Kontaktmann des Kults umzusehen.
Die Gelegenheit ergab sich schneller, als sie gedacht hatte.
Denno fühlte sich verpflichtet ihr zu erklären, warum er nicht um Geld spielen wollte. »Ich habe im Moment nicht viel Rumas auf der hohen Kante – das liegt daran, dass ich viele meiner Töpfe diesem Luft-Gilden-Gesocks verkaufen muss«, meinte er. »Diese Windhunde geben uns viel zu wenig dafür. Gut, dass der Prophet ihnen bald eine gehörige Lektion erteilen wird.«
Rena spürte ihre Haut prickeln. »Der Prophet des Phönix? Ja, das ist gut. Ich habe sogar überlegt, ob ich mich ihm anschließen soll. Ich meine, meine Lehre kann ich auch später fertig machen, es gibt Wichtigeres.«
Der Schmied sah sie einen Moment lang abschätzend an, doch er ging nicht darauf ein, was sie gesagt hatte. Einen Atemzug später waren sie wieder in ihre Partie vertieft.
Rena fragte sich, ob das als Köder genügte. Sie beschloss abzuwarten. Denno war ja ein recht angenehmer Zeitgenosse, hier konnte sie es ein paar Tage aushalten. Vielleicht wusste er, an wen man sich bei den Purpurfelsen wenden musste, und

womöglich leitete er ihren Wunsch weiter. Wenn das nicht klappte, musste sie sich eben etwas anderes ausdenken.

Den nächsten Tag über leistete Rena Denno in der Schmiede Gesellschaft, beobachtete ihn bei seiner Arbeit und versuchte so viel über die Arbeit an Hammer und Amboss zu lernen, wie sie konnte. Schließlich wagte sie zu fragen: »Kann ich dir irgendwie helfen?«

Denno lachte über die ungeschickte Art, wie sie den Schmiedehammer schwang, und darüber, wie schnell sie erschöpft war. Doch die Erklärung lieferte er sich gleich selbst: »Klar, du bist ja nur deine winzigen Hämmerchen gewöhnt!«

Als der zweite Mond aufgegangen war, zog er seine besten Sachen an und ging in den Ort. »Äh, ich muss ein paar Sachen erledigen. Bin bald zurück.«

Rena nickte. Er hatte nicht gefragt, ob sie mitkommen wollte – das war ein gutes Zeichen. Vielleicht suchte er den Kontaktmann des Kults auf.

Sie vertrieb sich die Zeit, indem sie seine Sachen durchsuchte. Alles im Dienst der Wahrheit, sagte sich Rena, um ihr schlechtes Gewissen zu beruhigen. Doch sie fand nur ein paar ungeschickte Kohlezeichnungen nackter Frauen mit riesigen Brüsten und gespreizten Schenkeln. Rena musste sich ein Lachen verbeißen, als sie sie durchblätterte. Gut, dass Denno in der Werkstatt schlief, sonst wäre er vielleicht noch in Versuchung gekommen …

Als Denno zurückkam, schliff Rena in Seelenruhe ihr Messer. »Na, alles geklappt?«

»Äh, ja«, sagte er und lief leicht rot an. Er wirkte so verlegen, dass Rena sich fragte, ob er nicht vielleicht eine käufliche Frau besucht hatte. Oder hatte er beides getan – den Kontaktmann informiert und die Frau besucht ...? Wie auch immer, ein paar Tage gab sie ihm noch, dann war es Zeit, einen anderen Weg in den Kult zu finden.

Zwei Tage lang schwitzte sie in seiner Werkstatt, bis ihre Armmuskeln sich wie Brei anfühlten, und ertrug seine entweder versalzenen oder zerkochten Menüs. Sie war froh, als Denno schließlich vorschlug: »Hättest du Lust, in den Ort zu gehen? Heute ist Markttag und ich brauche ein paar spezielle Metalle für die Pfannenböden. Du kannst dich ja ein bisschen umsehen.«

Es war nicht weit bis in den Ort, gerade mal zehn Baumlängen. Am Ortsausgang verabschiedete sich Denno und sie machten aus, wann und wo sie sich wieder treffen würden.

Entspannt und neugierig schlenderte Rena den Zentralpfad entlang, der von Marktständen gesäumt war. Viele reisende Händler der Luft-Gilde waren gekommen und brachten ein paar Farbtupfer in das Schwarz und Grau der Feuer-Gilde. Es gab Rena einen schmerzhaften Stich, weil sie das an Rowan erinnerte und daran, dass sie ihn wahrscheinlich lange nicht sehen würde. Aber auch viele Besitzer der Pyramiden im Ort – vom Erzsucher und Kohlegräber bis hin zum Waffenschmied – hatten wackelige Stände errichtet und boten ihre Waren den Händlern zum Tausch und Kauf an. Es war oft ihre einzige Gelegenheit, die Früchte ihrer Arbeit an den Mann zu bringen.

Rena war stehen geblieben und ließ die Menge an sich vorbeifluten. Sie überlegte gerade, ob sie es wagen sollte, auf ein

Glas ins Wirtshaus einzukehren, da rempelte sie von hinten jemand an.
»He!«, rief Rena.
»Verzeiht mir, ich war unachtsam, ich hoffe, es ist Euch nichts passiert ...«, spulte der Fremde ab. An seiner Kleidung erkannte Rena, dass er Kunstschmied war. Er verbeugte sich kurz vor ihr und hastete weiter.
Rena fuhr mit der Hand in ihre Tasche, um nachzusehen, ob sie genug Rumas für das Wirtshaus hatte – und fühlte auf einmal etwas zwischen ihren Fingern knistern. Etwas, das vorher noch nicht da gewesen war. Langsam zog sie es hervor und stellte fest, dass es ein beschriebener Zettel war.
Schnell steckte sie ihn wieder weg und verzog sich hinter einen der kleinen Stände, um ihn in Ruhe lesen zu können.
Rena las:

Prery, dritter Mond

Sie drehte das kleine Stück weiche Baumrinde herum und rieb es zwischen den Fingern. Aber mehr als diese drei Worte standen nicht darauf. Rena zweifelte nicht daran, dass die Nachricht für sie bestimmt war, und bewunderte die raffinierte Art, wie man sie ihr zugespielt hatte. Es gab nur zwei Möglichkeiten: Entweder sie kam von Alix oder vom Kontaktmann des Propheten. Aber was oder wer, zum Erdgeist, war Prery?
Das war ziemlich einfach herauszufinden. Sie wartete geduldig, bis sie die Aufmerksamkeit eines Feuer-Gilden-Manns erregen konnte, der an seinem Stand Werkzeug anbot. Im

letzten Moment konnte sie sich das förmliche »Ihr« verkneifen. »Du lebst doch hier, *tanu,* oder? Kannst du mir sagen, wo ich Prery finde?«

Der Schmied schoss ihr einen neugierigen Blick zu. »Westpfad, zwölfte Pyramide«, sagte er. »Viel Glück ...«

Viel Glück? Was meinte der Kerl damit?, fragte sich Rena.

Sie blickte zum Himmel hoch: Wie praktisch, der Untergang des dritten Mondes stand unmittelbar bevor. Das hatte der Unbekannte sicher mit dem zweiten Teil seiner Nachricht gemeint. Unternehmungslustig machte sich Rena auf den Weg.

Der Ort im Schatten der Purpurfelsen war sehr weit auseinander gezogen, die Pyramiden lagen jeweils ein paar Baumlängen voneinander entfernt. Rena tappte den Westpfad entlang, der sich durch das Gewirr der Pyramiden schlängelte. Am zwölften Gebäude machte sie Halt.

»Da bist du ja endlich«, sagte eine Stimme hinter ihr.

Rena fuhr herum. Hinter ihr stand ein untersetzter, muskulöser Mann von etwa fünfzig Wintern. Er hatte kurz geschorene, silbrig graue Haare und durchdringende helle Augen.

»Ich habe die Nachricht eben erst bekommen – schneller ging es nicht«, stammelte Rena.

Der Mann lachte. »Ich meinte es eher im übertragenen Sinne. Wir brauchen mehr von euch, noch viel mehr. Jeder in Tassos und darüber hinaus muss hinter uns stehen. Ich bin übrigens Prery.«

Also der Kontaktmann, fuhr es Rena durch den Kopf. Jetzt bloß kein falsches Wort!

Er ging ihr voran in einen Langbau. Staunend blickte sich Rena um. Hunderte von Fächern bedeckten die Wände – in jedem lagen Klumpen von verschiedener Farbe, von Grauweiß über Blauschwarz bis hin zu leicht violett schimmernd. In großen Tonnen lagerten Erzklumpen, daneben in einem komplizierten Muster gestapelte Metallbarren. Obwohl Alix ihr die wichtigsten Metalle beschrieben und von deren Eigenschaften erzählt hatte, fühlte sich Rena so verwirrt, dass sie es nicht einmal geschafft hätte, eins davon zu identifizieren.

Prery schüttelte amüsiert den Kopf. »Man könnte meinen, du warst noch nie bei einem Metallhändler …«

»Doch, doch«, beeilte sich Rena zu versichern. »Aber so viel wie du hatten sie nicht zur Auswahl.«

Damit schien sie den richtigen Ton getroffen zu haben. Prery nickte. »Ich kenne einen der besten Erzsucher in Tassos. Schau mal her. Weißt du, was das ist?«

Er fischte ein paar flache, etwa handgroße mattschwarze Platten aus einem Fach. Rena versuchte sich verzweifelt zu erinnern, was das sein konnte. Aber die Begriffe tanzten in ihrem Kopf umher, als wollten sie sie verhöhnen. »Schöne Aura«, sagte Rena, um Zeit zu gewinnen. Dass sie die Aura nicht spüren konnte, dass sie nur lebendes Holz fühlte, durfte er nie erfahren.

»Nicht wahr? Es ist eine Jaronis-Legierung. Das Zeug, das den Purpurfelsen zusammen mit einem bestimmten Mineral ihre Farbe verleiht«, sagte Prery. Er schien ihr die Unwissenheit nicht übel zu nehmen. Oder ließ er es sich nur nicht anmerken? »Lebt deine Familie schon lange im Weißen Wald?«

»Ich weiß nicht viel über meine Familie, sie sind bei einer

Gildenfehde getötet worden«, sagte Rena, so wie Alix es ihr geraten hatte. »Das ist jetzt fast fünfzehn Winter her.«
»Ach, dann war es sicher in der großen Fehde von Carida Velta«, meinte Prery beiläufig.
Rena wollte das gerade eifrig bestätigen, da begegnete sie seinem Blick. Etwas in Prerys Gesicht warnte sie. »Nein, ich glaube nicht. Es war eine andere.«
Prery lächelte; seine Lider waren halb geschlossen. »Hätte mich auch gewundert. An der Fehde damals haben keine Brüder aus dem Weißen Wald teilgenommen.«
Jetzt kamen die Fragen Schlag auf Schlag – hatte sie Geschwister, wie viele Schmiede lebten in ihrem Dorf, wie viel Rumas hatten sie von den Händlern für ihre Gürtelschnallen bekommen. Jetzt war Rena froh, dass Alix sie so gnadenlos mit Details über ihr angebliches früheres Leben voll gestopft hatte. Wenn sich Prerys durchdringende Augen auf sie richteten, fühlte sie einen Schauer über den Rücken laufen. Sie ahnte, dass das ein Mann war, der bedenkenlos töten konnte – und es sicher auch nicht selten tat.
»Wie hast du vom Propheten gehört?«, fragte er schließlich. Er sprach den Namen langsam und sorgfältig aus und Rena spürte die Achtung dahinter.
»Ein Bruder, der bei uns einen Abend lang Gastrecht hatte, hat davon erzählt«, log Rena. »Es war einfach … na ja, an diesem Abend habe ich begriffen, was Tassos braucht.«
»Wieso hasst du die anderen Gilden?«
»Ich hasse sie nicht. Aber sie sind schwach und verweichlicht«, sagte Rena und bemühte sich um einen angewiderten Gesichtsausdruck. »Sie verdienen es nicht, mitzuregieren. Manch-

mal denke ich, dass es besser wäre, wenn sie von Daresh getilgt würden.«

»Hm«, sagte Prery. Er hatte sie nicht aus den Augen gelassen. Rena spürte, dass er noch skeptisch war.

»Wir brauchen jemanden wie den Propheten, der Tassos endlich die Größe gibt, die es verdient«, behauptete Rena. Allmählich schaffte sie es, sich in Begeisterung zu reden. »Als ich von ihm gehört habe, wusste ich sofort, dass er der ist, auf den wir gewartet haben!«

Prery nickte langsam; anscheinend war er zufrieden. Doch der Tiefschlag kam erst. »Gibt es jemanden, der für dich bürgen kann?«

»Bürgen?« Damit hatte Rena nicht gerechnet, auch Alix nicht. Ihr wurde heiß und sie spürte, wie die Röte ihr ins Gesicht stieg. »Ich bin nur ein Lehrlingsmädchen – ich kenne noch nicht viele Leute.«

»Hat man dir nicht gesagt, dass du einen Bürgen brauchst?«

»Nein …«

Stirnrunzelnd blickte Prery sie an. »Was ist mit deinem Meister?«

»Der ist nicht so gut auf mich zu sprechen, weil ich meine Lehre abgebrochen habe und losgereist bin, um mich dem Propheten anzuschließen«, sagte Rena schnell und war dankbar, dass ihr etwas eingefallen war. »Er ist selbst nicht für den Plan.«

Der Metallhändler schwieg lange. Rena wartete mit klopfendem Herzen. Sie wusste, dass sie keinen wirklich guten Eindruck hinterlassen hatte. Jetzt kam es darauf an, ob der Prophet des Phönix wirklich jede Hand und jedes Herz gebrauchen konnte.

»Na gut«, sagte Prery schließlich. »Dann nehmen wir eben

einfach Denno. Der kennt dich ja jetzt anscheinend. Er ist sehr angetan von dir.«

Das ist auch nur richtig so, nachdem ich schon drei Tage lang mit lächelndem Gesicht seinen Fraß zu mir genommen habe, fuhr es Rena durch den Kopf. Beim Gedanken, dass sie es jetzt über die erste Hürde geschafft hatte, grinste sie über das ganze Gesicht. Prery lächelte zurück, restlos überzeugt von ihrer offensichtlichen Begeisterung, bald den Propheten kennen lernen zu können.

»Kennst du das Ynarra-Massiv?«, fragte er.

Rena wollte schon bejahen, da fiel ihr ein, dass sie den Weißen Wald angeblich noch nie verlassen hatte. »Wo ist das?«

Der Metallhändler kramte eine Karte hervor und fuhr mit dem Finger über das alte Pergament. »Hier, siehst du. Dorthin musst du. Wenn du dort einen der Brüder triffst, dann sag ihnen das Wort ›Leuchtsturm‹. Dann geh weiter, über die Berge. Dort wirst du finden, was du suchst.«

»Was ist dort?«

»Das wirst du schon sehen«, sagte der Mann mit den kalten Augen und lachte leise.

Schwarze Zelte

Spitz ragten die Berge des Ynarra-Massivs über ihr auf. Wie Reißzähne, dachte Rena. Sie fühlte sich entsetzlich allein, als sie darauf zuging. Es hatte keine Möglichkeit gegeben, ihre

Freunde zu benachrichtigen, dass sie die erste Probe bestanden hatte. Ob Alix und Rowan trotzdem wussten, wo sie war – dass sie jetzt, beinahe zumindest, an den Ort zurückkehrte, an dem Derrie verletzt worden war?

Ihre Schritte knirschten auf der schwarzen Schlacke, die hier überall den Boden bedeckte. Vorsichtig ging sie an den Phönixbäumen vorbei, deren Blätter den öligen Glanz des Reifestadiums hatten. Sie schlug einen weiten Bogen um die Stelle, an der sie damals angegriffen worden waren. Zwar hatte der Kampf nur ein paar Atemzüge gedauert und sie hatte andere Kleidung getragen, aber es war trotzdem zu riskant. Wenn einer der beiden Männer, die dieses Territorium sicherten, sie erkannte und sich erinnerte, dass sie mit Farak-Alit und Menschen anderer Gilden unterwegs gewesen war, war sie geliefert.

Wieder das Huschen im Gebüsch. Sie waren da, die Wächter. Unwillkürlich verkrampfte sich Rena, die Erinnerung an den Kampf war noch frisch. Doch sie zwang sich zu entspannen. Sonst würden die Wächter spüren, dass sie nervös war.

Zwei Männer der Feuer-Gilde gingen auf sie zu, ohne ein Lächeln, aber auch ohne Zögern: Sie hatten sie als Gildenschwester erkannt. Waren es dieselben wie damals oder andere? Rena konnte nur raten, es war alles so schnell gegangen.

Sie spürte, dass die beiden neugierig waren. Wahrscheinlich kam es nicht oft vor, dass sich eine junge Frau, beinahe ein Mädchen, dem Kult anschloss.

»Parole?«

»Leuchtsturm«, meldete Rena schnell.

»Soso, du bist also die Neue«, sagte der eine Mann und seine Mundwinkel verzogen sich zu einem langsamen Lächeln. »Prery hat uns schon benachrichtigt, dass du kommen würdest, *tani.*«
Rena nickte. Sie blickte zu den Bergen hoch. »Wo soll ich langgehen?«
»Einfach über den Pass.«
»Woran merke ich, dass ich da bin?«
Die beiden lachten, wandten sich ab und gingen davon.
Es war nicht schwer, über den Pass zu gelangen, obwohl Rena keine gute Kletterin war und ihr in der Höhe schnell schwindelig wurde. Geduldig setzte sie Fuß um Fuß auf den schmalen, ausgetretenen Pfad. Sie hielt den Blick auf die staubige, hellgraue Erde gesenkt, die ihren nackten Zehen in den Sandalen die Farbe der Felsen gab. Und dann war sie am höchsten Punkt angelangt und sah sich um. Rena atmete tief, krampfhaft. Sie vergaß sogar ihre Höhenangst.
Der Talkessel war keine leere Ebene mehr, wie Alix es ihr beschrieben hatte. Ein Teil seiner Fläche war von einem seltsamen geometrischen Muster bedeckt, das so groß war wie eine Stadt, nein größer. Es waren gewaltige Kreise, in der Mitte klein, nach außen immer größer werdend. Wie eine Zielscheibe, dachte Rena. Die Kreise waren so groß, dass ihr äußerer Rand auf der anderen Seite im Dunst verschwand. Winzige Punkte bildeten die Linien der Kreise, viele kleine Punkte.
Beim Erdgeist, dachte Rena. Was ist hier entstanden? Niemand hat es bemerkt, niemand gesehen. Sie lassen ja keinen Menschen mehr in den Talkessel.

Rena rannte den schmalen Bergpfad hinab, Steine kollerten unter ihren Füßen weg und das Schwert klatschte schwer an ihren Schenkel. Erschrocken krächzend flog ein Bergzahrah-Weibchen vor ihr auf.
Je tiefer sie kam, desto deutlicher sah sie, woraus die Punkte bestanden: Jeder einzelne war ein Zelt, wahrscheinlich eins der großen, schwarzen Sorte aus schwerem gewebtem Stoff, die auch Alix hatte. Anscheinend ist es das Lager des Propheten, dachte Rena und ihr Atem ging schnell. Hier müssen so viele Menschen leben wie in einer großen Stadt!
Nach einer Stunde war sie im Tal angelangt. Sie ahnte, dass man sie vom Lager aus längst entdeckt hatte, dass sie beobachtet wurde, seit sie über den Bergkamm gekommen war.
Kurz darauf betrat sie mit klopfendem Herzen die Grenze des Lagers, den äußeren Ring. Im Abstand von einer halben Länge standen die Zelte hintereinander und bildeten dadurch die Kreise, die sie von oben gesehen hatte. Alle Bewohner saßen oder standen vor ihren Zelten und schauten ihr interessiert entgegen. Ja, sie haben längst gewusst, dass ich komme, dachte Rena. Sie spürte sich von vielen Augen kritisch, aber ohne Überraschung gemustert. Auf den ersten Blick sahen sie ganz normal aus: junge und ältere Männer, Frauen im kampffähigen Alter – alle in der üblichen grauen oder schwarzen Kleidung. Aber natürlich gab es hier keine Kinder und keine der zahmen Reptilien, die sonst Feuer spuckend zwischen den Pyramiden umherwuselten.
Viele der Menschen nickten oder lächelten ihr zu. Verlegen erwiderte Rena den Gruß und dachte: Nette Leute. Sie

musste sich daran erinnern, dass diese netten Leute sehr wahrscheinlich die Vernichtung dreier Gilden planten.
Rena wusste nicht, was sie tun sollte – einfach weitergehen in Richtung der Mitte oder hier in den äußeren Schichten des Lagers bleiben?
Das Problem löste sich ein paar Atemzüge später von selbst. Als sie den vierten oder fünften Kreis passierte, ging eine Frau auf sie zu, fasste sie am Arm und führte sie wortlos weiter. Schließlich kamen sie zu einem Zelt, das offensichtlich vor nicht allzu langer Zeit aufgebaut worden war. »Hier wohnst du.«
»Wie …«, setzte Rena zu einer Frage an, doch die Frau schüttelte den Kopf. »Später. Du wirst schon sehen.«
Das Zelt war so hoch, dass sie darin aufrecht stehen konnte. Sein Boden bestand aus einer Lage groben Stoffes, direkt über den Boden gelegt. Als Rena die Sandalen auszog, spürten ihre Fußsohlen ein paar spitze Steinchen durch den Stoff hindurch. Es roch ein wenig muffig im Zelt, aber auch der Duft nach einem fremdartigen Gewürz hing in der Luft. Es gab zwei Schlafplätze, Matten auf dem Boden mit dünnen Decken darüber. Der linke schien belegt zu sein, ein paar Kleidungsstücke lagen zusammengeknüllt darauf herum und in der Ecke stand eine runde Tasche. Rena fragte sich, mit wem sie das Zelt teilen musste und wann sie ihn oder sie zu Gesicht bekommen würde.
Rena packte ihre Sachen auf den zweiten Schlafplatz, nahm das Schwert ab und legte es vorsichtig neben ihr Bett. Den Dolch behielt sie an, nahe am Körper, so dass sie ihn jederzeit ziehen konnte, wenn Gefahr drohte. Tag

und Nacht würde sie ihn tragen müssen, solange sie hier war.

Sie legte sich auf ihren Schlafplatz und starrte nach oben. In ihr überstürzten sich die Fragen. Würde sie den Propheten überhaupt zu Gesicht bekommen? Durften Neuankömmlinge das? Wie war er so, dieser Cano, Alix' Halbbruder? Ob sie wohl die Einzige war, die wusste, wie er wirklich hieß, wer er war? Und doch wusste sie so wenig über ihn, darüber, was er als Erwachsener getan und erlebt hatte.

Auch ganz praktische Fragen beschäftigten sie: Mussten die Bewohner jedes Zelts ihr Essen selbst zubereiten? Wo konnte sie sich Wasser holen? Wo wurden Abfälle hingebracht und wo konnte man sich erleichtern? Und wen konnte man all das fragen? Schon jetzt spürte Rena das erste Zwicken des Hungers. Müde war sie auch, aber sie wusste, dass sie durch die Aufregung im Moment nicht schlafen konnte. Vielleicht später. Jetzt nur ein bisschen die Augen schließen …

Rena erwachte durch ein leises Schaben, das Geräusch von bloßen Füßen auf dem groben Stoff des Zeltbodens. Sie riss die Augen auf und sah ein Gesicht über sich. Ein kleiner Laut des Schreckens entfuhr ihr. Wie von einem glühenden Eisen berührt fuhr die Gestalt zurück. Rena versuchte zu erkennen, wer oder was da mit ihr im Zelt war. Bis jetzt war es nur ein unförmiger Schatten. Konnte genauso gut ein Halbmensch sein.

»Ich wusste nicht, dass sie noch jemand in meinem, äh, in dem Zelt einquartiert haben … ich war neugierig … entschuldige …«

Rena stützte sich auf einen Ellenbogen und wartete einen Moment, bis sich ihr Herzschlag beruhigt hatte und sie nicht mehr zitterte. »Ist das dein Zelt? Wer bist du?«

»Kerimo.«

»Ich heiße Eleni. Komm, lass uns mal nach draußen gehen. Ich brauche sowieso ein bisschen frische Luft …«

Rena hielt die lange Stoffbahn nach oben, die den Eingang des Zelts bildete, und sie krochen beide nach draußen. Das Licht schien im ersten Moment furchtbar hell. Rena blinzelte und wandte sich dann neugierig ihrem Zeltgenossen zu.

Kerimo sah nicht gerade so aus, wie sie sich ein Mitglied eines gefährlichen, machtbesessenen Kults vorgestellt hatte. Er wirkte zart, ein hübscher Junge mit dunklen Haaren und großen braunen Augen. Wahrscheinlich war er einen oder zwei Winter älter als sie. Schüchtern lächelte er sie an. »Tut mir Leid, dass ich dich erschreckt habe«, sagte er.

»Ach, macht nichts. Ich weiß gar nicht, wie ich es überhaupt schaffen konnte, einzuschlafen«, beruhigte ihn Rena. »Eigentlich bin ich ziemlich aufgeregt, weil ich endlich hier bin.«

»Das war ich auch, beim Feuergeist! Eigentlich bin ich's immer noch.«

»Wie lange bist du schon hier?«

»Seit einem Monat. Manche gehen nach einer Weile wieder, um die Botschaft durch ganz Daresh zu tragen. Aber ich würde um nichts in der Welt verpassen wollen, wenn der Prophet zu uns spricht.«

»Spricht er oft zu euch? Seht ihr ihn dabei?«, fragte Rena gespannt.

»Ja, natürlich. Du wirst begeistert von ihm sein. Männer wie er sind selten, selbst in Tassos. Er hat einfach so eine Ausstrahlung …« Kerimos Gesicht leuchtete. »Ich könnte ihm stundenlang zusehen, wie er das Feuer zähmt.«

»Könntest du mir vielleicht bis dahin das Lager zeigen? Ich habe keine Ahnung, wie es hier so zugeht ...«

»Ja, kein Problem! Eigentlich ist es sogar besser, wenn du in der ersten Zeit nicht alleine herumläufst, besonders nachts nicht.«

»Warum?«

»Ach ...« Kerimo zuckte die Schultern. »Ich weiß nicht. Es ist einfach besser. Wollen wir jetzt gleich gehen? Dann sind wir rechtzeitig zu den abendlichen Beschwörungen wieder zurück ...«

Das Lager war eintönig – die Reihen der schwarzen Zelte schienen endlos. Sie unterschieden sich kaum voneinander, doch viele hatten eingestickte Namenszeichen; ihre Besitzer hatten sie offensichtlich mitgebracht. An einigen lehnten Waffen, vor anderen hingen Umhänge zum Trocknen oder lagen benutzte Essschalen auf dem Boden. Schon nach kurzer Zeit wusste Rena nicht mehr, wo sie war und wie sie zu ihrem Zelt zurückfinden sollte.

Für die Bewohner jedes Abschnitts gab es Plätze, an denen sie sich zusammenfanden, um Essen zu bereiten. Hier standen auch größere Zelte, in denen Vorräte und andere Materialien lagerten. Rund um diese Plätze herrschte ein lebhaftes Kommen und Gehen. Etwa zwei Dutzend Menschen saßen um Kochstellen herum, nagten an Knochen oder löffelten etwas aus ihren Essschalen. Es wurde gelacht und gescherzt. Sogar zwei oder drei ausgewachsene Iltismenschen mischten sich unter die Vollmenschen. Rena beobachtete einen Iltismenschen, der sich anscheinend in der Nähe eine Höhle gegraben hatte. Er erwiderte ihren Blick. Ob er spürte, dass sie beide

etwas verband? Dass sie die geheimen Worte kannte, die ihr seine Freundschaft sichern würden?
Rena drehte ständig den Kopf, versuchte alles zu sehen und zu beobachten. Eine kleine Frau fiel ihr auf, weil ihr ein dunkelrot gemustertes Reptil hinterherkroch – das erste Tier, das sie hier im Lager sah.
Neugierig ging Rena näher heran. »Oh, ein Tass!«
Kerimo zog sie weg. »Pass auf, sie hat das Biest abgerichtet ...«
Er hatte zu laut gesprochen, die Frau bemerkte sie und wandte sich ihnen zu. Sie hatte eine bräunliche Haut und Haare, in der gleichen Farbe. Aus den Falten ihres Kleides schauten dünne, aber sehnige Arme hervor. Sie hatte schwarze Augen und ein etwas eingetrocknet wirkendes Gesicht. »Kannst der Neuen sagen, dass sie aufpassen soll, in was sie ihre Nase steckt«, meinte sie. Ihre Stimme klang rau. »Das hier ist kein normales Dorf. Hier gibt es Dinge, die du nicht begreifen wirst, Kleine. Wir sind dem Feuergeist sehr nah hier.«
»Ich stecke meine Nase nirgendwo rein«, sagte Rena höflich. »Ich habe nur dein Tass bewundert.«
Doch die Frau beachtete sie nicht mehr und ging davon, das Tass auf ihren Fersen. Es hinterließ eine Fährte, die wie eine breite Schleifspur aussah.
»Das war Andra«, erklärte ihr Kerimo. »Sie ist ein bisschen ... na ja, das hast du ja gemerkt. Aber sie ist eine sehr gute Metallgießerin.«
»Arbeitet sie denn noch – in ihrem Alter?«
Alarmiert sah sich Kerimo um. »Oje! Gut, dass sie das jetzt nicht gehört hat. So alt ist sie gar nicht. Erst vierzig Winter oder so. Sie ist übrigens schon ganz zu Anfang dabei gewesen

und kennt den Propheten gut. Verdirb's dir bloß nicht mit ihr!«

Ehe Rena sich's versah, war es Zeit für die Abendbeschwörungen. Kerimo und Rena folgten dem Strom der Menschen, die sich zum Zentrum des Lagers bewegten – zu einem riesigen Versammlungsplatz aus festgestampfter Erde. Sie waren früh dran, deswegen bekamen sie Plätze weit vorne und wurden nicht so in der Menge eingezwängt. Doch Kerimo ließ es nicht zu, dass sie in der ersten Reihe standen. »Das steht uns nicht zu, nur den engen Gefährten des Prophet.«

Ungeduldig wartete Rena darauf, was geschehen würde. Würde der Prophet selbst die Beschwörungen durchführen?

Nach vielen Atemzügen teilte sich plötzlich die Menge auf der einen Seite und ein Mann trat auf die freie Fläche in der Mitte. Rena streckte neugierig den Hals, um mehr sehen zu können. War das der Prophet? Der Mann hatte ein eckiges Gesicht mit einer leicht abgeflachten Nase, anscheinend war sie ihm einmal gebrochen worden. Er war mittelgroß und durchtrainiert; die Art, wie er sich hielt und bewegte, verriet den erfahrenen Schwertkämpfer. Sein schwarzes Haar war von silbernen Fäden durchzogen. An seiner Seite hing ein gebogenes Schwert, das am Griff mit tropfenförmig geschliffenen blauen Steinen besetzt war.

Doch der Mann blieb nicht in der Mitte des Platzes, sondern stellte sich in die erste Reihe. Es konnte nicht der Prophet sein.

»Das ist Tavian«, flüsterte Kerimo, der wohl ahnte, was ihr im Kopf herumging. »Einer unser besten Kämpfer und ein Waffenschmied vierten Grades. Du wirst ihn sicher noch kennen lernen.«

Kurz darauf traf ein zweiter Mann ein. Er war einen halben Kopf größer als Tavian und wirkte behäbig; sein Bauch wölbte sich unter dem dunklen Stoff des Umhangs, den er trug. Sein Körper schien völlig haarlos zu sein und sein Schädel glänzte im schwachen Licht der untergehenden Sonne. Schwertnarben bedeckten seine Arme.

»Wulf«, wisperte Kerimo. »Er ist ebenfalls einer der wichtigsten Vertrauten des Propheten.«

Ein paar Dutzend Atemzüge vergingen, die Menschen warteten geduldig. Es wurde langsam dunkel. Immer mehr Fackeln wurden angezündet und warfen ihr zuckendes gelbes Licht auf den Versammlungsplatz und die Gesichter der Menschen. Dann merkte Rena, wie förmlich ein Ruck durch die Menge ging. Ein Murmeln erhob sich über dem Platz, es klang wie ein Schwarm kleiner Vögel, der auffliegt.

Ein dritter Mann betrat mit schnellen, federnden Schritten das Zentrum des Platzes. Er war unbewaffnet.

»Ist er *das*?«, flüsterte Rena aufgeregt, doch sie bekam keine Antwort. Sie warf Kerimo einen schnellen Blick zu und stellte fest, dass ein glücklich-entrückter Ausdruck auf seinem Gesicht lag. Er hatte ihre Frage nicht gehört; er nahm Rena gar nicht mehr wahr.

Auch eine Antwort, dachte Rena und konzentrierte sich auf den Neuankömmling. Das war also Cano! Seine Ähnlichkeit mit Alix war unverkennbar. Er hatte den gleichen sehnigen, geschmeidigen Körper; seine Bewegungen hatten die Grazie eines Raubtiers. Seine kurz geschnittenen, glatten Haare hatten einen rötlichen Ton, doch es war nicht Alix' glänzendes Kupfer, sondern ein dunkleres Rötlichbraun. Fasziniert beobachtete Rena, wie er schweigend, mit ruhigem Gesicht über die Menge hinwegblickte. Wider Willen war sie beeindruckt von ihm.

»Drei Neue heute, meine Freunde, ein guter Tag«, sagte er und seine Stimme war so klar, dass sie sicher auch am äußeren Rand der Menge zu hören war. »Wir werden mit jedem Tag stärker. Es ist Zeit, unsere neuen Gefährten zu begrüßen.«

Rena spürte, wie sich ihr Körper spannte. Jeder Neue war eine mögliche Gefahr für sie. Irgendwann konnte jemand sich dem Propheten anschließen, der sie schon einmal gesehen hatte, auf ihren Reisen oder in der Felsenburg, der sie als Rena ke Alaak kannte ... und dann war das Spiel aus.

Zwei Menschen, ein Mann und eine dickliche Frau, lösten sich aus der Menge, gingen auf den Propheten zu und knieten vor ihm nieder.

Jemand schubste Rena. »Du auch, na los!«, zischte Kerimo. »Warum lässt du ihn warten?«

»Ich?«

»Ja, du!«

Rena wurde bewusst, dass sie jetzt da rausmusste, vor diese Hunderten von Menschen. Zögernd ging sie vorwärts, löste sich aus der Menge. Sie spürte, wie die Augen aller ihr folgten. Ihre Bewegungen fühlten sich linkisch und eckig an, als sie sich neben die beiden anderen auf den rauen, sandigen Boden kniete.

Die beiden schienen zu wissen, was sie tun mussten. Sie nann-

ten ihren Namen und riefen dann: »Wir glauben an das Feuer und seinen Propheten!«
Rena war froh, dass sie jetzt erfahren hatte, was von ihr erwartet werden würde. Einen Atemzug später war sie schon an der Reihe. »Eleni ke Alaak«, sagte sie laut und wiederholte die Formel. Aus dem Augenwinkel sah sie, wie der Prophet auf die anderen zuging und ihnen bedeutete sich zu erheben. Sie versuchte die helle Narbe auf seinem Unterarm zu erkennen, von der Alix ihnen erzählt hatte, doch das Licht war schon zu schlecht. Kurz darauf spürte auch sie die leichte Berührung, eine Hand, die sich für Momente auf ihre Schulter legte.
Rena wagte es, hochzublicken. Im Licht einer Fackel sah sie, dass seine Augen grün waren, ein helles Grün. Selbstsicher und ein kleines bisschen amüsiert blickten sie Rena an …
… und dann war der Moment auch schon vorbei. Sie gingen zurück zu den anderen und Rena tauchte wieder ein in die Anonymität der Menge. Ob wohl gerade jetzt jemand die Stirn runzelte und sich zu erinnern versuchte, wo er sie schon einmal gesehen hatte?
»Bin ich jetzt aufgenommen?«, fragte sie Kerimo.
Der Junge lachte. »Nein. Aber du bist jetzt eine Anwärterin, Novizen nennen wir Leute wie dich und mich. Unsere Aufnahmezeremonie kommt erst später, wenn wir gezeigt haben, dass wir würdig sind.«
Dann wandte er sich schnell wieder dem Propheten zu, denn nun begannen die Beschwörungen. Cano sprach sie in einem Singsang vor und der vielstimmige Chor seiner Anhänger sprach sie nach, so dass die Worte durch das Lager vibrierten

und von den Flanken der Berge um sie herum widerzuhallen schienen. Rena versuchte mitzukommen, so gut sie konnte, und überlegte dabei, was für Beschwörungen das sein konnten. Hatte er sie sich ausgedacht? Eher nicht. Manchmal erkannte sie ein paar Worte aus uralten Texten der Feuer-Gilde, die Alix ihr gezeigt hatte.

Irgendwann gab sie das Nachdenken auf und überließ sich dem Strom der Worte. Sie hörte ihre Stimme nicht mehr, sie mischte sich mit den Tausenden anderen Stimmen. Ihr Körper fühlte sich leicht und schwebend an und schien im Takt zu vibrieren, eins mit den Menschen, die sie umgaben …

Die Beschwörungen endeten und Rena war beinahe enttäuscht, dass es schon vorbei war. Als ihr das bewusst wurde, war sie erschrocken. Hypnotische Wirkung, dachte sie. Ich darf mich nicht mehr auf solche Rituale einlassen. Sonst haben sie mich bald mit Haut und Haaren …

Er hat sich verändert, dachte Alix. Aber es fiel ihr schwer, zu definieren, was genau an Renas Freund anders geworden war.

Rowan schien ihren Blick zu spüren. Er versuchte zu lächeln. »Es gibt hier keine niedergelassenen Händler, bei denen ich um Gastrecht bitten könnte, oder? Das heißt, ich werde einfach irgendwo mein Lager aufschlagen …«

»*Wir* werden unser Lager dort aufschlagen«, korrigierte ihn Alix.

»Willst du nicht bei diesem Schmied wohnen, den du in Roruk kennst?«

Alix zuckte die Schultern. »Eigentlich nicht.« Sie wollte ihn nicht spüren lassen, dass sie es seinetwegen tat, damit er nicht allein kampieren musste. Es war leicht, zu sehen, dass es ihm nicht gut ging. »Komm, lass uns hier irgendwo ein Plätzchen suchen. Wir sind nicht weit von Roruk entfernt und die Deckung ist gut. Niemand wird unser Zelt sehen.«

Zögernd nickte Rowan und sie begannen schweigend ihre Ausrüstung auszupacken und das Zelt aufzustellen. Derrie half ihnen den dunklen Stoff auszulegen und die Zeltstangen vorzubereiten. Alix widmete sich der Arbeit nur mit halber Aufmerksamkeit. Sie fragte sich, wie es sein würde, so lange Zeit mit zwei Menschen zusammen zu sein, die einer anderen Gilde angehörten. Auf ihrer großen Reise damals hatte sie viel Zeit mit Rowan, Rena und Dagua verbracht, doch die alte Vertrautheit war noch nicht zurückgekehrt und ihr wurde immer stärker bewusst, wie wenig sie eigentlich über die Luft-Gilde wusste. Hinzu kam, dass sie zu Rowan nie einen so guten Draht gehabt hatte wie zum verschmitzten, klugen Dagua.

»Glaubst du, dass sie es geschafft hat, aufgenommen zu werden?«, überlegte Rowan.

»Ja. Sonst wäre sie schon wieder hier. Wenn ich mich nicht sehr irre, ist sie jetzt hinter diesen Bergen dort. Ich würde eine Menge geben, um zu wissen, was sie gerade erlebt.«

»Beim Nordwind, hoffentlich hält ihre Tarnung!«

»Wenn sie nicht hält, werden wir es wahrscheinlich nie erfahren, weil sie sie sofort töten werden«, meinte Alix. »Sie wird einfach verschwinden und nie wiederkommen.«

Im gleichen Moment tat es ihr Leid, dass sie das gesagt hatte. Die Muskeln in Rowans Gesicht hatten sich angespannt.

»Jetzt mach dir mal keine Sorgen, das hilft ihr auch nicht«, schob Alix nach und Rowan nickte.

Doch erst später, als sie neben ihrem kleinen, versteckten Feuer saßen und Cayoral tranken, wirkte er wieder gelöster.
»Sie kann es schaffen«, sagte er. »Und sie muss es schaffen. Ich glaube nicht, dass ich es ertragen könnte, wenn ich das Grasmeer noch einmal brennen sehen würde. Wie damals.«
»Du wirst es nicht sehen müssen«, sagte Alix und setzte den Satz in Gedanken fort: ... denn wenn Cano Ernst macht mit seinen Plänen, wirst du ohnehin nicht lange genug leben.
Sie merkte, dass Rowan die Doppeldeutigkeit nicht entgangen war.
»Würdest du gerne zurückgehen ins Grasmeer?«, fragte Alix vorsichtig.
»Ich schon«, sagte Derrie ungefragt, während sie ihnen einen Becher Cayoral einschenkte. »Jeder von uns liebt das Gras.«
»Ich träume oft davon. Immer das Gleiche.« Rowan zögerte, überlegte offensichtlich, ob er ihr seine Träume anvertrauen wollte. Alix schwieg und wartete.
Schließlich gab sich Rowan einen Ruck. »Ich träume, dass ich über einen der Pfade laufe, ganz leicht und schnell, fast schwerelos. Um mich herum wogt das Gras und der Himmel über mir ist so klar wie eine Glasglocke. Der Pfadfinder sitzt auf meiner Schulter. Dann komme ich plötzlich in ein Dorf – und als ich hochschaue, sehe ich, dass die Windräder alle mein Zeichen, mein Farbmuster, tragen.«
Alix nickte und dachte: Heimweh. Immer noch. Oder wieder. Es war jetzt fast ein Jahr her, seit sein Pfadfinder, der kleine weiße Vogel, der immer auf seiner Schulter gesessen und mit dem er eine eigenartige geistige Verbindung gehabt hatte, getötet worden war. »Wieso gehst du nicht zurück?«

»Und was ist mit Rena?«
»Ich glaube, dass du ihr herzlich wenig nützt, wenn es dir schlecht geht. Wenn du glücklich bist, dann wird es euch beiden gut gehen.«
»Aber nicht, wenn wir dreißig Tagesreisen voneinander entfernt glücklich sind. Ihre Heimat ist der Weiße Wald.«
Darauf wusste Alix nichts zu sagen. Also beschäftigte sie sich damit, mit dem Messer Symbole in den Boden zu kratzen. Es gab noch genug Zeit, zu reden. Sie würden noch eine ganze Weile hier sein.

In Ungnade

In der ersten Nacht im schwarzen Zelt schlief Rena unruhig. Seltsame Träume ließen sie immer wieder aufschrecken und schließlich grunzte Kerimo ungehalten: »Beim Feuergeist, jetzt gib doch endlich mal Ruhe, Eleni!«
»Tut mir Leid«, murmelte Rena verlegen. Aber jetzt konnte sie erst recht nicht mehr einschlafen. Was, wenn sie im Schlaf redete und sich dabei irgendwie verriet? Ein paar Worte reichten!
Sie verschränkte die Arme unter dem Kopf und starrte zum Zeltdach hoch. Während Kerimo schon nach einem Dutzend Atemzügen wieder tief und laut atmete, war sie nun so wach, als wäre heller Tag. Vielleicht konnte sie die Gelegenheit nutzen, sich im Lager ein wenig umzusehen. Schließlich hatte sie

hier einen Auftrag zu erfüllen: Sie musste so viel über diesen Phönix-Kult herausfinden, wie sie konnte.
Ihr fiel ein, was Kerimo gesagt hatte: Dass sie in der ersten Zeit besser nicht allein im Lager umherstreifte, besonders nicht nachts. Doch die Neugier war stärker. Nur ein paar Schritte, versprach sich Rena und schälte sich leise aus den Decken. Sie öffnete die Stoffbahn am Eingang des Zelts und kroch hinaus. Es war nicht völlig dunkel, der zweite Mond stand am Himmel und überzog die Ebene mit seinem rötlichen Licht. Doch aus einer Richtung kam noch ein anderes Licht, ein kühles, silbriges. Rena schauderte. Sie hatte dieses Licht bisher nur ein Mal gesehen, erkannte es aber sofort: Kaltes Feuer.
Sie saß ein paar Atemzüge lang vor dem Zelt, zögerte, ob sie das Risiko eingehen sollte, fühlte sich hin- und hergerissen. Ihre Neugier hatte sie schon oft in Schwierigkeiten gebracht – so wie damals, als sie die *Quelle* berührt hatte. Aber die helle Nacht, das eigenartige Licht ... alles lockte sie nach draußen.
Rena hatte die Sandalen gar nicht erst angezogen, sie hatte sie vor dem Zelt liegen lassen. Auf bloßen Füßen bewegte sie sich lautlos wie ein Schatten zwischen den Reihen hindurch. Niemand begegnete ihr. Außer den Wachen am äußeren Rand des Lagers schien keiner der Anhänger wach zu sein. Oder wagte es etwa niemand, nachts draußen zu sein?
Es zog sie dorthin, wo das seltsame Feuer brannte. Ist ja nicht weit, beruhigte sich Rena – etwa sieben Baumlängen, schätzte sie. Damit sie wieder zu ihrem Schlafplatz zurückfand, versuchte sie in einer geraden Linie zu gehen und zählte die Zelte, an denen sie vorbeikam.

Je weiter sie ging, desto heller wurde es. Schließlich stand Rena staunend vor einer silbrigen Flamme, die bis in den Himmel zu reichen schien. Sie knisterte und flackerte nicht wie normales Feuer, sondern brannte lautlos und bewegte sich langsam wie ein lebendes Wesen oder eine Flüssigkeit ...
Viele Atemzüge lang beobachtete Rena die Flamme. Es war schwer, den Blick davon zu lösen. Auf eine seltsame Art war sie schön. Aber der Gedanke, dass sie jedem, der die geheimen Formeln nicht kannte, in einem Atemzug das Fleisch von den Knochen brennen würde, veranlasste sie Abstand zu halten.
Rena ließ ihren Blick schweifen ... und merkte plötzlich erschrocken, dass sie nicht allein war.
Im Schein der Flamme sah sie eine dicke Frau, die in lange Gewänder gehüllt im Schneidersitz auf dem Boden saß, keine halbe Baumlänge von ihr entfernt, einen kleinen dunklen Behälter, geformt wie eine bauchige Flasche, vor sich auf dem Boden. Sie starrte unverwandt auf das Kalte Feuer. Da sie sich nicht bewegte, hatte Rena sie nicht wahrgenommen. Die Frage war nur: Hatte die Frau die Novizin bemerkt, die sich unerlaubt nachts im Lager herumtrieb?
Rena wagte nicht, sich zu bewegen. Wer diese Frau wohl war? Was machte sie hier? Eine Wächterin war sie bestimmt nicht. Sie schien nicht bewaffnet zu sein ... und doch war sie Rena unheimlich. Winzigkeit um Winzigkeit zog sie sich zurück.
Links von ihr – eine Bewegung. Vorsichtig, langsam wandte Rena den Kopf. Eine zweite weiße Flamme war zwanzig Schritte neben ihr aus dem verbrannten Boden gezüngelt. Geräuschlos kroch sie weiter, breitete sich gierig aus, obwohl es hier nichts gab, von dem sich ein Feuer hätte nähren können.

Renas Herz geriet aus dem Takt. Hatte die Frau Rena bemerkt? Wollte sie sie warnen – oder töten? Doch die Frau starrte nur blicklos vor sich hin, gab kein Zeichen, ob sie von der Anwesenheit einer Fremden wusste.
Schon war die Flamme höher als zwei Menschen, als drei, als vier. Sie knisterte und fauchte nicht, griff nur mit bleichen Fingern in die Höhe und lief über den Boden – lautlos und tödlich. Ihr Widerschein flackerte auf den Wänden der Zelte. Niemand bemerkte es, das Lager war noch immer still und scheinbar verlassen.
Renas Herz hämmerte. Sie musste hier weg. Dieses Feuer breitete sich furchtbar schnell aus! Voll Grauen wich sie einer Flammenzunge aus, die nach ihr zu greifen schien. Sie hätte nie im Lager herumschnüffeln sollen. Nichts wie zurück: In ihrem Zelt war sie in Sicherheit!
Sie wollte sich umdrehen, rennen, doch sie musste feststellen, dass ihr der Weg von einer weiteren Flamme abgeschnitten war. Ein armdicker silbrig weißer Strom rann hinter ihr entlang, keine fünf Schritte entfernt. Entsetzt wich Rena zurück. Eingeschlossen! Und die tödliche Flamme kam immer näher, war nur noch zwei, drei Schritte von ihren Füßen entfernt …
Rena schrie auf, brüllte ihre Angst heraus – und im gleichen Moment fielen die Flammen in sich zusammen, verschwanden auf einen Schlag. Das Lager war wieder dunkel wie zuvor, bis auf den Schein des Mondes. Die dicke Frau hatte sich aufgerichtet und drehte den Kopf suchend hin und her.
Rena hatte nicht vor abzuwarten, was jetzt geschah. Sie drehte sich um und rannte die Reihen der Zelte entlang. In einigen rumorte es schon, anscheinend hatte sie die Bewohner mit

ihrem Schrei aufgeweckt. Doch noch hatte niemand den Kopf herausgestreckt.
Schwer atmend stürzte Rena in ihr Zelt, das sie an den davor liegenden Sandalen erkannt hatte. Leise Schnarchlaute sagten ihr, dass ihr Zeltgenosse noch in hoffentlich seligen Träumen weilte. Schnell legte sich Rena auf ihre Zeltseite und wickelte sich in ihre Decken. Es dauerte viele Atemzüge, bis ihr Körper endlich aufhörte zu zittern.

Als sie zum Frühstück gingen, tappte Rena lammfromm hinter Kerimo her. Bloß keine Experimente heute, nach dieser Nacht!
Wie die anderen holten sie sich ein paar stark gesalzene, runde Teigtaschen aus einem Fass, fanden einen Platz an einem langen Tisch und aßen sie aus der Hand. Dazu gab es Krüge frischen Wassers. Sie waren etwas spät dran, zwei Dutzend Leute saßen schon an dem Tisch. Rena sagte wenig und hörte viel zu, doch niemand sprach über den Zwischenfall in der letzten Nacht.
»Schläfst du immer so unruhig?«, fragte Kerimo und knabberte elegant an seiner Teigtasche.
»Nein. Und was ist mit dir, schnarchst du immer so laut?«, fragte Rena und diesmal war es an Kerimo, verlegen zu sein.
»Na ja, wir werden uns schon aneinander gewöhnen«, sagte er. »Gleich ist es Zeit für das Morgentreffen. Danach sind Schwertübungen.«
Noch mehr Veranstaltungen?, fragte sich Rena. Der Prophet hielt seine Anhänger ja ganz schön auf Trab. Vielleicht damit sie nicht vor Langeweile auf dumme Gedanken kamen …

»Schön«, sagte sie. »Ich freue mich schon darauf, den Propheten wieder zu sehen. Wie hast du eigentlich von ihm erfahren?«
»Ich bin ihm begegnet, als er durch unser Dorf kam«, erzählte der Junge. »Ich habe ihn gesehen, er hat mir zugenickt. In diesem Moment wusste ich, dass ich ihm folgen würde. Wohin auch immer er mich führte.«
Was für ein Kindskopf, dachte Rena und blickte Kerimo neugierig an. In einem Augenblick sein ganzes bisheriges Leben herzugeben ... völlig verrückt. Doch dann erinnerte sie sich daran, wie damals der Moment, in dem sie aus Neugier die *Quelle* berührt hatte, ihr Leben völlig verändert hatte. Sie war nicht gerade die Richtige, um über ihn den Kopf zu schütteln.
In diesem Moment fiel ihr Blick auf eine Person, die ihr bekannt vorkam. Ziemlich weit hinten an einem anderen Tisch saß eine dicke Frau und aß mit gesenktem Kopf still ihre Teigtaschen. Rena runzelte die Stirn. War das nicht die Feuermeisterin von gestern Nacht?
Kerimo erzählt gerade etwas von seiner Kindheit in einem Dorf irgendwo in Tassos, doch Rena unterbrach ihn. »Sag mal, wer ist eigentlich die Frau dahinten? Die dicke.«
Der Junge wandte sich um. »Die vierte am zweiten Tisch?«
»Nein, die ganz außen sitzt, für sich allein ...«
»Ach so. Das ist Lella. Aber ich weiß nichts über sie. Niemand weiß viel über sie.«
»Wieso nicht?«, fragte Rena. Sie überlegte, ob sie sich über ihren Teller ducken sollte, damit Lella sie nicht sah und womöglich erkannte. Doch sie war sich inzwischen ziemlich sicher, dass Lella sie am Tag zuvor gar nicht bemerkt und nur versehentlich in Gefahr gebracht hatte.

»Sie ist eben ziemlich schüchtern und wir lassen sie in Ruhe. Der Einzige, mit dem sie manchmal spricht, ist der Prophet selbst.«

»Der Prophet selbst!« Rena war beeindruckt. Sie musste den Versuch wagen, mit Lella zu reden.

Schnell stand sie auf, sagte: »Wartest du auf mich?«, und ging in Richtung der hinteren Tische. Doch sie war zu spät dran: Als sie dort ankam, war Lella verschwunden, unauffindbar eingetaucht in das Wirrwarr der Zelte.

Auch die anderen Tische leerten sich nach und nach. Kerimo trat ungeduldig von einem Fuß auf den anderen: »Komm schon, gleich geht das Morgentreffen los. Was wolltest du eigentlich von Lella?«

»Ach, ich dachte nur, dass ich sie von früher kenne. Doch wahrscheinlich habe ich mich geirrt ...«

Das Morgentreffen war eine gemütliche Angelegenheit. Alle Bewohner des Lagers waren gekommen, aber sie saßen in kleinen Gruppen auf dem Boden und schienen entspannter als am Abend zuvor. Doch alle waren ernst und konzentriert, es wurde nicht geplaudert wie beim gemeinsamen Essen. Rena und Kerimo setzten sich in die Mitte, wo ein freies Plätzchen war.

Ein ehrfürchtiges Murmeln lief durch die Menge, als der Prophet dazukam, flankiert von Tavian und Wulf. Er trat aus einem der Zelte im ersten Kreis, das den anderen im Lager genau glich und nicht besonders gekennzeichnet war. Wahrscheinlich will er wirken wie ein Erster unter Gleichen, dachte Rena.

Cano hob den Arm, bat um Ruhe. Mit klarer Stimme begann er zu sprechen.

»Vielleicht haben ein paar von euch sich gefragt, warum die anderen Gilden von Daresh gefegt werden müssen. Wollt ihr den wahren Grund wissen?«
Seine Anhänger warteten gespannt.
»Der Grund ist: Sie versuchen uns zu schwächen. Wenn wir sie nicht daran hindern, werden sie die Regentin auf ihre Seite ziehen und wir werden gejagt wie unwürdige Halbmenschen, weil wir unseren Stolz und den Geist des Feuers nicht verraten. Aber das lassen wir nicht geschehen!«
Ein Raunen der Zustimmung erhob sich und Zwischenrufe verrieten, dass der Prophet seinen Anhängern aus der Seele sprach. Rena zwang sich in den Chor einzustimmen und dachte: Ganz schön unverschämt, seine Argumente. Er hat die Tatsachen einfach rumgedreht!
»Wir können nicht zulassen, dass sie immer wieder Mitbestimmung fordern und sich als uns gleichgestellt sehen«, rief Cano. »Ihre Arme sind schwach, ihr Geist weit weniger scharf als der unsrige und ihre Sinne sind stumpf.«
»Schwach!«, brüllten ein paar Stimmen, andere fielen ein. »Schwach sind sie!«
Rena fühlte förmlich, wie die Atmosphäre sich aufheizte, wie Cano sie aufpeitschte.
»Sie können keine Metalle spüren wie wir, sie können kein Feuer aus der Luft rufen. Nichts können sie. Und sie wissen, dass sie uns nicht ebenbürtig sind, und senken den Blick, wenn sie mit uns sprechen.«
Rena zog die Augenbrauen hoch. Dass manche Erd-Leute das taten, lag eher daran, dass die Arroganz, die aus den Blicken vieler Feuer-Leute sprach, fast unerträglich war, aber die fried-

liebenden Erd-Leute sich nicht provozieren lassen wollten. Ein Glück, dass Alix nicht so war; arrogant hatte sie sich nur am Anfang gezeigt, als Rena noch ihre Dienerin gewesen war.

»Wir dagegen werden mit Respekt gesehen. Habt ihr euch nie gefragt, woher das kommt? Nicht nur von unserer Kraft. Uralte Traditionen sind es, fest verankert in allem, was auf Daresh geschieht. In alten Zeiten haben die Feuer-Leute über Daresh geherrscht. Deshalb …«

»Aber woher wisst Ihr das?«, entfuhr es Rena. »Es gibt keine Aufzeichnungen darüber, was früher war.«

Im gleichen Moment erkannte sie, dass sie einen unverzeihlichen Fehler begangen hatte. Plötzlich war es sehr still auf dem großen Versammlungsplatz. Wie am Abend zuvor richteten sich alle Augen auf sie, doch diesmal waren ihre Blicke nicht wohlwollend, sondern verwundert oder verärgert. Mit offenem Mund starrte Kerimo sie an: Offenbar konnte er nicht fassen, dass sie gewagt hatte den Propheten anzusprechen – und dann auch noch mit einer frechen Frage.

Aus!, dachte Rena und stammelte: »Verzeiht mir, Prophet … ich wollte nicht …«

Einen Moment lang sah der Prophet sie durchdringend an, als wollte er sich ihr Gesicht einprägen. Unter diesem Blick prickelte Renas Haut und sie wünschte sich weit fort, an einen Ort auf der anderen Seite von Daresh.

Das Schweigen dauerte noch ein halbes Dutzend Atemzüge. Dann setzte Cano seine Rede fort, als wäre er nie unterbrochen worden. »Deshalb ist es unsere Bestimmung, Daresh zurückzuführen zu dieser Zeit …«

Nach einer Weile beruhigten sich seine Anhänger, schenkten Rena weniger Aufmerksamkeit und konzentrierten sich wieder auf ihren Propheten.
Ein Viertel Umlauf dauerte die Versammlung noch, aber Rena hörte kaum noch zu. Ob sie noch an diesem Tag aus dem Lager ausgestoßen werden würde? Nach so kurzer Zeit und bevor sie etwas Nützliches herausgefunden hatte – was für eine Niederlage! Oder würde sie einfach nur bestraft werden? Wie hatte sie so unvorsichtig sein können? – Und das nach ihrem Erlebnis letzte Nacht!
So unauffällig wie möglich wollte Rena nach dem Treffen in ihr Zelt zurückkehren. Doch sie merkte, dass einige Leute über sie sprachen und auf sie deuteten. Sie spürte, wie ihr das Blut in die Wangen stieg. Sie konnte sich denken, was man über sie sagte. *Vorlaut. Frech. Respektlos. Weiß nicht, was sich gehört.*
Dennoch zwang sie sich an den Schwertübungen und anderen Aktivitäten des Tages teilzunehmen. Sie sprach mit niemand. Das war nicht schwer – Kerimo ignorierte sie und er war der Einzige, den sie kannte. Nur Andra, die schrumpelige Frau mit dem Tass, lächelte ihr gönnerhaft zu.
Immerhin schien niemand vorzuhaben sie in Schimpf und Schande davonzujagen. Wahrscheinlich hofften die anderen Anhänger, dass sie von sich aus gehen würde. Auch Rena wusste, dieses Schweigen konnte sie nicht über längere Zeit aushalten. Einen Tag warte ich noch ab, dachte sie. Höchstens zwei. Wenn ich dann immer noch in Ungnade bin, muss ich fort.
Schließlich wagte sie Andra anzusprechen, die Einzige, die

noch halbwegs freundlich zu ihr war. Beim Essen setzte sich Rena einfach neben sie. Eine Weile aßen sie schweigend, dann fragte Rena beiläufig: »Woher kommt eigentlich all das Essen? Es jagt doch keiner von euch … äh, uns, oder?«

»Von draußen«, sagte Andra und warf ihrem Tass einen Happen zu. Es verschluckte das Fleisch mit einem Biss und züngelte dann nach mehr. »In Tassos gibt es viele Menschen, die uns heimlich gutheißen. Jaja, viele! Einige wissen, wo sich der Garten des Feuers befindet, und bringen uns, was wir brauchen. Kochen können sie nicht, haha, nein, aber es reicht zum Leben. Meine Mutter selig konnte einen Röhrenwurmbraten bereiten, die helle Freude! Der zerging auf der Zunge. Doch das zähe Zeug hier …«

Garten des Feuers?, dachte Rena, erleichtert, dass Andra sich offensichtlich nicht an dem allgemeinen Schweigen ihr gegenüber beteiligte. Es musste der Name des Lagers sein, in dem sie lebten. Es war ein Name, bei dem Rena Heimweh bekam nach den üppigen Wäldern, in denen sie aufgewachsen war. Hier gab es ja nur Schlacke und Asche, mehr als ein paar Phönixbäume und Stachelbüsche war weit und breit nicht in Sicht …

Andra merkte nicht, dass Rena nicht mehr zuhörte, und erzählte mit ihrer kehligen Stimme irgendetwas über Röhrenwürmer. Rena wartete, bis sie Luft holen musste, und fragte dann schnell dazwischen: »Wie bist du eigentlich zum Propheten gekommen?«

Das war eine Sache, die sie interessierte. Wie konnte ein halbwegs vernünftiger Mensch derart eigenartigen Lehren aufsitzen?

»Der Liebe wegen«, sagte Andra und lachte keckernd. »Mein Coruntho war so begeistert vom Propheten, jaja! Eines Tages beschloss er herzukommen und ihm zu folgen. Tja, und dann bin ich eben *ihm* gefolgt. Dumm wie man ist. Aber vielleicht war's auch besser so.«

»Welcher ist denn Coruntho?«, wagte sich Rena zu erkundigen und musterte die Männer, die am Tisch saßen, unauffällig.

»Keiner von denen, Mädchen! Vor einem Winter schon ist Coruntho gegangen, zurück in sein Heimatdorf. Aber ich bin geblieben, ich dummes altes Weib.«

»Warum?«

Doch Andra lachte nur.

»Ja, warum?«, fragte einer der Männer in hämischem Ton. »Der Prophet gönnt dir doch sowieso keinen zweiten Blick.«

Eine Handbewegung Andras und das Tass fuhr auf den Spötter los. Aus seinem Maul leckte eine gelbe Flammenzunge. Fluchend sprang der Mann auf und ließ dabei sein Essen in den schwarzen Sand fallen. Er hielt sich das versengte Bein und humpelte mit einem letzten bösen Blick auf die Metallgießerin davon.

»Recht so, mein Schätzchen«, sagte Andra und warf ihrem Haustier noch einen Fleischbrocken zu.

In Gedanken versunken ging Rena zu ihrem Zelt zurück. Sie war sich nicht sicher, ob sie Andra mochte oder nicht. Als Verbündete taugte sie wahrscheinlich ebenso wenig wie Kerimo, dieser treulose Wicht … ach, nur einmal mit Rowan sprechen zu können oder mit Alix!

»Eleni!«

Rena dachte darüber nach, ob sie vielleicht einen der Iltismenschen bitten konnte eine Nachricht hinauszuschleusen. Aber würde er es schaffen, unbemerkt über die Berge zu kommen? Rund um das Lager war offenes Gelände ohne Deckung, es würde schwierig werden …

»He, Eleni!«

Erst als jemand sie am Arm berührte, wurde Rena aus ihren Überlegungen gerissen. Sie erschrak, als ihr klar wurde, dass einer der Männer sie bei ihrem Tarnnamen gerufen und sie nicht reagiert hatte. Tagträume konnten hier lebensgefährlich sein!

Rena blickte hoch und erkannte das haarlose Gesicht von Wulf, dem Leibwächter.

»Taub, oder was?«, brummte er. »Du bist in die Gruppe eingeteilt, die morgen die Zelte des nächsten Außenrings aufstellt. Sonnenaufgang. Sei pünktlich.«

Aufgeregt kehrte Rena zu ihrem Zelt zurück. War das jetzt ein ganz normaler Arbeitsauftrag? Doch warum hatte Wulf ihn selbst überbracht? Liebend gerne hätte sie Kerimo gefragt, was er davon hielt, aber er war nicht im Zelt und nirgendwo in Sicht.

Das Anpacken an den Zelten für Neuankömmlinge gefiel Rena, es erinnerte sie an die Waldarbeiten, die sie früher gewohnt gewesen war. Doch Rena merkte schnell, dass sie außer Übung war: Schon nach einer halben Stunde keuchte sie vor Anstrengung und musste sich zum Verschnaufen auf einen Stein setzen. Niemand versuchte sie daran zu hindern. Sie war die einzige Novizin, die mithalf; die anderen waren schweigsame Männer mit enormen Oberarmen, die die schweren Eisenstangen mit Leichtigkeit handhabten.

Rena versuchte gerade eine Leinwand hochzuheben und einem an der Zeltspitze arbeitenden Mann zu reichen, als ihr auffiel, dass plötzlich um sie herum Stille eingetreten war. Eine eigenartige Stille.
Sie wischte sich den Schweiß von der Stirn, blickte sich um – und sah, kaum zehn Schritte von ihr entfernt, den Propheten und seinen allgegenwärtigen Leibwächter Wulf.
»Ah, die junge Rebellin«, sagte Cano im Vorbeigehen. Einen Moment lang blitzte auf seinem Gesicht ein jungenhaftes Grinsen auf. Bevor Rena Zeit für eine Antwort gefunden hatte, war er schon weitergegangen zu den anderen neuen Zelten. Er nahm ein golden schimmerndes, würzig riechendes Pulver aus einem Beutel, den ihm Wulf reichte, warf es auf die Zelte und murmelte einige Worte. Wahrscheinlich ein Schutzzauber, dachte Rena und folgte ihm neugierig mit den Augen, bis er zwischen den Zelten verschwunden war.
Nach ein paar Atemzügen nahm die Gruppe die Arbeit wieder auf, doch auf einmal schien alles anders zu sein. »Warte, ich helfe dir«, sagte einer der Männer freundlich und nahm ihr die schwere Plane ab, mit der Rena sich geplagt hatte. Sie konnte kaum noch einen Handgriff tun, ohne dass ihr jemand zu Hilfe eilte. Als alle Zelte standen, verabschiedeten sich die anderen mit einem Lächeln und kurzem Winken. Rena konnte kaum fassen, wie sich ihre Stimmung verändert hatte.
Vor dem Zelt hockte Kerimo. Als er sie sah, sprang er auf. »Hallo, Eleni!«
Soso, dachte Rena trocken. Vorhin war ich noch Luft für ihn.
»Ist es wahr, dass der Prophet mit dir gesprochen hat?«

»Was meinst du?«, fragte Rena. Sie hatte vor, ihn zur Strafe noch ein bisschen auf die Folter zu spannen. »Ach so, das. Ja, er ist vorbeigegangen und hat eine Bemerkung gemacht. Hast du etwa noch nicht mit ihm geredet?«

Kerimo seufzte. »Kein Wort. Wieso auch. Ich glaube, er weiß nicht mal, dass es mich gibt.« Abwesend spielte er mit den Schnallen seiner Sandalen. »Er spricht so selten mit Novizen.«

»Vielleicht hättest du auch mal eine Frage stellen sollen«, stichelte Rena.

»Beim Feuergeist, das würde ich mich nie trauen!«

»Na ja, ich wette, es war nicht nur der erste Satz, sondern auch der letzte, den er mit mir gesprochen hat«, versuchte Rena ihn zu trösten.

Sie hatte keine Ahnung, wie sehr sie sich einmal wünschen sollte, mit diesen Worten Recht gehabt zu haben.

Nach einigen Tagen kehrte Alix ins Dorf zurück, um frische Vorräte zu beschaffen und sich bei Zinovar zu erkundigen, ob von Rena eine Nachricht für sie angekommen war. Als sie zurückkehrte, ging Rowan ihr aufgeregt entgegen. »Und?«

Alix schüttelte den Kopf. »Nichts. Aber ich glaube, das ist gar nicht so blöd von ihr. Wenn sie Kontakt mit der Außenwelt – mit uns – aufnimmt, geht sie ein Risiko ein.«

»Trotzdem.« Unruhig ging Rowan umher und zupfte an seinem blauen Halstuch. »Es lässt mir keine Ruhe. Vielleicht ist sie schon in Schwierigkeiten und wir wissen nichts davon. Wir hätten sie nie gehen lassen sollen. Sie ist längst zu bekannt. Hoffentlich erkennt sie niemand von diesen Typen. Es kann doch jederzeit einer dort eintreffen, der sie schon mal in der Felsenburg gesehen hat …«

Alix verlor die Geduld. »Rostfraß und Asche, ich mache mir auch Sorgen. Aber es bringt nichts, wenn wir hier vor lauter Nervosität den ganzen Tag im Kreis laufen. Rena wird es nicht toll finden, wenn sie zurückkommt und nur noch zwei plappernde Irre vorfindet.«

»Kann schon passieren«, sagte Rowan und musste unwillkürlich lächeln. Na also, dachte Alix. Sie hatte es in den letzten Tagen nicht oft geschafft, ihn aufzuheitern.

Es war auch das Nichtstun, das sie beide zermürbte. Zuerst amüsierte sich Rowan damit, die Wolken zu Mustern zu formen, bis Alix ihn bat es nicht mehr zu tun – es verriet den Menschen des Dorfes nur, dass jemand von der Luft-Gilde in der Nähe war. Also bereitete Rowan gemeinsam mit Derrie aufwändige Mahlzeiten und verbrachte viel Zeit damit, die Zutaten zu sammeln und zu erjagen. Ab und zu übte er mit seiner Armbrust und schoss gelangweilt wieder und wieder auf den abgebrochenen Zweig eines Phönixbaums. Währenddessen kämmte Alix ihr langes Haar, bis es schimmerte, pflegte ihre Waffen, bis man sich in der Klinge ihres Schwerts spiegeln konnte, und ging dreimal täglich die Übungen ihres Drills durch. Zufrieden stellte sie fest, dass sie schon fast wieder so gut in Form war wie früher. Schade, dass Rowan kein geeigneter Partner für ein paar Übungsgefechte war.

Derrie machte sich währenddessen unauffällig nützlich. Alix wusste nicht so recht, was sie von ihr halten sollte. Einerseits fand sie sie nett, doch auf ihre Dienste zu verzichten wäre ihr leicht gefallen.

Wenn die drei Monde hinter dem Horizont verschwunden waren und sie um das kleine Feuer herumsaßen, unterhielten sie sich meist. Manchmal setzte sich Derrie dazu und redete mit, doch oft zog sie sich zurück und blieb für sich. Sie schlief, wie viele Menschen der Luft-Gilde, am liebsten unter freiem Himmel. Rowan dagegen hatte sich im Hauptzelt eingerichtet, in dem auch Alix übernachtete.

Auch wegen der allgegenwärtigen Dienerin hatten sie seit dem ersten Abend nicht mehr über Renas und Rowans Beziehung gesprochen. Alix hatte nicht vor, das Thema als Erste anzuschneiden. Sie hatte die bittere Szene, als die beiden gestritten und Rena sich bei ihr ausgeheult hatte, noch zu gut im Gedächtnis. Doch in dieser Nacht – Derrie schlief längst – überraschte Rowan sie. Nachdem er lange nachdenklich in die Flammen gestarrt hatte, sagte er: »Glaubst du, dass es besser wäre, wenn ich Rena verlasse? Ich weiß nicht, ob wir noch gut füreinander sind. Sei bitte ganz ehrlich, in Ordnung?«

Alix blickte ihn an. Sie versuchte sich daran zu erinnern, was Rena damals gesagt hatte. Von Derrie hatte sie gesprochen, mit der Rowan sie vielleicht betrogen hatte, und vielleicht auch nicht. Zumindest war Alix nicht aufgefallen, dass Rowan sich nachts nach draußen schlich. Aber das musste nicht heißen, dass Renas Verdacht aus der Luft gegriffen war. Sie wird mich bei lebendigem Leib rösten, wenn ich Rowan zum Abschied rate, dachte Alix.

»Ich glaube, du musst abwägen«, sagte sie langsam. »Ist die Bitterkeit in dir schon größer als deine Liebe zu ihr?«

Rowan lachte gequält. »Das ist ein einfacher Test. Und trotzdem schwer. Ich weiß die Antwort darauf nicht.«

»Du hast ja jetzt ein paar Tage Zeit, darüber nachzudenken.« Alix stocherte im Feuer, legte noch einen Holzklotz nach. »He, was ist eigentlich in der Felsenburg mit euch passiert?«

»Ich glaube, wir haben uns dort beide nicht wirklich wohl gefühlt. Viele Leute haben ihren Rat gesucht, es gab viele Sitzungen, sogar Treffen mit der Regentin. Sie war immer beschäftigt, hatte wenig Zeit. Obwohl die Sitzungen sie meist zu Tode gelangweilt haben.«

»Was hast du die ganze Zeit gemacht?«

»Beraten habe ich auch. Aber ich war selten dabei bei den Treffen.«

»Warum?«

»Ziemlich einfach. Ich bin nicht eingeladen worden. Ich hatte Pläne, wie man den Handel zwischen den Gilden regulieren und fairer machen könnte, aber niemand hat es interessiert.«

»Diese Bürokratie hat mich auch fast in den Wahnsinn getrieben ...«

»Genau. Und während dieser Zeit hatte ich das Gefühl, dass Rena immer weniger wissen möchte, wie es mir geht oder was ich mache. Es ging immer nur um den Rat, die Gilden.«

»Hast du ihr das gesagt?«

»Vielleicht nicht deutlich genug. Irgendwann habe ich mich eben mit anderen Menschen beschäftigt – und wahrscheinlich auch aufgehört mich für ihre Probleme zu interessieren.«

»Hm«, sagte Alix. Es gefiel ihr, dass er so ehrlich gegen sich selbst war und auch seinen Anteil an der Schuld nicht vergaß. Hätten Rena und er doch ein bisschen mehr geredet. Das blieb jetzt an ihr hängen.

»Außerdem war sie in den letzten Wochen ziemlich unausstehlich. Keine Ahnung warum.«
»Woran das lag, kann ich dir sagen«, sagte Alix. »Sie war eifersüchtig. Auf Derrie.«
Rowans Augen weiteten sich, er starrte sie an. War er überrascht – oder fühlte er sich ertappt?
»Hat sie Anlass, eifersüchtig zu sein?«, fragte Alix. Es gab keinen Grund, um die Sache herumzureden. Sie war gespannt, ob er offen antworten würde.
»Beim Nordwind, Derrie ist eine meiner Gildenschwestern!«
Alix dachte gar nicht daran, lockerzulassen. »Das beantwortet die Frage eigentlich nicht.«
Sie spürte, wie Rowan langsam wütend wurde. »Ich habe nicht mit ihr geschlafen, wenn du das meinst. Aber ich mag sie. Sie ist etwas Besonderes.«
»Kannst du dann nicht verstehen, dass Rena eifersüchtig ist?«
Ein paar Atemzüge lang dachte er nach. »Wahrscheinlich schon ... ach, Scheiße.« Rowan fuhr sich mit der Hand durch die hellblonden Haare und verstrubbelte sie dadurch nur noch mehr. »Ich hätte merken sollen, dass so etwas dahintersteckt.«
»Zurzeit hat sie sowieso andere Probleme«, sagte Alix und wiederholte die einzige Frage, die sie wichtig fand: »Was ist jetzt: Liebst du sie noch? Auch wenn sie wahrscheinlich immer berühmter sein wird als du?«
Der junge Händler antwortete nicht. Alix fragte sich, ob sie mit dieser letzten Frage endgültig zu deutlich gewesen war. Aber manchmal war die Schocktherapie das einzig Richtige.

Rowan stand auf und wanderte zwischen den Dornbüschen davon, hinein in die Dunkelheit der verbrannten Ebene. Nachdenklich sah Alix ihm nach, bis seine Gestalt mit den Schatten verschmolz. Wollte er einfach nach draußen um nachzudenken – oder ging er zu Derrie?
Als Alix sich längst im Zelt zusammengerollt hatte und schon beinahe eingeschlafen war, hörte sie Rowan zurückkommen. Er rumorte lange herum und Alix war froh, als er endlich ebenfalls zwischen seine Decken kroch.

Cano

In den nächsten Tagen blickte Rena oft, wenn sie sich unversehens umwandte, in die wachsamen dunklen Augen Wulfs. Schnell drehte sie sich wieder um. Der muskulöse, haarlose Mann war ihr unheimlich. Er beobachtet mich, dachte Rena – sicher im Auftrag des Propheten. Hätte sie doch in der Versammlung nur diese dumme Frage nicht gestellt! Jetzt war es viel schwieriger geworden, mehr über die Geheimnisse des Kults herauszufinden. Vor allem muss ich erfahren, wo Angriffe geplant sind, dachte Rena, und wo die Feuer-Leute losschlagen wollen. Aber wer wusste so etwas? Wahrscheinlich nur Tavian, Wulf und der Prophet selbst …
Beim nächsten Morgentreffen achtete Rena genau darauf, das zu tun, was die anderen machten – sie stimmte in ihr ehrfürchtiges Murmeln ein, begeisterte sich, wenn die anderen es taten,

sprach die Formeln nach. Doch je länger sie Canos Worten lauschte, desto mulmiger wurde ihr zu Mute.

»Wir werden das reinigende Feuer über Daresh bringen, es wird über die Provinzen hinwegfegen wie ein Sturm«, sagte der Prophet, und während die anderen jubelten, fragte sich Rena, ob man das wörtlich nehmen musste. Was war, wenn die Phönix-Leute wirklich einen Weg gefunden hatten, Kaltes Feuer großflächig einzusetzen? Was Rena im nächtlichen Lager beobachtet hatte, hatte sie nachdenklich gemacht und sie rief sich die Worte des abtrünnigen Schmiedes ins Gedächtnis: *Sie planen etwas Großes. Ich weiß nicht genau was, aber es hat etwas mit dem reinigenden Feuer zu tun.* War vielleicht nicht nur mit einzelnen Angriffen zu rechnen, sondern mit sehr viel mehr? Rena schauderte.

Doch sie bekam keine Zeit, ihren düsteren Theorien nachzuhängen. Denn diesmal beschränkte sich Wulf nicht darauf, sie zu beobachten. Als die Zeremonie beendet, der Prophet verschwunden war und die Anhänger zu ihren Zelten zurückkehrten, ging er in ihre Richtung. Wie immer ließ sich an seiner Miene nicht ablesen, was er vorhatte. Am liebsten wäre Rena geflüchtet, doch sie zwang sich ein freundliches Gesicht aufzusetzen.

»Du wirst diesmal nicht am Schwerttraining teilnehmen«, sagte Wulf.

Rena blickte ihn fragend an und versuchte festzustellen, ob in seiner Stimme eine Drohung lag. »Der Prophet wünscht, dass du mit ihm am Mittagsmahl teilnimmst.«

»Ich? Mit ihm …?«

»Ganz recht«, sagte Wulf. »Finde dich beim Versammlungsplatz ein, wenn die anderen zum Training gehen. Jemand wird dich dort abholen.«

Verwirrt blieb Rena stehen, während um sie herum die Menschen zum Wohnbereich zurückfluteten. Jetzt war ihr klar, dass auch der Befehl, am Aufstellen der Zelte teilzunehmen, direkt vom Propheten gekommen war. Anscheinend hatte er die Begegnung damals geplant. Was hatte er vor?

Kerimo war erstaunt, als Rena zur üblichen Zeit keine Anstalten machte, ihr Schwert und die andere Ausrüstung für das Training zusammenzupacken. »Was ist? Willst du schwänzen?«

»Nein, das nicht gerade«, wich Rena aus. Sie wollte ihm nicht erzählen, dass sie ein Treffen mit dem Propheten hatte – noch nicht. Nicht, bevor sie wusste, was daraus werden würde. »Wulf hat mir gesagt, ich soll diesmal nicht daran teilnehmen.«

»Ja?«, fragte Kerimo und blickte sie verwirrt an. Aber nach kurzem Nachdenken schien er zu dem Schluss zu gelangen, dass das wahrscheinlich die Strafe für ihr ungebührliches Benehmen war. Er nahm sein Schwert und schnallte es sich um. Sein Körper war so zierlich, dass er Schwierigkeiten mit dem Gurt hatte. »Na ja, dann bis nachher …«

Die schwarze Stoffbahn des Eingangs fiel zurück, es war still im Zelt. Schnell zog sich Rena ihre Sandalen an, tastete nach dem Messer an ihrer Hüfte, warf sich den Umhang über die Schultern und kroch ebenfalls nach draußen.

Auf dem Versammlungsplatz stand nur ein einziger Mensch: eine junge Frau, die Rena nach den Abzeichen an ihrer Kleidung als Erzsucherin erkannte. Sie nickte Rena zu und winkte ihr, ihr zu folgen.

Am Rand des Versammlungsplatzes standen einige große schwarze Zelte, die sich nicht wie die Wohnzelte in die Kreisform einfügten. Hinter diesen gab es noch weitere kleinere. Die Erzsucherin führte Rena in ein Labyrinth von Stoffbahnen und Spannschnüren, das nach staubiger Leinwand, dem Rauch eines Kochfeuers und gebratenen Pfeilwurzeln roch.
Schließlich gelangten sie auf einen kleinen offenen Platz zwischen den Zelten, in dessen Mitte das Kochfeuer brannte. Um das Feuer herum, auf Kissen und Stoffbahnen, saßen drei Männer: Tavian, Wulf und – Cano, der Prophet des Phönix. Er unterhielt sich mit Tavian und beachtete sie nicht, schien nicht einmal zu bemerken, dass sie da war.
Die Aufregung pulste heiß durch Renas Körper, als Wulf ihr bedeutete sich dazuzusetzen. Jemand drückte ihr einen Teller heiße Pfeilwurzeln in die Hand. Da die anderen zugriffen, schob sie sich ebenfalls eine in den Mund und vergaß einen Moment lang alles andere. Köstlich! So etwas bekamen Canos Anhänger im Lager nicht zu essen.
Es war erst das zweite Mal, dass Rena den Propheten aus der Nähe sah. Er war jünger als die anderen, ein Mann auf dem Höhepunkt seiner Kraft. Sie nutzte die Gelegenheit, um ihn zu betrachten: sein Profil mit der geraden Nase, das rötlich braune Haar, das im Feuerschein glänzte. Wegen der Hitze des Feuers hatten die drei Männer ihre Umhänge beiseite gelegt und Canos schlanker, aber muskulöser Körper zeichnete sich unter dem dünnen schwarzen Stoff seines Hemdes ab. Rena musste zugeben, dass Cano ihr gefiel. Alix hatte nicht erwähnt, dass ihr Bruder so gut aussah. Wenn man mit jemandem aufwächst, bemerkt man das wahrscheinlich gar nicht mehr, vermutete Rena.

Cano schien ihren Blick gespürt zu haben, denn er wandte sich ihr zu und lächelte. Renas Herz stolperte, setzte aus, fand den Takt wieder. Hoffentlich ahnte er nicht, was sie gerade über ihn gedacht hatte.

»Nervös?«, fragte er amüsiert.

Rena nickte. Sie konnte nicht antworten, weil sie gerade den Mund voller Pfeilwurzelragout hatte. Verlegen spürte sie, wie sie rot anlief.

Seine grünen Augen betrachteten sie, schätzten sie in aller Ruhe ab. Dann wandte er sich wieder Tavian zu. »Narel war gestern auch viel zu unruhig. Hast du gesehen, wie sie bei der Übung den Abwehrschlag verpatzt hat? Das hätte sie den Kopf kosten können, wenn Ronan Ernst gemacht hätte.«

Tavians raues Gesicht verzog sich zu einem Lächeln. »Dabei habe ich ihr gerade erst ein neues Schwert geschmiedet. Mit dreimal gehärteter Klinge. Vielleicht schenke ich es irgendwem oder tausche es gegen eine Hand voll Jaiolo-Gewürze. Nur um zu sehen, was für ein Gesicht sie dann zieht. Und nachher mache ich ihr ein anderes.«

»Du hast dir wirklich die Zeit genommen, ihr ein Schwert zu machen? Lass doch deine Leute mehr von der Arbeit übernehmen, wir haben jetzt wirklich genug Waffenschmiede. Sonst kommt du ja gar nicht mehr zum Schreiben.«

Zum Schreiben? Erstaunt sah Rena Tavian an. Aus dieser Entfernung bemerkte sie, dass er eigenartige Augen hatte – dunkelbraun mit kleinen Goldflecken. »Woran arbeitest du denn gerade?«, wagte sie sich einzumischen.

»Ach …«, Tavian machte eine wegwerfende Geste. »Ich versuche aufzuschreiben, was mein Schwert im Kampf singt. Das ist alles. Keine große Sache.«

»Nicht so schüchtern«, neckte ihn Cano. »Warum verschweigst du, dass du schon an deinem zweiten großen Gedichtzyklus arbeitest und fünf Verse aus dem ersten auf deiner Klinge eingraviert sind?«

Verlegen spießte Tavian mit dem Dolch eine Pfeilwurzel auf und schob sie sich in den Mund. »Es ist noch nicht fertig. Ich lese nie aus einem Werk, bevor es fertig ist. Das bringt Unglück.« Er grinste. »Wenn ich Pech habe, singt mein Schwert dann ein paar Umläufe lang nur Spottverse für mich.«

Wulf hatte sich nicht an dem Gespräch beteiligt. Schweigend aß er und achtete dabei auf die Umgebung. Jetzt sagte er langsam: »Wir sollten die Leute aus den Dörfern bitten kein Beljas mehr mitzubringen. Gestern habe ich einen der Neuankömmlinge dabei gesehen, wie er es gekaut hat.«

»Sag ihm, dass er das Lager verlassen muss, wenn er damit weitermachen will«, ordnete Cano kurz an. »Wir haben ein großes Ziel und alle müssen auf dieses Ziel hinleben. Beljas hat keinen Platz in diesem Plan.«

Einen Moment lang aßen sie schweigend, in Gedanken versunken. Rena ahnte, dass sie an ihren großen Plan dachten, und hoffte, sie würden weitersprechen, ein paar Einzelheiten preisgeben. Doch sie wurde enttäuscht. Das Gespräch wandte sich anderen Themen zu, der Prognose, wann der nächste Leuchtsturm zu erwarten sei, wie viele neue Leute an diesem Tag eingetroffen seien und wozu man sie einsetzen könne, wie viel Stahl man in den nächsten Umläufen brauchen würde und über die Berge holen müsse.

Rena folgte dem Gespräch ohne sich einzumischen. Niemand beachtete sie. Wieso hat er mich eigentlich hergeholt?, dachte sie. Sie begann allmählich sich überflüssig zu fühlen.

Schließlich entschied sie sich einfach zu fragen. Das konnte man beim besten Willen nicht als frech oder respektlos interpretieren. »Wieso bin ich hier?«, warf sie ein, als das Gespräch gerade kurz pausierte.

Cano war nicht überrascht. Er schien fast darauf gewartet zu haben, dass sie sich zu Wort meldete.

»Ich mag es, wenn Menschen für sich selbst denken – und dann auch den Mut haben, es auszusprechen«, sagte er. Ihre Blicke trafen sich und plötzlich fand Rena es fast unmöglich, die Augen abzuwenden.

»Weißt du, Eleni, im Grunde bin ich es leid, dass mich die Leute anbeten«, sagte Cano und stocherte mit einem langen Stück Phönixbaum-Holz im Feuer herum. »Sie alle sind stolze und freie Menschen der Feuer-Gilde und doch wagt keiner von ihnen mir zu widersprechen. Manchmal finde ich das verdammt schade.«

Rena musste sich das Lachen verbeißen. Er wusste ihren Decknamen, anscheinend hatte er sich über sie erkundigt. Aber er wusste nicht, dass sie zu den Erd-Leuten gehörte – dass ein Mitglied dieser angeblich verweichlichten Gilden die Einzige war, die in seinem Lager Mut gezeigt hatte. Oder was er dafür hielt.

»Aber wieso erzieht Ihr sie nicht dazu?«, fragte Rena. »Habt Ihr ihnen jemals ein Zeichen gegeben, dass es in Ordnung ist, Fragen zu stellen oder zu widersprechen?«

»Das habe ich nie getan und werde es auch in Zukunft nicht. Ein kritischer Geist kommt von innen, und kann er sich nicht ohne Hilfe durchsetzen, dann war er eben nicht stark genug.«
»So kann man es natürlich auch sehen.« Rena zuckte die Schultern.
»Umso mehr wundert es mich, dass ausgerechnet eine kleine angehende Goldschmiedin anfängt Fragen zu stellen«, meinte Cano.
Eine Welle der Angst schwappte über Rena. Hatte sie ihn misstrauisch gemacht? Würde er anfangen, das, was sie über ihre Vergangenheit gesagt hatte, nachzuprüfen?
»Äh, ich hatte eben ... ich ...«
Sie brauchte den Satz nicht zu beenden. In diesem Moment stürzte ein Junge herein; er war so aufgeregt, dass er fast über die Verankerungen der Zelte gestolpert wäre. »Beim Schwerttraining hat sich einer der Brüder verletzt! Er blutet ziemlich stark. Könnt Ihr kommen, Meister?«
Zu Renas Erstaunen erhob sich nicht der Prophet, sondern Wulf. Er ging in eins der Zelte, holte ein in Stoff gewickeltes Bündel heraus und folgte dem Jungen mit schnellen Schritten.
Erstaunt blickte Rena Tavian an. Der nickte. »Er ist auch ein Heilkundiger, und zwar ein sehr guter. Ist jemand krank im Lager, dann geht er als Erstes zu Wulf.«
»Wo hat er das denn gelernt?«
»Wir wissen nicht viel darüber«, mischte sich Cano ein. Nachdenklich legte er die Fingerspitzen aneinander. »Wahrscheinlich ist er in seiner Jugend bei einem heilkundigen Meister in der Lehre gewesen. Aber er spricht nicht darüber. Vermutlich hat er in diesen Jahren etwas Schreckliches erlebt.«

Die Pfeilwurzeln waren alle verzehrt, das Feuer schon etwas heruntergebrannt. Ohne einen Laut war die Erzsucherin im Hintergrund aufgetaucht. Cano nickte ihr zu, dann Rena, und sie begriff, dass die »Audienz«, oder was immer es gewesen sein mochte, beendet war.

Als sie in ihr Zelt zurückkehrte und sich auf ihr Lager warf, war alles in ihr in Aufruhr. Es dauerte einen Moment, bevor sie die Ursache ergründet, das Problem eingekreist hatte: Cano und Tavian waren ihr sympathisch. Und selbst Wulf schien nicht der tumbe Muskelmann zu sein, für den sie ihn gehalten hatte.

Aber das ging nicht, das konnte nicht sein. Sie waren gefährlich.

Ich muss daran denken, was sie vorhaben, sagte sich Rena und zwang sich zu vergessen, wie es sich angefühlt hatte, neben Cano zu sitzen.

Alix war froh, dass Rowan ihr anscheinend nicht übel nahm, bei ihrer Aussprache so grob mit ihm gewesen zu sein. Im Gegenteil: Seit diesem Abend gingen sie vertrauter miteinander um, fühlten sich wohler miteinander. Wahrscheinlich wagte Rowan deshalb, sie in einer der nächsten Nächte am Feuer, als Derrie bei ihnen saß, zu fragen: »Sag mal, Alix, warum hast du dich eigentlich die ganze Zeit nicht gemeldet? Nachdem du die Felsenburg verlassen hattest, meine ich? Es hat Rena ziemlich verletzt, dass du nichts von dir hast hören lassen.«

Will er jetzt zur Abwechselung ein bisschen darauf herumreiten, was *ich* alles falsch gemacht habe?, fragte sich Alix. »Ja, ich weiß, das war beschissen von mir. Aber ich bin an die Südgrenze von Tassos gereist und danach hatte ich sowieso andere Probleme.«

»Wieso an die Südgrenze?«, fragte Derrie.

»Dort bin ich geboren worden«, erklärte Alix. Es fühlte sich komisch an, über sich selbst zu sprechen. Das hatte sie schon so lange nicht mehr getan. Es war ja auch nicht möglich gewesen, während sie unter einer Tarnexistenz gelebt hatte, als Agentin des Hohen Rates. »Ich glaube, ich wollte so was machen wie eine Reise in meine Vergangenheit. Aber es war eine furchtbare Pleite. Die Pyramide, in der wir früher gewohnt haben, war nur noch ein Haufen Eisenschrott. Es war nichts mehr zu retten, noch nicht mal ein Andenken.«

Rowan nickte. »Das Gefühl kenne ich.«

Interessiert, mit großen Augen hörte Derrie zu.

»Ein paar Dörfer weiter hat ein Jugendfreund von mir gewohnt. Ich wollte ihn wiedersehen. Aber ich bin zu spät gekommen. Vor einem Winter hat ihn ein Phönixbaum erwischt. Er hat gedacht, das Ding sei noch nicht reif, und ist auf einem Dhatla zu nah daran vorbeigeritten. Und dann: Paff!«

Ein paar Atemzüge lang beschäftigte sie sich damit, ihren Dolch zu schleifen, konzentrierte sich auf die vertrauten Bewegungen. »Tja, und dann habe ich das mit Cano erfahren.«

»Wie denn? Außer dir weiß doch niemand, wer er ist, oder?«

»Nein. Aber wie schon erwähnt: So ein Trottel, mit dem ich in einer Schänke Kelo gespielt habe, hat mir von dem Propheten des Phönix und dem, was er plant, vorgeschwärmt. Er hatte den Propheten schon einmal gesehen und hat ihn mir beschrieben. Samt der Narbe am Unterarm. Das war einfach zu viel des Zufalls. Es musste Cano sein.«

»Aber warum hat dich das so mitgenommen? Warst du nicht froh, dass er überhaupt noch lebte?«

»Doch«, sagte Alix und lächelte bitter. »Das war ich. Ich war so froh, dass ich mich in den Monaten danach mit jeder Menge Beljas davon abhalten musste, nicht zu ihm und seinen Leuten zu gehen. Hat ja auch geklappt. Manchmal konnte ich ihn sogar einen Moment lang vergessen.«

Derrie blickte zu ihr herüber, mischte sich zum ersten Mal ein.

»Herrin ...«

»Nenn mich Alix!«

»Alix ... glaubst du, dass der Prophet ... Cano ... dass er gewinnen kann?«

»Was meinst du mit *gewinnen*?«

»Wird er es schaffen, die anderen Gilden zu bezwingen und Daresh zu beherrschen?«

»Könnte gut sein. Ja. Ich fürchte schon. Vielleicht schon bald. Er ist sehr stark und die Truppen der Regentin werden ihn nicht aufhalten können, wenn er das Feuer auf seiner Seite hat.«

»Hast du Angst, *tani*?«, fragte Rowan Derrie sanft.

Derrie schüttelte mit einer winzigen Spur von Trotz den Kopf und hielt ihren verletzten Arm. »Ich werde immer überleben. Irgendwie.« Nachdenklich blickte sie ins Feuer. »Das ist das Einzige, worauf es ankommt.«

Feuerprobe

Im Lager hatte kaum jemand mitbekommen, dass Rena den Propheten getroffen hatte. Kerimo schaute sie zwar neugierig an, war dann aber zu taktvoll, um sie offen auszufragen.

»In fünf Tagen ist wieder einmal die Zeremonie, bei der Novizen aufgenommen werden«, berichtete er stattdessen aufgeregt. »Mein Schwertmeister hat gesagt, ich darf vielleicht diesmal schon dabei sein.«

»Was ist das denn für eine Zeremonie? Ich meine, muss man irgendwas machen?«

Kerimos Gesicht verdüsterte sich wieder. Er zögerte, bevor er ihr antwortete. »Man soll nicht davon sprechen, bevor … ach was, du wirst ja auch bald dran sein. Es ist ziemlich gefährlich. Man muss eine Menge Mut zeigen. Aber alle anderen haben es ja auch geschafft.«

»Dann wirst du es auf jeden Fall hinkriegen«, tröstete ihn Rena.

Bei dem Gedanken an eine gefährliche Prüfung wurde Rena mulmig zu Mute. Aber dann beruhigte sie sich damit, dass es noch dauern würde, bis sie dran war – schließlich hielt Kerimo sich schon ziemlich lange im Lager des Propheten auf, viel länger als sie. Bis dahin hatte sie genug herausgefunden und würde buchstäblich über alle Berge sein. Bei Rowan.

Sie hatte in den letzten Tagen oft an ihn gedacht und sich nach ihm gesehnt. Fast noch mehr, seit sie Cano getroffen hatte. Komisch war das.

Rena war kaum überrascht, als sie auch am nächsten Tag den Befehl bekam, nicht zum Schwerttraining zu gehen und sich stattdessen am Versammlungsplatz einzufinden. »Aber nimmt dein Schwert mit«, sagte Wulf.
Sie traf Cano auf dem gleichen kleinen Platz an wie das letzte Mal. Doch diesmal war er allein. Selbstsicher, mit lässiger Eleganz stand er in der Mitte des Platzes und blickte ihr entgegen. Als sie nur noch ein paar Schritte von ihm entfernt war, zog er langsam das Schwert. Rena erschrak. Was hatte er vor? Doch dann sah sie, dass er immer noch lächelte, und begriff, es war eine Übung.
»Worauf wartest du, Eleni?«
Rena zog ihr eigenes Schwert. Es war eine schlichte schwarzbläulich schimmernde Klinge und konnte mit Canos prächtiger juwelengeschmückter Waffe nicht mithalten. Rena hätte sich schon ein Dutzend andere kaufen können. Doch sie erinnerte sich gerne daran, wie Alix es ihr damals geschmiedet hatte – auf dem Weg zu unbekannten Gefahren im Grasmeer und im Land der Seen.
Sie kreuzten die Klingen und gingen in Kampfpositionen. Rena war froh, dass Alix ihr wenigstens noch ein paar Tage lang Unterricht gegeben hatte. Trotzdem merkte sie sofort, dass sie nicht die geringste Chance gegen Cano hatte.
Er ließ ihre Klinge an seiner abgleiten und riss die Waffe gleich wieder hoch. Rena reagierte einen halben Atemzug zu spät, und wäre der Kampf ernst gewesen, hätte sie es nicht geschafft, seinen Schlag abzublocken. Verlegen versuchte sie ihn ihre Ungeschicklichkeit vergessen zu lassen, indem sie einen schnellen Angriff führte. Cano wehrte ihn mühelos ab und

drängte sie mit ein paar heftigen Schlägen bis zur Außenwand eines Zelts zurück. Doch so leicht gab sich Rena nicht geschlagen. Sie schlüpfte unter seiner Klinge hindurch, wirbelte herum und hatte einen kurzen Überraschungsvorteil. Cano ließ nicht zu, dass sie ihn nutzte. Zwei, drei Finten mit der Klinge – und sie spürte die scharfe Spitze seines Schwertes an der Kehle.

»Gut, diese Finten machen wir jetzt noch mal«, sagte Cano und sie wiederholten die Übung. Es war Rena peinlich, dass sie dabei außer Atem geriet. »Mein Meister hat erst spät angefangen mich zu unterrichten«, versuchte sie zu erklären.

»Hm, das merkt man. Aber mach dir nichts draus. Es muss solche und solche geben«, sagte Cano und legte ihr leicht die Hand auf die Schulter. Er ließ sie einen Moment länger dort liegen, als es zwischen Meister und Schülerin üblich war. Rena spürte diese Berührung im ganzen Körper.

»Wahrscheinlich muss ich noch viel üben, bevor ich die Aufnahmezeremonie machen darf, oder?«, fragte sie, um ihre Verlegenheit zu überspielen.

»Ach, mach dir deswegen keine Gedanken«, sagte Cano leichthin. »Wann jemand bereit ist, entscheide ich.«

Rena wollte ihre Waffe an den Gürtel zurückstecken, doch mit einer kurzen Geste gebot er ihr Einhalt. »Moment. Gib sie mir. Du bekommst sie gleich zurück.«

Mit gerunzelter Stirn hielt er die Klinge ins Licht, betrachtete sie ganz genau. Langsam ließ er den Finger über die kleinen Ornamente gleiten, die nahe dem Griff eingeprägt waren. Sein Lächeln war wie fortgewischt. »Woher hast du sie?«

Rena begriff sofort, dass Alix und sie einen schlimmen Fehler gemacht hatten. Sie hätte dieses Schwert nicht mitnehmen dürfen. Wahrscheinlich hatte jeder Schmied seine unverwechselbare Signatur, die er auf seinen Werken anbrachte – bei Erd-Gilden-Meistern war es ganz ähnlich. Mit Sicherheit wusste Cano jetzt, dass seine Schwester dieses Schwert geschmiedet hatte!

»Ich habe es einer durchreisenden Waffenschmiedin abgekauft«, log Rena schnell.

»Wie sah sie aus?«

»Hm ... ich weiß nicht, ob ich mich noch erinnere ...«

»Dies ist weder der Ort noch die Zeit für Scherze«, sagte Cano plötzlich grob. Seine grünen Augen waren von einem Moment auf den anderen dunkel vor Zorn. »Jeder erinnert sich daran, woher er sein Schwert hat.«

Rena kapitulierte. »Sie hatte lange kupferfarbene Haare und sie war ziemlich groß. Aber mehr weiß ich wirklich nicht.«

Hoffentlich spürte er nicht, wie nervös sie auf einmal war. Doch er schien in seine innere Welt versunken, ließ immer wieder die Finger über die Ornamente gleiten. Er erinnert sich an Alix, dachte Rena, gleichzeitig in Alarmbereitschaft und eigenartig berührt. Ob er sie vielleicht sogar vermisst?

»Wo war es?«, fragte er. »Erzähl mir alles, woran du dich erinnerst.«

Rena reimte sich eine Geschichte zusammen, die so eng an die Wirklichkeit angelehnt war, dass sie plausibel klingen musste: Als sie mit ihrem Meister auf Reisen war und in Canda Rast machten, hatten sie die Frau kennen gelernt. Sie hatten Schmuckstücke gegen eine ihrer Waffen eingetauscht.

Am nächsten Morgen waren sie weitergezogen. Wieder gesehen hatten sie die Schmiedin nicht.
Als sie fertig erzählt hatte, wandte sich Cano ab und ging ohne sie weiter zu beachten zwischen den Zelten davon. Rena blieb allein auf der kleinen Lichtung zurück.

In Gedanken versunken saß Rena an einer der langen Bänke, schob sich junge Felizas-Sprossen in den Mund und lehnte höflich den fleischigen Knochen ab, den ihr die alte Andra hinhielt. Wenn sie an Cano dachte, war ihr Inneres im Widerstreit. Irgendwie mochte sie ihn. Gut, mehr als das, er faszinierte sie, wie ein gefährliches Raubtier, das schnurrend um deine Waden strich und dich im nächsten Moment in Stücke riss, wenn es Lust dazu hatte. Aber warum interessierte er sich so für sie? Als Frau? Ganz sicher nicht, dachte Rena. Sie hatte sich nie besonders hübsch gefunden. Doch dann erinnerte sie sich an die beiläufigen Berührungen. Die Hand auf ihrem Arm, der Arm um ihre Schultern. Sie waren ihr nicht unangenehm. Nein, sie fühlten sich gut an. Aber sie machten sie unsicher. Ich liebe Rowan, sagte sie sich trotzig. Ihn will ich, und sonst niemanden – und niemals würde ich ihn betrügen.
Je länger Rena darüber nachdachte, desto sicherer war sie, dass sie sich irrte. Wahrscheinlich interpretierte sie das alles völlig falsch. Ganz schön selbstverliebt, einfach anzunehmen, dass mehr dahintersteckte, dass Cano sie anziehend fand! Es war doch eigentlich nichts dabei, dass er ihr den Arm um die Schulter legte. Für ihn war sie die junge Schülerin, vielleicht war sie für ihn sogar Nachwuchs für seinen Führungszirkel …

»Richtig gut, die Sprossen«, keckerte Andra neben ihr. »Es ist selten, dass wir so zarte bekommen.«
»Man muss sie ganz früh am Morgen pflücken und man darf nur die nehmen, die weit von anderen Bäumen entfernt stehen. Die sind nicht so holzig«, erklärte Rena abwesend und hielt Ausschau nach Kerimo. Sie hatte ihn seit dem Aufstehen nicht mehr gesehen.
»Woher weißt du das, Kleine?«, fragte Andra. Ihre bernsteinfarbenen Augen hatten sich zu Schlitzen verengt.
Rena zuckte zusammen. Was sie gesagt hatte, konnte nur jemand von der Erd-Gilde wissen. Niemals durfte sie hier im Lager abwesend oder unkonzentriert sein! »Das hat mir jemand erzählt«, wich sie aus. »Irgendein Händler …«
Andras Gesichtsausdruck zeigte ihr, dass sie Rena nicht glaubte. Vielleicht hörte sie auch an ihrer Stimme, dass sie log. Rena war unwohl zu Mute.
»Ich … muss jetzt wirklich gehen«, murmelte Rena, stopfte sich die letzten drei Sprossen in die Tasche ihrer Tunika und stand hastig auf. Sie wandte sich nicht mehr um, aber auch so spürte sie den stechenden Blick der Frau im Rücken. Ausgerechnet bei Andra musste sie sich verplappern! Die alte Hexe war sowieso nicht mehr gut auf sie zu sprechen, seit bekannt war, dass sie in der Gunst des Propheten stand. Vielleicht war sie eifersüchtig.
Wie auch immer: So etwas darf sich nicht wiederholen, dachte Rena.
Doch sie wusste auch, dass sie es sich nicht leisten konnte, wirklich vorsichtig zu sein. Denn sie wollte bald herausfinden, was es mit dem Kalten Feuer auf sich hatte. Sie musste es

irgendwie schaffen, mit Lella zu reden. Sie hatte sie lange nicht mehr gesehen. Vielleicht konnte sie noch einmal riskieren nachts durchs Lager zu streifen …

Doch sie schlief tief und fest, und als sie erwachte, war die Sonne schon aufgegangen.

Diesmal wurden beim Morgentreffen die Namen derer verlesen, die bei der Zeremonie in dieser Nacht in den Kult aufgenommen werden würden. Kerimo strahlte, als der Prophet in seiner kräftigen, klaren Stimme auch seinen Namen nannte.

»Hast du gehört, Eleni? Ich bin dabei!«

»Na also!«, sagte Rena und lächelte ihm zu. Sie machte sich Sorgen um Kerimo. Er war so zart – würde er eine harte und gefährliche Probe überhaupt durchstehen?

Am Nachmittag brachte Tavian ihm die zeremoniellen Gewänder vorbei. Kaum merklich nickte er Rena zu; Kerimo war viel zu aufgeregt, um es zu bemerken. Die Gewänder bestanden aus flammenfarbener Seide und waren weit geschnitten. Mit einem schwarzen Metallfaden waren geheimnisvolle Symbole in den Stoff gestickt worden. Kerimo fuhr sie mit dem Finger nach. »Die Beschwörung des Feuergotts … man muss sie während der Zeremonie ständig vor sich hin sagen, sonst schützt er einen nicht. Und wer seinen Schutz nicht hat, der verbrennt unter schrecklichen Schmerzen.«

Stolz lehnte er ab, sich von Rena beim Anlegen der Gewänder helfen zu lassen. Sie hockte sich vor das Zelt und wartete. Als er schließlich heraustrat, stieß sie einen bewundernden Pfiff aus. »Du siehst einfach toll aus!«

Diesmal war eine ganz neue Spannung in der Luft, als die Anhänger des Propheten sich zur Abendbeschwörung am Versammlungsplatz einfanden. Sonst hatte Rena sich durch die Menge drängen müssen – doch nun öffnete sich vor Kerimo, der stolz daherschritt, eine Gasse. Rena nutzte die Chance, folgte ihm dicht auf den Fersen und bekam so einen guten Platz ganz vorne.

Heute gab es Farbtupfer im strengen Schwarz der Feuerleute: Zehn Novizen, sechs Männer und vier Frauen, in den flammenfarbenen Gewändern hatten sich auf dem Platz versammelt und standen dort mit geradem Rücken und ernsten Gesichtern. Man merkte ihnen an, dass sie sich nicht ganz wohl fühlten; eine Frau verlagerte ihr Gewicht ständig von einem Fuß auf den anderen, einer der Männer wagte kaum sich zu bewegen, nur seine Augen schossen unruhig hin und her.

Als die Sonne hinter den Horizont sank, traten aus dem Quartier des Propheten drei Menschen – Cano, Wulf und – Lella. Was macht die denn hier?, fragte sich Rena verblüfft, während die Menge ihrem Anführer zujubelte. Mit gesenktem Blick ging die dicke Frau hinter dem Propheten her.

Wulf und ein anderer Mann bauten in der Mitte des Platzes einen großen metallenen Kessel auf. Rena reckte den Hals und sah, dass darin Metallbarren lagerten. Was hatte der Prophet damit vor?

»Getreue!«, rief Cano. Sein Gesicht war streng und ernst. »Es ist Zeit für die Novizen, sich zu entscheiden. Sie haben das Privileg, geprüft zu werden. Bestehen sie die Probe, dann gehören sie zu uns. Für immer, niemand kann diesen Bund des Feuers auflösen. Bestehen sie nicht, dann hat der Feuergeist sie bereits gestraft.«

Während Rena ihm zuhörte, beobachtete sie Lella. Mit schnellen, geschickten Bewegungen machte die Frau sich am Kessel zu schaffen und murmelte dabei Formeln vor sich hin. Staunend verfolgte Rena, wie das Metall im Kessel flüssig wurde und erst rot, dann gelb, dann fast weiß glühte. Mit einem Stab rührte Lella in der Masse herum, bis sie zufrieden schien; danach trat sie zurück und überließ die Bühne dem Propheten.

Cano ließ den ersten Novizen vortreten. Schweigen senkte sich über die Menge, als der Mann vor den Kessel trat. Seine Lippen bewegten sich lautlos. Er beugte sich nieder … und schöpfte mit bloßen Händen flüssiges Metall aus dem Kessel!

Die Menge brüllte zustimmend. Rena unterdrückte einen Schrei. Sie konnte die Augen nicht von dem Anblick losreißen, der sich ihr bot. Wieso zeigte der Mann keinen Schmerz? Das musste doch unmenschlich wehtun! Auch die Feuer-Leute waren, so wusste sie von Alix, nicht immun gegen den sengenden Schmerz der Hitze!

Jetzt ließ der Mann das Metall mit einer würdevollen Bewegung in die Schale fließen, die Lella bereithielt. Ein paar Tropfen fielen zischend auf die Erde, kleine Flammen züngelten hoch, verloschen auf dem kargen Boden aber fast sofort wieder. Die Schale wurde weggetragen.

»Tetok! Einer der Unsrigen!«, rief der Prophet und wieder jubelte die Menge.

Als Nächstes war eine Frau an der Reihe. Ihr Gesicht war angespannt, doch auch sie bestand die Probe und schöpfte das Metall aus dem Kessel. Rena schaute noch genauer hin als das letzte Mal, aber es schien keinen Trick zu geben, keine List … was diese Menschen taten, war nicht erklärbar.

»Juliara! Eine der Unsrigen!«

Doch beim nächsten Novizen, einer älteren Frau, ging es nicht so glatt. Auch sie bewegte die Lippen, schien Formeln zu murmeln. Als sie aber die Hände ins glühende Metall tauchte, stieß sie einen grauenerregenden Schrei aus. Wulf reagierte sofort, er riss die Frau zurück, bettete sie auf die Erde und träufelte eine Flüssigkeit auf ihre Hände. Nur dass es keine Hände mehr waren, sondern verkrümmte geschwärzte Klauen …

Rena war übel. Aber sie konnte ihren Platz nicht verlassen ohne Verdacht zu erregen.

Jetzt trat Kerimo vor. Renas Herz klopfte und in den Taschen ihres Umhangs ballte sie die Hände zu Fäusten. Im schwachen Licht des glühenden Metalls sah Kerimos Gesicht schmal und blass aus. Wie hypnotisiert blickte er in den Kessel. Dann senkte er langsam die Hände …

Rena schloss die Augen. Sie wagte nicht hinzusehen.

Gespannte Stille. Dann, nach einer Ewigkeit, der triumphierende Ruf: »Kerimo! Einer der Unsrigen!«

Langsam und erleichtert atmete Rena aus. Doch nun erinnerte sie sich daran, dass auch sie diese Probe machen sollte, machen musste, und der Gedanke daran krallte sich um ihr Herz. Ihre Hände, das glühende Metall … Aber das ist noch eine Weile hin, dachte Rena und versuchte sich zu beruhigen. Bis dahin bin ich hier weg. Muss ich hier weg sein, denn das würde ich nicht überleben …

Der Rest der Zeremonie verlief ohne Zwischenfälle. Kaum war der letzte Novize in den Bund aufgenommen, wurden

Krüge und Teller herangeschleppt und ein Fest begann. Schon den ganzen Tag über hatten Essensgerüche über dem Lager gehangen; jetzt wurde aufgefahren, was die Vorräte hergaben. Am liebsten wäre Rena unauffällig davongeschlichen, zurück zu ihrem Zelt. Das Bild dieser verkohlten Hände ging ihr nicht aus dem Kopf. Aber sie musste Kerimo gratulieren. Sie fand ihn, übermütig einen Gassenhauer grölend, inmitten einer Gruppe anderer Männer. Rena wünschte ihm alles Gute und wanderte zwischen den feiernden Menschen umher, schaute nach anderen Leuten aus, die sie kannte.

Da! Lella! Sie saß etwas abseits und nippte an einem Krug Cayoral. Anscheinend trank sie nicht gerne etwas Stärkeres.

Jetzt oder nie, dachte Rena, schlenderte zu ihr hin und ließ sich in ihrer Nähe nieder. Lächelnd nickte sie Lella zu, obwohl ihr nicht nach Lächeln zu Mute war. »Passiert so etwas eigentlich oft?«

»Manchmal.«

»Woran liegt es? Sprechen sie die falschen Formeln?«

Lella blickte sie misstrauisch an und Rena fragte sich, ob sie etwas Dummes gesagt hatte. »Der Feuergeist war nicht mit ihnen. Sie taugen nicht für den Propheten.«

Plötzlich hatte Rena eine Eingebung. »Wenn der Feuergeist nicht mit dir ist, dann hältst du auch das Kalte Feuer nicht aus, oder?«

»Darüber sollten wir nicht sprechen. Das ist nicht gut.«

»Ach, ich würde eben so gerne sehen, wie Kaltes Feuer gerufen wird. Ich habe es noch nie geschafft, obwohl ich es schon oft versucht habe. Es ist ganz schön schwer.«

Jetzt schien die dicke Frau etwas aufzutauen. »Hast du es schon mit der Wehrbeschwörung versucht, moduliert auf die Wellen der Sha'qura? Dann musst du dich auf die Ausbreitung konzentrieren und sie mit deinem Sinn dahin schicken, wo du sie haben willst.«

Rena hatte kein Wort verstanden und ärgerte sich darüber, denn sie ahnte, dass es wichtig war, was Lella ihr gerade erzählt hatte. »Ich werde es bei Gelegenheit mal versuchen.«

»Aber leicht ist es nicht.«

»Dann ist der Prophet sicher froh, dass er dich hat, oder?«, fragte Rena aufs Geratewohl.

Lella senkte den Blick. »Ich muss gehen.«

Bevor Rena noch etwas sagen konnte, hatte sie sich schon auf die Füße gehievt und war in der Menge verschwunden. Rena blickte ihr nach und dachte: Sie ist es. Sie kontrolliert das Feuer, über das der Prophet befehlen will. Aber was genau haben sie vor?

Als Rena sich umblickte, bemerkte sie Andra. Sie stand nur eine halbe Baumlänge entfernt, hielt die Augen auf Rena geheftet und tuschelte mit einem Erzsucher und einer jungen Schmiedin. Sie bemerkte, dass Rena sie entdeckte hatte, und das Gespräch kam abrupt zum Stillstand. Mit einem unguten Gefühl blickte Rena zu den drei Feuer-Leuten hinüber. Hatten sie etwa über sie geredet?

Am nächsten Tag zog Kerimo, der ja nun kein Novize mehr war, in ein Zelt, das einen Ring weiter innen stand. Ein Schritt weiter in die Glückseligkeit, dachte Rena boshaft. Ihre neue Mitbewohnerin war eine Frau mit einem fanatischen Glanz in den Augen, die viel von der reinigenden Ekstase des Kampfes und der neuen Herrschaft der Feuer-Gilde redete. Rena ging ihr aus dem Weg, so gut sie konnte. Seit sie das furchtbare Aufnahmeritual miterlebt hatte, konnte sie solche Sprüche noch weniger ertragen als vorher.

Schon seit Tagen hatte Cano sie nicht mehr zu sich rufen lassen. Renas Gefühle waren gemischt: Einerseits ging da eine wertvolle Gelegenheit verloren, Informationen zu gewinnen, andererseits war sie froh, dass sie nun wieder in Ruhe von Rowan träumen konnte. Doch das war nicht mehr so einfach wie am Anfang: Jedes Mal wenn sie versuchte sich seine Gesichtszüge vor Augen zu rufen, kam ein verschwommenes Bild oder gar keins.

Rena musste sich wieder mit den Schwertübungen plagen wie alle anderen auch. Sie kam sich plump und langsam vor, als sie auf dem staubigen, sonnendurchglühten Übungsterrain mit ihrer Klinge herumfuchtelte. Der Schwertmeister, ein baumlanger Kerl aus einem Dorf im Süden, raufte sich die Haare. »So doch nicht … du musst viel schneller in der Abwehr sein. Siehst du, so wie Tavian das macht …«

An diesem Tag gab Tavian persönlich Unterricht, wenn auch nur denen, die bereits Meister ersten Grades oder höher waren. Auf einen Blick erkannte selbst ein Laie wie Rena, dass wohl nur wenige mit ihm mithalten konnten. So wie ihn hatte Rena bisher nur Alix kämpfen sehen. Er bewegte sich mit der Grazie eines Tänzers und sein Schwert war nur ein flirrender Lichtreflex. Sein Schwert mit den eingravierten Gedichten, erinnerte sich Rena und lauschte. Vielleicht konnte sie ja hören, was es für ihn sang. Wenn es die Luft in weitem Bogen durchschnitt, klang es wie das leise Sausen von Vogelschwingen …

»Trotzdem sollst du in der nächsten Gruppe die Probe bestehen dürfen«, unterbrach der Schwertmeister ihre Gedanken. »So gefällt es dem Propheten. Irgendwie hast du ihn beeindruckt.«

Rena vergaß Tavian. Eine eisige Lanze der Furcht durchfuhr sie. »Ich? Die Probe?«

»Du.« Der Schwertmeister lächelte sie an, wartete darauf, dass sie jubelte, sich über die Ehre freute. Doch obwohl Rena wusste, was auf dem Spiel stand, schaffte sie nicht mehr als ein verzerrtes Lächeln. Das glühende Metall … Hände wie Klauen … dieser furchtbare Schrei …

»Wann findet sie statt?«

»In fünf Tagen. Du wirst eine von uns sein. Du hast wirklich ein enormes Glück, manche müssen einen ganzen Monat auf die Gelegenheit warten.«

Rena spürte die Gänsehaut auf ihren Armen. Sie kannte die Formeln nicht! Sie wusste nicht, worauf es ankam! Sie würde versagen!

»Ich glaube, ich fühle mich noch nicht bereit«, meinte Rena und bemühte sich kleinlaut zu klingen.

»Wegen deiner miserablen Kampftechnik? Ach, das macht eigentlich nichts. Jeder kann auf seine Art nützlich sein, sagt der Prophet immer.«

»Ich fühle mich aber unwürdig«, wandte Rena ein.

Mit gerunzelter Stirn blickte der Schwertmeister sie an. Offensichtlich schaffte er es nicht, aus ihr schlau zu werden. »Das kann ich nicht entscheiden. Du wirst Tavian fragen müssen, ob du die Probe verschieben darfst.«

Doch Tavian hatte den Kampfplatz schon verlassen. Niedergeschlagen wanderte Rena nach den Übungen zwischen den Zelten umher und ließ sich schließlich in einer von der Sonne angewärmten Kuhle nieder. Sie rollte sich darin zusammen, schloss die Augen und fühlte die Geborgenheit, die von der Erde ausging, ihrem angestammten Element. Der Feuergeist konnte ihr gestohlen bleiben, sie wollte nichts mehr von ihm wissen. Aber sie hatte den bösen Verdacht, dass er mit ihr noch lange nicht fertig war.

Alix wachte von einem Keuchen auf, dem gepressten Laut eines Menschen in Not. Alarmiert nahm sie die Laterne und entzündete den Docht mit einer gemurmelten Formel. Rowans langer Körper lag zusammengekrümmt auf seinen Decken. Als Alix ihm ins Gesicht leuchtete, sah sie, dass es schweißbedeckt war. »He, alles in Ordnung mit dir?«

»Nur ein Albtraum«, sagte Rowan schwach und blinzelte ins Licht. »Aber was für einer, beim Nordwind! Tut mir Leid, dass ich dich geweckt habe.«

»Was hast du geträumt?«

»Es hatte etwas mit Rena zu tun. Es war ein riesiger Schatten. Er war hinter Rena her, wollte sie verschlingen. Sie rannte um ihr Leben. Völlig verzweifelt. Aber dann ist sie gestolpert – und der Schatten hat sie erwischt. Ihre Haut wurde ganz rot und begann Blasen zu werfen. Diese Schreie … Danach bin ich endlich aufgewacht.«

Sie blickten sich an, beide inzwischen hellwach.

»Das ist kein gutes Omen«, sagte Alix besorgt. »Möglicherweise ist sie in Gefahr. Hoffentlich ist ihr nichts passiert.«
»Vielleicht habe ich das aber auch nur geträumt, weil ich Angst um sie habe.«
»Könnte mir nicht passieren. Ich träume nur sehr selten. Mein Schlaf ist zu leicht, glaube ich.«
»Hast Glück. So einen Traum kann man niemandem wünschen. Können wir nicht irgendwas tun? Um ihr zu helfen, meine ich.«
Alix schüttelte den Kopf. »Außer, wir gehen selbst über die Berge ...«
»Weißt du, Alix«, sagte Rowan leise. »Vielleicht war es ganz gut, dass wir ein paar Tage getrennt waren. Sie fehlt mir. Jetzt merke ich erst wieder, was sie mir eigentlich bedeutet.«
Na, dann hoffen wir mal, dass es dafür nicht zu spät ist, dachte Alix grimmig. Sie rief nach Derrie. Sie würden jetzt ohnehin nicht mehr schlafen, da konnten sie auch gleich frühstücken.
Stille.
»He, Derrie!«
Keine Antwort.
Alix ging nach draußen und sah sich um. Dort, wo Derrie immer geschlafen hatte, war nur noch fein säuberlich gefegter Sand. Nirgendwo eine Spur der Dienerin.
Plötzlich stand Rowan neben ihr. »Was ist los?«
»Sie ist weg!« Alix spürte Ärger in sich aufsteigen. Wo war dieses verdammte Mädchen hingegangen? Dass sie freiwillig gegangen war, bezweifelte Alix nicht. »Abgehauen ist sie. So einfach ist das.«

»Verstehe ich nicht«, sagte Rowan. »Vielleicht ist sie zur Felsenburg zurückgekehrt.«
Vielleicht aber auch nicht, dachte Alix und blickte hinüber zu den scharfen Spitzen des Ynarra-Gebirges.

Versuchung

Als Rena aus der Kuhle kroch und den Sand von sich abschüttelte, stand ihr Entschluss fest. Sie musste zum Propheten, mit ihm reden – und versuchen die Probe irgendwie hinauszuzögern. Cano kannte sie, mochte sie vielleicht sogar. Wenn jemand die Probe verschieben konnte, dann er. Ihre Argumente hatte sie sich gründlich überlegt: Sie sei noch nicht bereit, fühle sich nach gerade mal einem halben Monat im Garten des Feuers noch nicht würdig, in die Bruderschaft des Propheten aufgenommen zu werden. Aber sie wolle hart an sich arbeiten, damit sie bald so weit wäre.
Rena war sich klar darüber, dass das Misstrauen erwecken konnte. Sie hatte schon viel zu viel Aufmerksamkeit auf sich gezogen und nur der Erdgeist allein wusste, mit wem Andra bereits über sie getratscht hatte. Doch sie hatte keine andere Wahl.
Diesmal konnte sie nicht darauf warten, bis Cano sie zu sich rief. Gleich nach dem Mittagsmahl zog sie ihre einzige saubere Tunika an und machte sich auf den Weg zu den Zelten des inneren Rings, zu Canos Quartier im Zentrum des Lagers.

Es war ein heißer Tag und sie spürte, wie Schweißtropfen kitzelnd ihren Körper hinabrannen.
Als sie bei den inneren Zelten angekommen war, hielten zwei Wachen sie auf. »Bis hierhin und nicht weiter, Novizin.«
»Würdet ihr dem Propheten bitte sagen, dass ich ihn gerne sprechen würde?«, bat Rena.
Erstaunt beäugten sie die Männer. Dann sah sie in den Augen des linken einen Funken des Erkennens. Hatte er sie gesehen, als sie am Feuer mit dem Propheten Pfeilwurzeln gegessen hatte? Oder später, beim privaten Schwertunterricht? Jedenfalls nickte er seinem Begleiter zu und ging zu den Zelten.
Wenige Atemzüge später kehrte er mit der jungen Erzsucherin zurück, die Rena beim ersten Treffen mit dem Propheten zu seinem Feuer geleitet hatte. Sie winkte Rena, ihr zu folgen.
Cano saß alleine in einem seiner kleineren Privatzelte, vor sich zwei abgegriffene Landkarten aus dünner Baumrinde. Er trug eine dunkle Lederweste auf der bloßen Haut, Hosen aus grobem Leinenstoff und Sandalen aus dünnen Lederriemen. Einige Zeltbahnen des Dachs waren aufgespannt, so dass die heiße Luft sich nicht staute und etwas Licht ins Innere fiel.
»Eleni«, sagte er und lächelte. Es war ein Lächeln, das Renas Herz schneller schlagen ließ – trotz allem. »Sag mal, Eleni – hast du schon einmal einen großen Traum gehabt?«
»Ja«, gestand Rena. Ein großer Traum hatte sie damals zu den Gildenräten geführt.
»Ist er in Erfüllung gegangen?«
»Das ist er.«
»Vielleicht wird meiner das auch.« Cano beugte sich über die Karte, sein Finger fuhr unsichtbare Linien nach. Aufgeregt

reckte Rena den Hals, versuchte etwas zu erkennen. »Wir sind bald bereit. Vielleicht können wir schon bald das reinigende Feuer über Daresh bringen.«

»Was müssen wir denn noch tun? Brauchen wir noch mehr Leute?« Das *Wir* ging Rena schon leichter über die Lippen als am Anfang, doch manchmal fragte sie sich, ob denn niemand den falschen Ton in ihrer Stimme hörte.

»Nein, an den Leuten liegt es nicht. Es ist eine Frage der Kraft ... nenn es Energie. Ich kann sie spüren, sie fühlt sich an wie die Aura von reinem Telvarium. Rein und ein bisschen würzig.«

Wessen Energie?, wollte Rena sagen, doch sie wusste, dass das zu riskant war, dass es seine Stimmung kippen lassen konnte. »Du bist Erzsucher, nicht wahr?«, fragte sie stattdessen. *Näher an ihn heran. Lock ihn heraus.*

»Ja«, sagte Cano. Er wirkte abwesend. Rena fragte sich, ob er Beljas gekaut hatte. »Das war ich vor langer Zeit. Kreuz und quer über Daresh bin ich gereist, um wertvolle Metalle aufzuspüren. Ich war in allen Provinzen – und darüber hinaus.«

Rena lauschte gespannt. Er sprach über sich. Endlich einmal! Würde sich jetzt das Rätsel lösen, was er die ganzen Jahre über getan hatte, woher er seine Ideen hatte? Vielleicht aufgeschnappt auf seinen Reisen. »Was heißt das: darüber hinaus?«

»Hast du nie von den Sieben Türmen gehört?« Cano lachte leise. »Ich damals auch nicht. Ich hatte einfach die Arbeit mit dem Schwert satt, weißt du. Eine blutige Ernte, aber nie für meine Ziele. Doch sie wollten mich sowieso nicht mehr. Meine Ideen waren ihnen zu gefährlich.«

Er hat als Söldner gekämpft!, dachte Rena. »Was sind denn nun diese Sieben Türme?«
»Ein Ort der Geheimnisse, der Furcht und des Schreckens«, sagte Cano. Der abwesende Blick war wieder aus seinen Augen verschwunden. Nüchtern fragte er: »Wieso bist du hier?«
Einen furchtbaren Moment lang dachte Rena, er frage, warum sie in sein Lager gekommen war. Aber dann begriff sie. Warum sie *hier* war. In seinem Zelt.
»Wegen der Probe. Ich wollte dir danken. Doch ich fühle mich noch nicht bereit. Ich würde sie gerne später bestehen.«
»Du bist bereit. Und ich will dich zu meinen Leuten zählen. Bald schon.« Mit einer Handbewegung wischte Cano ihre Einwände beiseite. »Mach dir keine Sorgen. Du wirst sie bestehen.« Seine Hand auf ihrer Wange. »Jeder hat ein bisschen Angst vor der Probe, aber das ist ganz normal …«
Doch Rena hörte nicht mehr zu. Sie spürte die Hand, die nun langsam ihren Hals hinunterglitt. Sie musste nur seine Hand nehmen, sie wegschieben … und doch rührte Rena sich nicht, spürte, wie ihr Körper warm und schwer wurde. Goldener Sirup in ihren Adern.
Als sie aufblickte, sah sie, dass Canos Augen einen eigenartigen Glanz hatten. Sein Körper war nur noch eine halbe Armlänge von ihrem entfernt, sie roch den Moschusgeruch des Leders und den warmen Duft seines Körpers. Sie zeichnete den Pfad einer Schweißperle nach, der sich auf seiner glatten Haut nach unten zog. Gab der Versuchung nach, mit der Hand in sein rotbraunes Haar zu fahren. Es fühlte sich rau an, nicht so weich wie Rowans.

Da, wieder, seine Hand. Sie schob sich unter ihre Tunika, wölbte sich über eine ihrer Brüste. Rena hatte fast vergessen, wie köstlich sich das anfühlte. Und doch war ihr nicht ganz wohl dabei. Verrat, fuhr es ihr durch den Kopf. Das ist Verrat. An Rowan. Wenn ich es jetzt abbreche …

Aber ihre Lippen hatten sich an seinen festgesaugt, ihre Zungen tasteten sich zueinander. In Canos Körper war eine vibrierende Spannung, eine gebändigte Energie. Es machte Rena Angst, aber auch wagemutig. Es war in Ordnung, dass er jetzt am Gürtel ihrer Tunika nestelte, warum brauchte er so lange … unter ihrem Rücken knisterte eine der beiden Landkarten …

Der Stoff des Zelteingangs wurde zurückgeschlagen, jemand räusperte sich. Rena zuckte zusammen, setzte sich auf, zog verlegen ihre Tunika zurecht. Mit einem Stirnrunzeln hob Cano den Kopf. »Tavian, was ist?«

Tavian ließ sich nicht anmerken, dass er etwas Ungewöhnliches beobachtet hatte. Sein Gesicht war ernst. »Prophet, es gibt Schwierigkeiten. Eine der Wachen hat jemanden auf der Anhöhe gesichtet.«

»Keiner von unseren Leuten?«

»Nein, es war niemand angekündigt. Wir sollten Alarm geben.«

»Ja. Unbedingt.« Mit einem kurzen Blick auf Rena streifte Cano seine Weste wieder über, nahm sein Schwert von einem Halter an der Zeltseite und folgte Tavian nach draußen.

Rena blieb allein zurück. In ihrem Kopf drehte sich alles. Sie wusste, dass sie nicht darauf warten würde, bis Cano wiederkäme. Plötzlich war sie froh, dass er fort war. Was war nur passiert? Was hatte sie sich eigentlich dabei gedacht?

Mit schnellen Schritten verließ sie den inneren Zeltplatz. Als sie zum Versammlungsplatz kam, begann sie zu rennen, verzweifelt, wenn sie an die Probe dachte, an das glühende Metall. Und genauso wild und wütend auf sich selbst, wenn ihr Kopf wieder und wieder Rowans Bild heraufbeschwor.

Das Lager war im Aufruhr, bewaffnete Männer und Frauen rannten umher. Rena blickte hoch und sah eine Gestalt in heller Kleidung, die sich langsam die Bergflanke herunterarbeitete. Sie versuchte nicht sich zu verbergen. Seltsam, dachte Rena und kniff die Augen zusammen, aber sie konnte keine Einzelheiten erkennen.

Plötzlich stand Andra hinter ihr. Rena zuckte zusammen – sie hatte nicht bemerkt, dass die alte Frau hinter sie getreten war.

»Was höre ich da, du willst die Probe nicht ablegen?«

Erschrocken blickte Rena sie an. Wie hatte sie das so schnell erfahren können? »Doch, natürlich ... ich, hm ... ich fühle mich nur dazu nicht bereit.«

»Das hat es hier im Lager noch nicht gegeben!«, sagte Andra und ließ ihr keckerndes Lachen ertönen. »Wir konnten es alle nicht glauben, als Tanuk es uns erzählt hat. Du bist schon ein seltsames Mädchen, *tani,* jaja ...«

In diesem Moment wurde Rena endgültig klar, dass sie aus dem Lager verschwinden musste. So schnell wie möglich. Jetzt war nur die Frage, wie sie hier hinauskam. Vielleicht konnte sie sich im Schutz der Nacht hinausschleichen? Aber vielleicht war der Verdacht gegen sie schon so stark, dass Cano sie überwachen ließ ... sie hatte sich wirklich verhalten wie eine blutige Anfängerin.

Rena hatte eine Idee. Sie musste einen der Iltismenschen finden, die sie schon ein paarmal im Lager gesehen hatte. Vielleicht konnte sie ihn bitten eine Nachricht hinauszuschmuggeln. Dann wussten Alix und Rowan die wichtigsten Dinge, die sie erfahren hatte, selbst wenn sie es nicht schaffen würde, aus dem Garten des Feuers zu fliehen. Ja, die Idee war gut und genau jetzt war der Moment, sie zu verwirklichen. Noch herrschte Chaos unter den Anhängern des Propheten, niemand achtete auf sie. Selbst Andra war nicht mehr in Sicht.

Rena hastete zu ihrem Zelt zurück. Nirgendwo war etwas, auf das sie schreiben konnte. Schließlich fand sie doch noch ein Blatt in ihrer Tasche, das groß genug war für eine Nachricht. *Liebe Freunde* ... Rasch, in wenigen Sätzen, kritzelte Rena darauf, was sie herausgefunden hatte: Dass sie schnell handeln mussten, weil Cano wahrscheinlich eine Möglichkeit gefunden hatte, Kaltes Feuer großflächig einzusetzen, und vorhatte es schon bald zu tun. Dass eine Frau namens Lella vielleicht der Schlüssel dazu war und dass die Sieben Türme – was auch immer sie waren – damit zu tun haben konnten.

Ganz schön wenig, dafür, dass ich schon so lange hier bin, dachte Rena niedergeschlagen. Rasch rollte sie das Blatt zusammen, wickelte einen Streifen Stoff herum und schnürte alles mit einem kleinen Lederband fest. Wie hieß der Schmied noch mal, bei dem Alix Quartier nehmen wollte? Ach ja, Zinovar. In Roruk.

Die Nachricht fest in der Hand irrte Rena durch das Lager, suchte mit den Augen nach einem der Iltismenschen. Schließlich fand sie ihn, dort wo die anderen Caristani ihren Bau hatten, eine Reihe bescheidener Erdhöhlen in der Nähe eines

Vorratszelts. Er war ihr nicht auf Anhieb sympathisch: Im Gegensatz zu den anderen Iltismenschen, die sie getroffen hatte, war er von mürrischem Temperament und sein braun- und cremefarbener Pelz wirkte beinahe räudig. Doch die anderen Iltismenschen im Lager waren auch nicht besser. Sie musste es riskieren, sich ihm anzuvertrauen, und einfach hoffen, dass die geheime Bündnisformel wieder einmal wirkte. Was für Alternativen hatte sie? Eigentlich gar keine. Einen Wühler, den sie losschicken konnte, hatte sie nicht.
Misstrauisch blickte der Iltismensch ihr entgegen. *»Grau wie das Wasser, rot wie der Mond, gelb wie die Sonne, weiß wie der Stern«*, flüsterte Rena ihm zu und sein Ausdruck wurde etwas freundlicher. »Cccdu bisst eine von unss, bisst du ess?«, fauchte er leise.
»Ja«, sagte Rena schnell. »Und ich brauche deine Hilfe oder die eines deiner Kameraden. Ich habe hier eine Botschaft, die über die Berge muss. Zu Alix, einer Schmiedin, die bei Zinovar wohnt, im Dorf Roruk. Weißt du, wo das ist?«
»Iccch weiß ess, ja«, sagte der Iltismensch.
»Kannst du sie ihr bringen? Aber es muss so geschehen, dass es keiner merkt. Am besten wäre es, du gehst nachts.«
Der Iltismensch blickte sie aus halb geschlossenen Augen an. Rena wurde nicht schlau aus diesem Blick. Sie fragte sich, ob er ihr überhaupt helfen würde. Ein paar Atemzüge vergingen, bevor der Halbmensch antwortete. »Cchut. Cchib mir die Nachricht.«
Ein letztes Mal zögerte Rena, dann händigte sie ihm die kleine Rolle mit der Botschaft aus. »Warte nicht zu lange, es ist eilig. Ich danke dir.«

Der Iltismensch nickte. Ohne sie noch einmal anzusehen huschte er davon.

Als Rena mit den anderen am Kochzelt um den Tisch herum saß, fand sie es nicht mehr schwierig, über Kerimos dumme Witze zu lachen. Es war ein gutes Gefühl, jetzt vorgesorgt zu haben. Egal was mit ihr geschah, ihre Freunde würden wissen, was sie tun mussten. Sie konnten den Rat der vier Gilden vor dem warnen, was hier geschah.

»Wisst ihr schon, wer dieser Mensch ist, der über die Berge gekommen ist?«, erkundigte sich Rena.

»Es ist eine Frau – hübsch sogar«, meinte einer der Männer. »Aber niemand weiß, wer sie ist. Sie wollte zum Propheten. Angeblich hatte sie eine wichtige Nachricht für ihn.«

»Wo ist sie jetzt?«, fragte Kerimo interessiert.

»Noch in den Zelten des Propheten. Vielleicht war die Nachricht ja wirklich wichtig.«

Am Nachmittag schlenderte Rena im Lager umher und kundschaftete aus, wo genau die Wachen standen, wie oft sie wechselten und was für Waffen sie hatten. Alle zwei Baumlängen hielt ein Posten Ausschau, die Augen wachsam auf die Bergkette gerichtet, außerdem patrouillierten Wachen in einem Abstand von etwa zweihundert Atemzügen rund um die Grenzen des Lagers. Ich muss die Posten irgendwie ablenken, überlegte Rena und entschied sich ein Stück weiter ein Feuer zu legen. Die paar Atemzüge Zeit, die sie dadurch gewann, sollten reichen, um das Lager zu verlassen.

Ein Problem war nur, dass es auf der Ebene so wenig Deckung gab. Im flachen Gelände und wenn sie die Flanke des Berges hochkletterte, konnte sie jeder, der aufmerksam hinsah, erspähen. In Sicherheit war sie wohl erst, wenn sie über den Bergkamm hinweg und außer Sicht war. Dort konnte sie ihre Tarnidentität ablegen und zurückschlüpfen in ihr altes Ich als Rena ke Alaak von der Erd-Gilde. Was für eine Erleichterung würde das sein!

Renas Entschluss war gefasst. Heute Nacht würde sie fliehen! Sie atmete unwillkürlich schneller, wenn sie daran dachte.

Der Gedanke war so aufregend, dass sie an diesem Abend bei den Beschwörungen mit einstimmte, obwohl sie sonst aus Vorsicht nur die Lippen bewegte. Eingezwängt zwischen vielen Körpern, in den Gerüchen nach Schweiß und Rauch stand sie mitten auf dem Versammlungsplatz und sprach so wie alle anderen nach, was Cano sagte. Der pulsierende Rhythmus der Worte aus Hunderten Kehlen brauste durch sie hindurch, vibrierte durch die Dunkelheit. Doch in Renas Innerem wiederholten sich ganz andere Worte: *Fort! Fort! Bald bin ich fort!* Sie fragte sich, ob sie jemand aus diesem Lager vermissen würde. Kerimo – vielleicht. Cano – an ihn würde sie sicher noch lange denken. Von den anderen sicher keiner. Ein schneller Herzschlag: Sie würde Rowan und Alix wiedersehen. Schon bald. Endlich!

Als die Zeremonie beendet war, wollte Rena mit den anderen zu den Zelten zurückschlendern. Doch bereits nach ein paar Atemzügen spürte sie, dass etwas nicht in Ordnung war. Um sie herum gingen mehrere Männer, die sich immer dichter an sie herandrängten. Rena versuchte dem unangenehmen Kontakt auszuweichen, aber die Männer folgten allen ihren Bewegungen. – Jetzt gab es keinen Zweifel mehr, dass sie sich nicht nur zufällig so dicht bei ihr hielten. Und da stand auch Wulf! Was war hier los?

Im gleichen Moment wurde sie schon von schwieligen Händen an den Armen gepackt. Der Griff war so fest, dass es schmerzte.

»Kein Laut«, sagte Wulfs raue Stimme. »Komm mit.«

Rena war viel zu erschrocken, um sich zu wehren. Cano, schoss es ihr durch den Kopf. Er hat etwas mit mir vor. Dann der schlimmere Gedanke: Wissen sie etwas?

Keiner der anderen Anhänger des Propheten merkte, dass sie weggeführt wurde. Oder wenn sie es bemerkten, nahmen sie keine Notiz davon.

Verrat

Die vier Männer brachten Rena in eins der großen Zelte des Propheten. Ihre Arme wurden grob nach hinten gerissen, sie spürte, wie ihre Handgelenke mit rauen Lederbändern gefesselt wurden. Jemand durchsuchte ihre Taschen und nahm ihren Dolch an sich.

Dieses Zelt war nicht so leer wie einige der anderen, es gab einen Tisch und ein paar niedrige Hocker. Ringsum waren Fackeln aufgestellt, die ihren flackernden Schatten auf die Stoffwände warfen und mit leisem Knistern brannten. Eine Gestalt bewegte sich durch die Schatten: Tavian. Mit einer gemurmelten Formel zündete er auch noch die letzte Fackel an und ging dann hinaus. Als er auf dem Weg nach draußen an ihr vorbeischritt, sah er sie an – und Rena zuckte vor der Verachtung zurück, die sie in seinem Blick sah. »Sooft man auch enttäuscht wird, man gewöhnt sich doch nie daran«, sagte er, und Rena begriff sofort: Sie wussten Bescheid. Und es gab nur eine Möglichkeit: Der Iltismensch musste sie verraten haben. Dieses verdammte räudige Vieh!, dachte Rena bitter. Ich hätte auf meinen Instinkt hören sollen. Irgendwie musste es Cano geschafft haben, sogar einige Halbmenschen so von sich abhängig zu machen, dass sein Einfluss über sie stärker wirkte als die alten Bündnisformeln ... Hoch aufgerichtet wartete Rena auf das, was geschehen würde, und versuchte sich die Angst nicht anmerken zu lassen. Sie wusste, dass sie in furchtbaren Schwierigkeiten war.

Lange warten musste sie nicht. Ein paar Atemzüge später kam Cano herein, noch in der Zeremonienkleidung, die er bei den Abendbeschwörungen getragen hatte. Seine grünen Augen waren kalt vor Wut. »Du hast einiges zu erklären, Eleni. Oder wie auch immer du heißt.«

Mit einer kurzen Kopfbewegung bedeutete er seinen Leuten das Zelt zu verlassen. Einen Atemzug später waren sie allein.

Ein, zwei schnelle Schritte, dann stand Cano ganz dicht vor ihr. So dicht, dass sie seinen Atem auf ihrem Gesicht spüren konnte. »Wer bist du wirklich? Für wen hast du uns ausspioniert?«

Wieder fühlte sie die vibrierende Energie, die von ihm ausging.

Rena überlegte, ob sie einfach schweigen sollte – und entschied sich dagegen. Vielleicht gab es noch eine kleine Chance, sich aus der Situation rauszulügen. »Ich habe für niemanden spioniert. Ich habe einfach Angst bekommen. Angst vor dem, was du tun würdest. Also habe ich versucht Freunde von mir zu warnen.«

»Soso, du vertraust mir also nicht genug. Mir, dem Propheten des Phönix!« Cano trat einen Schritt zurück, erlaubte sich ein kleines Lächeln. »Freust du dich nicht darauf, dass das reinigende Feuer über Daresh kommen wird? Dass wir allein zu den Auserwählten gehören werden?«

»Nein«, antwortete Rena knapp.

»Dein Pech«, sagte Cano und begann plötzlich zu brüllen. »Außerdem solltest du mich nicht anlügen. Gehörst du zu Keldos Leuten? Los, mach endlich den Mund auf!«

Diesmal kostete es Rena keine Mühe, verständnislos dreinzublicken. Wer, beim Erdgeist, war Keldo? Es war eine wichtige Information, dass es anscheinend Leute innerhalb der Feuer-Gilde gab, mit denen Cano verfeindet war.

»Woher weißt du, dass ich ... nicht mit dem einverstanden bin, was du planst?«, fragte Rena. »Es war der Iltismensch, nicht wahr?«

»Iltismensch? Nein. Gestern ist jemand über die Berge gekommen. Eine Frau, die nicht zu uns gehört und nie zu uns gehören kann, obwohl sie das gerne möchte. Sie will sich erkaufen, dass sie hier bleiben kann – und dafür hat sie mir eine wichtige Information gegeben.«

Verblüfft starrte Rena ihn an. Mit allem hatte sie gerechnet, aber damit bestimmt nicht. »Eine Frau? Ja aber ... wer ...?«

»Von der Luft-Gilde. Gesindel. Doch manchmal recht nützlich.«

Langsam dämmerte es Rena, was geschehen war. »Moment ... ist sie klein, hat sie helle Locken und einen verletzten Arm?«
»Ganz recht.« Cano lächelte. »Was für eine poetische Gerechtigkeit. Die Verräterin wird verraten.«
Rena schwieg. Ihre Gedanken waren in Aufruhr. Derrie! Diese miese, kleine Baumnatter! *Sie* war es, die über die Berge gekommen war. Derrie hatte ausgeplaudert, was sie wusste. Oder zumindest einen Teil davon. Wahrscheinlich hielt sie den größten Teil ihres Wissens zurück, damit sie für den Propheten wertvoll blieb. Sonst hätte Cano Rena nicht mehr fragen müssen, wer sie wirklich war.
»Und, darf sie bleiben?«, fragte Rena und versuchte zu überspielen, dass ihre Lippen zitterten, dass sie kurz davor war, loszuheulen. »Sie passt sicher gut zu euch.«
»Sie darf bleiben – das habe ich ihr versprochen. Aber niemand darf sie ansehen, niemand mit ihr sprechen. Mal schauen, wie lange sie das aushält. Irgendwann wird sie begreifen, dass sie hier keinen Platz hat, und einfach verschwinden.«
Raffiniert, dachte Rena. Er hält sein Versprechen – und macht ihr das Leben trotzdem zur Hölle. Sie gönnte es Derrie.
Doch ihr eigenes Schicksal würde auch nicht angenehm sein.
»Ich glaube, ich weiß, was wir mit dir machen können«, sagte Cano. Er lächelte wieder, aber diesmal war es das Zähnefletschen eines Raubtiers. »Du wirst die Probe ablegen. Hier, ganz allein in diesem Zelt. Und ich habe das deutliche Gefühl, dass du sie nicht bestehen wirst. Ich denke, wenn du Lellas Kessel siehst, wirst du mir von ganz allein alles erzählen, was du weißt. Habe ich Recht?«
Rena antwortete nicht. Sie fühlte, wie sie blass wurde.

»Aber das hat Zeit«, sagte Cano gelassen. »Es gibt nämlich eine einfache Methode, herauszufinden, wer hinter dir steht. Wir warten ab, wer versucht dir zur Hilfe zu kommen. Ich bin schon gespannt.«
O nein, brannte es durch Renas Gedanken. O nein! Noch vor wenigen Atemzügen hatte sie gehofft, ihre Freunde würden versuchen sie hier herauszuholen. Jetzt wünschte sie sich mit aller Kraft, dass sie es nicht taten. Und sie hätte alles gegeben, wenigstens ein Mal in die Zukunft schauen zu können. Würde Alix kommen? Und war sie gerissen genug, um die Falle zu erkennen, bevor sie zuschnappte?

Rowan merkte als Erster, dass jemand in der Nähe war. Hastig richtete er sich auf und griff nach seiner Armbrust, zielte in die Dornenbüsche, die sie umgaben.
»Verdammt, ich habe schon befürchtet, dass uns irgendwann jemand aus dem Dorf finden würde«, knurrte Alix und hob ihr Schwert.
»Ich weiß nicht, ob es jemand aus dem Dorf ist«, flüsterte Rowan. »Der Wind trägt seltsame Botschaften heran …«
Er und sein verdammter Wind, dachte Alix. Doch sie sagte nichts, denn es war ihr peinlich, dass sie selbst nicht gespürt hatte, dass jemand kam.
In diesem Moment raschelte es noch lauter, dann kroch ein Wesen aus den Dornbüschen, vorsichtig schnuppernd zuerst, danach kühner. Alix senkte das Schwert. Es war ein Iltismensch, ein recht junger noch, mit einem dunklen Fell. Er wirkte nervös. Seine pelzigen Ohren zuckten und sein beinahe menschliches Gesicht trug einen beunruhigten Aus-

druck. Es dauerte einen Moment, bevor Alix ihn erkannte. »Cchrlanho!«

Auch Rowan lächelte; er schien sich ebenfalls an den jungen Iltismenschen zu erinnern, mit dem Rena sich damals auf ihrer großen Reise angefreundet hatte. Damals, als die Caristani Rena und der schwer verletzten Alix Schutz gewährt und sie damit vor ihren Verfolgern gerettet hatten. Später hatte ihnen Cchrlanho geholfen alle Halbmenschenarten auf Daresh für den Frieden zu begeistern.

»Wieso bist du hier, mein Freund, und nicht im Weißen Wald?«, fragte Alix. »Und woher hast du gewusst, wo du uns findest?«

Cchrlanho schniefte. »Unglück, ein Unglück ist ess!«

Rowan blickte Alix an, fragte wortlos, ob sie wusste, wovon er redete. Sie zuckte die Schultern.

»Chrena!«, jammerte der junge Iltismensch. »Im Ccharten dess Feuerss ... sie wisssen, wer ssie ist, ssie wisssen ess!«

»Rostfraß und Asche!«, entfuhr es Alix. »Du meinst, es ist etwas passiert?«

Nach langem geduldigem Nachfragen reimten sich Alix und Rowan zusammen, worum es ging. Anscheinend hatte Rena einem alten Iltismenschen eine Nachricht an sie übergeben. Kurz darauf hatten die Anhänger des Propheten Rena gefangen gesetzt. Jetzt erwarteten sie als Spitzel Folter und Tod. Doch der alte Iltismensch hatte es geschafft, seinen Brüdern jenseits der Berge Bescheid zu geben. Und die Brüder hatten ihn, Cchrlanho, geschickt, weil er Renas Freunde kannte.

Als Cchrlanho geendet hatte, war Rowans Gesicht verzerrt vor Sorge. »Wir müssen irgendwas tun.«

»Kommst du mit?«, fragte Alix ruhig.
»Wohin?«, sagte Rowan, doch Alix wusste, er hatte schon begriffen, was sie meinte. Dass sie den Versuch wagen würde, über die Berge zum Lager des Propheten vorzudringen und Rena herauszuholen. Sie sah die widerstreitenden Gefühle in seinen Augen flackern und ahnte, was er dachte. Was Alix plante, war ungeheuer gefährlich. Aber es war Rena, die dort in Schwierigkeiten steckte – das Mädchen, mit dem er schon so viele Erlebnisse geteilt hatte, trotz ihres schwierigen gemeinsamen Jahres die Frau, für die er sich entschieden hatte.
Alix war gespannt, wie seine Entscheidung ausfallen würde. Doch sie wollte ihn nicht merken lassen, dass sie ihn genau beobachtete, und beschäftigte sich weiter damit, den jungen Halbmenschen auszufragen. Wie sich herausstellte, hatte er sich im Grenzland zu Tassos aufgehalten und war sofort hergekommen, als er von der Katastrophe erfahren hatte. Er war nicht allein hier – in den Büschen drückten sich noch fünf andere Caristani herum, die sich nicht trauten den Vollmenschen entgegenzutreten.
Alix hörte, wie Rowan sich aufrichtete, und wandte sich zu ihm um.
»Wann gehen wir?«, fragte er und versuchte ein verkrampftes Lächeln.
Alix lächelte grimmig zurück. »Wie wär's mit jetzt gleich? Es hat keinen Sinn, zusammenzupacken. Wir können sowieso nur das Nötigste mitnehmen. Und wenn wir es tatsächlich schaffen, über die Berge zu kommen, dann brauchen wir nur noch eins – unsere Waffen und unseren Verstand.«
»Was ist mit Vorräten?«

»Nein. Wir schleichen ins Lager, holen Rena heraus und hauen wieder ab, bevor uns jemand bemerkt. Dafür brauchen wir keine Vorräte.«
Sie blickte zu Cchrlanho hinunter. »Du bleibst hier. Wenn wir nicht zurückkommen, musst du zum Rat der vier Gilden in der Felsenburg gehen und ihnen erzählen, was hier passiert ist. Versprichst du mir das, mein Freund?«
»Iccch verspreche ess, iccch verspreche ess«, maunzte Cchrlanho.
»Gut, dann ist ja alles klar«, sagte Alix und hängte sich den Lederbeutel mit einem Wasservorrat um. Sie fühlte, wie der Gedanke an die Gefahren, die sie erwarteten, ihr das Blut schneller in den Adern kreisen ließ. Oder lag das daran, dass sie vielleicht bald Cano wiedersehen würde? Nach so vielen Jahren. Ob sie beide diese Begegnung überleben würden?

Rena dachte: Ich muss selbst schaffen mich zu befreien. Ich muss fliehen, bevor Alix erfährt, was geschehen ist.
Aber wenn sie die Wände ihres Gefängnisses musterte, verließ sie der Mut. Die Grube, in der sie saß, war mehr als zweieinhalbmal so tief, wie ein Mensch groß war, und die Seitenwände waren steil. Rena saß gegen eine der Wände gelehnt, ihre Hüfte schmerzte noch von dem Sturz. Einfach hineingeworfen hatten die Mistkerle sie, mit gefesselten Händen, so dass sie sich nicht abfangen konnte. Es war kühl hier unten und der trockene, staubige Geruch der Erde kroch in Renas Nase. In ihrem Mund war der Geschmack von Blut; bei dem Sturz hatte sich einer ihrer Eckzähne gelockert.

Wenn ich die Hände frei hätte, könnte ich mich hier in ein paar Atemzügen hinausgraben, dachte Rena und lächelte. Eins ahnte Cano nicht: Dass seine Gefangene der Erd-Gilde angehörte. Doch auch so war er kein Risiko eingegangen – Rena konnte sich kaum bewegen. Solange sie gefesselt war, kam sie hier nicht raus.

Ein paar Erdkrümel rieselten in ihre Haare und Rena musste niesen. Sie fühlte sich elend. Die rohen Lederbänder, mit denen ihre Hände zusammengebunden waren, hatten ihre Haut aufgerieben. Jede Bewegung schmerzte. Doch viel schlimmer war der Gedanke an das, was sie erwartete. Glühendes Metall … Kaltes Feuer, das bis auf die Knochen brannte …

Es war vollkommen still, nur der Ruf eines Nachtvogels schwirrte durch die kühle Luft. Doch Rena wusste, dass das Zelt, das sich über der Grube wölbte, von Männern des Propheten genau beobachtet wurde. Geduldig, die ganze Nacht und den ganzen Tag über. Sicher entging ihnen keine Bewegung. Wenn jemand probierte sie zu befreien … oder sie selbst den Versuch machte, hinauszuklettern …

Rena erinnerte sich daran, wie sie auf ihrer Reise zu den Gildenräten gefangen genommen worden war – auch damals hatte sie irgendwie geschafft sich zu retten. Aber der Gedanke war nicht so tröstlich, wie sie gehofft hatte. Nie war damals ihr Leben wirklich in Gefahr gewesen. Erst jetzt traf das zu. Sie war in der Hand eines gefährlichen Irren, der über das Feuer gebot und nicht zögerte es gegen Menschen anzuwenden.

… und ich hätte auch noch beinahe mit ihm geschlafen, erinnerte sich Rena peinlich berührt. Beim Erdgeist! Hoffentlich erfährt das nie jemand.

Sie fragte sich, ob die Menschen im Lager merken würden, dass sie verschwunden war. Würde sich Kerimo wundern, wo sie geblieben war? Andra würde sich höchstens freuen, weil ihr der Weg zum Herz des Propheten nun wieder frei schien. Der Schwertmeister würde wahrscheinlich denken, sie habe vor Scham darüber, dass sie sich für die Probe nicht bereit fühlte, das Lager verlassen. Oder wussten sie schon alle, was geschehen war? Hatte Cano es ihnen gesagt? Dass das Mädchen, das sie als Eleni kannten, eine Verräterin war?

Schritte oben am Rand der Grube. Jemand warf ihr das gebratene Stück eines Vogels in die Grube. Es war die erste Nahrung, die Rena seit zwei Mondumläufen zu sehen bekam, und sie versuchte sich so weit hinunterzubeugen, dass sie an das Fleisch herankam. Es war auf den Boden gefallen und mit schwarzem Sand paniert. Doch Rena war so hungrig, dass sie trotzdem davon abbiss; es knirschte zwischen ihren Zähnen.

Aber das Essen lenkte sie nicht lange ab. Dann konnte sie wieder ihren trüben Gedanken nachhängen. Wie langsam die Zeit hier drinnen verging …

Der dritte Mond war nur eine schmale Sichel über dem Horizont und spendete wenig Licht. Alix hörte Rowans schweren Atem. »Verdammt, ich sehe überhaupt nichts. Weißt du noch, wo der Pfad ist?«

»Ich rate nur«, sagte Alix. Auch ihr Atem ging schnell und es lag nicht an der Anstrengung. »Aber ich kann mich erinnern, dass der Pfad eine ganze Strecke parallel zu einer Kupferader läuft. Und die kann ich im Boden spüren.« Sie mochte nicht daran denken, dass es rechts und links ziemlich weit in die

Tiefe ging. Schon ein paarmal hatten sie sich an schwierigen Stellen auf alle viere niederlassen und vorsichtig vorantasten müssen, damit sie nicht abstürzten. Jetzt hätte sie viel dafür gegeben, so gut im Dunkeln sehen zu können wie Rena, wie alle Menschen der Erd-Gilde!

»Beim Nordwind, können wir nicht wenigstens eine ganz kleine Flamme anzünden?«

»Vergiss es. Das sieht man vom Tal aus ganz genau, wenn man scharfe Augen hat. Und falls die beiden Wächter sich beeilen, können sie uns noch einholen.«

Es war so dunkel, dass Alix Rowan nur als vagen Schatten wahrnahm. Sie spürte mehr als zu sehen, dass er sich in ihrer Nähe hielt. Sie hatten sich mit einer Kordel aus Baumbast aneinander gebunden, damit sie sich in der Dunkelheit nicht verloren.

Es schien ewig zu dauern, bis sie endlich den Gipfel erreicht hatten. Wir haben schon viel Zeit eingebüßt, dachte Alix beunruhigt. Keuchend ließ sich Rowan neben ihr auf den Boden fallen und sie spähten ins Tal hinunter. Der Anblick, der sich ihnen bot, ließ sie die Anstrengungen des heimlichen Aufstiegs vergessen. Viele feurig leuchtende Punkte zeichneten einen gewaltigen Kreis auf dem Talboden. Sie zuckten und tanzten wie lebendige Wesen.

»Tatsächlich – das Lager«, flüsterte Rowan.

»Der Garten des Feuers«, wisperte Alix. Sie konnte die Augen nicht von diesem leuchtenden Kreis lösen.

»Was hast du gesagt? Was für ein Garten?«

»Ich weiß nicht. So heißt es, glaube ich. Irgendwie …«

»Woher weißt du das?«

»Keine Ahnung … es war einfach plötzlich in meinem Kopf.« Verwirrt blickte Alix in die Dunkelheit. Dann stieg eine Erinnerung in ihr hoch, fern und schemenhaft. Hatten sie als Kinder nicht etwas gespielt, das damit zu tun hatte? Doch, jetzt wusste sie es wieder. Cano hatte versucht die verschiedenen Feuerarten zu züchten, einen tödlichen, ewig brennenden Kreis daraus zu machen … Garten. Ja, so hatte er es genannt.

»Gehen wir«, sagte Alix. Loses Geröll unter ihren Sandalen, dann wieder Fels. Immer wieder stürzten sie und schrammten sich die Knie und Handflächen auf. Doch sie wussten, dass man in der klaren Luft der Höhe jeden Laut auf weite Entfernung hörte, und verkniffen sich die lauten Flüche, nach denen ihnen zu Mute war.

Und dann lagen sie flach auf dem Bauch auf der Ebene, die Köpfe hinter einem Felsbrocken verborgen, und spähten zum Lager hinüber. Von ihrer Position aus konnten sie nur einen einzelnen bewaffneten Wachtposten sehen.

»Erstaunlich wenig Wachen«, zischte Alix Rowan zu. »Komisch. Aber vielleicht kommen noch welche … Siehst du diesen Posten da vorne, der sich nicht von der Stelle rührt? Wenn wir den erledigen, können wir vorbei.«

»Wie lange noch bis Sonnenaufgang?«

»Ein Viertel Umlauf. Wir können es schaffen, wenn wir schnell sind.«

»Aber was ist mit dem Rückweg? Den müssen wir dann im Tageslicht antreten.«

»Ich habe schon eine Idee«, sagte Alix ohne die Wache am Rand des Lagers aus den Augen zu lassen. »Wir gehen nicht sofort über die Berge, sondern graben uns auf der Ebene ein. Rena hat mir den Trick einmal gezeigt. So verstecken sich die Leute der Erd-Gilde, machen sich so gut wie unsichtbar. In der nächsten Nacht, wenn sich der Aufruhr längst gelegt hat, zischen wir ab und bringen uns in Sicherheit.«

Plötzlich tauchten zwei Männer in dunklen Gewändern an der Grenze des Lagers auf. Wachsam patrouillierten sie dort entlang und grüßten den Posten, als sie an ihm vorbeikamen. Ohne Verdacht zu schöpfen, dass sie von zwei Feinden beobachtet wurden, gingen die beiden Männer weiter am Rand des Lagers entlang. Der Schein ihrer Fackeln wurde kleiner und verschwand in der Dunkelheit.

»Ah, dachte ich es mir doch, dass der Posten noch Verstärkung hat«, sagte Alix. »Los, wir müssen rein, bevor die Patrouille wiederkommt!«

Lautlos kam sie auf die Füße, huschte auf den Posten zu. Er sah sie zu spät, öffnete den Mund zu einem Warnruf und brach bewusstlos zusammen, als Alix ihm den Knauf ihres Schwerts auf den Schädel hieb. Alix fragte sich, wieso sie ihn nicht getötet hatte. Sie hätte auch ihren Dolch werfen können, das wäre schneller gegangen. Aber sie wollte kein Blut vergießen, solange es nicht unbedingt nötig war. Früher, bevor sie Rena kennen gelernt hatte, wäre ihr das egal gewesen …

Und dann hasteten sie zwischen den Hunderten von schwarzen Zelten entlang.

»Beim Nordwind, wie sollen wir Rena hier jemals finden«, stöhnte Rowan leise. »Sie kann in jedem dieser Zelte sein.«

Doch Alix schüttelte den Kopf. »Nicht wenn sie eine Gefangene ist. Aus einem gewöhnlichen Zelt käme sie zu leicht

heraus.« Mit den besonderen Sinnen ihrer Gilde spürte sie das Metall der Schwerter und anderer Waffen, die in den einzelnen Zelten lagerten. Wo Rena gefangen war, würde es ganz sicher keine Klingen in Reichweite geben.
Instinktiv wandte sie sich zur Mitte des Lagers, dem Zentrum. Dort standen die größten Zelte von allen, schwarze Kegel, die schemenhaft in den dunklen Himmel ragten.
»Verdammt, wir hätten doch Cchrlanho mitnehmen sollen – der hätte Rena schnell für uns gefunden«, flüsterte Rowan.
Verstohlen überquerten sie einen großen Versammlungsplatz aus festgestampfter Erde. Dahinter begannen Zelte, die anders aussahen als die nach dem Kreisschema errichteten Wohnquartiere.
»Wir müssen sie alle durchsuchen – es nützt nichts«, sagte Alix und blickte sorgenvoll zum Himmel. Nur allzu bald würde sich der erste Schimmer der aufgehenden Sonne dort zeigen …

Trotz allem hatte Rena es geschafft, einzuschlafen. Von einem winzigen Geräusch, einem Kiesel, der in ihr Gefängnis herabrollte, wachte sie auf. Es war dunkel. Sie hatte keine Ahnung, welche Tageszeit es war.
»Rena«, flüsterte eine Stimme. »Bist du wach?«
Es dauerte ein paar Atemzüge, bis Rena begriff. Doch dann schreckte sie hoch, versuchte hektisch aufzuspringen. Ihr wahrer Name! Dort draußen war jemand, der wusste, wer sie wirklich war! Das konnte nur ein einziger Mensch sein: Derrie.
»Was willst du?«, fragte Rena schroff.

»Hasst du mich jetzt? Ich kann auch wieder gehen ...«

Rena zögerte, überwand sich. »Nein.«

Sie versuchte etwas zu erkennen, eine Silhouette, doch es war zu dunkel. Derries Stimme schien körperlos durch den Raum zu schweben. »Es tut mir Leid, dass du jetzt in Schwierigkeiten bist.«

»Ach ja?«, erwiderte Rena grob.

»Ich hätte es nicht ertragen, noch mal so zu leben wie früher. Versklavt zu werden, wenn der Prophet Daresh beherrscht – und der Prophet wird triumphieren, sogar Alix hat es gesagt. Es ist schon schlimm genug, eine Dienerin zu sein. Verstehst du?«

»Du hast dir nie etwas anmerken lassen!«

»Das wäre nicht gut gewesen. Aber ich werde nicht immer eine Dienerin sein. Eigentlich bin ich es jetzt schon nicht mehr.«

»Freut mich für dich«, sagte Rena sarkastisch. Doch langsam begann sie zu begreifen – vieles zu begreifen.

»Ich kann ja wieder gehen.«

Rena erschrak. »Nein, bleib. Bitte! Wie geht es Alix und Rowan?«

»Es geht ihnen gut. Und du brauchst nicht mehr eifersüchtig zu sein. Ich werde dir Rowan nicht wegnehmen.«

Verlegen schwieg Rena. Sie hat es also gemerkt, dachte sie. Kein Wunder, so wie ich mich aufgeführt habe.

»Hast du bekommen, was du wolltest, Derrie? Ist dir klar, dass ich deinetwegen vielleicht sterben muss, verdammt?«

Ein Seufzer flog durch die Dunkelheit. »Sie reden nicht mit mir.«

»Ich weiß. Cano hat es angeordnet. Sie wollen, dass du freiwillig wieder gehst.«
»Das werde ich nicht tun. Ich werde dabei sein, wenn sie siegen. Ich muss jetzt wieder los, Rena. Sie möchten nicht, dass ich nachts durch das Lager laufe.«
»Mögen Bäume dich erschlagen für das, was du mir angetan hast«, sagte Rena mit kalter Wut. »Mögest du nie wieder unbesorgt durch einen Wald gehen können.« Der alte Fluch klang ungewohnt in ihrem Mund; sie hatte ihn noch nie ausgesprochen.
Derrie schluckte hörbar. Ihr war klar, dass man einen solchen Fluch nicht leicht nehmen durfte. »Glaub mir – es tut mir wirklich Leid.«
Ein paar leise Geräusche, dann war es wieder still.
Rena wusste, dass sie in dieser Nacht nicht mehr schlafen würde. Sie hatte über zu vieles nachzudenken.

Renas Mund fühlte sich pappig und staubtrocken an. Zwei Tage lang war sie schon hier drinnen und ein kleiner Krug Wasser war alles, was sie bekommen hatte, um ihren Durst zu löschen. Sie beschloss ein bisschen Krach zu schlagen. »He!«, krächzte sie. »He, Leute!«
Sie musste ein paarmal rufen, bis jemand reagierte. Das Geräusch leichter Schritte, dann lugte eine Gestalt – die Erzsucherin – über den Rand der Grube. Einen Moment lang schöpfte Rena Hoffnung. Eine andere junge Frau hatte sicher Mitleid mit ihr. Vielleicht sogar so viel, dass sie Renas Fesseln löste …
Doch erst mal musste Rena ihren quälenden Durst stillen. »Bitte! Ich brauche Wasser. Kannst du mir welches bringen?«

Die Frau verschwand aus ihrem Blickfeld. Sie blieb eine Ewigkeit weg. Nach einer Weile glaubte Rena nicht mehr daran, dass sie zurückkommen würde. Ihre Verzweiflung wuchs. »Ich habe Durst, verdammt noch mal!«, brüllte sie. »Ihr dreckigen Barbaren, ihr könnt mich hier nicht einfach verrecken lassen ...«

Innerhalb weniger Atemzüge war der Kopf über dem Rand der Grube wieder da. Eine Strickleiter klatschte gegen die Wände. Erst kam die junge Erzsucherin herunter. Sie hielt Rena die Öffnung einer Lederflasche an die Lippen und Rena trank gierig. Doch dann zuckte sie zurück: Eine der Wachen, ein muskulöser, mürrischer Mann, war ebenfalls in die Grube herabgestiegen. Bevor Rena es verhindern konnte, hatte er sie gepackt. Ein stinkender Stofflappen wurde ihr in den Mund geschoben und um den Kopf gebunden. Mehr als dumpfe Geräusche von sich geben konnte Rena mit dem Knebel nicht. Wahrscheinlich bin ich dem Propheten zu laut geworden, dachte sie bitter, vielleicht befürchtet er, ich könnte das Morgentreffen stören ...

Rena versuchte den Mann mit einem gezielten Tritt zu erwischen und fühlte, wie sich ihr Fuß in weiches Fleisch grub. Die Wache grunzte vor Schmerz, holte aus und ohrfeigte Rena mit einer solchen Wucht, dass ihr Kopf gegen die Erdwand flog. Halb betäubt blieb Rena liegen, in ihrem Kopf nur der eine verzweifelte Gedanke: *Ich muss hier raus, ich muss hier raus ...*

Nur sehr langsam wurde Renas Kopf wieder klarer. Ihr Körper schmerzte und der widerliche Knebel in ihrem Mund ließ sie würgen. Der Versuch, auf sich aufmerksam zu machen, hatte ihr nicht viel gebracht ...

Doch dann hielt Rena inne. War da nicht eben ein Geräusch gewesen? Nicht das sorglose, selbstverständliche Herannahen der Phönix-Leute. Es war verstohlener gewesen, leise und gedämpft. Eine wilde Mischung von Gefühlen durchströmte sie. War es nur einer der Iltismenschen, die sich im Lager herumtrieben? Oder war jemand gekommen, um sie hier rauszuholen? *Hilf mir! Bitte, bei allem, was euch heilig ist!* Ein Freund? War Alix hier, im Lager des Feindes? *Achtung, es ist eine Falle!*

Doch Rena konnte nicht rufen, nicht warnen. Sie trat mit dem Fuß gegen die Wand der Grube, hieb mit den gefesselten Händen auf die feste Erde ein ... *Hier bin ich, hier bin ich!*

Wieder erschien ein Kopf über dem Rand der Grube, nein, es waren zwei. Ein kupferfarbener und ein hellblonder. Alix und Rowan! Es durchfuhr Rena wie ein Kälteschock: Rowan – auch er war gekommen! Erschrocken blickten die beiden auf ihren gefesselten, geschundenen Körper herab. *Schnell,* wollte Rena schreien. *Gleich werden sie hier sein!*

»Ganz ruhig, wir holen dich«, flüsterte Rowan, die Stimme voll unterdrückter Zärtlichkeit.

Die Verzweiflung in ihren Augen deutete er falsch.

Er flüsterte kurz mit Alix, ließ sich dann in die Grube herabfallen. Einen Atemzug später war der widerliche Knebel aus Renas Mund verschwunden. Sie holte tief und keuchend Luft. »Rowan, du musst ...«

»Ist schon gut, gleich bist du frei.« Rowan küsste sie schnell, zog dann sein Messer um ihre Fesseln durchzuschneiden.

»Es ist eine Falle!«, Rena schrie es beinahe. Doch im gleichen Augenblick wusste sie, dass es zu spät war. Plötzlich war das Zelt voller Menschen, voller bewaffneter Anhänger des Propheten. Sie hörte Alix fluchen, dann ertönten Schreie. Rowan richtete sich auf, hob die Armbrust an die Wange, zielte nach oben und ließ dann doch die Waffe sinken. Schnell wandte er sich ihr zu. »Dem Nordwind sei Dank, dass du lebst … Wir kommen schon irgendwie hier raus.«

Da war sich Rena nicht so sicher.

Schwester des Feuers

Einer der Anhänger des Propheten nahm ihnen die Waffen ab. Alix wurde blass vor Wut, als die Männer ihr das Schwert mit den roten Steinen am Griff abnahmen, das sie nun schon so lange begleitete. Eine Wache brachte es weg und vermied dabei sorgfältig das blanke Metall zu berühren. Rena wusste warum: Die Menschen der Feuer-Gilde glaubten, dass es Unglück brachte, ein Schwert zu berühren, das auf einen anderen Menschen »geprägt« war.

Gemurmelte Bemerkungen und verwunderte Blicke begleiteten sie, als sie alle drei in eins der Zelte des Propheten geführt wurden. Die Bemerkungen galten vor allem Rowan: Sein Amulett hatte verraten, dass er der Luft-Gilde angehörte. Ein Fremder, hier in diesem Kreis, im inneren Heiligtum des Propheten! In den Blicken der Wachen glomm Feindseligkeit.

Dann betraten Tavian und Cano das Zelt und Rena spürte, wie ihre alte Freundin neben ihr erbebte. Angespannt wartete Rena auf Canos Reaktion. Würde er gleich wissen, wer Alix war? Es war so lange her, seit sie sich zuletzt gesehen hatten … Der Prophet trug die eng anliegende dunkle Tracht, die Menschen der Feuer-Gilde für den Schwertkampf bevorzugten, und war schwer bewaffnet. Auf seinen Lippen schwebte ein halbes Lächeln, als er den Blick über die kleine Gruppe der Gefangenen gleiten ließ. »Feuer-Leute sind so leicht zu fangen«, sagte er. »Wenn die Ehre es gebietet, dass sie ihre Freunde schützen, kommen sie.«

Verlegen machte eine der Wachen ihn auf Rowan und sein Luft-Gilden-Amulett aufmerksam. Cano zog die Augenbrauen hoch, schien einen Augenblick lang nicht zu wissen, was er sagen sollte. Dann betrachtete er auch Alix genauer – und Rena sah, wie der Schock des Erkennens ihn durchlief. Einen Moment lang kam im Zelt alle Bewegung zum Stillstand; die Begleiter des Propheten spürten, dass irgendetwas Ungewöhnliches vorging.

»Schön, dich wiederzusehen, Cano«, sagte Alix und Rena hörte den Trotz und die Verletzlichkeit in ihrer Stimme.

»Es ist lange her«, begann Cano und auch in seiner Stimme war ein seltsamer Ton. »Beinahe hätte ich dich nicht erkannt, Allie. Wie groß du geworden bist.«

Rena konnte gerade noch ein nervöses Lachen unterdrücken. Fast schon witzig, eine solche Bemerkung in dieser Situation. Aber wahrscheinlich sagten das ältere Verwandte immer.

Plötzliche Hoffnung durchflutete Rena. Alix bedeutete ihm noch etwas, da war sie ganz sicher. Vielleicht schaffte sie es, sie alle freizubekommen. Wenn Alix an ihn appellierte ... immerhin war sie seine kleine Schwester. Gab es noch Skrupel in ihm? Einen Moment lang standen sich Alix und ihr Bruder schweigend gegenüber. Wie ähnlich sie sich sind, dachte Rena wieder einmal fasziniert. Sie hatten fast die gleiche Statur, Alix war höchstens einen Fingerbreit kleiner als ihr Bruder und hatte die gleiche unbekümmerte Selbstsicherheit. Zwei schmale, gut geschnittene Gesichter, der rötliche Schimmer ihrer Haare ... Und wie Cano sich jetzt nachdenklich mit den Fingern über die Stirn strich – das hatte Rena schon oft bei Alix gesehen.

Mit einer kurzen Handbewegung schickte der Prophet seine Anhänger hinaus – bis auf Tavian und zwei Wachen. Wahrscheinlich will er nicht, dass die anderen durch Alix etwas über seine Vergangenheit erfahren, vermutete Rena. Tavian beobachtete Alix, doch sein Gesicht verriet nicht, was er dachte. Rena ahnte, dass er sie bei der geringsten Fluchtbewegung mit dem Schwert niederschlagen würde.

»Von dir hätte ich einen solchen Verrat am allerwenigsten erwartet, Allie«, sagte Cano schroff. »Aber es kam mir schon verdächtig vor, dass Eleni ein Schwert trägt, das du gemacht hast. Ihr kennt euch schon länger, nicht wahr?«

»Ja, wir haben uns auf meinen Reisen kennen gelernt. Aber was Verrat betrifft, brauchst du nicht von einer hohen Warte herunterzuschauen – was du hier tust, ist unverantwortlich! Nur gut, dass Vater es nicht mehr erfahren muss.«

Rena stöhnte innerlich. Das war nicht der richtige Weg, sie freizubekommen ... wollte sie ihn etwa noch weiter provozieren?

»Was Vater gesagt oder nicht gesagt hätte, ist mir gleichgültig, das kannst du mir glauben.« Canos Augen hatten sich zu Schlitzen verengt. »Gut, dass der Alte längst hinüber ist. Wer nicht pariert hat, den hat er versucht zu brechen. Wundert es dich etwa, dass ich das nicht mit mir machen lassen wollte?«

»Nein, es wundert mich nicht«, sagte Alix und plötzlich war auf ihrem Gesicht wieder dieser verwundbare Ausdruck. »Es war sicher besser so. Aber warum hast du dich nicht von mir verabschiedet?«

Cano blickte verdutzt drein. »Verabschiedet?«

»Ja, verabschiedet«, sagte Alix heftig. »Du wussest, was du mir bedeutest. Und dann bist du einfach so ins Dunkel verschwunden, eines Nachts!«

»Ich konnte nicht warten.«

Rena staunte. Plötzlich war etwas Entschuldigendes in Canos Ton. Er hatte sich abgewandt und starrte auf die Leinwand des Zelts. »Sonst wäre etwas Schlimmes geschehen, glaube ich, zwischen mir und dem Alten.«

»Ja ...«

»Lehr- und Wanderjahre waren das. Sie waren schon verdammt wichtig für mich. Ich habe eine Menge gelernt.«

Rena versuchte in Tavians Gesicht zu lesen. Hatte er gewusst, dass Cano eine Schwester hatte? Hatte der Prophet seinen engsten Anhängern erzählt, wer er wirklich war und was er getan hatte, bevor er zum Propheten des Phönix geworden war? Doch Tavian ließ sich nichts anmerken. Er beobachtete nur schweigend, die goldgefleckten Augen hell und aufmerksam. In dieser Nacht steckt bestimmt Stoff für sein nächstes Gedicht, dachte Rena mit Galgenhumor.

»Wo bist du hingereist?«, fragte Alix.
»Ach, einfach so weit es ging.« Cano winkte ab. »Nur weg. Etwas erleben. Du weißt, wie das ist. Je wilder, desto besser. Und was ist aus dir geworden, Allie? Eine Waffenschmiedin, wie ich sehe?«
»Vierten Grades!«
»Hast du dich niedergelassen? Eine kleine, gemütliche Schmiede in einem der Dörfer am Waldrand?«
»Das wäre nichts für mich. Ich bin nicht sesshaft geworden – so wie du.«
»Wir sind uns viel zu ähnlich«, sagte Cano und seufzte. »Ich weiß genau, wie du denkst und was du denkst. Vielleicht ist es töricht, dass ich deshalb hoffe, dich doch noch für den großen Plan gewinnen zu können. Meinen Plan.«
Alix ging nicht darauf an. »Weißt du noch, wie du die Dorfkinder verprügelt hast, um mir zu helfen?«, sagte sie plötzlich. »Sie haben noch lange einen großen Bogen um mich gemacht …«
»Natürlich weiß ich das noch. Kleine Mistkerle. Der Abschaum der Dörfer.«
»… und um mich zu trösten, hast du mir gezeigt, wie man Telvarium im Boden spürt.«
»Richtig gut dabei warst du nie. Bist eben keine Erzsucherin.« Cano lächelte.
Rena schöpfte neue Hoffnung. Sie schaffte es tatsächlich, ihn einzuwickeln! Auch Alix schien gelöster, entspannter. »Wir haben oft an dich gedacht, als du weg warst. Ich und Mutter.«
Cano lächelte. Er lächelte und plötzlich war dabei ein grau-

samer Zug um seinen Mund. »Ich habe auch an euch gedacht. Aber ich hätte mir nicht träumen lassen, dass ich dich einmal töten lassen müsste. Dich und deine Freunde.«

Rena wurde klar, dass er die ganze Zeit nur mit ihnen gespielt hatte – es hatte ihm Spaß gemacht, sie zappeln zu lassen.

Sie wurden in die Grube gesperrt, alle drei. Diesmal wurden sie nicht gefesselt. Stattdessen schoben Tavian und ein anderer Mann eine schwere Metallplatte über die Öffnung. Mit einem Schaben glitt sie über den Sand, bis die Grube völlig abgedeckt war. Dann war es dunkel um sie herum, nur durch ein kleines Atemloch in der Mitte der Platte drang ein dünner Lichtstrahl.

Rena tastete nach Rowan. Sie klammerten sich aneinander, Umarmung konnte man es kaum nennen, und Rena spürte, dass sein Körper steif war vor Anspannung. Sie wusste warum: Menschen der Luft-Gilde ertrugen es nicht, wenn sich über ihren Köpfen etwas befand, das solider als eine Zeltbahn oder eine Grasmatte war. Obwohl Rena sich völlig zerschlagen fühlte, war es ein unglaubliches Gefühl, in Rowans Armen zu sein. Rena schmiegte ihr Kinn in die Kuhle seines Schlüsselbeins und schloss die Augen. Kein Morgen. Kein Gestern. Hier und jetzt, mehr nicht.

»Da haben wir uns ja schön in die Scheiße geritten«, klang Alix' Stimme aus der Dunkelheit. »Rostfraß und Asche, das hätte ich mir eigentlich denken können, dass sie dich als Köder benutzen würden.«

»Es tut mir Leid, dass ihr jetzt hier mit drinsitzt …«

»Du kannst nichts dafür, Rena. Hör auf mit den Entschuldigungen.«

»Habt ihr daran gedacht, eine Nachricht zurückzulassen? Damit jemand weiß, dass ihr jetzt hier seid?«
»Scheiße, nein.« Alix' Stimme klang verlegen. »Wir hatten es ziemlich eilig, nachdem wir die Nachricht bekommen hatten.«
Rena dachte an den Kessel mit dem glühenden Metall. Jetzt gab es keine Möglichkeit mehr, ihm zu entrinnen. Panik stieg in ihr hoch. Rowan spürte, dass sie zitterte, und zog sie noch enger an sich.
»Hast du herausgefunden, was genau er vorhat?«, fragte Alix eindringlich. »Ehrlich gesagt traue ich ihm inzwischen alles zu.«
»Ich leider auch«, erwiderte Rena und erinnerte sich schuldbewusst an die Küsse in Canos Zelt. »Er hat etwas Fürchterliches vor. Ich glaube, er will ganz Daresh mit dem Kalten Feuer überziehen. Jedenfalls will er alle anderen Gilden vernichten.«
»Blödsinn. Wie soll denn das gehen?«
»Das ist kein Blödsinn! Er hat eine Feuermeisterin, die das Kalte Feuer beherrschen kann – sie ist der Schlüssel dazu. Ich habe Angst davor, was er anrichten wird. Er hat gesagt, er ist schon bald so weit. Bald ist er stark genug, um loszuschlagen.«
»Aber eine Feuermeisterin allein reicht nicht«, meinte Alix. »Es muss noch etwas geben, von dem wir nichts wissen … bist du sicher, dass er nicht noch etwas gesagt hat – etwas, was uns einen Hinweis geben könnte?«
»Er hat einmal die Sieben Türme erwähnt. Aber ich wusste nicht, was das ist.«
»Hm«, sagte Rowan. »Die Sieben Türme bilden die Grenze um Daresh herum. Nur ganz wenige Menschen waren bisher

dort. Die Händler warnen sich gegenseitig vor dieser Gegend. Unheimlich ist sie, behauptet man.«

»Es gibt zwei Möglichkeiten.« Alix' Stimme in der Dunkelheit. »Entweder mein lieber Bruder leidet unter zwanghafter Selbstüberschätzung oder wir haben ein echtes Problem.«

»... und was von beiden stimmt, werden wir wohl bald erfahren, weil wir nie rechtzeitig hier hinauskommen werden, um seine Pläne zu verhindern«, ergänzte Rowan düster. »Wieder einmal wird die Luft-Gilde darunter zu leiden haben!«

Die Luft-Gilde. Ja, und auch die Erd-Gilde würde kämpfen müssen, um zu überleben. Luft, Erde, Wasser, Feuer ...

Mit einem Schlag ging Rena auf, was Cano nicht wusste, nicht hatte wissen können. Der Prophet hatte einen schweren Fehler damit gemacht, dass er drei Menschen verschiedener Gilden ungefesselt zusammen eingesperrt hatte! Jeder von ihnen besaß unterschiedliche Talente, kannte die geheimen Formeln seiner Gilde. Und sie waren Freunde, bekriegten und hassten sich nicht, wie es zwischen Menschen verschiedener Gilden üblich war. Sie konnten ihre Fähigkeiten bündeln!

Rowan beherrschte den Wind, er kannte die Formeln, ihn zum Sturm anzupeitschen oder als laues Lüftchen säuseln zu lassen. Vielleicht hatte Cano gar keine Ahnung, dass Menschen der Luft-Gilde so etwas konnten – sie erzählten es nicht gerade jedem. Renas Element war die Erde. Sie wusste, wie man in kürzester Zeit einen Tunnel grub, und sie sah gut im Dunkeln. Alix war eine Frau des Feuers; sie konnte vielleicht feststellen, wo die Wachen waren, indem sie das Metall ihrer Schwerter spürte.

Rena war sich nicht sicher, wie schwer bewacht die Grube war, ob ihnen jemand lauschte. Sie berührte Alix am Arm, bedeutete ihr lautlos sich zu ihnen herüberzubegeben. Als ihre Köpfe eng beinander waren, flüsterte Rena: »Vielleicht gibt es doch einen Weg, rechtzeitig hier hinauszukommen … Rowan, könntest du einen Sturm machen, um sie abzulenken? Vielleicht sogar einen Leuchtsturm?«

»Ich weiß nicht, wie ein Leuchtsturm geht. Einen normalen Orkan habe ich auch noch nie gemacht, nur Gewitter«, gestand Rowan. »Aber ich könnte es versuchen. Es ist nur ungeheuer anstrengend, man kann es nicht lange durchhalten.«

»Ein Leuchtsturm hat etwas mit Feuer zu tun.« Aus Alix Stimme klang ein grimmiger Enthusiasmus. »Vielleicht bekommen wir es zu zweit hin!«

»Währenddessen grabe ich einen Tunnel und versuche außerhalb der Zelte hinauszukommen«, fuhr Rena aufgeregt fort. »Ich fliehe und hole Hilfe.«

»Während der Sturm noch tobt? Das schaffst du nicht. Sie werden dich einholen.«

»Mit einem Leuchtsturm ist nicht zu spaßen«, sagte Rowan besorgt. »Ein Bekannter von mir ist in einem umgekommen.«

»Fällt dir vielleicht etwas Besseres ein?«

Alix' Stimme. »Eigentlich würde es reichen, wenn du dem alten Iltismenschen Bescheid gibst und ihn bittest die Nachricht weiterzutragen. Dann bringst du dich in Sicherheit.«

»Gut, dann versuche ich das erst mal.«

»Könnten wir nicht alle durch deinen Tunnel kriechen?«, fragte Alix. »Ich habe keine große Lust, in diesem Loch hier zu versauern.«

»Schwierig. *Ich* kann mich durchbuddeln, aber der Tunnel wird sicher hinter mir einstürzen, weil der Sand hier ziemlich locker ist. Für mich ist das in Ordnung, ich kann eine Weile mit sehr wenig Luft auskommen, aber ihr?«

»Hast Recht, das klingt nicht sehr verlockend …«

Rowan schwieg. Rena wusste, dass es völlig außer Frage stand, ihn durch einen kleinen, schlechten Tunnel zu bugsieren. Das war für einen Menschen der Luft-Gilde undenkbar. Und allein zurücklassen würde sie Rowan hier ganz sicher nicht. Solange Alix bei ihm war, hatte er eine Chance, aus dieser ganzen Sache heil herauszukommen.

»Gut«, sagte Rowan. »Dann fange ich jetzt einfach mal an. Es wird ein paar Dutzend Atemzüge dauern …«

Rena fühlte, wie ihr Freund sich in der Dunkelheit zusammenkauerte. Sie hatte noch nie miterlebt, wie er einen Sturm rief. Sein Atem wurde tief und langsam. Als ob er schliefe, dachte Rena. Vielleicht versetzte er sich in Trance … Ihn zu berühren wagte sie nicht. Auch Alix schwieg, hatte wohl ebenso wie sie Angst, seine Konzentration zu brechen.

Rena wollte sich Alix zuwenden, doch sie stellte fest, dass auch ihre Freundin nicht mehr ansprechbar war. Mit einer tonlosen Stimme, die Rena einen Schauer über den Rücken jagte, murmelte sie Formeln, deren Worte Rena nicht verstand. Plötzlich wurden ihre beiden Freunde ihr unheimlich, es war, als hätte man sie ausgetauscht und zwei Fremde an ihre Stelle gesetzt …

Da! Ein seltsames Geräusch von draußen. Ein leises Brausen, wie von Wind in den Ästen. So klang es jedenfalls, wenn man vergaß, dass dieses Geräusch durch eine dicke Metallplatte zu ihnen drang. Das Brausen wurde stärker, Rena hörte die Stäbe des Zelts klappern. Sie blickte hoch, lauschte.

Erst nach ein paar Atemzügen fiel ihr ihre Aufgabe wieder ein. Der Tunnel! Sie tastete sich zu der Grubenwand durch, spürte die krümelige Erde unter ihren Händen. Hastig zog Rena die Sandalen aus, bog die Hände zu Schaufeln und bohrte sie in die Wand der Grube. Zunächst war die Erde noch fest, dann rieselte ihr Sand, mit Asche verklumpt, entgegen. Sie grub und grub. Ihre Arme steckten bis zu den Schultern im Erdreich, dann war sie bis zur Hüfte im Tunnel, schaufelte die Erde mit den Händen nach hinten und stieß sie mit den bloßen Füßen aus dem Tunnel hinaus. Ihre Haare waren voller Sand, ihre Wimpern verklebt, in ihrem Mund knirschte es. Ein großer Placken Erde fiel auf sie und sie musste die Luft anhalten und sich freikämpfen. Noch ein Stück waagrecht weiter!

Rena gestand sich ein, dass sie es genoss, mal wieder zu tunneln. Sie mochte die Umschlossenheit, den Geruch der Erde. Aber hoffentlich wurde es nicht zu eng in der Grube für Alix und Rowan, sie durfte nicht unbegrenzt viel Erde zu ihnen hineinschaufeln. Ja, nun sollte sie eigentlich außerhalb des Zelts sein, jetzt senkrecht hoch. Nicht mehr weit bis zur Oberfläche …

Rena zögerte. So wie das klang, musste dort draußen wirklich die Hölle los sein. Der Wind brauste nicht mehr, er kreischte, ein Geräusch, das ihr bis auf die Knochen ging. So klang es also, wenn Rowan und Alix gemeinsam etwas schufen!

Schnell jetzt, dachte Rena. Wie viel Zeit ist noch? Wie lange schaffen sie es, den Sturm zu halten? Ein letzter Batzen Erde fiel ihr ins Gesicht und dann war sie draußen. Die Luft prallte

gegen sie wie ein Rammbock. Rena blinzelte. Sandkörner, auf ihr Gesicht gepeitscht, stachen ihre Haut wie Nadeln. Schnell wandte sich Rena ab, kehrte dem Wind den Rücken zu. Sie zog sich aus dem Tunnel, die Finger in den Boden gekrallt, um Halt zu haben, um nicht vom Sturm einfach davongerollt zu werden. Jetzt wagte sie es, die Augen zu öffnen – und bedauerte es im gleichen Augenblick. Grelle, schreiende Helligkeit, die sich in ihre Augäpfel fraß! Ein eigenartiges bläulich phosphoreszierendes Licht.
Nach einer Weile merkte Rena, dass sich ihre Augen an das Licht gewöhnt hatten, und sie versuchte es noch einmal, warf einen schnellen Blick um sich. Obwohl ihr Gesicht vom fliegenden Sand schmerzte, konnte sie sich ein triumphierendes Lächeln nicht verkneifen: Sie hatten das totale Chaos ausgelöst. Durcheinander laufende Menschen, Silhouetten gegen das Leuchten. Schreie, nur schwach hörbar über dem Sturm. Schwarze Zeltbahnen segelten durch die Luft, andere Zelte waren eingestürzt, lagen wie dunkle Fladen auf dem Boden oder waren nur noch ein Gewirr von Stangen. Auf den Spitzen tanzten blaue Funken, schimmerndes Elmsfeuer. Der beißende Geruch von Ozon lag in der Luft.
Es wird Zeit, die Iltismenschen zu finden, hämmerte es in Rena. Beim Vorratszelt haben sie ihren Bau angelegt. Dorthin muss ich.
Sie kroch voran, wagte dann sich aufzurichten und gegen den Sturm zu stemmen. Auf ihren Fingerspitzen tanzte das Elmsfeuer, schmerzhaft prickelnd lief es über ihre Nasenspitze. Ihre Tunika flatterte so heftig, dass es ihr fast das falsche Amulett abzureißen drohte.

Schritt für Schritt kämpfte sich Rena vorwärts, in Richtung des Vorratszelts. Es war schwer zu erkennen, wo sie eigentlich war, die Sicht betrug nur noch ein paar Armlängen, aber wenigstens achtete niemand auf sie. Außerdem war sie sicher, in die richtige Richtung zu gehen. Ja, hier war der äußere Rand des Versammlungsplatzes. Jetzt musste sie nach Westen ... es war nicht mehr weit ...

Ein Mensch, von der mächtigen Hand des Windes vorangeschoben, schoss aus dem bläulichen Dunst hervor. Mit einem harten Ruck prallte er gegen Rena, riss sie einfach von den Füßen. Der Wind trug sie davon. Gemeinsam rollten sie ein paar Meter, bis sie im wirren Haufen eines Zelts zum Stillstand kamen. Rena kroch aus der schweren Leinwand hervor, und obwohl ihr das Haar wild um den Kopf und vor die Augen wehte, erkannte sie den schmalen Körper, die großen Augen: Kerimo. Auch er hatte sie erkannt, sein Ausdruck war verdutzt. Verzweifelt überlegte Rena, was sie tun konnte. Wegrennen und versuchen ihn im schimmernden Nebel abzuschütteln? Hatte er Kraft genug, sie festzuhalten? Konnte er irgendwie die Leibwächter des Propheten benachrichtigen, um kurzen Prozess mit dem entflohenen Feind zu machen?

»Da bist du ja!«, schrie Kerimo gegen den Wind an. War das etwa ein frohes Lächeln? Ja, tatsächlich, er schien gar nicht zu wissen, was geschehen war. Glück gehabt – und nichts wie weg hier!, dachte Rena.

»Worauf wartest du noch, bring dich in Sicherheit!«, brüllte Rena zurück, versuchte ihn wieder hinauszuschieben in den Sturm.

Kerimo nickte heftig und sagte etwas, was sie nicht verstand.

Schon wollte er aufstehen, doch dann stutzte er. Rena folgte seinem Blick und sah, dass er ihre Handgelenke musterte. Handgelenke, die aufgescheuert waren und die unverkennbaren Spuren von Fesseln trugen. Sie sah, wie das Misstrauen in seinem Gesicht keimte. Doch noch schien er nicht voll und ganz zu begreifen, dass mit seiner ehemaligen Zeltgenossin etwas nicht in Ordnung war.

»Was ist passiert?«, schrie er.

»Erkläre ich dir später«, sagte Rena, deutete hinaus ins leuchtende Blau und verzerrte ihr Gesicht zu einer ängstlichen Grimasse. Das wirkte wie erwartet, in Kerimo erwachte der Beschützerinstinkt.

»Versorgungszelte ... dort sind wir sicher ...«, schrie er und richtete sich mühsam auf. Der Wind riss ihm die Worte aus dem Mund und wehte sie davon.

Wollte Kerimo etwa zum Vorratszelt? Das war Rena nur recht. Dorthin musste sie ja ohnehin. Also ließ sie zu, dass Kerimo ihre Hand ergriff und sie hinauszog in den Sturm.

Leuchtsturm

Ein bisschen kleiner und harmloser hätte Rowan den Sturm ja schon machen können, dachte Rena, als sie versuchte Gesicht und Augen vor dem umherfliegenden Sand zu schützen. Hoffentlich hält er noch eine Weile durch! Wenn der Wind sich jetzt legte, war sie verloren.

Kerimo und sie kämpften sich gegen die unsichtbare Hand des Windes voran. Eine Zeltstange wirbelte ihnen entgegen und Kerimo konnte sich gerade noch ducken. Er hatte ihre Hand immer noch nicht losgelassen und Rena fragte sich langsam, ob das Beschützerinstinkt war oder ob er doch etwas ahnte. Wer wusste, was für eine Geschichte der Prophet über ihr Verschwinden verbreitet hatte?
Die Sicht war noch schlechter geworden, wenige Menschenlängen entfernte Zelte waren nur noch Schemen im bläulich leuchtenden Nebel. Sand und Staub erfüllten die Luft. Es war Renas Glück, dass Kerimo sich so gut im Lager auskannte. Sonst hätten sie das Vorratszelt, so vermutete sie, nie gefunden. Doch so brauchten sie nur zwei Dutzend Atemzüge, dann sahen sie es vor sich. Es war nicht zu verwechseln, überragte die einfachen Wohnzelte.
Kerimo zog sie vorwärts, sprintete auf den Eingang des Zelts zu. Doch nun sträubte sich Rena. Sie konnte nicht dort reingehen, zu den anderen Anhängern! Einer von ihnen würde wissen, was geschehen war, würde Alarm schreien, würde sie festhalten …
»Komm schon!«, schrie Kerimo und dann waren sie im Inneren, wo es nach Schweiß und Angst roch. Drei andere Menschen hatten sich hier versammelt, zwei Männer und eine Frau. Sie hatten sich in der Mitte des Zelts zusammengekauert und musterten die Neuankömmlinge nur kurz, dann richteten sie die Augen wieder auf das wild flatternde Zeltdach. Rena kannte keinen von ihnen. Und es sah so aus, als kannte niemand der anderen sie.
Die Insignien der beiden Männer wiesen sie als Metallgießer

aus. Sie waren kräftig, sahen aber nicht besonders helle aus. Es waren wohl einfache Männer aus dem Dorf, die sich von der Lehre des Propheten hatten blenden lassen.
Als Rena die kräftigen Armmuskeln der Männer sah, hatte sie eine Idee. Wenn der Prophet seinen Leuten tatsächlich nichts von der Gefangennahme der Spione erzählt hatte, dann war das sein Pech und Renas Glück.
»Hier können wir nicht bleiben!«, sagte sie. »Das Zelt kann jeden Moment einstürzen!«
Einer der Männer nickte ängstlich. »Mein Wohnzelt ist schon hinüber. Und so wie das hier flattert, kann's nicht lange dauern, bis es auch wegfliegt. Verdammt, und solche Stürme können Tage dauern, wenn sie richtig in Fahrt sind!«
Rena dachte gar nicht daran, ihm auf die Nase zu binden, dass das bei diesem Sturm hier nicht der Fall sein würde. »Ich weiß einen besseren Ort«, sagte sie mit gespieltem Eifer. »Es ist ein tiefes Vorratslager, aber im Moment leer. Eine Grube. So groß, dass auch mehrere Menschen hineinpassen würden. Man kann sie mit einer Platte abdecken und ist dann darunter vollkommen sicher. Zwei Freunde von mir haben gesagt, dass sie dorthin gehen würden. Aber es ist bestimmt noch Platz für uns …«
»Woher kennst du es denn?«, fragte Kerimo erstaunt. »Ich wusste gar nicht, dass es so etwas gibt.«
»Der Prophet hat es mir einmal gezeigt«, sagte Rena.
Die Männer blickten sie mit offenem Mund an, doch Kerimo bestätigte schnell: »Es stimmt, sie kennt den Propheten, er spricht gerne mit ihr!«
»Wie weit ist es denn zu diesem Lager?«, fragte die Frau. Sie sah völlig eingeschüchtert aus.

Gerade wollte Rena erwidern, dass es nur etwa zwei Baumlängen waren, doch sie stoppte sich rechtzeitig. Solche Maßeinheiten waren im fast baumlosen Tassos völlig unüblich. »Äh, nicht weit. Zehnmal so weit, wie der Funke fliegt. Und wir müssen nicht gegen den Wind laufen. Das heißt, wir können in ein paar Atemzügen da sein.«

»Gut«, sagte Kerimo und in seinen großen dunklen Augen spiegelte sich die Angst. »Lass uns schnell machen, Eleni.«

Rena tat es weh, sein Vertrauen enttäuschen zu müssen. Doch dann erinnerte sie sich daran, wie er nicht mehr mit ihr gesprochen hatte, nachdem sie sich beim Morgentreffen zu Wort gemeldet hatte. Sie bedeutete ihm nichts. Für ihn gab es nur noch einen einzigen wichtigen Menschen: den Propheten. Wahrscheinlich würde er mich auf der Stelle töten, wenn der Prophet den Befehl dazu gäbe, dachte Rena.

Sie hielt sich nicht bei diesem unangenehmen Gedanken auf, sondern winkte den anderen ihr zu folgen. Gemeinsam traten sie aus dem Zelt, hinein in das geisterhafte blaue Leuchten des Sturms. Wie Rena versprochen hatte, war der Rückweg zu den Zelten des Propheten leicht. Wenn man mit dem Sturm lief, fühlte man sich von ihm vorangetragen, man flog fast über den Boden. Solange man das Gleichgewicht behielt und nicht stürzte, machte es fast Spaß, so zu laufen. Innerhalb weniger Atemzüge hatten sie die Strecke geschafft. Wie Rena erwartet hatte, waren die Wachen noch immer verschwunden, sie hatten sich wohl selbst in Sicherheit gebracht. Rena fragte sich, wo Cano nun war. In einer anderen unterirdischen Zuflucht?

Das Zelt über dem Kerker stand noch und die schwere Metallplatte war an Ort und Stelle. Am Rand der Grube lag die Strickleiter. Rena hoffte, dass die Männer so durcheinander waren, dass sie das nicht beachteten.
Aus der Grube war kein Geräusch zu hören. Rena sagte lauter als nötig: »Unter der Platte ist die Zuflucht. Wir brauchen sie nur noch wegzuschieben und haben ein sicheres Plätzchen! Los, schnell, helft mir anpacken ...«
Sie hoffte, dass Alix und Rowan sie hörten und verstanden. Fast schien es so, denn sie gaben keinen Laut von sich.
Die Platte war unglaublich schwer. Nur mit großer Anstrengung schafften sie es, sie ein Stück seitwärts zu bewegen, sodass eine Öffnung entstand – groß genug, um einen Menschen durchzulassen. »Noch ein Stück weiter«, keuchte Rena. Sie wollte ihren Freunden mehr Platz zum Entkommen geben. »Ja, gut so, das müsste reichen ...« Schnell warf sie die Strickleiter hinunter. Die beiden Metallgießer wischten sich den Schweiß von der Stirn und spähten unsicher in die Dunkelheit.
»Nur hereinspaziert!«, drang Alix' heitere Stimme aus der Grube. »Hier drin regt sich kein Lüftchen und es fällt uns nichts auf den Kopf. Wir können in Ruhe abwarten, bis der Sturm sich legt.«
Rena dankte dem Erdgeist dafür, dass ihre Freundin von der Feuer-Gilde so schnell begriffen hatte. Tatsächlich, ihre Worte schienen die gewünschte Wirkung zu haben – schon drängte sich die Frau vor und hangelte sich nach unten.
»Wie viele seid ihr?«, fragte Alix aus der Grube heraus. »Hier ist nur noch Platz für etwa fünf Leute ...«

»Das passt, wir sind zu fünft«, rief Rena hinunter. »Außer der Frau noch zwei Metallgießer, ein Goldschmied und ich.«
»Prima«, tönte es zurück.
In diesem Moment fiel Rena auf, dass das Brausen von draußen leiser geworden war. Sie wusste sofort, was geschehen war: Die Neuankömmlinge hatten Rowans und Alix' Konzentration gebrochen, ihre Freunde konnten den Sturm nicht mehr aufrechterhalten. Jetzt klang er rapide ab. Wahrscheinlich würde es innerhalb von dreißig Atemzügen windstill sein!
O nein, dachte Rena und drängte die Leute des Propheten zur Eile. Der zweite Mann verschwand gerade brav die Strickleiter hinab. Inzwischen wurde es dort unten sicher ziemlich eng. »Los, Kerimo, mach schon! Ich will auch endlich nach unten!«
Doch Kerimo zögerte. Er blickte wieder auf ihre Handgelenke, sah sie zweifelnd an. »Sag mal, Eleni ... ich verstehe da etwas nicht ganz ... die Platte ist doch viel zu schwer, als dass man sie allein über die Grube bekommt ...«
Aus, dachte Rena. Sie wusste, dass sie Kerimo nun nicht mehr ohne seinen Widerstand in die Grube bekommen würde. »Das stimmt«, sagte sie – und warf sich gegen ihn. Mit einem überraschten Ruf ging der junge Goldschmied zu Boden. Der Stoß warf ihn halb über die Öffnung der Grube, doch er fiel nicht hinein, sondern stützte sich an der Metallplatte ab.
Mit einer stillen Bitte um Verzeihung gab Rena ihm den letzten Schubs, den es noch brauchte, um ihn in die Grube zu befördern. »Mensch, sei doch vorsichtig!«, schrie sie, um die Anhänger unten in der Grube noch ein letztes Mal zu täu-

schen – dann rutschte Kerimo schon nach unten und wurde wahrscheinlich von den anderen weich abgefangen. Rena stieß einen Seufzer der Erleichterung aus.

Jetzt war die Tarnung nicht mehr nötig. Dafür musste nun alles schnell gehen!

»Los, Alix, Rowan!«, rief Rena. Die Strickleiter bewegte sich, ihre Freunde schienen begriffen zu haben, dass der Zeitpunkt zur Flucht gekommen war.

Einen Atemzug später tauchte Rowans Gesicht über dem Rand der Grube auf. Er wirkte bleich und erschöpft. Es musste ihn furchtbar mitgenommen haben, den Sturm zu rufen. Rena half ihm nach draußen. Unten in der Grube schien derweil ein kleiner Tumult ausgebrochen zu sein. Anscheinend hatten die Anhänger des Propheten inzwischen gemerkt, dass nicht alles mit rechten Dingen zuging. Beunruhigt versuchte Rena nach unten zu spähen. Es war noch immer stockdunkel in der Grube, doch hier und da blitzten helle Funken auf – vermutlich begann jemand Feuer zu machen. Ein ärgerlicher Ruf, jemand grunzte vor Schmerz. »He, was soll das!« – »Weg von der Leiter!«

Dann erschien auch Alix an der Oberfläche und wälzte sich geschickt nach draußen. Sie versuchte die Strickleiter hinter sich hochzuziehen, doch jemand schien sich an die Sprossen zu klammern.

»Mist, die kommen wieder hoch!« Rena blickte sich alarmiert nach einer Waffe um.

»Nicht, solange wir etwas dagegen tun können.« Flink löste die Schmiedin die Verankerungen der Strickleiter und die Seile verschwanden in der Dunkelheit der Grube. Sie ignorierten den wütenden Protest von unten und schoben die Metallplatte mit vereinten Kräften, so gut es ging, wieder an ihren Platz.

Auch Alix wirkte erschöpft, doch sie grinste über das ganze Gesicht. »He, das war eine brillante Idee, Rena. Kompliment! Erst habe ich meinen Ohren nicht getraut, als ich dich da oben gehört habe!«

»Los, kommt schon«, drängte nun Rowan nervös. »Der Sturm hat sich fast gelegt, die Wachen können jeden Moment zurückkommen!«

Sie spähten aus dem Zelt. Niemand in Sicht. Aber das würde sicher nicht lange so bleiben. Das blaue Leuchten war schwächer geworden, würde bald erlöschen. Und der Wind rauschte nur noch. Rena winkte ihren Freunden, ihr zu folgen, und eilte hinter den Zelten entlang. Doch als sie sich umsah, merkte sie, dass Alix ihr nicht folgte. »Verdammt, wartest du auf irgendetwas? Willst du dich vielleicht noch von deinem Bruder verabschieden?«

»Sei nicht albern. Aber er hat mir mein Schwert abgenommen. Ich muss es zurückhaben. Ohne mein Schwert gehe ich nicht.«

»Alix, verdammt noch mal!!!«

»Weißt du immer noch nicht, was den Leuten der Feuer-Gilde ihre Waffen bedeuten?«, zischte Alix zurück. »Sie sind mehr als ein Gegenstand. Viel mehr. Und dieses Schwert hat mir außerdem mein Vater geschmiedet. Ihr könnt ja schon mal vorausgehen …«

»Kommt gar nicht in Frage«, sagte Rowan fest. »Entweder alle oder keiner.«

Rena stöhnte. »Weißt du wenigstens, wo das Ding ist?«
»Natürlich. Ich kann es spüren«, flüsterte Alix und schloss kurz die Augen, konzentrierte sich. Dann bog sie nach links ab und ging mit schnellen Schritten nach Süden, wieder zum Zentrum des Lagers hin. Wenn wir Pech haben, geraten wir wieder in die Höhle der Bestie, dachte Rena verzweifelt, doch sie folgte ihrer alten Freundin.
Bei einem unscheinbaren Zelt, das Rena nicht von den hundert anderen hätte unterscheiden können, hielt Alix. Sie bückte sich und ging hinein. Nach einigen Atemzügen kam sie wieder zum Vorschein. In ihrer Hand glänzte das Schwert mit dem eingravierten Flammenmuster und den roten Steinen am Griff, das Rena so gut kannte. In der anderen Hand trug sie Renas Schwert und Rowans Armbrust.
»Jetzt aber nichts wie weg«, sagte Rena beklommen und steckte ihre Waffe in den Gürtel. Sie hörte Stimmen, die sich näherten. Das Lager erwachte wieder zum Leben. Bald würden Canos Leute merken, dass die falschen Leute in der Grube hockten.
Ein eigenartiges Zwielicht lag über dem Garten des Feuers. Die Luft war nun fast ruhig, aber noch voller Staub, die Sonnenstrahlen drangen kaum durch. Alix und Rowan blickten sich neugierig um, während sie durch die Reihen der Zelte hasteten. Schließlich hatten sie noch nicht viel vom Hauptquartier des Propheten, dem ringförmigen Zeltlager im Talkessel, gesehen. Rena folgte ihnen, das Herz flatterte ihr in der Brust vor Angst. Die beiden wussten nicht, wie gefährlich ihre Situation wirklich war. Sobald jemand wagte nach draußen zu kriechen, würde er wissen, dass Fremde im Lager

waren. Denn Rowan und Alix waren die Einzigen hier, die eine andere Kleidung trugen.
Doch noch schien alles gut zu gehen. Sie waren schon an den äußeren Ringen angelangt und noch immer rumorten die Menschen zwar innerhalb der Zelte herum, kamen aber nicht zum Vorschein – es wollte wohl niemand das Risiko eingehen, von den letzten Böen des Sturms erwischt zu werden. Nur noch ein paar Atemzüge, bis sie an der Grenze waren. Wahrscheinlich würden dort nicht einmal Wachen stehen. Die Wachen, die sogar noch während eines Leuchtsturms auf ihrem Posten bleiben, würde ich gerne sehen, dachte Rena. Sie wären weggeweht worden, hinaus in die Wüste …
In diesem Moment hörte sie Schritte. Leise und schnell. Es war nicht zu erkennen, aus welcher Richtung sie kamen. Jemand verfolgte sie!
»Schneller, schneller!«, keuchte Rena. »Es ist einer hinter uns her …«
Jetzt rannten sie um ihr Leben. Es waren tatsächlich keine Wachen am Rand des Lagers und sie ließen den letzten Ring der Zelte hinter sich und liefen hinaus in die Wüste. Weit und flach und dunkel lag die Ebene vor ihnen und darüber erhoben sich wie spitze Reißzähne die Berge. Doch es war noch weit bis zur Sicherheit. Rena wagte einen Blick zurück und sah, dass ihnen ein kleiner Trupp dicht auf den Fersen war. Eine Hand voll Menschen in der dunklen Tracht der Phönix-Leute, wehende Schatten in der Nacht. Und sie holten auf, kamen immer näher.
»Wir schaffen es nicht!«, schrie Rowan.

»Das wollen wir erst mal sehen«, rief Alix und warf sich herum, das Schwert in der Hand. Wenige Atemzüge später hatten die Anhänger des Propheten sie erreicht, fünf waren es, wohl in aller Eile zusammengetrommelt. Rena schrie auf, als sie erkannte, wer den Trupp anführte: Tavian! Der brillante Kämpfer-Dichter, der gefährlichste Mann in den Reihen des Propheten! Ausgerechnet er, dachte Rena verzweifelt. Wieso er?

»Hinter mich! Halt mir den Rücken frei!«, schrie Alix zu Rena hinüber.

Rena zerrte ihr Schwert aus dem Gürtel und parierte den Schlag, den sie auf sich zukommen sah. Halt sie von Alix weg, halt sie von Alix weg, hämmerte es in ihr. Sie hatte Glück – gleich einer ihrer ersten Hiebe durchbrach die Deckung ihres Gegners. Doch in dem halben Atemzug, bevor ihr Schwert sich in lebendes Fleisch graben konnte, drehte Rena die Klinge, so dass sie den Mann nur mit der Breitseite am Kopf traf. Bewusstlos, aber unverletzt brach er zusammen. Wutentbrannt stürzte sich eine andere dunkle Gestalt mit wehenden Haaren – eine der Anhängerinnen des Propheten – auf sie. Renas Klinge zuckte hoch wie von selbst. Mit einem metallischen Kreischen trafen die Schwerter aufeinander. Einen Moment lang spürte Rena ein Echo dessen, was Alix fühlen musste – das Hochgefühl des Kampfes. Einen Atemzug lang vergaß sie, in welcher Gefahr sie schwebten, vergaß ihre schmerzenden Handgelenke.

Es war dunkel auf der Ebene, vom Lager schimmerte nur wenig Licht herüber. Anscheinend hatten Canos Leute nicht bemerkt, was vorging, jedenfalls kam von dort keine Verstärkung. Sonst hätten sie keine Chance gehabt.

Hin und wieder schaffte es Rena, mit den Augen nach Rowan zu suchen oder einen Blick auf Alix zu werfen. Wahrscheinlich hatte die Schmiedin nur einen Atemzug gebraucht, um zu erkennen, dass sie es nicht mit einem gewöhnlichen Gegner zu tun hatte. Tavians gebogenes Schwert tanzte mit unheimlicher Geschwindigkeit durch die Luft, sang sein wisperndes Lied. Verbissen drosch Alix auf ihn ein, Hieb auf Hieb mit voller Kraft. Doch sie schien ihm nichts anhaben zu können. Tavian drängte sie ein paar Schritte zurück, aber Alix holte bald auf – nur um ein paar Atemzüge später schon wieder an Boden zu verlieren. Lediglich das Geräusch von Metall auf Metall und das schwere Atmen der Kämpfer war zu hören. Renas Hochgefühl war schnell verflogen. Nach und nach merkte sie, wie sehr sie die Gefangenschaft und Flucht erschöpft hatten – das Schwert wurde schwerer und schwerer in ihrer Hand. Lange halte ich nicht mehr durch!, dachte sie erst besorgt, dann immer verzweifelter. Ihre Gegnerin schien es zu spüren und warf sich ihr mit frischer Kraft entgegen. Rena schaffte es gerade noch, ihren Schlag abzufangen – und merkte, dass sie die Klinge nicht mehr schnell genug heben konnte, um dem nächsten zu begegnen. Gleich würde sich das Schwert in ihren Arm fressen, fast konnte sie den grausamen, scharfen Schmerz schon spüren …

Ein Pfeil wisperte an ihr vorbei und grub sich in die Schulter ihrer Gegnerin. Stöhnend ging die Fremde zu Boden. Rena schickte ihrem Freund einen lautlosen Dank. Zwei andere Phönix-Leute hatte er mit seinen Pfeilen ebenfalls außer Gefecht gesetzt, der Dritte war zum Lager zurückgeflohen – vielleicht um Hilfe zu holen?

Schnell wandte sie sich Alix zu. Weder die Schmiedin noch Tavian zeigten Anzeichen von Müdigkeit. Wenn ihre Schwerter sich mit voller Wucht trafen, sprühten Funken.
»Das kann sie nicht gewinnen«, murmelte Rowan besorgt. »Er ist genauso gut wie sie – oder besser.«
Dann hielten sie beide den Atem an. Alix hatte ihren Gegner ein paar Schritte zurückgedrängt – und diesmal wurde das Gelände für Tavian zum Verhängnis. Er stolperte über einen Dornbusch, eins der kleinen vertrockneten Gewächse der Ebene, die man im Zwielicht leicht übersah. Rücklings fiel er zu Boden. Rena erwartete, dass Alix ihn töten würde, schnell und sicher wie ein angreifendes Raubtier, so wie es ihre Art war. Ihre Kehle krampfte sich zusammen und sie sah weg. Sie wollte das nicht sehen – gerade weil es Tavian war. Weil er zu denjenigen gehörte, die sie mochte. Doch statt eines Schreis hörte sie Alix drängende Stimme: »Los, weg hier! Schnell!«
Und dann flohen sie in die Nacht hinein, liefen und stolperten und krochen die Flanke des Berges hoch. Und tatsächlich, obwohl es Rena kaum glauben konnte – niemand schien ihnen zu folgen. Hatten die Leute des Propheten die Jagd einfach so aufgegeben? Nein, wahrscheinlich warteten sie nur bis zum Morgen. Oder sie rechneten damit, dass ihre Männer auf der anderen Seite des Berges sie abfangen würden.
»Alles in Ordnung? Ist einer von euch verletzt?«, fragte Rena angstvoll, als sie wieder zu Atem gekommen war.
»Alles in Ordnung«, keuchte Alix. »Rostfraß und Asche, wer war das?«

Rena wusste ohne zu fragen, wen sie meinte. »Tavian. Die rechte Hand des Propheten. Ich habe gehört, er ist auch ein Meister vierten Grades.«
»Das habe ich gemerkt! Schade, dass es eben so dunkel war. War er im Zelt mit uns und Cano, vorhin?«
»Ja«, sagte Rena und versuchte sich zu erinnern. »Der Mann, der auf der rechten Seite stand. So groß wie du, schwarze Haare. Er hat seltsame Augen ... goldgefleckt sind sie.«
»Goldgefleckt? Nein, das habe ich nicht bemerkt. Aber er ist mir aufgefallen.«
Mühsam setzte Rena einen Fuß vor den anderen. Sie war furchtbar müde und ihre Handgelenke schmerzten von den Fesseln und den wuchtigen Schlägen, die sie mit dem Schwert hatte abfangen müssen. Aber sie durften jetzt nicht rasten, keinen Atemzug lang. Sie mussten weiter, damit sie fort von diesem Ort waren, wenn die Sonne aufging.
»Ein eigenartiger Mann«, sagte Alix nachdenklich. »Wahrscheinlich aus dem Norden, aus den Phönixwäldern an der Grenze. Dort kämpfen sie in diesem Stil.«
Rena nickte und erzählte ihr von seinen Gedichten, dem Schwert mit den eingravierten Versen. Fast rechnete sie damit, dass Alix sich darüber lustig machen würde, doch die Schmiedin nickte nur kurz und wechselte das Thema. »Als Erstes müssen wir eine Botschaft an den Rat schicken – eine Warnung«, sagte sie. »Dann sollten wir diese Sieben Türme auskundschaften. Wenn sie hinter Canos Geheimnis stecken, dann müssen wir dorthin. Und zwar so schnell es geht.«
Rena runzelte die Stirn. »Aber wo sind diese Türme überhaupt? Ich habe zwar schon einmal von ihnen gehört, doch

niemand weiß viel über sie. Was erzählt man sich denn unter den reisenden Händlern darüber, Rowan?«
»Nicht viel. Es traut sich ja niemand in diese Gegend.«
»Ein Ort der Geheimnisse, der Furcht und des Schreckens«, murmelte Rena. Canos Worte hatten sich tief in ihr Gedächtnis eingegraben, weil sie sich so gewundert hatte, dass es etwas gab, das der Prophet des Feuers fürchtete …
»Doch ich kann mich erinnern, dass mal einer erzählt hat, es gäbe an den Grenzen von Daresh Durchgänge in diese andere Welt«, sagte Rowan zögernd. »Schattentore nennt man sie.«
Alix blickte düster, aber entschlossen drein. »Zu den äußeren Grenzen von Daresh ist es nicht weit von hier aus. Zwei, drei Tagesreisen. Was ist: Seid ihr dabei?«
»Ich schon«, erklärte Rowan. Trotz der Erschöpfung klang seine Stimme fest.
»Und du, Rena?«
»Machst du Witze? Natürlich komme ich mit«, sagte Rena. »Meinst du, ich habe die ganze Zeit in diesem Lager ausgehalten, weil das Essen dort gut ist?«
Sie hoffte, dass man ihr die Angst nicht anhörte.

III
Die Sieben Türme

Am Rande der Welt

Sie hatten Glück. Schon nach kurzer Zeit fanden sie, was sie gesucht hatten. Durch Zufall eigentlich. Sie hatten in einem Bergdorf nahe an der äußeren Grenze von Daresh Rast gemacht. Mit ein paar Münzen kauften sie sich Proviant und eine Lederflasche säuerlichen Weins, um ihre ausgedörrten Münder zu erfrischen. Renas Tunika klebte ihr am Körper, sie war völlig durchgeschwitzt vom Aufstieg.

Es war ein kleiner, zäher Menschenschlag, der hier lebte – fast nur Erzschmelzer. Ihre Gesichter waren rußgeschwärzt und ihre Hände rau und knotig von der Arbeit an den Kohlenmeilern. Aber Rena mochte sie. Sie schienen nicht so kriegerisch wie die Feuer-Gilden-Menschen der Ebene und hatten für die Fremden ein Lächeln übrig.

In der Hütte, bei der sie Rast machten, lebte ein Schmelzer mit seinen beiden Söhnen, kräftigen, gedrungenen Burschen. Neben der Hütte saß ein Mann mittleren Alters in der Sonne. Seine Augen blickten verständnislos und aus seinem Mund hing ein Speichelfaden. Eine der Frauen brachte ihm ein Stück Brot und fütterte ihn. Rena war es ein bisschen peinlich, ihnen zuzusehen, und sie wandte den Blick ab.

Als einer der kleinen Männer ihr einen Becher Wein reichte, fragte sie vorsichtig: »Sagt mal, wisst Ihr etwas über die Gegend der Sieben Türme? Oder über die Schattentore?«
Das Lächeln des Mann verschwand. »O ja. Eins der Tore ist hier in der Nähe.«
Rena hätte beinahe den Becher fallen lassen. »Tatsächlich?«
»Aber ihr wollt doch nicht wirklich durch, oder? Nein, das wollt ihr sicher nicht.« Der kleine Mann blickte besorgt drein.
»Eigentlich schon«, gestand Rena. »Geht ihr manchmal durch? Wisst ihr, wie es geht?«
Rowan und Alix hatten ein paar Worte aufgeschnappt; sie kamen näher und spitzten die Ohren.
»Oh, es ist eigentlich einfach. Und doch entsetzlich schwierig. Früher, vor vielen Wintern, sind einmal ein paar junge Leute aus dem Dorf hindurchgegangen, aus Neugier.«
»Was ist aus ihnen geworden?«
Schweigend deutete der Mann auf die sabbernde Gestalt neben der Hütte. Erschrocken sahen sich Rena und Rowan an.
»Manche sind auch gar nicht zurückgekommen. Aus unserem Dorf versucht es schon lange keiner mehr. Fremde kommen manchmal hier durch, alle paar Winter. Wenn sie den Rückweg schaffen, sind ihre Augen wild und sie wollen nicht über das sprechen, was sie erlebt haben.«
Selbst Alix blickte nun etwas ängstlich.
»Und manchmal versucht etwas durchzukommen«, ergänzte der Mann. »Etwas Großes und Schreckliches.«
Mehr war ihm nicht zu entlocken.

Sie ließen sich erklären, wie man zu diesem Schattentor kam, und brachen auf. Doch ihre Schritte waren nicht mehr so schwungvoll wie zuvor.

»Und du sagst, dass Cano dort war?«, fragte Alix nachdenklich.

Rena nickte. »Er hat so etwas angedeutet.«

»Vielleicht hat das etwas mit seinem Kopf gemacht«, meinte Rowan vorsichtig.

»Mein Bruder ist kein sabbernder Irrer!«, erwiderte Alix böse.

»Na ja, aber du musst zugeben, dass er reichlich seltsame Ideen gehabt hat in letzter Zeit«, meinte Rena versöhnlich. »Kann doch sein, dass im Land der Sieben Türme etwas mit ihm passiert ist.«

»Hoffen wir vor allem mal, dass *uns* dort nichts passiert«, knurrte Alix. »Ich habe keine Lust, so zu enden wie diese Gestalt an der Hütte.«

Sie fanden das Schattentor am Fuß der Berge. Von außen sah es nach nichts Besonderem aus. Es war ein uralter Torbogen aus Stein, der sich über ihnen in den türkisfarbenen Himmel wölbte. Er sah aus, als würde er jeden Moment einstürzen. Man konnte noch erkennen, dass er einmal von kunstvollen Ornamenten bedeckt gewesen sein musste. Doch jetzt wuchsen kleine weiße Blüten in dem bröckelnden Mauerwerk und eine Eidechse hockte faul auf dem sonnenwarmen Stein. Rena lächelte – aber als sie genauer hinsah, verging ihr das Lächeln. Eine solche Eidechse hatte sie noch nie gesehen. Sie hatte zwei Köpfe und ihre vier gelbschwarzen Augen blickten sie so bösartig an, dass Rena am liebsten zurückgewichen wäre.

»Das ist ja seltsam«, sagte Rowan.

»Finde ich auch. So eine scheußliche Eidechse habe ich noch nie …«

»Was für eine Eidechse? Nein, ich meine die Landschaft. Schau dir doch mal die Landschaft vor uns an.«

Mit zusammengekniffenen Augen blickten Alix und Rena voraus. Dort, nach einem schmalen Tal, erhob sich eine zweite Bergkette. Graue Gipfel, von dunkelgrünen Wäldern eingefasst.

»Sieht ziemlich aus wie die, über die wir gerade gekommen sind«, sagte Alix. »Und? Ein paar Berge mehr oder weniger werden uns schon nicht umbringen.«

»Schaut genauer hin«, verlangte Rowan mit erstickter Stimme. Rena wusste nicht, was er meinte. Sie fand, diese Gegend war dafür, dass sie sich noch in Tassos befanden, sehr freundlich und grün. Um herauszufinden, was er meinte, drehte sie sich um und verglich die Berge, über die sie gerade gekommen waren, mit denen, die noch vor ihnen lagen. Hm, ein großer Berg rechts, zwei kleinere links und dort … und vor ihnen zwei kleinere rechts und der große Berg links … Plötzlich begriff Rena.

»Wurzelfraß und Blattfäule!«, stieß sie hervor. »Eine Spiegelung!«

Verblüfft starrten sie auf das, was vor ihnen lag – die Berge, die sie gerade überquert hatten. So sieht also der Rand der Welt aus, dachte Rena. Sie hatte sich nie viel Gedanken über die äußeren Grenzen von Daresh gemacht. Einfach geglaubt, es würde dort irgendwie nicht mehr weitergehen. Was ja wirklich der Fall zu sein schien.

»Versuchen wir einfach mal weiterzugehen«, sagte Alix mit einem Blick auf das Tor. »Jetzt will ich es aber wissen ... Das Tor wird nicht weglaufen.«

Mit langen Schritten ging Rowan voraus. Doch als sie das Tal halb überquert hatten, blickte er angestrengt ins Gras. »Die Gegend ist gar nicht so einsam, wie wir dachten. Hier ist schon jemand gewesen.«

Es waren die Spuren dreier Menschen. Schon bevor Rowan sich hinunterbeugte, um sie zu untersuchen, ahnte Rena, wessen Fußabdrücke das waren.

»Es sind unsere eigenen«, bestätigte Rowan kurz darauf und sah sich ratlos um. »Aber wir können nicht im Kreis gelaufen sein, wir sind schnurgerade gegangen!«

Wütend hob er einen Stein auf, schleuderte ihn gegen das Trugbild vor ihnen – und erschrak, als gleich darauf etwas knapp an seinem Ohr vorbeisauste. Sein Stein.

»Vergesst es, Leute«, sagte Alix und wandte sich dem Tor zu, das sich auf einmal links vor ihnen befand. »Es gibt nur einen Weg, hier weiterzukommen ...«

Dann standen sie wieder vor dem Schattentor und beobachteten es aufmerksam. Obwohl der alte Torbogen harmlos und unschuldig aussah, wie er da in der Sonne vor sich hin bröselte, waren sie alle drei auf der Hut. Vorsichtig ging Rena näher an den Bogen heran, spähte hindurch ...

»Die Luft flimmert ein ganz kleines bisschen dahinter«, stellte sie fest.

»Aber man sieht nichts«, fragte Alix. »Jedenfalls nichts Besonderes. Keinen Turm oder so etwas. Hm.«

»Was ist, gehen wir?«, fragte Rena und versuchte nicht an den

Mann bei der Hütte zu denken und daran, dass nur wenige zurückgekommen waren, die dieses Tor durchschritten hatten.
»Ja, gehen wir«, sagte Alix und legte die Hand auf das Schwert an ihrer Seite.
Rena griff nach Rowans Hand, drückte sie fest. Gemeinsam folgten sie Alix durch den Torbogen.

Dunkelheit, ein wirbelnder Strudel. Hier und da eine fahle Helligkeit. Ängstlich drehte sich Rena nach Alix um, doch sie entfernte sich von ihr, wurde schon eigenartig unscharf. Rowan war noch hier, sie fühlte seine Hand in ihrer.
»Ja, und du?«, sagte Rowan. Seine Stimme klang verzerrt, eigenartig – und sehr weit entfernt, als rufe er ihr etwas über einen Abgrund hinweg zu.
»Was?«, fragte Rena irritiert. War sein Geist etwa schon verwirrt? »Bist du in Ordnung?«
Rowan tat, als hätte er die Frage nicht gehört. Plötzlich begriff Rena, dass er sie längst beantwortet hatte. Aber wie konnte er wissen …?
»Ich weiß nicht, ob ich in Ordnung bin«, stammelte Rena. »Ich weiß nicht, was hier los ist …«
»Versuch es nicht zu erklären«, flüsterte Alix' Stimme, es klang, als berührten ihre Lippen beinahe Renas Ohr.
Rena blickte sich nach ihren Freunden um – und erschrak. Wo Rowan eben noch gewesen war, stand auf einmal ein alter Mann, der Bart schlohweiß, die trüben blauen Augen verwirrt. »Ja, aber … Rena …«, stammelte er.
Unwillkürlich wich sie vor dem alten Mann zurück. »Wer seid Ihr?«

Rena schlug die Hände vor das Gesicht – und spürte faltige Haut unter ihren Fingern. Entsetzt starrte sie auf ihre Hände. Das konnten doch nicht ihre Hände sein, so fleckig und runzelig wie die einer uralten Frau? War dieser klapprige Unbekannte etwa Rowan? Waren sie schlagartig gealtert in dieser eigenartigen Welt? Hatte der Gang durchs Schattentor sie ihre Jugend gekostet?
Die Gesichter ihrer Freunde verschwammen in den Schatten. Sie konnte nicht richtig sehen.
»Alix!«, schrie sie. »Kannst du Licht machen? Eine Flamme rufen?«
»Ich versuche es …«
Doch es wurde nur noch dunkler, die Schatten zogen sich um sie zusammen wie ein Ring aus klebriger Schwärze.
»Hier funktioniert ja gar nichts!«, brüllte Rena in die Dunkelheit hinaus, die sie umgab. »Was ist das nur für eine Welt?!«
Doch je lauter sie wurde, desto mehr verschwanden ihre Worte, wurden aufgesogen, bis nur noch ein kaum hörbares Zischeln übrig blieb.
»Nicht sprechen«, sagte Alix' Stimme aus drei Richtungen gleichzeitig. »Das scheint es nur noch schlimmer zu machen. Versuch einmal zu gehen. Wir müssen hier raus.«
Es wurde wieder etwas heller. Was durch den Dunst schien, war vielleicht eine Sonne, vielleicht auch nicht. Jedenfalls stieg der glühende Lichtpunkt über ihnen mit rasender Geschwindigkeit und sank im nächsten Moment schon wieder. Es war unmöglich, zu sagen, welche Tageszeit es war, ob Tag oder Nacht.
Beunruhigt drehte sich Rena nach Rowan um. Er sah inzwischen wieder aus wie er selbst; höchstens jünger, fast ein Junge

noch mit zerzaustem Haar und wilden Augen. Er hatte ein Messer gezogen, blickte sich verwirrt nach Feinden um.
»Vorsichtig damit – vielleicht wendet es sich noch gegen dich«, rief Rena. Rowan ließ das Messer los – und es stürzte nach oben weg, schoss in den Himmel, der nicht vom Boden zu unterscheiden war. Rowan schrie auf, ließ sich nach vorne fallen, dorthin, wo fester Boden hätte sein sollen …
»Nein, nicht!«, brüllte Rena. Ihr Herz jagte.
Und dann lag Rowan vor ihr, verrenkt, blutüberströmt, nur noch eine leblose Hülle.
Sie schrie seinen Namen, stürzte zu ihm hin – und kam ihm doch nicht näher. Es war, als liefe sie durch Wasser. Rena wimmerte. Sie hätte sich am liebsten auf den Boden gesetzt, die Augen geschlossen. Nichts mehr sehen, nichts mehr hören müssen …
Ein Schlag traf sie mitten im Gesicht, schleuderte ihr den Kopf zur Seite. Rena riss die Augen auf. Vor ihr stand die hoch gewachsene Gestalt der Schmiedin, noch immer eigenartig verschwommen und unscharf. Hatte Alix sie etwa gerade geohrfeigt?
»Das stimmt nicht, verdammt noch mal!«, brüllte die Gestalt sie an. »Los! Geht endlich!«
»Rowan ist tot«, sagte Rena teilnahmslos.
»Los! Wir dürfen hier nicht bleiben!«
Erstaunt sah Rena, dass sich Alix' Füße bewegten. Sie gingen auf Rena zu … und entfernten sich mit jedem Schritt mehr von ihr. Doch das schien genau ihre Absicht zu sein. Rena begriff. Sie mussten Alix' Beispiel folgen, um hier hinauszugelangen. Sie begann selbst zu gehen … und spürte, wie ihre Füße auf

Widerstand trafen. Der Boden saugte sich an den Sohlen ihrer Sandalen fest, wollte sie nicht fortlassen. Aber irgendwie kam sie voran. Zweimal stellte sie fest, dass sie die Richtung gewechselt hatte, dass sie doch zurückging zu dem Ort, an dem sie gerade gewesen war. Verzweifelt sah Rena, dass Alix sich immer weiter entfernte.

Und dann plötzlich ...

Dünner Sonnenschein aus einem ausgebleichten Himmel. Darunter eine karge Ebene, voller Steine, Felsblöcke und verkrüppelter schwarzer Bäume. Staub, der zwischen den Zähnen knirschte. Hitze, die über dem Boden waberte.

Rena merkte, dass sie am ganzen Körper zitterte. Was war geschehen? Was war Wirklichkeit, was Illusion? Sie kniete nieder, krallte die Hände in den beruhigend festen Boden, bis sie zerschrammt waren. Dann sah sie sich nach Rowan um. Sie ahnte schon, was sie sehen würde. Er lebte – und sah genauso erschüttert aus wie sie selbst. Was *er* wohl gesehen hatte?

Alix berührte Rena am Arm und meinte leise: »Ich denke, wir sind draußen. Alles in Ordnung, *tani*?«

Rowan holte tief Atem, es klang wie ein Schluchzer. »Ich glaube, wir sind da«, sagte er. »Und das ist gut so. Ich weiß nicht, wie lange ich es da noch ausgehalten hätte.«

»Es war wohl eine Art Zwischenzone«, sagte Alix nüchtern. »Eine Zone, in der die Welt verzerrt ist.«

»Manchmal passierte das Gegenteil von dem, was ich tat. Aber auch nicht immer.«

»Ja. Lange kann man dort nicht überleben. Doch ich glaube auch, dass wir es geschafft haben. Schaut mal!«

Rena hob den Kopf – und sah am Horizont etwas, das ihr Herz schneller schlagen ließ: einen Turm, schlank und hoch aufragend, silbrig hell, eine kühne Silhouette gegen den Horizont. In der anderen Richtung erkannte sie in der Ferne einen zweiten Turm.

»Der andere wirkt irgendwie komisch«, sagte Rena und kniff die Augen zusammen. »Er ist nicht so hoch. Und er sieht unregelmäßig aus.«

Rowan nickte. »Ich glaube, er ist verfallen. Eine Ruine.«

Ohne dass sie sich abzustimmen brauchten, schlugen sie den Weg zu dem intakten Turm ein. Doch er rückte nur langsam näher; als die Sonne schon tief stand und den Himmel in ein flammendes Orange tauchte, hatten sie erst etwa die Hälfte der Strecke geschafft. Es wanderte sich schwer auf dem steinigen Boden.

»Wir schaffen es nicht bis zum Turm, bevor es Nacht wird«, sagte Rena und ließ sich aufseufzend auf einem Steinblock nieder. Ihre Füße taten weh – und ihre Seele fühlte sich an, als hätte sie jemand mit Stockschlägen bearbeitet. »Beim Feuergeist, scheußliche Gegend!«

»Beim Feuergeist?« Alix krümmte sich vor Lachen. »He, hat ja blendend gewirkt, die Gehirnwäsche!«

»Oder hast du wirklich die Religion gewechselt?«, stichelte Rowan.

»Ist doch klar, dass man so was nicht gleich wieder ablegen kann«, sagte Rena säuerlich, hob sich ihr Gepäck wieder auf den Rücken und ging in Richtung Turm davon. »Das ist kein Grund für blöde Bemerkungen.«

Das hatte sie gerade nötig, sich aufziehen zu lassen, nachdem

sie ihr Leben riskiert hatte! Schweigend ging Rena neben den anderen her und beteiligte sich nicht an ihrer Diskussion darüber, wann und wo sie lagern sollten.
»Reg dich ab, Rena«, sagte Alix schließlich, doch Rena antwortete nicht. Sie hatte keine Lust, jetzt auf einmal wieder auf gute Laune umzuschalten. Schulterzuckend wandte sich Alix ab. »Ich glaube, wir haben erst mal eine Schmollmotte dabei.«
Rena kochte. Schmollmotte! Das war ja wohl eine Frechheit.
Kurz darauf setzte Alix ihr Gepäck ab und blickte seufzend über die mit Felsen übersäte Ebene. »Ich glaube, für heute reicht's mir. Ende des Wandertages. Aber hier zu lagern wird wirklich eine Strafe. Ich habe keine Lust auf blaue Flecken. Das heißt, wir müssen einige der Brocken aus dem Weg räumen.«
Keiner von ihnen hatte Lust auf das Steineschleppen. Deshalb horchten sie auf, als Rowan sagte: »He, wartet mal. Da vorne ist viel weniger Geröll. Gehen wir doch da hin.«
Tatsächlich – was Rowan entdeckt hatte, war ein fast freier Platz, etwa so groß wie die Fläche eines kleinen Dorfes. Die Steine, die hier lagen, konnten sie leicht aus dem Weg kicken.
»Das gefällt mir schon sehr viel besser«, grunzte Alix.
Nach ihrer Flucht aus dem Garten des Feuers hatten sie sich in den Siedlungen mit Proviant, Trinkwasser, Decken und tragbaren Unterkünften ausgerüstet. Rowan und Alix kümmerten sich darum, die Zelte aufzustellen. Eigentlich war es an diesem Tag Renas Aufgabe, das Essen zuzubereiten. Doch irgendetwas ließ ihr keine Ruhe, sie fühlte sich unwohl. Wieder und wieder wanderte sie über den Lagerplatz. Etwas ist seltsam hier, dachte sie. Wie alle Menschen der Erd-Gilde

spürte sie die Ströme, die im Boden verliefen – ein leichtes Prickeln, wenn eine Wasserader unter ihr war, das warm-würzige Gefühl fruchtbaren Pflanzbodens. Doch so etwas wie hier – bitter-metallisch irgendwie – hatte sie noch nie gefühlt. So bequem der Platz war, sie wünschte, sie würden auf einem anderen Teil der Ebene kampieren.

»He, Rena, wir haben Hunger!«, rief Alix ihr zu. »Wie wär's mit einem Feuerchen? Oder bist du etwa immer noch sauer auf uns?«

»Ach, hör doch endlich auf mit dem Mist – ich schmolle nicht«, schoss Rena wütend zurück. »Jetzt mal im Ernst, ich glaube, wir sollten lieber irgendwo anders lagern.«

»Wieso? Ist doch prima hier«, sagte Rowan und zurrte die letzte Zeltstange an ihren Platz.

Rena schüttelte den Kopf. »Der Boden ... er fühlt sich irgendwie *falsch* an. Ich kann es schlecht erklären. So etwas habe ich noch nie gespürt.«

Alix stöhnte. »Rostfraß und Asche! Hättest du das nicht sagen können, bevor wir diese Scheißzelte aufgebaut haben? Und was, beim Feuergeist, meinst du mit *falsch*?«

Rena versuchte zu beschreiben, wie sich der Boden hier anfühlte. Doch noch bevor sie geendet hatte, merkte sie, dass keiner ihrer Freunde mehr richtig zuhörte.

»Das hier ist eben ein ganz anderes Land – mit anderer Erde«, sagte Rowan; Rena merkte, dass er sich Mühe gab, verständnisvoll zu klingen. »Ich kann mir schon vorstellen, dass sich das anders anfühlt.«

Rena zuckte die Achseln. Sie sind einfach zu erschöpft, dachte sie niedergeschlagen. Wir sind alle todmüde. Und vielleicht

hat Rowan Recht. Das hier ist das Land der Sieben Türme, keine der Provinzen Dareshs, die ich kenne.
Keiner von ihnen hatte noch große Lust auf ein Gespräch, nachdem sie ihre einfache Suppe zubereitet und hinuntergelöffelt hatten. »Bis morgen dann«, sagte Alix müde und kroch in ihr Zelt. Auch Rowan und Rena machten sich zum Schlafen bereit. Obwohl sie nebeneinander schliefen, jeden Tag Seite an Seite wanderten, war noch immer eine seltsame Verlegenheit zwischen ihnen. Wir gehen so vorsichtig miteinander um wie zwei Fremde, dachte Rena enttäuscht, als sie sich neben ihm ausstreckte. Vielleicht lag es daran, dass sie noch keine Zeit gehabt hatten, allein miteinander zu sprechen. Wirklich miteinander zu reden, nicht nur Sätze auszutauschen wie »Schau mal, da drüben!« oder »Wollen wir nicht mal Pause machen?«. Das lag sicher auch daran, dass sie in den letzten Tagen ein mörderisches Tempo vorgelegt hatten. Die Furcht vor Canos nächstem Schritt saß ihnen im Nacken. Sie wanderten, bis sie vor Müdigkeit stolperten, und schliefen ein, sobald sie sich in die Decken gerollt hatten.
Doch an diesem Abend war es anders. Sie lagen nebeneinander und sahen sich in die Augen; noch war es hell genug dafür. Rowans Hand lag auf ihrem Arm, streichelte ihn. »Beim Nordwind, das war unheimlich, dich so alt zu sehen«, begann er. »Mit weißem Haar ...«
»Irgendwann werde ich nun mal so ausschauen«, sagte Rena und musste grinsen. »Aber du warst auch nicht so richtig ansehnlich, du hättest mal deinen Bart sehen sollen! So lang wie mein Unterarm.«

Sie lachten zusammen und plötzlich fühlte sich Rena ihm wieder nahe. Er war wieder Rowan, der Mann, den sie liebte und vermisst hatte und der jetzt ganz nah an sie heranrückte im warmen Dämmerlicht. Sie schlangen die Arme umeinander und Rena vergrub das Gesicht in seiner Halskuhle.
»Hast du eigentlich auf Alix geachtet?«, fragte er. »Wie sah *sie* aus?«
»Nein, bei ihr habe ich nichts bemerkt«, murmelte Rena. »Sie sah aus wie sonst.«
»Das ist ja komisch.«
Als Rena darüber nachdachte, fühlte sie einen eisigen Hauch über ihre Seele hinwegstreichen. »Vielleicht heißt das, dass sie ... nicht alt wird. Das ist für sie als Kämpferin nun mal nicht so unwahrscheinlich.«
»Man muss keine Kämpferin sein, um auf Daresh früh zu sterben. Derrie hat Glück gehabt – aber um ein Haar hätte sie es damals vor den Bergen erwischt.«
»Es tut mir Leid«, sagte Rena und sie wusste nicht genau, wofür sie sich entschuldigte. Für ihre Eifersucht. Dafür dass sie überhaupt zugestimmt hatte Derrie mitzunehmen. Dass sie den Weg nach Tassos gewählt hatte.
»Das musst du nicht sagen. Ja, ich glaube, ich habe dir ein bisschen die Schuld gegeben, dass das alles passiert ist. Aber ich war eben wütend auf dich. Zwischen uns lief es nicht gut.« Rowans Finger streichelten ihr Gesicht, fuhren zärtlich über ihre Stirn, über ihre Wange. »Und du hattest ja Recht mit deiner Eifersucht. Ich fand sie interessant, ich war gerne mit ihr zusammen. Sie war so lebenslustig, so natürlich. Ja, sie hätte eine Konkurrentin werden können.«

Es tat weh, das alles zu hören. Aber um nichts in der Welt hätte Rena ihn jetzt unterbrochen.
»Doch das scheint alles so lange her zu sein«, fuhr er fort. »Weißt du, als du erst mal weg warst, da habe ich gemerkt, wie ich dich vermisse. Dass ich dich überhaupt vermisse. Ist es dir auch so gegangen?«
Rena hatte nicht vorgehabt ihm in allzu vielen Details zu erzählen, was im Lager des Propheten geschehen war, aber jetzt strömte es doch aus ihr heraus. »Ja, vermisst habe ich dich. Und es ist da auch etwas passiert ...«
Sie fühlte, wie sein Körper sich spannte, und sprach schnell weiter. »Ich weiß auch nicht, was mit mir los war. Irgendwie hat er mich fasziniert. Cano meine ich. Er ist einfach ... er ... na ja, er hat eine Ausstrahlung, die einen nicht mehr loslässt.«
»Hast du mit ihm geschlafen?« Seine Stimme war hart, knapp.
»Nein. Habe ich nicht. Aber es war einmal kurz davor. Ich bin froh, dass es dann doch nicht dazu gekommen ist. Nachher habe ich ihn nur noch gefürchtet.«
Rowan schien eine Weile zu brauchen, bis er das verdaut hatte. Rena zitterte innerlich, während sie darauf wartete, dass er sprach. Gut, sie hatten beide etwas zu beichten gehabt, aber das mit Cano war schlimmer. Er war schließlich nicht irgendwer.
»Weiß Alix davon?«
»Nein ...«
»Ich glaube, sie würde dich gut verstehen. Sie hat mir ein bisschen was erzählt ... und ich weiß, er fasziniert sie auch. Wie anscheinend alle Menschen.«
Auch dich, Rowan?, fragte sich Rena. Würde er dich in seinen Bann ziehen, wenn du ihn kennen lernen würdest? Sie

konnte es sich nicht so recht vorstellen. Aber sie hätte auch nie gedacht, dass ein Mann wie Tavian sich einem solchen Propheten anschließen würde.

»Jedenfalls tut es mir Leid. Das, was im Lager passiert ist.«

»Der Südwind hat es weggefegt«, sagte Rowan förmlich. Es war eine Formel, die Rena schon ein paarmal von ihm gehört hatte. Sie wusste, dass er ab nun so tun würde, als wäre nie etwas vorgefallen. Aber wirklich vergessen konnte er es natürlich nicht so einfach. Und sie auch nicht.

»Wieso eigentlich nicht der Nordwind?«, wollte Rena wissen. »Schließlich beschwörst du ihn ständig ...«

Rowan lachte leise. »Der Nordwind ist für die guten Dinge zuständig. Dich zum Beispiel. Du bist aus dem Norden zu mir gekommen. Lang ist es her.«

»Erst wolltest du gar nichts mit der komischen kleinen Blattfresserin zu tun haben«, neckte sie ihn.

»Na ja, du hast dich ja auch benommen, als hättest du irgendein Kraut gegessen, das Wahnvorstellungen macht. Zum Glück ist das besser geworden ...«

»... und du bist auch ausgeglichener geworden, nachdem du deinen Kindheitsfeind fast erwürgt hättest ...«, konterte Rena.

Wir können wieder zusammen lachen, dachte sie selig. Wenn das kein gutes Zeichen ist! Die Frotzelei war auch etwas, was sie in der Burg beinahe verlernt hatte. Dort war alles so furchtbar wichtig gewesen. Am Anfang hatte sie noch mit Rowan nach Herzenslust über alles gespottet, was ihnen in der Felsenburg auffiel. Aber irgendwann hatte sie damit aufgehört. Wenn man eine offizielle Delegierte war, dann musste man diese Dinge doch ernst nehmen, hatte sie gedacht. Die neue

Rena, die auf einer dünnen Decke in einem unbequemen Zelt am Rand der bewohnten Welt lag, schüttelte im Nachhinein den Kopf über sich.
Inzwischen war die Sonne ganz untergegangen, sie lagen im Dunkeln. Rena konnte nicht einmal mehr die Umrisse ihres Freundes erkennen, obwohl sie eng aneinander gekuschelt dalagen. Schade – sie waren einfach zu erledigt, um miteinander zu schlafen. Sehr romantisch war es hier sowieso nicht. Weil es auf der Ebene so kühl war, hatten sie den größten Teil ihrer Kleidung anbehalten und die Sachen rochen nach fünf Tagen Reise nicht mehr allzu gut.
»Beim Erdgeist, bin ich müde«, sagte Rena und musste gähnen, bis ihr Kiefer knackte. »Ich glaube, ich drehe mich jetzt einfach um und ...«
»Warte«, unterbrach sie Rowan und in seiner Stimme war ein angespannter Ton.
»Was?« Es war mühsam, die Augenlider noch einmal hochzuzwingen.
»Warst du das eben, der so seltsam geknistert hat?«
»Geknistert? Hast du auf einmal Stroh im Kopf?« Rena lächelte schläfrig über ihren Witz und hoffte, Rowan würde bald Ruhe geben. »Vielleicht hat sich Alix in ihrem Zelt umgedreht.«
Steinstaub knirschte zwischen ihren Zähnen, ein schaler pulvriger Geschmack war in ihrem Mund. Angewidert spuckte sie aus und tastete nach ihrer Wasserflasche.
Rowan antwortete nicht und legte ihr eine Hand auf den Arm, bedeutete ihr still zu sein. Sie spürte, dass er wieder hellwach war. Rena nahm einen langen Schluck von ihrem Wasser.

Langsam wurde auch ihr Kopf wieder klar. Sie setzte die Flasche ab und lauschte mit ihm. Und nun hörte sie es auch: ein Schaben, ein Schleifen und Rumpeln, das von draußen zu kommen schien, aber auch aus der Erde selbst.
Irgendetwas ist da draußen, dachte Rena und es überlief sie kalt. Sie ahnte, dass auch Rowan jetzt genau wie sie angstvoll zu den Zeltwänden spähte, zu erraten versuchte, was jenseits des dünnen Stoffes auf sie lauern mochte. »Wenn es nur nicht so verdammt dunkel wäre«, wisperte er. »Ich kann überhaupt nichts sehen …«
Ungeschickt versuchte er an der glimmenden Kohle, die Alix ihnen gegeben hatte, einen Kienspan zu entzünden. Doch er brachte keine Flamme zu Stande und fluchte erbittert.
»Keine Panik«, flüsterte Rena. »Vielleicht ist es auch besser, wenn wir kein Feuer haben. Es kann doch sein, dass Licht sie anlockt …«
Wir müssen Alix warnen, vielleicht ist sie noch gar nicht aufgewacht, dachte sie. Aber sie wagte nicht zu schreien, wollte nicht, dass die Wesen dort draußen auf sie aufmerksam wurden. »Alix!«, rief Rena mit gepresster Stimme. »Alix, bist du wach?«
»Ja«, tönte es leise zurück. »Erst habe ich gehofft, ich würde nur träumen …«
»Weißt du, was das sein könnte?«
»Verdammt, nein …«
Rena erinnerte sich wieder an ihre Vorahnung, dass mit diesem Lagerplatz etwas nicht in Ordnung sei. Sie legte die Hand auf den Boden, um die Vibrationen aufzunehmen. Was sie von dort empfing, war so ungeheuerlich, dass ihr Mund offen

stehen blieb und sie nicht einmal einen Schrei herausbrachte. Dort unten sammelte sich eine starke Lebenskraft. So etwas hatte Rena nie zuvor gespürt. Selbst ein Dhatla, das sich eingegraben hatte, besaß eine viel, viel schwächere Aura. Und was auch immer es war – *es befand sich direkt unter ihnen.*

»Raus hier!«, krächzte Rena und kroch hastig zum Ausgang des Zelts.

»Bist du sicher? Wir …«

Sie stieß mit Rowan zusammen, zog ihn mit sich, robbte weiter. Halb ineinander verknäult kollerten sie aus dem Zelt. Rena musste husten, als sie die Nachtluft einatmete, die unerklärlich staubig zu sein schien. Sie und Rowan blieben so dicht beieinander, dass ihre Körper nicht den Kontakt verloren.

»Siehst du irgendwas?«, fragte Rowan nervös. Er wusste, dass die Menschen der Erd-Gilde gut im Dunkeln sehen konnten.

»Nicht gerade viel«, antworte Rena beklommen. Um sie herum war nur undurchdringliche Nacht, gepunktet mit wenigen Sternen. Und in der Ferne die schimmernde Silhouette des Turms, ein Ding aus einer anderen Welt. Plötzlich wünschte sich Rena, sie wären doch weitergezogen, Erschöpfung hin oder her.

»Sie kommen von überall her«, hörte sie die Schmiedin neben sich flüstern. »Fühlt ihr es auch, dass sich alles bewegt?«

Ja, Rena spürte es auch. Die steinige Ebene schien zum Leben erwacht zu sein. Und es war keine Einbildung, kein böser Traum: leise Geräusche um sie herum, von weit weg, aber auch nur wenige Menschenlängen von ihnen entfernt. Ein dumpfes Schleifen, das Kollern von kleinen Steinen.

Wir sind leichte Beute, dachte Rena, und das Gefühl, dass sie aus der Dunkelheit heraus jederzeit angegriffen werden konnten, prickelte auf ihrem Nacken.
Alix murmelte leise die Formel, die Feuer aus der Luft rief. Ein kleiner orangefarbener Blitz fuhr auf die Fackel nieder, die sie hielt. Einen Moment lang sahen sie, was sie umgab … und dann bäumte sich mit schrecklicher Gewalt der Boden unter ihnen auf.

Der Turm

Steine flogen in alle Richtungen davon, das Poltern schwerer Felsbrocken dröhnte ihnen in den Ohren. Rena wurde einfach fortgeschleudert wie eine Stoffpuppe, sie prallte hart auf dem Boden auf, merkte, wie Steine sie am Kopf trafen, an den Beinen, den Armen … scharfe Schmerzen durchschossen sie, sie spürte ihre Haut aufplatzen, heißes Blut, das über ihren Körper lief …
Irgendwie schaffte sie es, auf die Füße zu kommen. Sie rannte blindlings, wandte sich nur kurz um und wäre beinahe gestolpert dabei. Das Etwas, das sich hinter ihr über die Ebene erhob, war so gigantisch, dass es die Sterne verdeckte. Es sah aus, als sei ein großes Stück aus dem Himmel herausgebissen worden. Um seinen Kopf sprühten kleine blaue Flämmchen.
»Rena!«

Rena riss sich von dem Anblick los. Rowan fiel ihr ein. Sie hoffte so stark, dass ihm nichts passiert war, es sprengte beinahe ihr Herz. Wie durch ein Wunder hatte Alix es geschafft, die Fackel halbwegs am Brennen zu halten. Neben ihr Rowans schlaksige Gestalt. Rena sprintete auf ihre beiden Freunde zu.

Im schwachen Schein des Feuers sah sie voll Grauen, dass die Ebene wirklich von Leben wimmelte. Runde dunkle Leiber, zweimal so groß wie ein Mensch, mit einem Doppelpaar winziger Beinchen neben einem augenlosen Kopf. Sie krochen plump, aber beharrlich umher, auf der Suche nach Nahrung. Die Äste der schwarzen Bäume, die Rena für vertrocknet gehalten hatte, wanden sich wie Schlangen. Und als Rena Stiche wie von glühenden Nadeln an ihren Knöcheln fühlte und an sich hinunterblickte, sah sie, dass eine Schar von fingerlangen Tierchen an ihren nackten Beinen hochkroch. Mit einem Schrei versuchte sie sie von sich zu wischen. Aber die Parasiten saugten sich fest, bissen mit einem winzigen scharfen Schnabel zu. Wenn sie einen von sich heruntergerissen hatte, krochen für ihn schon drei weitere an ihr hoch. Und wieder steuerten einige der großen dunklen Wesen auf sie zu, vielleicht spürten sie ihre Bewegungen oder ihre Körperwärme ... Rena gab den Versuch auf, die Parasiten loszuwerden, und rannte, so schnell sie konnte, ihren Freunden hinterher. Mit einem hässlichen Knacken starben einige der Tierchen unter ihren Sandalen. »Wartet auf mich!«

»Schnell!«, schrie Alix. »Wir müssen zum Turm!«

Rena begriff sofort, dass sie Recht hatte. Auf dieser kahlen Ebene gab es sonst keinen Schutz, keine Deckung. Der

Turm war ihre einzige Hoffnung. Aber er war noch so weit weg!
Sie ignorierte ihre Schmerzen und folgte Alix, so gut es ging. Doch Rowan hinkte leicht, anscheinend war auch er verletzt worden. Sein Atem ging laut und keuchend.
»Kannst du noch?«, fragte Rena atemlos.
»Ich weiß nicht«, stöhnte Rowan. Rena versuchte ihn zu stützen, doch auf diese Weise kamen sie nur langsam voran.
Sie stolperten weiter, fielen, rafften sich wieder auf, rannten weiter. Unter ihnen wogte der Boden – einer der Erdriesen schien unter ihnen entlangzukriechen. Rena hoffte, dass er sie nicht verfolgte.
So gut es ging, versuchten sie den Wesen auszuweichen, die auf sie zusteuerten. Einige der großen augenlosen Zecken waren auf sie aufmerksam geworden und blieben ihnen auf den Fersen. Sobald Rena und die anderen einen Augenblick verschnaufen wollten, holten sie auf und begannen gierig sie einzukreisen. Es war leicht, ihnen zu entkommen, weil sie so langsam waren, aber sie gaben nicht auf.
»Wir müssen einen Moment rasten«, keuchte Rena schließlich, hob einen Stein auf und warf ihn mit aller Kraft nach einer der Zecken. Das Wesen drehte ab, als der Brocken es traf, doch schon ein paar Atemzüge später hatte es wieder Kurs auf die drei Menschen genommen. Fluchend zertrat Alix einige der kleinen Parasiten, die an ihnen hochzuklettern versuchten.
Verzweifelt blickte Rena zum Turm hinüber. Er war schon deutlich näher gerückt, aber es war doch noch ein ganzes Stück. Und was war, wenn sie gar nicht hineinkamen? Vielleicht lebte jemand … oder etwas … darin …

Wieder näherte sich eins der augenlosen Tiere. Suchend drehte es den Kopf, schien Rena mit irgendwelchen Sinnen zu orten und kroch auf sie zu. Rena wünschte, sie hätte irgendeine Waffe retten können. Aber sie besaß nichts mehr, nicht mal eine Decke und erst recht kein Messer. Es war alles mit dem Zelt verschlungen worden. Was für ein Glück, dass sie wegen der Kälte ihre Kleider anbehalten hatten. Und immerhin gab es hier reichlich Steine – für ein Mädchen der Erd-Gilde waren sie eigentlich Waffen genug. »Möge ein Baum dich erschlagen!«, zischte Rena und schleuderte dem Wesen einen Brocken entgegen, um dem Baum die Arbeit abzunehmen. Ohne viel Erfolg. Im Gegenteil, jetzt war noch ein halbes Dutzend anderer Wesen auf sie aufmerksam geworden.
»Warte – mal sehen, wie ihnen Iridiumstahl schmeckt«, sagte Alix und zückte ihr Schwert. Ich hätte mir ja denken können, dass sie ohne das Ding das Zelt nicht verlässt, dachte Rena. Doch auch die lange gehärtete Klinge prallte an den Körpern ab und Alix fluchte. »Die sind so hart wie Dhatlas! Gepanzert bis zu den Augenbrauen!«
Erschrocken bemerkte Rena, dass sie zu lange gewartet hatten. Inzwischen waren etwa zwei Dutzend der Tiere aufgetaucht und hatten sie beinahe umzingelt! Sie zerrte Rowan hoch. »Schnell! Weg hier!«
Dann war es so weit, der Turm ragte vor ihnen auf. Gigantisch. Dreimal so hoch wie der höchste Baum, den Rena jemals gesehen hatte. Doch sie hatte keine Zeit dafür, Ehrfurcht zu empfinden. Sie warf sich gegen die massive Außenwand, umarmte sie, klammerte sich an sie. Ein paar Atemzüge später

hatten es auch Alix und Rowan geschafft, sie lehnten sich schwer atmend mit dem Rücken gegen den Turm. In Sicherheit, dachte Rena erleichtert. Endlich in Sicherheit. Das schwache Licht, das den Turmwänden entströmte, hielt die Wesen auf Distanz.

»Das war knapp«, stöhnte Rowan. »Ich hätte … ich …«

Alix ließ erschöpft den Kopf an die Mauer zurücksinken. »Um ein Haar hätte dieses eine Biest seine Hauer in mein Bein geschlagen! Das wird mich noch im Traum verfolgen, fürchte ich.«

Das Licht aus den Wänden des Turms beleuchtete den Boden zwei Menschenlängen weit. Aber es gab, soweit Rena erkennen konnte, nirgendwo Fenster oder eine Tür. Nicht einmal Fugen zwischen den Steinen konnte man sehen.

Beunruhigt ließ Alix den Blick über die Außenwand gleiten. »Hier können wir nicht bleiben. Das Licht ist nicht hell genug, um die Viecher auf Dauer von uns wegzuhalten. Wir müssen den Eingang finden und rauf in den Turm.«

Schemenhaft konnten sie die Wesen erkennen, die auf der Ebene herumwimmelten. Einige wagten bereits den Vorstoß, streckten die hässlichen augenlosen Köpfe nach ihnen aus und drangen langsam in den Lichtkreis ein, der den Turm umgab.

»Hab ich's doch gewusst«, schimpfte Alix. »Los, weiter! Der Eingang muss auf der anderen Seite sein …«

Sie stolperten über das Geröll, das den Turm umgab, tasteten sich an den Mauern entlang. Doch die Außenwand veränderte sich nicht, obwohl Rena das Gefühl hatte, dass sie den Turm längst einmal umrundet hatten. »Irgendwo muss es hier

doch reingehen«, sagte Rena verzweifelt und schlug mit der flachen Hand auf den kühlen Stein.
»Vielleicht hat dieses Ding überhaupt keinen Eingang«, knurrte Rowan.
Einer der Schatten traute sich gierig aus der Dunkelheit heraus. Rena bombardierte ihn mit Steinen, Alix zog ihm mit der flachen Seite der Klinge eins über und mit einem dumpfen Grunzen zog sich das Wesen wieder ein Stück zurück. Bereit, es gleich wieder zu versuchen, wenn ihre Aufmerksamkeit einen Moment lang nachließ.
»Vielleicht ist irgendein Trick dabei ... immerhin mussten die Bewohner sich auch vor Eindringlingen schützen.« Alix tastete die Mauern ab, suchend glitten ihre Finger über die Turmwand. »Los, weiter – möglicherweise sind wir doch noch nicht ganz herum!«
»Ich bin mir nicht so sicher«, murmelte Rowan. »Ist das nicht die Stelle, an der wir angekommen sind ...?«
Jenseits des Lichtkreises schienen sich immer mehr der kleinen Steinläuse zu sammeln. Vielleicht hat sich herumgesprochen, dass hier ein paar leckere Mahlzeiten herumlaufen, dachte Rena und blickte schaudernd auf den wimmelnden Teppich aus fingerlangen Blutsaugern, der die Ebene überzog. Weiter, am Turm entlang, immer weiter ...
Dann, plötzlich, war es so weit. Sie standen vor einem hohen Portal aus dunklem Metall mit eingravierten verschlungenen Linien. Alix warf sich sofort dagegen, versuchte es aufzudrücken, zog dann am verzierten Griff, der die Form einer Blüte hatte. Doch die Tür gab nicht nach, rührte sich keinen Fingerbreit. »Rostfraß und Asche – das verdammte Ding ist zu!«

Wütend hämmerte Alix mit dem Schwertknauf gegen das Metall.

Rena beteiligte sich nicht an ihren Bemühungen. Sie starrte nur auf die Fahne aus schwarzem Stoff, die über dem einen Türflügel hing. Einen Moment lang konnte sie sich nicht rühren, nicht denken. Es war eine Fahne, die sie gut kannte, viel zu gut. Sie zeigte das Flammensymbol in leuchtendem Orange, das auch über dem Lager des Propheten im Ynarra-Gebirge wehte.

»Sie sind hier«, sagte Rena leise. »Canos Leute.«

Jetzt hielten auch ihre Freunde inne, bemerkten die Fahne.

»Hier und wo auch sonst«, meinte Alix bitter. »Auf der Ebene ist ja kein Leben möglich. Kein menschliches Leben jedenfalls.«

Sie sahen sich an. Wenn sie es doch noch schafften, in den Turm zu kommen, dann wurden sie womöglich sofort von den Kämpfern des Propheten angegriffen. Aber wenn sie hier blieben … Rena schaute zurück in die Dunkelheit. Einzelne Blutsauger krochen schon im schwach erleuchteten Kreis um den Turm umher, suchten nach den warmen Körpern, die sie vorhin erspürt hatten. Rena hatte das Gefühl, dass das Heer nur auf das Signal eines dieser Kundschafter wartete, um sein Zögern zu überwinden und über sie herzufallen, Licht hin oder her.

Es gab ein hässliches Knirschen, als Alix eine der kleinen Steinläuse mit dem Fuß zermalmte. Angewidert wischte sie sich den Schuh am Boden ab. »Also, ich bin dafür, dass wir es trotzdem riskieren«, sagte sie. »Ich habe keine Lust, als Zwischenmahlzeit für diese Biester zu enden. Da sind mir Canos Leute allemal lieber. Was ist mit euch?«

»Erst mal müssen wir es schaffen, reinzukommen«, wandte Rena ein. »Die Tür ist zu und es sieht auch nicht so aus, als würde uns irgendjemand freiwillig aufmachen. Aber vielleicht gibt's noch einen zweiten Eingang …«

Alix schnaubte. »Den hätten wir doch gesehen.«

»Hast du eine bessere Idee?«

Sie umrundeten den Turm noch einmal. Inzwischen merkte man selbst Alix die Erschöpfung an. Rowan hinkte immer stärker, auch er war bald am Ende seiner Kräfte. Rena ahnte, wie es ihm ging – die Muskeln ihrer eigenen Beine fühlten sich wie verknotet an. »Kurze Pause«, stöhnte sie und kauerte sich nieder, um ihre Waden durchzukneten. Sie achtete darauf, mit dem Rücken zum Turm zu bleiben.

Ein Schrei! Rowans Schrei, heiser und überrascht! Rena und Alix fuhren auf, sahen sich alarmiert um. Renas Herz pochte heftig. Hatte eins der Wesen ihn erwischt?

Keine Spur von Rowan.

»Verdammt, wo ist er denn hin?«, rief Alix. »Hast du was gesehen?«

Verzweifelt schüttelte Rena den Kopf, versuchte mit den Augen die Dunkelheit der Ebene zu durchdringen. »Er war doch eben noch neben uns …«

Alix riss sich ein Stück Stoff vom Kleid, drehte es zusammen und ließ es aufflammen. Die Wesen zuckten vor dem hellen Licht zurück, krochen wieder in die Sicherheit der Nacht. Doch keine Spur von Rowan. »Es ging so schnell«, sagte Alix hilflos. »Irgendetwas muss ihn blitzartig weggezerrt haben.«

»Keins dieser Biester ist besonders schnell«, wandte Rena ein. Plötzlich hatte sie eine Idee. Sie wandte sich dem Turm zu

und tastete die Wand vorsichtig ab – oder das hatte sie jedenfalls vor. Doch ihr Handgelenk verschwand ohne Widerstand in dem, was von außen wie fester Stein wirkte. Rena schrie auf. »Hier ist – nichts! Das ist keine Wand!«
Die Schmiedin begriff schnell. Nur die Illusion einer Wand, gemustertes Licht, das festen Stein vortäuschte. Sie hatten eine Tür gefunden, eine Hintertür! »Nichts wie rein!«, rief sie. Mit einem großen Schritt durchquerte sie die falsche Mauer, noch während Rena einwandte: »Moment mal. Wir haben doch keine Ahnung, was dort …«
Doch in diesem Moment senkte wieder eine Steinlaus den Stachel in ihr Bein und Rena widersprach nicht länger. Sie streckte vorsichtig den Kopf durch die Öffnung. Es kostete sie Überwindung, denn bis zum letzten Atemzug sah es so aus, als würde sie ihre Stirn gegen den Stein hauen – aber sobald ihr Kopf durch die Lichtwand hindurch war, umfing sie ein sanftes grünliches Glimmen, sie erkannte die Umrisse eines Ganges mit glatten, unmarkierten Wänden. »Wo seid ihr? Alles in Ordnung?«
»Nun komm schon!«, hörte sie Alix' Stimme und Rena sprang. Ihre Augen gewöhnten sich schnell an das grünliche Leuchten im Inneren. Es war ein angenehmes Licht, ein bisschen wie in der Tiefe der Wälder, dachte Rena. Vielleicht hatten Menschen der Erd-Gilde diese Türme gebaut?
Unsicher blickte Rowan sich um und staubte seine Kleidung ab. »Ich dachte wirklich, es ist vorbei mit mir, als ich einfach so durch die Wand gefallen bin – ich wollte mich eigentlich nur anlehnen. Glaubt ihr, dass die Biester irgendwie auch durch die Tür können?«

»Die sind zu blöd dafür«, sagte Alix und spuckte aus. Amüsiert dachte Rena daran, dass auch sie selbst den zweiten Eingang nur durch Zufall gefunden hatten.
Sie hatten unwillkürlich leise gesprochen, denn sie mussten daran denken, dass sie wahrscheinlich nicht allein hier waren. Dass der Turm nicht unbedingt eine sichere Zuflucht war.
»Schauen wir uns mal um«, flüsterte Alix und hob das Schwert. Vorsichtig, bemüht, leise aufzutreten, pirschten sie sich weiter. Der Gang schien nach oben zu führen, er lief in eine Rampe aus. Alix winkte ihnen, sich am Rand zu halten, wo sie von Pfeilen nicht so leicht erwischt werden konnten.
Jetzt, wo sie nicht mehr in unmittelbarer Gefahr waren, spürte Rena erst richtig, wie furchtbar müde sie war. Am liebsten hätte sie sich in irgendeiner Ecke zusammengerollt und erst einmal ein paar Stunden geschlafen. Aber die Anspannung half ihr die Augen offen zu halten. Eigenartig still war es hier. Sie hörten nur ihre eigenen Atemzüge und das Geräusch der Leder- oder Bastsohlen auf dem steinernen Boden. Die Luft roch kalt und abgestanden, als sei hier lange niemand mehr gewesen.
Immer höher schraubte sich die Rampe. Rechts und links gelangte man in Räume, und Korridore führten in andere Abschnitte des Gebäudes. Ab und zu öffnete sich ein kleiner Innenhof ihren Blicken. Vorsichtig spähten sie in einige der Zimmer hinein, deren Türen offen standen. Die meisten waren leer, doch in anderen waren noch ein paar seltsame Möbelstücke. Gestelle aus Metall, deren Sinn keiner von ihnen ergründen konnte, Gefäße aus einem durchsichtigen, aber biegsamen Material, Kugeln aus einem festen weißen Stoff

und viele andere Dinge. Alles war mit einer dicken Staubschicht bedeckt. Staunend wanderten sie im grünen Dämmerlicht der Räume umher, berührten hier etwas, nahmen dort etwas in die Hand. Manches war schon so brüchig geworden, dass es dabei zerfiel.

Als sie in einem gewaltigen Raum – wahrscheinlich einem Versammlungssaal – standen, der das halbe Stockwerk einnahm, sagte Rena: »Eins ist klar. Die Türme stammen nicht von den Gilden. Sie müssen von den Alten gebaut worden sein, lange vor unserer Zeit. Sie müssen gewaltige Kräfte gehabt haben.«

Ihre Worte hallten in dem großen leeren Saal wider.

Nachdenklich legte Rowan den Kopf in den Nacken, sah sich ehrfürchtig um. »Meinst du die Alten, von denen die Überlieferung erzählt? Die angeblich über Daresh herrschten, bevor es die Gilden gab und die Provinzen gegründet wurden?«

Rena nickte. Sie war sicher, dass es die Alten wirklich gegeben hatte. Aber sie hatte keine Lust, jetzt darüber mit ihrem Freund zu diskutieren.

Sie stiegen höher, erkundeten weiter. In einem der Räume war besonders viel erhalten. Rena bewunderte den seidig glänzenden Stoff, der über eine Wand gespannt war. Doch als sie ihn berührte, wurde er zu Staub.

»Wahrscheinlich werden wir nie herausfinden, wozu das Zeug gut ist«, seufzte Alix und drehte und wendete einen kurzen, länglichen Gegenstand, in den verschiedene Zeichen eingeprägt waren. Er gab ein fiependes Geräusch von sich und leuchtete kurz in grünem Licht auf. Vor Schreck ließ Alix ihn fallen und sprang zurück. Das längliche Ding zerschellte auf dem steinernen Fußboden. Verlegen grinsend blickte Alix auf.

Rena kicherte. »Was auch immer es war – es hat dich gemocht.«

»Wart nur«, brummte Alix.

Ihre Revanche bekam sie schnell. Kurz darauf steckte Rena die Nase zu weit in eine Art Wandschrank und geriet dabei in ein Kraftfeld, das ihr die Haare zu Berge stehen ließ.

Alix bog sich vor Lachen. »Die gute Nachricht ist: Endlich mal eine Frisur, die dir wirklich steht«, gluckste sie. »Die schlechte Nachricht ist: Unsere Kämme sind im Zelt geblieben und von der Erde verschluckt worden.«

Verzweifelt versuchte Rena ihre Haare mit den Händen zu glätten und schaffte es mehr schlecht als recht. Rowan zog sie an sich und küsste sie. »Lass doch. Ich liebe dich trotzdem.«

»Nett von dir«, schoss Rena zurück, wand sich aus seiner Umarmung und stolzierte zum nächsten Raum weiter.

»Für manche dieser Dinge könnte ich vielleicht einen guten Preis kriegen«, überlegte Rowan und deutete auf einige durchsichtige Gefäße, die auf dem Boden herumstanden. »Aber Handelsreisen in diese Gegend wären wahrscheinlich nicht besonders angenehm …«

»Wir sind nicht hier, um die Türme auszuplündern«, sagte Rena fest. »Ich denke, wir können ein paar Sachen mitnehmen. Aber sie als Tauschware zu benutzen fände ich nicht gut.«

»Ja, ja, war auch nur so ein Gedanke …« Pikiert legte Rowan den geschwungenen schwarzen Metallstab mit kurzen pilzartigen Fortsätzen, den er gerade in der Hand hielt, wieder dorthin zurück, wo er ihn gefunden hatte.

»Ach was, ich glaube, wir haben genug durchgemacht, um uns eine kleine Belohnung zu verdienen«, meinte Alix fröhlich und steckte zwei der schimmernden, handgroßen Scheiben ein, die sie auf einem Regal entdeckt hatte.

Zu Anfang waren sie noch nervös gewesen, waren beim geringsten Geräusch zusammengezuckt. Doch nach und nach, als sie niemandem begegneten, fühlten sie sich sicherer. Alix ließ Rena sogar ab und zu ihr Schwert halten, um sich in Ruhe einem der seltsamen Gegenstände widmen zu können. Rena legte die Finger um den kunstvoll gearbeiteten Griff, fühlte, wie das Gewicht der Waffe an ihren Muskeln zerrte. Wahrscheinlich könnte ich mit dem Ding bei einem Kampf keine zwei Minuten durchhalten, dachte sie beklommen.

Doch ihre Unbekümmertheit verflog so schnell, wie sie gekommen war. Als sie in höheren Etagen Räume fanden, die keine Staubschicht hatten, kehrte ihre Vorsicht zurück.

»Hier war jemand, noch vor kurzem«, meinte Alix und stieß eine unordentlich auf dem Boden ausgebreitete Lage Decken mit dem Fuß an. »Sieht aus, als wäre das hier ein Nachtlager, jedenfalls …«

»Still!«, sagte Rowan plötzlich und Alix verstummte sofort. Sie wussten alle drei, dass Rowan von ihnen das beste Gehör hatte.

Rowan lauschte eine Weile, doch dann schüttelte er den Kopf. »Eben dachte ich, ich hätte etwas gehört. Aber es war wahrscheinlich nichts.«

»Ich meine auch, da wären Stimmen gewesen.« Entschlossen hob Alix ihr Schwert. »Sie sind in der Nähe. Schluss jetzt mit der Rumalberei. Bleibt hinter mir.«
Wieder wurde sich Rena unangenehm bewusst, dass sie nur eine einzige Waffe hatten. Selbst wenn es nur eine Hand voll Männer des Propheten waren, die den Turm bewachten, konnte es knapp werden. Ihr Herz pochte laut, als sie sich hinter Alix voranpirschte.
Es gab keine Fenster, deswegen wussten sie nicht, wie hoch sie inzwischen gekommen waren, aber Rena ahnte, dass sie schon bis zur Mitte des Turmes vorgedrungen sein mussten. Vielleicht war es längst Tag geworden. Hier drinnen, im grünen Dämmerlicht, gab es keinen Weg, das zu überprüfen.
Ein Stockwerk höher bemerkten sie einen Lichtschein, der aus einem der Zimmer drang. Helles gelb zuckendes Licht. Eine Fackel. Dort drinnen mussten Menschen sein! Mit Handzeichen bedeutete ihnen Alix sich zurückzuhalten. Während Rena und Rowan warteten, schlich sie sich an, lugte unendlich vorsichtig um die Ecke. Dann schaute sie sich nach ihnen um, hielt einen Finger hoch und winkte sie heran: *Nur einer. Wir können rein.*
Der Wächter fuhr herum, als er sie herankommen hörte, und seine Augen weiteten sich vor Überraschung. Es war ein schmächtiger junger Mann mit dunkelbraunem strubbeligem Haar, der Rena irgendwie bekannt vorkam. Sein Kinn zierte ein noch nicht allzu lange sprießender Bart und er trug die schwarze Tracht der Phönix-Leute, die verdreckt und fleckig wirkte.

Er war aufgesprungen, schien aber nicht recht zu wissen, wie er sich verhalten sollte. »Wer seid ihr? Was wollt ihr hier?«, fragte er nervös. Dann betrachtete er Rena genauer und stieß einen überraschten Ruf aus: »He, das ist doch ... Eleni! Die kleine Goldschmiedin!«

Blitzartig fiel es Rena ein, woher sie ihn kannte. Eine schwarze Pyramide am Ortsrand, ein junger Schmied, der ihr begeistert Gastrecht gewährte. Ein Schmied, der sich auf Kochgeräte spezialisiert hatte. Wie hieß er noch? Den... Denas ... Denny ... Denno!

»Denno!« Rena holte ein Lächeln hervor und hoffte, dass es echt wirkte. Sie war froh, ihr Amulett der Erd-Gilde im Moment unter der Kleidung versteckt zu tragen. Eigentlich hätte sie sich ja denken können, dass Denno einer aus den Reihen des Propheten war! Vielleicht war er aber auch erst vor kurzem seinen Sympathien gefolgt und in den Kult eingetreten ...

Verblüfft blickte Alix zwischen ihnen beiden hin und her. »Äh, was genau ...«

»Er hat mir Gastrecht gewährt«, informierte Rena sie schnell. »Als ich auf dem Weg zum Propheten war.«

Als sie den Namen aussprach, wandelte sich der Ausdruck auf Dennos Gesicht. Er strahlte sie erleichtert an und die Worte stürzten nur so aus seinem Mund hervor. »Der Prophet hat euch geschickt um mich abzulösen, nicht wahr? Endlich! Ich dachte schon, es würde nie jemand kommen ... ihr könnt euch gar nicht denken, wie schrecklich es hier sein kann ... ihr braucht euch keine Sorgen zu machen, ich habe gut auf die Dunkelheit aufgepasst, die Energie ist stark wie eh und je ...«

Doch dann bemerkte er Rowan und das Misstrauen kehrte in sein Gesicht zurück. »Das ist ja keiner von uns! Das ist ein Windhund!«
Jetzt betrachtete er auch Rena noch einmal genauer, bemerkte, dass sie die Insignien der Feuer-Gilde abgenommen hatte und keiner der drei Menschen vor ihm die Tracht der Phönix-Leute trug. Denno sprang auf und zog sein Schwert. »Hier ist doch was faul!«, schrie er. »Nennt mir die Parole, sonst ergeht es euch schlecht!«
Alix und Rowan blickten Rena an. Beim Erdgeist, wie lautete noch mal die Parole!, überlegte Rena nervös. Ihr Gedächtnis ließ sie nicht im Stich. Laut rief sie: »Leuchtsturm!«
Denno stieß ein wildes Lachen aus. »Die gilt längst nicht mehr! Ihr seid Eindringlinge, mehr nicht!«
Er stürzte sich auf sie.

Ein Stück Dunkelheit

Doch er hatte nicht mit Alix gerechnet. Seine Klinge traf auf ihr Schwert mit den roten Steinen, und bevor er sich's versah, hatte sie seinen Angriff abgeblockt. Ein paar gedankenschnelle Finten, dann flog Dennos Waffe in eine Ecke und der junge Schmied stand zitternd, mit weit aufgerissenen Augen und erhobenen Händen im Raum. »Ich … ihr habt …«
Gelassen steckte Alix ihr Schwert weg. »Vorsicht, diese Dinger sind scharf«, sagte sie mit gespielter Besorgnis und

hob seine grob geschmiedete Waffe mit spitzen Fingern auf. »Wenn man nicht aufpasst, kann man sich daran verletzen. Such dir lieber ein anderes Spielzeug.«

Denno lief tiefrot an. Fast bekam Rena Mitleid mit ihm.

»Gibt's hier irgendwas, mit dem wir ihn fesseln können?«, fragte Alix. Rowan fand schließlich in einem der Nebenräume eine Art Kordel und kurze Zeit später hatten sie den jungen Schmied an einem der Stühle festgebunden. Er ließ es geschehen ohne sich zu wehren. Offensichtlich hatte er entschieden den stolzen Anhänger des Propheten zu geben und einen trotzigen Ausdruck aufgesetzt. Als sie sich vor ihm aufstellen, um ihn auszufragen, spuckte er verächtlich vor ihnen aus.

Alix hob die Augenbrauen. »Ja, und was soll das jetzt?«

»Nur dass ihr es wisst – mit Abschaum wie euch rede ich nicht.«

Rena musste lachen. Denno schien gar nicht zu merken, wie lächerlich sein kindischer Trotz war. Wahrscheinlich wurmte ihn die schnelle Niederlage gegen die fremde Frau. Er nimmt sich einfach viel zu ernst, entschied sie.

Doch Alix lachte nicht. »He, mal langsam, Kleiner«, sagte sie scharf. »Ich gehöre auch zur Feuer-Gilde.«

»Nur wir von der wahren Bruderschaft zeigen uns dieser Gilde würdig!«

»Ach ja?«, fauchte Alix.

»... und ganz besonders verwerflich ist, wer sich mit dem Gesindel aus anderen Gilden abgibt! Mit diesen verdammten Windhunden, Blattfressern und Fischköpfen!«

Rena blieb gelassen. Es war nicht das erste Mal, dass sie so genannt wurde, und sie hatte gelernt damit umzugehen. Aber Rowan sah verärgert drein.

»Wenn du weiter so große Töne spuckst, dann könnten wir entscheiden, dass wir ganz gut ohne deine Gesellschaft auskommen, mein Kleiner«, sagte Alix liebenswürdig. »Wir könnten auf die Idee kommen, dich rauszusetzen.«

Das wirkte. Dennos Augen weiteten sich. Offensichtlich wusste er recht genau, was während der Nacht draußen vor sich ging. »Das ist eine leere Drohung«, sagte er, doch seine Stimme klang verdächtig dünn. »So etwas tut niemand einem Gildenbruder an.«

»Nein?« Auf Alix' Lippen lag ein träges Lächeln; in diesem Moment erinnerte sie Rena mehr denn je an ein Raubtier. »Willst du es drauf ankommen lassen?«

Schweigen.

Alix nickte befriedigt. »Also, mein Kleiner, ich hätte da ein paar Fragen. Bist du allein? Oder sind hier im Turm noch andere Leute des Propheten? Wie viele seid ihr?«

»Zweimal so viele, wie deine Hände Finger haben, Feuer-Frau«, sagte der Mann trotzig. »Und sie werden bald hier sein, sie sind unten in den Energieräumen. Ihr habt nur eine Chance, wenn ihr sofort verschwindet.«

»Verdammt!«, entfuhr es Rowan. Nervös blickte er sich um. Doch Alix wirkte nicht besorgt. Rena ahnte warum, denn sie hatte Denno beobachtet und genau auf seine Stimme geachtet, wie Alix es sie einmal gelehrt hatte. »Ich glaube, er lügt«, sagte Rena.

»Ja, glaube ich auch«, nickte die Schmiedin. »Er hat nach niemandem gerufen, als wir hier reingekommen sind. Das heißt, er wusste, dass er von nirgendwoher Hilfe bekommen würde. Außerdem wäre der Prophet nicht so dumm, eine Menge Leute auf einem solchen Posten zu lassen, wo sie eigentlich zu nichts nütze sind. Habe ich Recht?«

Dennos mürrischer Gesichtsausdruck bestätigte ihre Worte.

»An Canos Stelle hätte ich zwei Leute hier gelassen. Zwei, weil einer in der Einsamkeit durchdrehen kann – zwei, weil sie sich dann gegenseitig kontrollieren. Aber ... so wie sich unser Freund umgewandt hat, hat er überhaupt nicht damit gerechnet, dass hier ein anderes menschliches Wesen auftauchen würde. Also, was ist mit dem zweiten Mann passiert?«

»Eins der Steinwesen hat ihn gekriegt«, gestand Denno verdrossen. »Einmal nicht aufgepasst – und das war's dann. So ist das hier.«

»Tja, wirklich schade«, sagte Alix und winkte Rena und Rowan, ihr aus dem Raum zu folgen.

Schweigend gingen sie ein paar Atemzüge lang, bis sie außer Hörweite des jungen Schmiedes waren.

»Wir dürfen ihm auf keinen Fall etwas tun«, meinte Alix leise. »Er ist für uns unglaublich wertvoll.«

Rena nickte grinsend. »Er hat uns schon eine ganze Menge verraten, habt ihr es gemerkt? Wir wissen jetzt, dass es um eine Art Dunkelheit geht, dass Energie der Schlüssel zu dem Ganzen ist und es unter dem Turm Energieräume gibt.«

»Ja, besonders helle ist der Junge nicht«, bestätigte Rowan. »Wir sollten ihn bei Gelegenheit noch ein bisschen aushorchen.«

»Nur nicht jetzt – ich bin todmüde«, stöhnte Rena. »Ich weiß, es ist wichtig, dass wir so schnell wie möglich etwas über die

Türme erfahren. Aber ich kann einfach nicht mehr.« Die Schnittwunden, die sie bei dem Zwischenfall mit dem Erdwesen unter ihrem Zelt davongetragen hatte, schmerzten, sie hatte nicht mal Gelegenheit gehabt, sich das Blut und den Dreck abzuwaschen. Und sie hatte seit zwei Mondumläufen nicht mehr geschlafen.

Rowan nickte. »Ja, ich bin auch dafür, dass wir uns erst mal ausruhen.«

»In Ordnung. Ich übernehme die erste Wache«, sagte Alix.

In einem der Räume dieses Stockwerks fanden Rena und Rowan weiche Unterlagen, auf denen sie sich ausstrecken konnten. Wenig später entdeckten sie eine Art kleine Quelle, die in der Mitte eines Metallbeckens sprudelte – sicher der Grund, warum sich der junge Schmied in diesem Stockwerk eingerichtet hatte. Doch sie stellten fest, dass sie noch zu aufgeregt waren, um gleich einzuschlafen.

»Wie war es denn so, bei diesem Denno Gastrecht zu nehmen?«, fragte Rowan neugierig, als sie nebeneinander lagen.

»Witzig. Er war eigentlich sehr nett. Er wollte mich als Lehrlingsmädchen gewinnen. Aber darauf hatte ich nun wirklich keine Lust.«

»Also hat er nicht versucht sich an dich heranzumachen?«

»Wo denkst du hin. Dazu war er viel zu schüchtern.«

»Das ist auch gut für ihn«, sagte Rowan gespielt grimmig. »Sonst hätte ich das Verhör mit Vergnügen selbst geleitet.«

Als Rena im grünen Dämmerlicht erwachte, sah sie eine große schlanke Gestalt im Türrahmen lehnen und auf sie herunterblicken. Rena schrak auf. Doch dann erkannte sie Alix.

»Beim Erdgeist, hast du mich erschreckt. Wie spät ist es?«
»Frag mich mal was Leichteres. Hier sieht man die Sonne ja nicht und die Monde erst recht nicht. Gut geschlafen?«
»Ja.« Rena spürte, wie Rowan sich neben ihr regte, gähnte und sich streckte. »Ich kann die nächste Wache übernehmen. Müde?«
»Ist nicht so schlimm. Wir Feuer-Leute können in Zeiten der Gefahr lange ohne Schlaf auskommen. Ich werde mir mit Rowan zusammen mal die Energieräume ansehen.«
»Hast du aus Denno was rausgekriegt?«
»Leider nein. Er scheint Angst vor mir zu haben. Ist das nicht seltsam?«
Rena grinste und tappte zur Quelle, um sich zu waschen.
Als Denno sie hereinkommen sah, kroch ein schwaches Lächeln auf sein Gesicht. »Sieh an, sieh an – Eleni«, sagte er und versuchte überlegen zu klingen, doch seine Augen wirkten noch immer verschreckt.
»Es tut mir Leid, dass es so gelaufen ist«, begann Rena und sie meinte es ehrlich. Sie hockte sich ihm gegenüber im Schneidersitz auf den Boden. »Eigentlich würde ich dir lieber das Gastrecht gewähren, das kannst du mir glauben.«
»Sag mal, wie bist du denn in solche Gesellschaft gekommen? Du warst doch beim Propheten, oder? Jenseits der Berge?«
»Doch, ja, war ich …«
Er weiß immer noch nicht, dass ich gar nicht zur Feuer-Gilde gehöre, dachte Rena. Sehr gut.
»Soll ich dir mal was verraten?«, sagte sie und beugte sich zu ihm hinüber. »Die Feuer-Frau, mit der ich reise – sie ist seine Schwester!«

»*Was?* Meinst du diese ... na ja, diese ... also, tatsächlich? Seine Schwester? Die Schwester des Propheten? Bist du sicher?«

»Ich schwöre es beim Feuergeist«, sagte Rena feierlich. Da sie nicht an den Feuergeist glaubte, kostete sie das gar nichts. Abgesehen davon stimmte das mit Alix ja. »Ist dir die Ähnlichkeit zwischen ihnen nicht aufgefallen?«

»Doch, du hast Recht. Sie kam mir eigentlich gleich bekannt vor! Das ist ja wirklich ... Aber warum ist sie ... und der Prophet ...«

»Sie hatten Streit«, erklärte Rena. »Ihr geht es zu langsam. Du weißt schon, das mit dem Kalten Feuer. Sie will schneller damit loslegen. Aber er wollte ihr nicht verraten, wie es geht. Ganz schön gemein, was? Und jetzt versucht sie auf eigene Faust etwas voranzubringen. Er hat gesagt, dass sie schon selbst herausbekommen muss, wie es geht, und dass der Schlüssel dazu hier zu finden ist. Deshalb sind wir hier.«

»Vielleicht will er sie nur prüfen ... sie ist ein Hitzkopf, scheint mir ...«

»Das glaube ich auch. Hat er es denn dir anvertraut, was dahintersteckt?«

»Natürlich, das musste er«, trumpfte Denno auf – und schwieg.

War auch unwahrscheinlich, dass er *so* dumm ist, dachte Rena. Doch sie war noch längst nicht bereit aufzugeben. »Sag mal, wieso können die Steinwesen eigentlich nicht hinüber nach Daresh? Was hindert sie daran?«

»Habt ihr die Grenze nicht erlebt? Das schaffen sie nicht, sie schrecken davor zurück. Aber wenn es die Dunkelzone einmal nicht mehr geben sollte ... dann wird es Daresh übel ergehen. Dann kann alles durch die Schattentore, was hindurchwill. Von beiden Seiten.«

»Oje.« Rena musste ihr Entsetzen nicht heucheln. »Aber kann denn etwas die Grenze abschaffen? Es ist ja keine gewöhnliche Grenze … nicht von Menschen gemacht, meine ich …«

Denno lachte bitter. »Doch, sie ist von Menschen gemacht – eben wegen der Steinwesen. Wenn den restlichen Türmen etwas passiert, oder auch nur ihren Energieräumen, dann geht's rund, Eleni. Dann ist die Grenze weg. Futsch, weißt du. Und vier der Sieben Türme sind schon kaputt.«

Renas Gedanken rasten. Das war es also! Sie brannte darauf, es den anderen zu erzählen. »Dann stehen die Türme also nur im Grenzland. Warst du schon mal darüber hinaus?«

»Zu gefährlich. Und da gibt es nichts. Warum sollte man da hin? Es ist schon schlimm genug, dass ich hier sein muss. Meine erste Mission, aber was für eine! Man sitzt hier und tut einfach nichts, weil der Turm von selbst funktioniert. Wenn ich das gewusst hätte …«

Denno plapperte weiter und beschwerte sich ausgiebig über die Einsamkeit und die Unbequemlichkeit. Rena ahnte warum – wenn man ein paar Monate allein verbracht hat, dann kann man einfach nicht aufhören zu reden. Ob man will oder nicht. Geduldig hörte sie seinem Redeschwall zu, nickte ab und zu mitfühlend und achtete darauf, ob irgendetwas Interessantes dabei war. Erst als er ihr seine Verdauungsprobleme zu schildern begann, unterbrach sie ihn. Das reichte jetzt wirklich. »Wenn wir schon mal beim Thema sind: Wie kommt man hier im Turm denn an etwas zu essen? Wir haben nämlich nicht mehr viel Proviant und ein bisschen Abwechslung wäre nett.«

Das war gelogen – sie hatten gar keine Vorräte mehr und die Morgenmahlzeit hatten sie ausfallen lassen müssen. Aber das brauchte sie ihm ja nicht auf die Nase zu binden, sonst kam er noch auf die dumme Idee, dass er sie in der Hand hatte.

»Es gibt Fächer in der Wand, in denen immer etwas zu essen ist. Ich glaube, es wächst irgendwie nach. Schmeckt nicht besonders, aber man kann damit überleben ...«

... das kann man auch von deiner Küche sagen, mein Junge, dachte Rena und setzte ein freundliches Lächeln auf. »Vielleicht ist es etwas, was die Alten gegessen haben. Die die Türme gebaut haben.«

»Glaube ich auch. Probiert doch einfach mal.«

»Darauf kannst du dich verlassen«, sagte Rena.

Alix war beeindruckt. Der Turm schien genauso weit in die Erde zu reichen, wie er hoch war. Einfach gespiegelt. Nur dass das Licht hier unten bläulich war.

Es tat ihr längst Leid, dass sie Rowan mitgenommen hatte. Er beklagte sich nicht, aber man konnte sehen, dass das Gehen ihm noch wehtat und er schrecklich darunter litt, so viel Fels über seinem Kopf zu wissen. Sie hatte nicht mehr daran gedacht, dass Menschen der Luft-Gilde darin empfindlich waren.

»Was meinst du, wird Rena diesen Denno zum Plaudern bringen?«, fragte sie, um ihn abzulenken.

»Natürlich.« Rowan grinste schwach. »Sie könnte einen Stein zum Reden bringen. Deswegen ist sie ja Diplomatin geworden.«

»Na ja, was diese verdammten Steine auf der Ebene zu sagen haben, will ich nicht unbedingt wissen«, frotzelte Alix. »He, geht wirklich tief runter hier!«

»Hm, ja. Und das müssen wir alles wieder raufsteigen.«

»Du kannst aber auch hier unten übernachten, wenn du willst«, konterte Alix ironisch. »Ist doch ein hübsches Licht hier …«

Je tiefer sie kamen, desto stärker spürten sie ein eigenartiges Sirren. Nicht mehr weit, dachte Alix eigenartig erregt. Sie wollte ihr Schwert ziehen, aber als sie es berührte, zuckte ein kleiner blauer Blitz auf zwischen ihren Fingerspitzen und dem Metall. Mit einem Schrei riss sie ihre Hand wieder zurück. »Au!«

»Hier liegt was in der Luft – buchstäblich«, stellte Rowan fest und schnüffelte. Es roch scharf und durchdringend, die Luft prickelte auf der Haut.

Und dann hatten sie das Ende der Rampe erreicht – und standen am Fuß zweier gewaltiger, aus dem Stein gehauener Kammern, die halb in Dunkelheit getaucht waren. Sie wölbten sich so hoch, dass man ihre Decke nicht sah. Hier drinnen könnte man ohne Probleme ein ganzes Dorf unterbringen, staunte Alix und fühlte sich winzig, so klein wie ein Körnchen Staub unter einem weiten Himmel. Ihre Augen wurden von dem angezogen, was die erste Kammer enthielt: ein glühender Nebel, zehn Mal so hoch wie ein Mensch. Feurig-orange schwebte er im Raum und wirbelte im Kreis wie eine Tänzerin bei ihren Pirouetten.

Alix spürte, wie es in ihrem Kopf zu hämmern begann. Als sie an sich hinuntersah, erschrak sie. Um ihre Haarspitzen und ihre Finger tanzten blaue Flämmchen. Interessiert musterte sie die Flammen. Ja, jetzt wusste sie, was es war; sie hatte es lange nicht mehr gesehen …

Auch Rowan, der einige Schritte neben ihr stand, war in einen Mantel aus Licht gekleidet. Verzückt blickte er nach oben, auf den Wirbel, vergaß sogar zu blinzeln, vergaß zu atmen.
»Wie wunderschön«, flüsterte er. »Das ist der Schlüssel zu allem, er muss es sein …«
»Wir müssen hier raus«, drängte Alix und zerrte ihn am Ärmel zurück. »Das ist Blaues Feuer, verdammt noch mal! Das grillt dir das Hirn, wenn du nicht aufpasst. Komm schon!«
Sie stolperten in die zweite Kammer – und starrten auf etwas, das noch viel merkwürdiger war. Die ganze Kammer war von blauem Licht durchflutet. In der Mitte drehte sich ein weiterer Wirbel, genauso groß wie der erste. Er veränderte ständig die Form, streckte fedrige Tentakel aus. Er war so schwarz, dass er das Licht einzusaugen schien.
Ein Stück Dunkelheit, dachte Alix und schauderte. Das Nichts. Sie wusste sofort, dass dieses Ding das wichtigere war. Das hier hatte Denno gemeint, nicht den hübschen Feuerwirbel in der anderen Kammer. Es war nicht von dieser Welt. Jedenfalls der Welt, die sie kannte. Es erinnerte sie an die Dunkelzone, die sie auf ihrem Weg zu den Sieben Türmen durchquert hatten.
Fasziniert machte Alix einen Schritt nach vorne – und trat über eine Linie aus silbrigem Metall, die im Boden eingelassen war. Im gleichen Moment stürmte es auf sie ein.
Canos Gesicht blutüberströmt die Ebene schwarzer Himmel Bäume ein gebogenes Schwert ein Kuss Erdhügel unter weißen Blättern Weißes Feuer Cano Rena die Ebene Rowan Blut
Alix schrie auf, doch aus ihrem Mund kam kein Ton, der Laut wurde sofort aufgesogen. Sie fühlte, wie sie die Kontrolle verlor, der wirbelnden Schwärze entgegenfiel …

»... na, das war anscheinend auch nicht so gut fürs Gemüt«, keuchte Rowan und ließ sie los. Er hatte sie so hart zurückgerissen, dass sie flach auf den Steinplatten gelandet war. »Wieso bei allen Geistern bist du über diese verdammte Linie gegangen, kannst du mir das mal erklären?«

»Ich wollte schauen, was passiert«, sagte Alix verlegen. Sie überlegte, ob sie ihm erzählen sollte, was sie gesehen hatte – und entschied sich dagegen.

Rowan ächzte. »Na, ich hoffe, jetzt bist du schlauer.«

»Vielleicht«, sagte Alix und rappelte sich auf. Sie fühlte sich noch ein wenig betäubt von den Bildern, die auf sie eingeprasselt waren, hätte gerne etwas Zeit gehabt, sie noch einmal durchzugehen. Es waren keine normalen Bilder gewesen, fühlte sie. Dazu hatten sie zu tief in ihre Seele gegriffen, sie zu sehr erschüttert. Die weißen Bäume, das Blut, der Kuss, was hatte das alles zu bedeuten ...?

»Schau mal, da vorne ist eine Inschrift«, brach Rowan das Schweigen und seufzend wandte sich Alix ihm zu. Aber was sie sah, weckte ihre Neugier wieder. In respektvollem Abstand von dem schwarzen Wirbel drückten sie sich an der Wand entlang. Die Inschrift zog sich in handhohen, wuchtigen Buchstaben über einen Teil der Innenwand.

Alix runzelte die Stirn. »Kannst du das lesen? Das ist kein Daresi, wie ich es kenne.«

»Vielleicht ist es eine der alten Handelssprachen – als Junge musste ich sie alle lernen, ob ich sie jemals brauchen würde oder nicht.« Nachdenklich starrte Rowan auf die Schrift. »Hm ... das da könnte ›sehen‹ heißen und das Wort am Anfang, das sich wiederholt, heißt ›Gefahr‹. Das kenne ich.«

»Seht die Gefahr?«

»Moment. Die Gefahr ist nicht das, was ihr seht ... sie liegt in euren Gefühlen ...«

»Das klingt wie der Spruch eines alten Dorfweibs«, stöhnte Alix. »Gefahr in euren Gefühlen! Ich kann's einfach nicht fassen!«

»Äh, ich glaube, ich habe es ein bisschen falsch übersetzt. Wart mal ...«

Nach einem halben Dutzend weiterer Versuche sah Rowan zufrieden aus. »So, ich glaube, jetzt habe ich es. Da steht: *Die Gefahr ist nicht in dem, was ihr seht und fühlt. Die Gefahr liegt in dem, was ihr zu sehen und zu fühlen glaubt.*«

»Und das soll uns jetzt die Erleuchtung bringen?«

Rowan seufzte. »Tja, was nützt uns die Warnung, wenn wir keine Schimmer haben, was sie bedeuten könnte?«

»Vor allem habe ich das dumme Gefühl, dass wir die Warnung besser so schnell wie möglich entschlüsseln«, sagte Alix. »Wer weiß, was sich in Daresh getan hat, seit wir weg sind.«

Endlich kamen sie zurück. Hat ja ganz schön lange gedauert, dachte Rena und platzte heraus: »Und, habt ihr was gefunden?« Sie musste sich ein Lachen verbeißen, als sie merkte, wie ehrfürchtig der junge Schmied Alix ansah. Alix schoss ihm einen irritierten Blick zu und sagte: »Gehen wir mal nach nebenan ...?«

Sie ließen den gefesselten Denno zurück und suchten sich außerhalb seiner Hörweite einen Nebenraum, in dem einige dick gepolsterte Matten lagen. Mit einem erleichterten Seufzer sank Rowan auf eine davon nieder und massierte seine Füße.

Alix erzählte, was sie in den beiden Kammern tief unter dem Turm gefunden hatten. »Kannst du mit der Inschrift etwas anfangen, Rena?«

»Auch nicht mehr als ihr.« Vor Ungeduld schlug Rena mit der flachen Hand auf den Boden. »Verdammt! Jetzt sitzen wir hier und zermartern uns die Köpfe und währendessen greift Cano vielleicht schon die Provinzen an!«

»Es hilft auch nichts, wenn wir uns fertig machen«, sagte Alix ruhig. »Überlegen wir lieber weiter. Wie war das noch mal im Lager des Propheten, als du gesehen hast, wie diese Frau das Kalte Feuer entfesselt hat …?«

»Sie hat die Flammen angestarrt, sehr konzentriert war sie«, meinte Rena und ließ die Erinnerung an diese unheimliche Nacht in sich aufsteigen. »Und sie hatte einen kleinen dunklen Gegenstand vor sich liegen.«

»Konntest du nicht erkennen, was es war?«

»Dazu war es zu weit weg. Aber es war eher rund als eckig.«

»Hm.« Rowan blickte nachdenklich. »Ich glaube, das hilft uns jetzt auch nicht weiter. Was hast du eigentlich aus Denno rausgekriegt?«

»Er hat erzählt, dass die Grenze … diese Zwischenzone, durch die wir gekommen sind … vom Turm gemacht wird, damit die Steinwesen nicht nach Daresh hinüberkönnen. Und dass das nur funktioniert, wenn die Energieräume in Ordnung sind. Also wenn der Turm lebendig ist.«

Alix' Augen leuchteten auf. »Na klar! Deswegen hat mich dieser schwarze Wirbel an die Zwischenzone erinnert! Wenn man es weiß, dann ist alles völlig sinnvoll und richtig. Der rote Wirbel ist die Kraft, die der Turm und die Grenze zum Leben brauchen, und der schwarze Wirbel ist eine zweite Kraft, die auf den Geist wirkt. Deshalb die seltsamen Ereignisse in der Zwischenzone, deshalb die Bilder in meinem Kopf vorhin!«

»Hört sich gut an«, sagte Rowan mit schiefem Grinsen. »Nur dumm, dass wir die Grenze für unseren Rückweg nicht abstellen können – sonst kommen diese Biester durch …«

»Es ist noch nicht mal klar, ob man sie überhaupt abstellen kann ohne den Turm zu zerstören«, gab Rena zu bedenken. »Aber das interessiert uns ja sowieso nicht. Wir müssen rauskriegen, wo, bei der verdammten Blattfäule, Cano hier in den Türmen das Geheimnis seiner Macht gefunden hat.«

»Es muss mit diesen beiden Wirbeln zu tun haben.« Alix klang überzeugt.

Skeptisch schnickte Rena ein Steinchen von der weichen Matte. »Nicht unbedingt. Denkt dran, Cano hat gedroht Daresh mit Kaltem Feuer zu überziehen. Und wir haben hier bisher nichts entdeckt, was mit Kaltem Feuer zu tun hat. Vielleicht haben wir das, worauf es ankommt, einfach noch nicht gefunden.«

Alix schüttelte den Kopf. »Ich würde dir sofort Recht geben, wenn es um normales Feuer ginge. Aber Kaltes Feuer ist etwas anderes, etwas sehr Seltsames. Deswegen beherrschen auch nicht allzu viele von uns die Kunst, es zu rufen. Und es verbrennt dich auch nicht, sondern tötet dich, wenn du es berührst – du kannst es nur überleben, wenn du die jeweilige geheime Formel weißt.«

»Vielleicht hat er hier gelernt die Energie der Türme zu nutzen – und kann das Feuer so großflächig einsetzen«, schlug Rowan vor.

»Das klingt gut, ist aber praktisch nicht machbar, da bin ich sicher. Obwohl ich zugeben muss, dass dieser rote Wirbel dort unten eine enorme Kraft hat.«
»Vielleicht hat er nicht den roten Wirbel angezapft«, sagte Rena leise, »sondern den schwarzen.«
Schockiert blickten ihre Freunde sie an.
»Was meinst du damit?«, fragte Alix schließlich mit angespannter Stimme.
»Ich meine ja nur. Wenn das Kalte Feuer so völlig anders ist, dann wirkt es vielleicht auf den Geist, nicht auf den Körper. Wie der schwarze Wirbel.«
»Auf den Geist?« Alix blickte sie verblüfft an.
Doch Rowan hatte sofort begriffen, er platzte heraus: »Die Inschrift! *Die Gefahr liegt in dem, was ihr zu sehen und zu fühlen glaubt!*«
Rena nickte. »Wahrscheinlich eine Warnung für diejenigen, die sich in den alten Zeiten um den Wirbel kümmerten. Damit sie immer daran dachten.«
»Das heißt ...«, Alix leckte sich über die trockenen Lippen, »dass das Kalte Feuer vielleicht nur so gefährlich ist, weil jeder weiß – oder zu wissen meint –, dass es einen sofort tötet.«
»Eine Halluzination«, sagte Rena fasziniert, »aber deswegen genauso tödlich.«
»Wenn man nicht weiß, was dahintersteckt.«
»Dieser Gegenstand – vielleicht war es eine Art Behälter«, spekulierte Rowan. »Vielleicht hat Cano einen Weg gefunden, ein Stück dieses Wirbels in einem Behälter oder so etwas zu fangen.«

»... und damit kann seine Feuermeisterin nun ganz Daresh beherrschen«, sagte Rena. »Damals, als ich sie gesehen habe, übte sie wahrscheinlich noch. Sie experimentierte. Aber Cano meinte, sie seien bald so weit. Und das ist jetzt auch schon wieder einen halben Monat her ...«

Alix seufzte. »Das klingt alles vollkommen verrückt. Aber ich fürchte, wir könnten Recht haben.«

»Ich bin sicher, dass wir Recht haben«, sagte Rena und stand auf. »Und das heißt, wir müssen den Rat und die Menschen in den Provinzen so schnell wie möglich warnen. Wir müssen sofort aufbrechen.«

»Ja«, sagte Alix und Rowan nickte. »Wir haben keine Zeit zu verlieren. Sonst könnte es zu spät sein.«

Sie lockerten Dennos Fesseln so weit, dass er sich nach einer Weile von selbst befreien konnte, packten ihre wenigen Habseligkeiten zusammen und versorgten sich aus den Vorratslagern des Turmes mit Proviant und Wasser. Sie hatten Glück: Draußen war gerade der Morgen angebrochen und nichts regte sich auf der bei Licht so unschuldig wirkenden Ebene. Diesmal war es nicht mehr so schwierig, die Dunkelzone zu durchqueren – nun wussten sie ja, was auf sie zukam, und waren darauf vorbereitet. Innerhalb von wenigen Atemzügen waren sie durch und entkamen den seltsamen Effekten ohne Schaden. Beim Aufgang des ersten Mondes waren sie zurück in Daresh.

»Wir können wirklich froh sein, dass die Türme noch funktionieren und diese Zone erzeugen«, seufzte Rena. »Stellt euch mal vor, es gäbe sie nicht. Dann könnten all diese Biester nach Daresh rüber ...«

»Ich habe gar keine Lust, mir das vorzustellen.« Alix kniff die Lippen zusammen. »In Zukunft wird der Rat dafür sorgen müssen, dass den Türmen und ihrer Energiequelle nichts geschieht.«

Als sie durch das Dorf der Erzschmelzer kamen, erkannte Rena vor einer der Hütten den Mann, der ihnen den Weg zum Schattentor gewiesen hatte. Mit einem Grinsen auf dem rußverschmierten Gesicht schaute er zu ihnen herüber. »Na, habt ihr euch's anders überlegt? War euch wohl doch zu gefährlich, durch das Tor zu gehen, was?«

»Wo denkst du hin«, sagte Alix gespielt gleichgültig. »Wir sind schon wieder zurück. Es ging schnell, weil's da drüben sowieso nicht viel zu sehen gibt. Nur diesen Turm eben und die Steinwesen.«

Dem Schmelzer blieb der Mund offen stehen. »Ihr ... Moment, ihr seid schon wieder ... seid ihr ...«

»Wir haben jetzt leider keine Zeit zum Erzählen. Könntest du uns zwei Wühler geben, *tanu*? Wir müssen eine dringende Nachricht losschicken.«

»Ja ... das kann ich, ja ...« Entgeistert verschwand der Mann in seiner Hütte und kam mit zwei Botentieren zurück. Rena kritzelte ihre Nachricht auf dünne Baumrindenstücke und gemeinsam beobachteten sie, wie sich die kleinen Tiere hurtig in die Erde gruben.

Rena seufzte erleichtert auf. »Bis der Mond untergeht, sind sie an der Felsenburg. Der Hohe Rat wird alles Nötige unternehmen. Wenn wir dort ankommen, ist die ganze Angelegenheit wahrscheinlich schon geregelt.«

Eigentlich, dachte Rena, sollten wir uns jetzt freuen. Aber

sie waren alle drei viel zu erschöpft. Sie schafften es gerade noch, sich matt anzugrinsen. Dann verabschiedeten sie sich von den Erzschmelzern und machten sich auf den Weg zur Burg.

Gefährliche Heimkehr

Sie waren alle erleichtert, als sie sich auf schmalen Waldwegen der Felsenburg näherten. Keiner von ihnen hatte sich in der Burg wirklich wohl gefühlt. Doch nun erschien sie ihnen wie eine Oase in der Wüste. Rena sehnte sich nach ihren gemütlichen Räumen mit den hellen Möbeln und blauen Stoffen zurück, sogar auf die Ratssitzungen freute sie sich fast. »Komisch, wie man etwas vermissen kann, was einem früher so langweilig vorgekommen ist«, murmelte sie.

Rowan nickte und seufzte. »Endlich in Sicherheit. Beim Nordwind, bin ich froh, dass es in unseren Provinzen keine Steinzecken gibt!«

Alix murmelte etwas über eine viel zu zahme Gegend, aber sie grinste dabei. So richtig ernst war es ihr damit wohl nicht. »Ob der Rat schon die Farak-Alit ausgeschickt hat, um das Lager des Propheten anzugreifen?«

»Bestimmt«, sagte Rena und war ein wenig stolz darauf, dass sie mitgeholfen hatte dieses Nest auszuräuchern. »Ich habe ihnen ja geschrieben, wie sie mit dem Kalten Feuer umzugehen haben. Dass sie es nicht zu fürchten brauchen.«

»Aber ich frage mich schon, wieso der Rat uns keine Antwort geschickt hat«, meinte Rowan.
»Worauf? Ach ja, unsere Warnung ... na ja, sie werden sich halt gedacht haben, dass wir ohnehin bald da sind.«
»Trotzdem.« Er runzelte die Stirn. »Merkwürdig ist es. Dagua hätte bestimmt daran gedacht. Er ist doch sonst so verlässlich.«
Rena zuckte die Schultern. Was interessierten sie jetzt noch irgendwelche Nachrichten? Bald waren sie zu Hause!
Sie mussten nur einen halben Sonnenumlauf lang marschieren, bis sie in der Nähe der Burg waren. Und dann wurden die Wege immer breiter, immer vertrauter. Unwillkürlich ging Rena schneller. Aber eigentlich hatte sie es nicht eilig, genoss jeden Atemzug auf dieser letzten Etappe: Sie liebte den Weißen Wald – die Colivars mit ihren reinweißen Blättern, die sahnefarbenen wilden Viskarien und die grauweiß gemaserten hohen Dalamas.
Doch irgendetwas war seltsam heute. Wieso waren sie noch niemandem begegnet? Es gab zwar Zeiten, zu denen kaum jemand diese Wege benutzte, aber jetzt hätten auf den Wegen, die zum Haupttor der Burg führten, eigentlich ein paar Händler unterwegs sein müssen.
Auch die anderen hatten bemerkt, dass etwas nicht stimmte.
»Wo sind all die Menschen?«, flüsterte Rowan.
Alix' Gesicht war düster wie eine Gewitterwolke. »Das würde ich auch verdammt gerne wissen.«
Von außen bot die Burg keinen besonders beeindruckenden Anblick. Ein hohes Tor aus schweren Holzbohlen, ein paar Beobachtungsposten, vier Menschenhöhen über dem Boden, aus denen die Wachen das Geschehen außerhalb kontrollieren

konnten. Die Flanke des Berges, die sich senkrecht vor ihnen erhob, war glatt polierter, unverfugter Fels – nur ganz hoch oben konnte man einige schmale Fenster erkennen. Doch ansonsten bemerkte man von außen nicht, dass der Berg von vielen Tunneln und Räumen durchzogen war.

Als sie die Burg erreicht hatten, erkannte Rena sofort, dass etwas nicht stimmte. Einer der großen Torflügel war nur angelehnt, stand ein Stück weit offen. Es war niemand in Sicht. Keine einzige Wache. Und das am Haupttor!

Rena und Rowan sahen sich beklommen an. Alix hielt die Hand am Schwertknauf. »Vielleicht ist es besser, wenn wir nicht reingehen«, sagte sie.

Rena schüttelte den Kopf. »Dann werden wir vielleicht nie herausbekommen, was geschehen ist. Ihr könnt ja gerne hier warten.«

»Red keinen Mist!«, schnaubte Alix.

Vorsichtig zog Rena das Haupttor ein Stück weiter auf, damit sie hindurchschlüpfen konnten. Auch in den äußeren Höfen war niemand. Wortlos, ohne sich absprechen zu müssen, entschieden sie sich für einen der Gänge, die zum Herzen der Burg führten. Die Fackeln an den Wänden brannten noch – es konnte also nicht mehr als einen Sonnenumlauf her sein, dass die Burg aufgegeben worden war. Rena lauschte, doch das Wispern der Zugluft in den Gängen war das einzige Geräusch, das sie wahrnahm. Sie fühlte sich aufgewühlt und aus dem Gleichgewicht.

Draußen, in der gefährlichen Welt jenseits des Schattentors, hatte Alix wie selbstverständlich die Rolle der Anführerin übernommen. Doch hier, in der unterirdischen Welt der Felsenburg, der Domäne des Rats, blickten Alix und Rowan wieder fragend auf Rena, erwarteten Entscheidungen von ihr.

»Am wichtigsten ist jetzt, dass wir jemanden finden, der uns sagen kann, was hier passiert ist«, meinte Rena knapp. »Ich würde vorschlagen, dass wir getrennt auf die Suche gehen. Alix, schaust du dich im Westtrakt um, bei den Bediensteten? Rowan, du könntest den Osttrakt übernehmen, den Bereich der Regentin. Ich überprüfe die Räume des Hohen Rates.«

»Geht klar.« Alix schloss kurz die Augen und Rena wusste, dass sie sich jetzt konzentrierte, für den Kampf bereitmachte. Das Licht der Fackeln schimmerte auf der Klinge in ihren Händen und ihrem Haar.

»Gut. Wir treffen uns in Rowans und meinen Räumen«, sagte Rena. »Wenn ihr jemanden findet, bringt ihn mit. Wenigstens die Iltismenschen müssten noch hier sein. Aber die findet niemand, wenn sie nicht gefunden werden wollen.«

Mit schnellen Schritten bewegten sie sich ihre jeweiligen Gänge hinunter. Es war unheimlich, durch dieses schweigende Labyrinth zu gehen. So still war es hier nie gewesen. Wie in einer Gruft, dachte Rena und spürte, dass sich die kleinen Härchen auf ihren Armen aufrichteten. Die Luft roch abgestanden und flach, nach Felsen und ein ganz kleines bisschen nach Moder.

Renas Sandalen machten ein leises klatschendes Geräusch auf dem Steinboden, es hallte unangenehm durch die Stille. Schließlich zog Rena die Sandalen aus und nahm sie in die Hand. Der Stein war kalt unter ihren bloßen Füßen. Lautlos schlich sie voran. Wie damals, als ich die *Quelle* berührt habe,

dachte sie. Diesmal vergesse ich die verdammten Sandalen jedenfalls nicht!
Da war schon die Tür des kleinen Saals, dort, wo der Rat tagte. Sie war nur angelehnt. Rena spähte ins Innere. Verlassen und tot lag der Saal, in dem sie so viele langweilige Stunden verbracht hatte, vor ihr. Auf dem Boden fand sie einige verstreute Pergamentrollen, vielleicht vor Schreck fallen gelassen? »Wo seid ihr, wo seid ihr?«, fragte Rena in die Stille hinein – aber leise, mehr zu sich selbst. Sie dachte: Eigentlich müsste ich rufen. Schreien, ob irgendjemand hier ist. Doch solange sie nicht wusste, was geschehen war, war es zu riskant.
In ihrem Inneren tobten die Gefühle. Es zerriss sie fast, die vertrauten Orte und Dinge so verlassen zu sehen. Sie ließ den Saal hinter sich, ging mit schnellen Schritten weiter. Fast ohne nachdenken zu müssen nahm Rena den Zeremoniengang, der zu den Räumen der Regentin führte. Seine prachtvollen Reliefs zeigten die Geschichte vieler Regentinnen. Ihre Namen hatten sich längst im Dunkel der Geschichte verloren, doch hier, in den steinernen Bildern, lebten die Macht und Herrlichkeit der vergangenen Frauen weiter …
Rena schreckte auf, kam zum Stehen. Dort stand jemand, mitten im Gang vor ihr! Eine schweigende Gestalt in der eng anliegenden Tracht eines Schwertkämpfers. Ein Mann. Direkt hinter ihm leuchtete eine Fackel, so dass sein Gesicht im Dunkeln lag. Doch Rena erkannte ihn sofort. Der Schock verschlug ihr die Sprache.
Cano.

Der Prophet des Phönix war hier und stand vor ihr. Konnte das sein? Cano hier?! Oder spielte ihre Vorstellungskraft ihr etwas vor?

Doch ein anderer Teil ihres Ichs war nicht im Geringsten überrascht. Es musste etwas in der Art hinter dem Ganzen stecken, stellte dieser Teil fest und lachte ganz leise vor sich hin über ihre Dummheit. Oder womit hast du gerechnet?! Wahrscheinlich hat er hier auf dich gewartet. Er ist nicht der Typ Mensch, der jemals etwas vergisst.

»Na? Was nun, Rena?« Canos Stimme klang heiter.

Er hat herausbekommen, wer ich wirklich bin, durchfuhr es Rena. Jetzt wird mit offenen Karten gespielt.

Es waren höchstens sieben Schritte zwischen ihr und Cano. Zu wenig, zu wenig. Wie sollte sie es jemals schaffen, hier wegzukommen, bevor er sie packen konnte? Wahrscheinlich hielten sich seine Leute überall versteckt, sie würden Rena abfangen, bevor sie eine Baumlänge weit gekommen war.

»Was hast du mit unseren Leuten gemacht?«, fragte sie und spürte, dass sie zitterte.

»Unseren Leuten? Sind nicht *wir* deine Leute? Die Menschen im Garten des Feuers?«

»Gut, dann frage ich anders«, sagte Rena. »Wo ist der Rat der vier Gilden?«

»Alle tot, meine liebe Rena. Es gibt keinen Rat mehr. Deine Botschaft kam zu spät, aber trotzdem war sie nicht sinnlos. Sie hat mich zum Lachen gebracht.«

Ein eigenartiges Prickeln durchlief Rena. Es fühlte sich an, als würde ihr Körper jede Empfindung verlieren, aber wahrscheinlich war es nur ihre Seele. Sie konnte nicht sprechen.

Dagua. Okam. Ennobar. Die Regentin. Die Delegierten. Alle – tot?

»Du bist kein Mensch«, schleuderte Rena ihm entgegen und spürte, wie sich die Tränen hinter ihren Augen stauten. »Wer so tötet, der … der ist es nicht wert, über Daresh zu herrschen. Du bist … *Abschaum*!«

Sie fühlte, wie die Worte ihn trafen, spürte sie einschlagen wie Pfeile in weiches Fleisch. Also konnte sie ihn doch noch verletzten, in Wut bringen, ihm seinen Triumph ein kleines bisschen vergällen. Wenigstens etwas. Aber reiz ihn nicht zu sehr, flüsterte eine Stimme in ihrem Kopf. Du und deine Freunde, ihr seid am Leben und könnt vielleicht fliehen. Noch ist nicht alles verloren.

Ja, noch leben wir, dachte Rena trotzig. Und vielleicht können wir rächen, was nicht rückgängig zu machen ist. »Wieso denkst du, dass irgendjemand dich anerkennen wird?«, fragte sie.

Cano schnappte nach dem Köder, er begann zu antworten – und diesen Moment nutzte Rena. Sie drehte sich um und rannte. Rannte um ihr Leben.

Sie hörte ihn fluchen und nach seinen Leuten rufen, hörte an seinen Schritten, dass er ihr folgte. Doch sie hatte einen Vorsprung. Und sie kannte dieses Gangsystem in- und auswendig, kannte es aus monatelangen Erkundungen und mit dem Instinkt des Erd-Menschen, des Tunnelbewohners. Selbst in völliger Dunkelheit hatte sie anhand der hauchzarten Luftströmungen, der Gerüche und der Beschaffenheit der Wände jederzeit gewusst, wo sie war.

In riskanter Geschwindigkeit jagte sie durch die Gänge. Hinter ihr tobten die Verfolger heran, dem Lärm nach drei oder vier Menschen. Instinktiv, noch immer voller Entsetzen bog Rena in einen Seitenstollen ein, von dem sie wusste, dass er sich ein paarmal verzweigte. An einer Kreuzung bog sie links ab und nahm an der nächsten Gabelung den mittleren Gang. Auf bloßen Füßen war sie so leise, dass die Männer kaum wissen konnten, welchen Weg sie genommen hatte. Und wenn sie einmal die falsche Abzweigung gewählt hatten, dann würde es lange dauern, bis sie wieder auf der richtigen Spur waren.

Rena hielt kurz an, lauschte. Sie diskutierten, zögerten anscheinend. Doch jetzt wurden die Stimmen lauter – verdammt, irgendwie hatten sie es doch erraten, wo sie entlanggelaufen war! Hatten die Leute des Propheten ihre Spuren lesen können? Obwohl die Diener die steinernen Gänge regelmäßig fegten, hatten sich an manchen Stellen doch ein paar Erdkrumen ansammeln können.

Sei's drum, dachte Rena. Schließlich hatte sie ihre Trickkiste bisher noch nicht einmal geöffnet! Sie sprintete voran, sprang eine Treppe hinunter und zwängte sich durch eine verborgene Abkürzung, die wahrscheinlich irgendwann einmal Iltismenschen angelegt hatten. Jetzt war sie zurück in einem der breiten Hauptgänge. In der Ferne hörte sie aufgeregte Stimmen rufen – vielleicht andere Anhänger des Propheten? Doch Rena hatte sowieso nicht vor lange in diesem Gang zu bleiben. Auf der einen Seite waren rechts und links Zimmer. Rena hatte einmal durch Zufall entdeckt, dass einer dieser Räume einen zweiten Ausgang hatte, durch den man in einen Paralleltunnel gelangte. Sie fand das Zimmer, schloss die Tür leise hinter sich, hastete durch die dunkle steinerne Halle und durchquerte die Tür, die unauffällig im Schatten einer der Säulen lag. Ja, ganz wie sie es in Erinnerung gehabt hatte: Jetzt war sie in einem der Seitengänge, den meist nur die Diener benutzten. So leise sie konnte, rannte Rena weiter, nahm noch einmal zwei Abzweigungen. Dann kauerte sie sich schwer atmend nieder und lauschte. Es war wieder so still wie zuvor. Keine Verfolger mehr.

Vielleicht haben Alix und Rowan den Lärm gehört, dachte Rena und hoffte mit aller Kraft, dass ihre Freunde in Sicherheit waren. Wieder fraß sich der unerträgliche Gedanke durch ihren Kopf, dass es den Rat nicht mehr gab. Tot, tot, alle tot. Sie musste ihnen irgendwie Bescheid sagen, was hier los war! Es gab nur einen Weg. Sie musste zum Treffpunkt. Rena verfluchte sich dafür, dass sie als Sammelpunkt ihre Räume in der Felsenburg gewählt hatte. Da Cano ja jetzt wusste, wer sie war, hatte er ihre Gemächer sicher von seinen Leuten besetzen lassen!

Ich muss es riskieren, dachte Rena und schlug den Weg zu ihren Räumen ein. *Tot, tot, sie sind alle tot.* Der Gedanke flammte durch ihre Seele, nicht einmal die Gefahr konnte ihn verbannen. Wachsam schlich sie die Gänge entlang, kletterte Treppen hoch. Es war völlig dunkel in diesem Teil der Burg, wahrscheinlich waren die Fackeln schon heruntergebrannt. Doch Rowan und Alix kannten das Gangsystem ebenfalls gut, sie würden die Räume oben in der Burg trotzdem finden.

Rena tastete nach den Reliefs an den Gangwänden, um sich zu orientieren … und erschrak furchtbar, als sie in etwas Weiches, Stinkendes fasste. Etwas, das sich bewegte!

»Cchrena«, sagte eine fauchende Stimme und fuhr in der Sprache der Iltismenschen fort: »Erkennsst du mich nicht?«
Beim Erdgeist – nur einer von *ihnen,* dachte Rena und ihr Herzschlag beruhigte sich wieder.
Sie überlegte, wessen Stimme das sein konnte. Die Art, wie er ihren Namen aussprach … ja, eigentlich konnte es nur ihr spezieller Freund Cchrneto sein. Dafür sprach auch sein Geruch, in dem die herbe Duftnote nach Dhatla mitschwang – er gehörte zu den Iltismenschen, die in den Ställen der Regentin arbeiteten. Gearbeitet hatten, erinnerte sich Rena und der Gedanke tat furchtbar weh. Sie schob ihn beiseite. Jetzt war nicht die Zeit, der Toten zu gedenken – jetzt musste sie sich erst einmal um das Überleben kümmern.
»Bist du mir gefolgt, Cchrneto?«, fragte sie leise. Wenigstens einer, der davongekommen war!
»Ja, und deine Sspuren habe ich verwissccht, deine Sspuren, damit ssie dich nicccht finden«, schnurrte es aus der Dunkelheit.
»Danke, mein Freund, danke«, sagte Rena. »Hast du auch meine Leute gesehen, die Frau mit der Haut aus Metall und den großen Mann mit dem Haar wie helles Gold? Sie sind nicht gefangen genommen worden, oder?«
»Icch habe niemanden gessehen, Cchrena, dir bin ich gefolgt.«
»Gut. Dann müssen wir uns einfach überraschen lassen …« Sie erklärte ihm schnell, wo sie hinmussten. »Dann mal los. Bitte sag mir sofort, wenn du jemanden hörst, sag mir es.«
Mit der Hilfe des Iltismenschen kam sie noch schneller voran als zuvor. Nach ein paar hundert Atemzügen waren sie in der

Nähe der Räume angelangt, die Rowan und sie noch vor kurzem bewohnt hatten. Vor kurzem, und doch schien es Monate her zu sein!

Rena kauerte sich in einer Nische nieder, in der normalerweise Vorräte abgestellt wurden. Bis zu ihren ehemaligen Räumen war es nur eine halbe Baumlänge. Sie spürte das warme Fell des Iltismenschen neben sich; er hatte sich ebenfalls in die Nische gedrängt. »Kannst du mal nachsehen gehen, ob dort jemand ist, dort in meinem Bau?«, wisperte sie in seine Richtung. »Wenn es schlimme Leute sind – dir werden sie sicher nichts tun. Mich aber suchen sie.«

»Icch cchehe«, klang es zurück und der Iltismensch huschte in die Dunkelheit davon.

Das Warten war unerträglich. Rena zwang sich langsam zu atmen, zählte ganz bewusst jeden Atemzug. Zehn. Zwanzig. Dreißig. Wann kam Cchrneto endlich zurück? Oder war er aufgehalten worden? Aber sie hatte keinen Lärm gehört ...

Dann plötzlich wieder der vertraute Geruch des Halbmenschen. »Cchrena, ess ssind zwei Menschen da, zwei.«

»Männer oder Frauen?«

»Ein Weibchen. Die Frau, die dass Feuer zähmen kann, dass Feuer. Und ein Mann.«

Eine Welle der Freude durchlief Rena. Wenigstens waren Alix und Rowan davongekommen! Anscheinend kannte sich Cano doch nicht gut genug in der Burg aus und hatte nicht gewusst, welches Renas Räume waren. Dem Erdgeist sei Dank.

»Komm«, sagte Rena und richtete sich auf, lief auf ihren bloßen Füßen zum Eingang ihrer Räume und schlüpfte hinein. Wie vertraut diese Zimmer waren und wie fremd nach all

dieser Zeit und in dieser Nacht. Ein junges Leuchttierchen, das Rowan kurz vor ihrer Abreise gekauft hatte, spendete geisterhafte Helligkeit. »Alix? Rowan?«
»Rena? Dem Feuergeist sei Dank!«
Etwas rührte sich. Jemand kroch aus dem Waffenschrank, den ein Vertreter der Feuer-Gilde ihnen einmal geschenkt hatte. Alix. Rowan kam hinter den blauen Vorhängen hervor, mit denen sie die steinernen Wände verhüllt hatten. Er umarmte sie erleichtert.
»Beim Nordwind, zum Glück ist dir nichts passiert.«
»Es war knapp. Ich bin Cano begegnet. Doch ich konnte ihn abschütteln.«
»Ich habe ein paar seiner Anhänger gesehen, sie aber mich nicht«, berichtete Alix. »Ich hätte nie gedacht, dass er es schaffen würde, die Burg einzunehmen! Diese verdammte Bande von aschfarbigen Maushunden! Er muss die Leute der Regentin irgendwie überrumpelt haben. Ich verstehe es einfach nicht. Die Farak-Alit ...«
»Er hat mir gesagt, dass er sie alle getötet hat.« Rena versuchte sich zu beherrschen, um nicht in Tränen auszubrechen. »Aber es liegt nirgendwo eine Leiche. Wie kann das sein?«
»Ich weiß es nicht. Vielleicht hat es etwas mit dem Kalten Feuer zu tun. Ich weiß nur eins – wir müssen hier raus. Und zwar schnell!«
»Wir könnten es durch den Ausgang an der Bergflanke versuchen«, schlug Rowan hastig vor.
»Aber das liegt zehn Baumlängen über dem Boden. Oder kannst du ein paar Storchenmenschen rufen, die uns da runterhelfen?«

»Ich werde es versuchen. Kommt drauf an, ob einer in der Nähe ist und mich hört.«

»Das können wir alles später besprechen«, drängte Rena. Unruhig blickte sie zur Tür. War da nicht eben ein Geräusch gewesen?

Vorsichtig öffnete sie die Tür, lugte hinaus. Der Gang war leer. Doch daran, wie unruhig Cchrneto war, merkte Rena, dass die Anhänger des Propheten nicht weit sein konnten.

Rowan warf noch einen letzten, bedauernden Blick auf seine Besitztümer, die er zurücklassen musste, wahrscheinlich für immer. Dann folgte er ihnen in den Gang. Cchrneto trottete hinter ihnen her, hob ab und zu den Kopf und witterte.

Die Fackeln waren in diesem Teil der Burg noch nicht ganz heruntergebrannt und die steinernen Gänge wurden durch ihr schwaches rötliches Glühen erhellt. Wortlos verständigten sie sich über die Richtung und begannen vorsichtig nach Süden zu gehen, zu dem verborgenen Ausstieg, den ihnen Ennobar einmal gezeigt hatte. Er lag zwischen dem Küchentrakt und den Räumen der Bediensteten weit oben in der Burg.

Rena spürte, wie Cchrnetos Nackenhaare sich sträubten. Sein leises Fauchen alarmierte auch die anderen. Wenige Atemzüge später hörten sie es selbst: Schritte, das Rascheln von Kleidung. Aus den Südgängen – dort, wo sie hinwollten!

»Scheiße!«, zischte Alix und dann drehten sie sich alle vier um und rannten. Jetzt brauchten sie nicht mehr leise zu sein, die Männer in der schwarzen Kleidung hatten sie schon bemerkt. Aufgeregte Rufe hallten durch die Gänge, als sie ihre Beute vor sich sahen.

Schon nach ein paar Baumlängen wusste Rena, dass sie es nicht mehr zu dem geheimen Ausstieg schaffen würden. Sie flohen genau in die falsche Richtung. Mit jedem Schritt entfernten sie sich weiter von dem rettenden Tunnel, der nach draußen an die Flanke des Berges führte!

Ihre rennenden Füße machten ein hämmerndes Geräusch auf dem harten Boden. Hinter ihnen konnte Rena den keuchenden Atem ihrer Verfolger hören. Verzweifelt überlegte sie, wie sie die Leute des Propheten abschütteln konnten. Ihre Gedanken drehten und wanden sich wie ein Tier in der Falle. Falle, hämmerte es in Renas Kopf, wir sitzen in der Falle.

Doch dann kehrte blitzartig die Erinnerung an das andere Mal zurück, wo sie gemeint hatten in der Falle zu sitzen. Damals, als sie den Aufstand gegen die Regentin angeführt hatten. Als sie sich in die Burg eingeschmuggelt und entdeckt hatten, dass sich die heimlichen Herrscher Dareshs, die Berater der jungen Regentin, tief in den Eingeweiden der Burg ein gesichertes Versteck gebaut hatten. Es war schon lange verlassen – und konnte ihnen vielleicht doch das Leben retten.

»Wenn wir jetzt irgendwie abbiegen können, schaffen wir es vielleicht noch zum Ausstieg«, rief Rowan.

»Nein!« Rena schüttelte den Kopf. »Wir müssen nach unten, nicht nach oben!«

Rowan blickte sie an, als wäre sie verrückt. Natürlich, er kannte das Versteck der Kutten nicht, das sie durch Zufall gefunden hatten. Er war damals nicht dabei gewesen. Doch Alix hatte anscheinend begriffen. Sie nickte heftig.

Rena setzte sich an die Spitze ihrer kleinen Gruppe und rannte voraus, so schnell sie konnte. An den Reliefs der Wände

erkannte sie, dass sie gar nicht mehr so weit von dem Raum entfernt waren, in dem sich der Eingang befand.
Und da war er, der schmucklose Saal, in dem sich damals noch die *Quelle* befunden hatte, der geheimnisvolle Stein, von dessen Kräften niemand gewusst hatte. Rena warf sich gegen die Tür, sie drängten sich alle in den leeren Saal und warfen das Portal hinter sich zu. Sie verriegelten sie schnell und erlaubten sich einen Moment lang aufzuatmen.
»Weißt du noch, wie es geht?«, fragte Alix atemlos.
»Ja«, sagte Rena. Wie hätte sie das vergessen können! Sie ging zu dem Sockel aus hellem, poliertem Stein, auf dem vor einer Ewigkeit, wie es jetzt schien, die *Quelle* gelegen hatte. Wie von selbst glitten ihre Finger auf die Druckpunkte, der Sockel sank vor ihnen in den Boden und gab die Öffnung zu dem Versteck frei. Flink turnte Alix die Griffkrampen hinunter und verschwand in der Dunkelheit. Mit großen Augen folgte ihr Rowan, dann kletterte Cchrneto in die Tiefe. Bevor sich auch Rena hinunterhangelte, warf sie noch einen letzten Blick auf die Tür. Ob Cano schon wusste, wo sie waren? Doch selbst wenn: an den Ort, wo sie hingingen, würden er und seine Leute nicht gelangen.
Vorsichtig tappten sie den geheimen Gang entlang und aktivierten hinter sich die alten Verteidigungsanlagen: Alix ließ das Feld mit den giftigen Stacheln hochfahren, die schwarzroten Dornen mit dem Extrakt aus Xenfian-Käfern glänzten im Licht ihrer Fackel. »Das wird er nicht riskieren«, sagte sie.
Er sicher nicht, dachte Rena grimmig. Aber vielleicht verlangt er von seinen Anhängern, sich auf die Dornen zu werfen, und marschiert dann über ihre Körper hinweg …

Natürlich war das Tass, das Feuer speiende Reptil, dem sie sich damals gegenübergesehen hatten, längst nicht mehr hier. Vielleicht hatte es sich, als das Futter ausblieb, aufgemacht in die Tiefen des Gangsystems, um dort zu jagen. Als Wächter wäre es nun auch nutzlos gewesen, denn die Menschen der Feuer-Gilde fürchteten Wesen seiner Art nicht.
Schließlich kamen sie zu der verborgenen Tür. Sie sah genauso roh behauen und staubig aus wie ein normales Stück Gangwand, doch Rena kannte den Trick, mit dem man sie nach innen schwenken konnte. Mit einem leisen Knirschen schob sich der schwere Stein beiseite und sie sahen die Treppe, die nach unten führte.
Doch als Rena den Gang betreten wollte, erstarrte sie. Dort auf den Stufen waren frische Fußspuren!
»Bis hierhin und nicht weiter oder ihr sterbt auf der Stelle!«, sagte eine Männerstimme scharf.

Calonium

Rena stutzte. Konnte das sein? Das klang wie der wichtigste Vermittler der Regentin, ihr alter Verbündeter! »Ennobar?! Bist du das?«
»Beim Erdgeist, beinahe hätte ich dir den Schädel eingeschlagen, Rena«, knurrte ihr Mentor. »Bitte das nächste Mal vorher anklopfen.«
»Du lebst noch!«, sprudelte es aus Rena heraus. Ihr war nach

Lachen und Tanzen zu Mute. »Also hat Cano gelogen. Er hat behauptet, ihr wärt alle tot!«
Alix hob die Fackel und leuchtete dem Mann, der dort auf den Stufen stand, ins Gesicht. Ennobar wirkte hager und abgehärmt, aber er rang sich ein schwaches Lächeln des Willkommens ab. »Einige von uns haben es auch nicht überlebt«, sagte er müde. »Okam ist tot und ein paar andere Delegierte. Aber Dagua, ich, die Regentin und eine Hand voll andere sind davongekommen, weil wir uns hier verschanzen konnten. Und viele der Bediensteten sind in den Weißen Wald geflohen. Kommt erst mal runter, dann besprechen wir alles Weitere.«
Ein paar Atemzüge später standen sie im geheimen Saal, dem ehemaligen Hauptquartier der Kutten, der Berater der Regentin. Oder zumindest war es das gewesen, bis Rena und Alix ihre ganze Zunft hatten auffliegen lassen und die Kutten in die Verbannung gegangen waren. Der Raum war roh aus dem Felsen herausgemeißelt worden, einfache viereckige Säulen stützten die niedrige Decke. Es war ein jämmerliches Grüppchen, das sich in diesem staubigen, kühlen Gemäuer um sie versammelte. Fünf Männer und vier Frauen. Aber es gab ein großes Hallo des Wiedersehens. Rena war gerührt, dass sich die Mitglieder des Rats so offensichtlich freuten sie zu sehen.
»Hättet ihr euch vorstellen können, dass es einmal so enden würde?«, fragte Dorota von der Erd-Gilde kopfschüttelnd. »Damals, als der Schmied uns warnte?«
»Keiner hätte sich das vorstellen können«, sagte Rowan und ließ sich müde auf einem der Hocker nieder.
Die Regentin nickte. Sie wirkte noch immer distanziert und

kühl, aber auch jung und ein wenig hilflos. Ihre reich verzierte Robe war verdreckt und zerrissen. Niemand erweist ihr Respekt, bemerkte Rena. Aber wieso sollten wir auch? Sie ist nur ein Symbol – und nicht mal ein besonders gutes.

»Wie ist die Situation oben?«, fragte Dagua, der Delegierte der Wasser-Gilde. Seine sonst so verschmitzten blauen Augen waren ernst. »Als wir hierher geflüchtet sind, schien die ganze Burg von diesen Gestalten überschwemmt und durch die Gänge fegte überall das Kalte Feuer und tötete unsere Leute. Selbst die Farak-Alit sind davor geflohen und die Diener haben das Weite gesucht.«

Rowan, Rena und Alix blickten sich an. Wie sollten sie ihnen jetzt beibringen, dass das Kalte Feuer – wenn ihre Theorie stimmte – nur den tötete, der davon überzeugt war, dass er sterben würde? Rena machte sich daran, zu erklären, was sie über den Propheten des Phönix wussten und was sie bei den Sieben Türmen gefunden hatten. »… das heißt, wenn es so ist, wie wir vermuten, dann hat er ein Stück Dunkelzone mitgenommen und setzt es ein, um damit das Kalte Feuer zu erzeugen«, schloss sie.

»Hätten wir das nur eher gewusst.« Ennobar seufzte. »Aber es ist noch nicht zu spät. Denn früher oder später müssen wir hier raus. Hier unten sind wir zwar sicher, doch wir sitzen fest. Vorräte haben wir fast keine mehr.«

»Machen wir einen Plan«, sagte Rena und zwang sich energisch und hoffnungsvoll zu klingen. »Vorschläge?«

»Hier kommen wir nie raus«, seufzte Aron, der Delegierte der Feuer-Gilde. »Nicht, solange dieser Wahnsinnige da oben tobt.«

Wenn sie alle so denken, haben wir keine Chance, dachte Rena ärgerlich. »Das hilft uns jetzt wirklich nicht weiter.«
Schweigen.
»Wir könnten versuchen uns durch den Einstieg oben an der Bergflanke zu retten und in den Weißen Wald zu fliehen«, meinte eine der Frauen ohne Überzeugung.
»Es genügt jedenfalls nicht, unsere eigene Haut zu retten«, sagte Rowan fest. »Jeder Mensch und Halbmensch auf Daresh soll erfahren, was bisher nur wir wissen: Dass das Kalte Feuer nicht tödlich sein muss. Das ist unsere wichtigste Aufgabe – diese Botschaft zu verbreiten.«
»Wir müssen also auf jeden Fall hier raus«, sagte Alix trocken. Sie mischte sich zum ersten Mal in die Diskussion ein. »Und ich glaube, ich habe eine Idee, wie wir das schaffen und gleichzeitig den Propheten des Phönix ausschalten können. Vielleicht ein für alle Mal.«
Alle Augen richteten sich auf sie.
Rena beobachtete ihre alte Freundin erstaunt. Cano ausschalten, ihren Bruder? Aber anscheinend meinte sie es ernst. Rena sah, wie viel Überwindung es Alix kostete, sah es in den neuen Linien in ihrem Gesicht und daran, wie stolz und unnahbar sie plötzlich wirkte. Das war ihr Schutzschild.
»Der Prophet des Phönix ist nicht nur ein Messias«, sagte Alix langsam. »Er ist auch ein Mensch. Ein Mensch namens Cano. Ein Erzsucher mit einem außergewöhnlichen Gespür für Metalle. Und es gibt ein Metall, das er schon sein ganzes Leben lang sucht.«
»Woher weißt du das, Alix?«, unterbrach sie Ennobar verdutzt.

Die Schmiedin senkte den Kopf, antwortete nicht gleich. Rena litt mit ihr und war doch froh, dass Alix den Mut aufbrachte, wieder aufzublicken und zu sprechen. Ihre Stimme war klar und fest. »Cano ist mein Bruder.«

Einen Moment lang schlug der Schmiedin eine Welle puren Hasses entgegen. Rena konnte fast spüren, wie die Luft sich mit Wut tränkte.

»Ihr Bruder?«, brüllte eine Delegierte und Dagua konnte sie nur mit Mühe zurückhalten. »Dieser verdammte Wahnsinnige, der so viele Menschen auf dem Gewissen hat?«

»Hör auf, Dorota – man kann sich seine Verwandtschaft nicht aussuchen«, sagte Dagua scharf. »Lasst sie in Ruhe. Was hast du eben erzählt, Alix – das mit dem Metall, was meintest du damit?«

»Calonium«, erklärte Alix. »Er wollte schon immer Calonium haben. Man sagt, dass es das Leben verlängert und man daraus Waffen schmieden kann, die ganz besondere Eigenschaften haben. Und das Wichtigste ist: Ich weiß, dass hier in der Burg ein Stück Calonium lagert. Eins der ganz wenigen, die es auf Daresh gibt.«

»Woher wisst Ihr das?«, mischte sich die Regentin ein.

Alix grinste sie freudlos an. »Denkt Ihr etwa, Ihr könnt so etwas geheim halten – vor Menschen der Feuer-Gilde, die Metalle im Boden und hinter Mauern spüren? Sicher weiß Cano schon, dass das Zeug hier in der Burg ist. Er wird keine Ruhe geben, bis er es hat.«

»Er wird es nicht finden.« Der Ton der Regentin war hochmütig. »Es ist gut versteckt.«

»Ich weiß. Ich habe es nicht gefunden und ich hatte Monate Zeit, es zu suchen, während ich hier in der Burg gelebt habe.«

»Was ist dein Plan?«, fragte Dagua geduldig. »Uns mit dem Calonium freizukaufen?«
»Das würde nicht funktionieren. Er würde uns töten lassen und es sich einfach nehmen. Aber wir könnten das Zeug als Köder benutzen. Um ihn aus der Burg rauszukriegen und draußen in den Wäldern in einen Hinterhalt zu locken.«
Erstauntes Schweigen quittierte ihre Worte. Ruhig blickte Dagua Alix an. »*Wir* sollen *ihn* in einen Hinterhalt locken? Wir sind nur eine Hand voll unbewaffnete Menschen.«
»Ich weiß. Aber das macht nichts. Ich brauche euch dafür auch nicht«, sagte Alix. Ihr Gesicht war hart und verschlossen. »Das schaffen wir schon alleine. Rena, Rowan und ich.«
»Glaubt Ihr denn wirklich, dass es funktionieren wird?«, fragte Dorota hoffnungsvoll. »Dieser Prophet hat viele Anhänger, sie sind überall!«
Alix blickte ihr in die Augen. »Ich weiß nicht, ob es funktionieren wird. Aber ich fürchte, es ist unsere einzige Chance.«
»Vielleicht sollte eine zweite Gruppe sich aufmachen und versuchen an Vorräte heranzukommen«, schlug Ennobar vor. »Doch ansonsten ist gegen deinen Plan nichts einzuwenden, Alix. Ich bin dir dankbar, dass du diese Aufgabe übernimmst.«
Alix zuckte nur die Schultern. Rena ahnte, dass es für sie nur eine Möglichkeit war, Verantwortung für das zu übernehmen, was ihr Bruder getan hatte.
»Gut«, sagte Dagua und wandte sich an die Regentin. »Holt bitte das Calonium, damit wir diesen Hinterhalt möglichst bald legen können.«
»Das werde ich *nicht* tun.«

Zuerst konnte keiner von ihnen glauben, was er gehört hatte. Sie weigert sich, begriff Rena nach und nach. Sie will uns nicht retten. Dieser blöde Klumpen Metall ist ihr wichtiger als die Bewohner von Alaak!

»Ihr werdet dieses Zeug holen oder ich werde persönlich dafür sorgen, dass Ihr es bereut.« Daguas Stimme war so eisig, dass die Regentin blass wurde. Doch sie schüttelte den Kopf.

»Trotzdem sollten wir schon mal bedenken, wie wir morgen vorgehen – auf keinen Fall darf dem Weißen Wald bei diesem Gefecht etwas geschehen«, sagte Dorota.

Rena presste die Lippen aufeinander. Natürlich war das wichtig. Wenn ein lebender Baum verletzt wurde, wehrte sich der Wald und machte den Erd-Leuten das Leben schwer. Doch die Delegierte schien sich mehr Sorgen um den Wald zu machen als um Alix, Rowan und sie!

»Wir müssen den Hinterhalt eben gründlich planen, dann wird es schon glatt gehen«, sagte einer der anderen Delegierten.

»Aber nicht jetzt«, meinte Ennobar. Vielleicht war ihm aufgefallen, wie erschöpft sie wirkten. »Lasst sie erst mal schlafen. Wenn sie in den frühen Morgenstunden aufbrechen sollen, müssen sie sich jetzt ausruhen.« Er funkelte die Regentin wütend an. »Und ich glaube, einige von uns brauchen Zeit zum Nachdenken.«

Alix, Rena und Rowan richteten sich in einer Nische hinter den Säulen ein Lager. Dann ging Rowan noch einmal zurück zu den anderen, um sich mit der Delegierten seiner Gilde zu beraten. Schweigend lagen Alix und Rena da und starrten an die Decke des Gewölbes, auf der sich Schattenmilben tummelten.

»Du nimmst es mir doch nicht übel, dass ich euch da mit reingezogen habe?«, fragte Alix leise. »Es erschien mir einfach so verdammt normal, dass ich euch dabeihaben wollte. Erst später habe ich nachgedacht, und dann ...«

»Hör auf, Alix«, sagte Rena. »Du hast uns nicht in irgendwas reingezogen. Wir sind längst drin. Von dem Moment an, als dieser Schmied in die Ratssitzung geplatzt ist, waren wir drin in der ganzen Sache.«

»Wir werden es morgen zu Ende bringen. Ich hoffe nur, dass wir Recht haben mit diesem Kalten Feuer.«

»Ja, das hoffe ich auch. Sonst überlebt keiner von uns den Tag. Dafür wird Cano schon sorgen.«

»Sag mal, hast du eigentlich nur Cano gesehen – hier in der Burg? Oder auch andere seiner Leute? Diesen Schwertkämpfer – Tavian?«

»Nein, den habe ich nicht gesehen«, antwortete Rena und fragte sich, warum Alix das wissen wollte. Neugierig musterte sie das Gesicht der Schmiedin, aber es war zu dunkel, um viel zu erkennen. Hatte sie Angst vor Tavian? Immerhin war er einer der wenigen gewesen, die sich ihr ebenbürtig gezeigt hatten. Doch sie kam nicht lange dazu, nachzudenken. Dazu war sie viel zu müde.

An der Art, wie Rena sich bewegte, merkte Alix, dass ihre junge Freundin eingeschlafen war. Doch obwohl sie selbst die Augen geschlossen hielt, lag sie wach. Es ging ihr zu vieles im Kopf herum, zu vieles war geschehen. Cano hier, in der Burg. Der Rat. Das Calonium. Warum hatte sie eben nach Tavian gefragt? Sie wusste es selbst nicht genau. Sie blickte in sich hinein und fand eine seltsame Mischung von Gefühlen und Bildern vor. *Ein hartes, vom Leben gezeichnetes und doch offenes Gesicht. Goldgefleckte Augen, die nachdenklich blicken, die sie beobachten.*

Du hast dir gewünscht, er wäre hier, beschuldigte sich Alix in Gedanken. Was ist bloß mit dir los? Er hätte dich beinahe erledigt, ganz schön knapp war das auf dem verdammten Berg. Und jetzt fragst du nach ihm. Sie zwang sich an andere Dinge zu denken, an das Calonium, daran, was sie tun mussten … *Wüsste gerne, aus welchen Metallen er sein Schwert geschmiedet hat. Und was für Verse darauf stehen. Aber so nahe an dieses Schwert heranzukommen wäre mit Sicherheit tödlich.*

Alix gab auf und wehrte sich nicht mehr. Sie ließ ihre Gedanken zurückschweifen, ließ sie vorsichtig Dinge berühren, die sie tief in sich vergraben hatte. Wie sie damals, vor so langer Zeit, Eo kennen gelernt hatte. Eo von der Luft-Gilde. Nein, so lange war es gar nicht her. Fünf Winter gerade mal. Das war eigentlich nicht viel. Komisch, diesmal tat es nicht so weh, an ihn zu denken. Wo er wohl jetzt war? Und ob er manchmal bedauerte, dass er sie verraten hatte? Wofür er das Geld wohl ausgegeben hatte, das sie ihm dafür gezahlt hatten?

Alix stellte fest, dass all das sie nicht mehr wirklich interessierte. Der Hass war weg, irgendwann zerbröckelt und weggeweht worden. Eo war ein Stück ihrer Vergangenheit, das alles zählte nicht mehr. Ihre Rache hatte sie in Belén gehabt. Was zählte, war, dass sie hier und jetzt ihre Gefühle unter Kontrolle hielt. Tavian gehörte zu ihren Feinden, war Canos Verbündeter. Für ihn war sie sicher nur eine weitere Ungläubige.

Alix musste lächeln, als sie daran dachte, wie Rena von Cano erzählt hatte. Kein Zweifel, er hatte geschafft sie zu faszinieren. Das passierte so vielen. Ob etwas gewesen war zwischen den beiden? Sie hoffte nicht. Könnte aber sein, dachte Alix, sonst hätte Rena ausführlicher von ihrer Zeit im Garten des Feuers erzählt. Wie auch immer. Jeder musste solche Erfahrungen machen.
Ihre Gedanken kehrten zurück zu Eo und zu Tavian. Fünf Jahre. Das war eine lange Zeit. Natürlich hatte sie Liebhaber gehabt seither. Nicht viele, eine Hand voll. Fremde meist, interessante Männer, die sie auf ihren Reisen kennen gelernt hatte. Das war es nicht, was ihr fehlte. *Goldgefleckte Augen, ein hartes, aber nicht brutales Gesicht ...*
Rostfraß und Asche, dachte Alix, wütend über sich selbst. Vielleicht muss ich diesen Tavian töten, damit ich aufhören kann an ihn zu denken!

Und dann war es so weit. Hände rüttelten sie vorsichtig, eine Stimme – Daguas Stimme – flüsterte: »Es ist Zeit.« Rena war sofort wach und ihre Nerven ließen sie spüren, dass in den letzten Tagen viel geschehen war. Sie setzte sich auf. Neben ihr gähnte Rowan.
»Wir haben es geschafft – wir haben sie überredet.« Dagua lächelte, doch um seine Augen waren tiefe Schatten. »Aber es hat die halbe Nacht gedauert. Vielleicht sollten wir wirklich mal darüber nachdenken, ob das Regententum nicht abgeschafft werden sollte.«
Er streckte die Hand aus und Rena sah einen kleinen Klumpen silbrigblau schimmernden Metalls darin liegen. »Sie hat uns leider nicht verraten, wo sie es versteckt hatte.«

»Rostfraß und Asche!«, sagte Alix ehrfürchtig und strich mit den Fingerkuppen über die glatte Oberfläche. »Es fühlt sich warm an …«

Dagua steckte das Calonium in einen kleinen Lederbeutel an einer Schnur und reichte ihn Alix. »Pass gut drauf auf, schöne Frau! Sie wird es wiederhaben wollen.«

»Kann ich gut verstehen«, sagte Alix und hängte sich den Beutel um den Hals.

Sie verabschiedeten sich von den Überlebenden und machten sich auf den Weg nach draußen. Es kostete Überwindung, das geheime Versteck zu verlassen. Hier draußen, in den Gängen der Burg, gab es keine Sicherheit mehr, jeden Moment konnte jemand über sie herfallen. »Wir müssen schnell machen«, flüsterte Alix. »Denkt dran: Wenn uns Cano nah genug kommt, kann er das Calonium spüren und weiß, wo ich bin.«

Rena nickte. Es war ein Risiko, das sie eingingen. Dadurch dass Cano als geschulter Erzsucher das Metall fühlte, konnten sie ihn in den Weißen Wald locken – aber er durfte sie auf keinen Fall erwischen, solange sie noch in der Burg waren.

»Was ist, nehmen wir den Ausgang an der Bergflanke?«, fragte Rowan.

»Abwarten.« Rena wandte sich an den Iltismenschen. »Sag mal, Cchrneto, kennst du noch andere Wege nach draußen? Ihr habt doch sicher welche angelegt? Es sieht euch nicht ähnlich, euch einfach so in der Burg einsperren zu lassen. Ich weiß, es ist verboten, eigene Tunnel zu bauen, aber wir werden es nicht weitersagen.«

Mit großen, spiegelnden Augen blickte er sie an und schwieg.

»Bitte«, sagte Rena eindringlich.

»Nur wir cchennen ssie, nur wir, Cchrena. Nie ssagen darfsst du ess, nie.«
»Ich verspreche es«, versicherte Rena schnell und die anderen nickten.
»Gut.« Der Iltismensch glitt voran und sie folgten ihm eilig. Rena hielt sich dicht hinter Cchrneto; sie sah fast genauso gut im Dunkeln wie er. Ein- oder zweimal hörten sie Schritte und der Halbmensch gab ihnen das Signal, sich in eine Felsnische zu kauern. Nach ein paar Atemzügen konnten sie weiter.
Die meisten Fackeln in den Gängen waren inzwischen heruntergebrannt und erloschen.
»Beim Nordwind, ganz schön finster hier!«, sagte Rowan.
»Es sind eben keine Diener mehr da, um die Fackeln ständig zu ersetzen.« Rena lauschte aufmerksam, gab Entwarnung, dann konnten sie wieder eine Baumlänge weit voranschleichen.
Kühl war es in der Burg geworden. Das ausgeklügelte Warmluftsystem war nicht mehr in Betrieb. Rena fröstelte in der feuchten Luft. Sie war froh, als sie endlich den geheimen Gang erreichten. Wie Rena schon erwartet hatte, war er niedrig, so dass sie sich auf allen vieren voranbewegen mussten, und voller Ungeziefer. Aber von keinem ihrer Freunde kam ein Wort der Klage. Schweigend krochen sie voran und schürften sich Knie und Hände auf. Nur ihre Atemzüge und die Geräusche, die sie auf dem Sandboden machten, waren zu hören.
»Können Canos Leute uns irgendwie durch den Gang folgen?«, fragte Rena Cchrneto.
»Keine Ssorge, Cchrena, wir cchaben den Gang wiederrr zugemacht, keine Ssorge.«

Nach einer scheinbar unendlich langen Zeit, als sie schon völlig zerschunden waren, kam der Gang neben einem großen Colivar an die Oberfläche. Weißes Laub und Erdkrümel rieselten auf sie herab, als sie sich den letzten halben Meter nach oben durchgruben. Anscheinend wurde der Gang zur Sicherheit immer wieder zugeschüttet. Selbst Rena hätte den Colivar schwer von anderen unterscheiden können und wusste, dass sie keine große Chance hatte, diesen Baum wieder zu finden.

Unruhig sah sich Alix um. Sie macht sich Sorgen, dachte Rena. Und das war kein beruhigender Gedanke. »Glaubst du, er weiß schon, dass wir draußen sind?«

»Ganz sicher. Aber er wird eine Weile brauchen, bis er uns hierher verfolgt hat.«

»Wie lange haben wir Zeit?«

»Einen viertel Sonnenumlauf vielleicht. Du bist dran, Rena. Das hier ist deine Gegend. Welchen Ort wolltest du für den Hinterhalt nehmen?«

Es war ein unheimlicher Gedanke, dass einer der gefährlichsten Männer Dareshs ihnen auf den Fersen war. Und dass nun so viel von ihr und den anderen Menschen der Erd-Gilde abhing. Rena zwang sich den Gedanken auszublenden und konzentrierte sich auf ihre Aufgabe. »Eine kleine Schlucht in der Nähe des Dorfs Fenimor.« Schnell kratzte sie eine Skizze der Gegend in den Boden. »Dort ist sehr dichter Wald, viele Dalamas und Dakemas. Durch die Schlucht verläuft ein ziemlich schnell fließender Fluss. Wenn du Cano und seine Kämpfer hier entlanglockst, können wir mit relativ wenig Leuten die ganze Schlucht abriegeln. Außerdem wird er vermutlich

mit einem kleinen Trupp kommen; er muss ja genug Leute in der Felsenburg lassen, um sie zu halten.«
»Und wie, bitte, entkomme ich? Ich habe keine Lust, mit Cano und seinen Gesellen in der Schlucht festzusitzen.«
»Für dich müssen wir ein Floß bereitstellen – das ist aus ein paar Holzplanken schnell gebaut. Du wirfst dich darauf und treibst schnell davon. Sie werden dir nicht folgen können.«
»Außer sie werfen sich ins Wasser und schwimmen dir hinterher«, meinte Rowan.
»Ausgeschlossen«, sagte Alix. »Ein Mensch der Feuer-Gilde würde das nicht tun, selbst wenn er in Lebensgefahr wäre.«
»Darauf habe ich eigentlich auch gezählt.« Rena beobachtete Alix. »Traust du dir das mit dem Floß zu?«
»Dabei kann man ins Wasser fallen, oder?«
»Nur wenn du dich ungeschickt anstellst.«
»Na, dann muss ich mich eben geschickt anstellen.« Alix grinste, doch es wirkte nicht sehr natürlich.
»Und woher bekommen wir die Leute, die wir zum Abriegeln der Schlucht brauchen?«, fragte Rowan. »Hast du in Fenimor Verwandte?«
»Ja. Eine Tante und ein Cousin von mir leben dort. Und einige der anderen Meister kenne ich auch. Sie werden mir helfen. Natürlich besonders gerne, wenn sie erfahren, dass es gegen die Feuer-Gilde geht.« Entschuldigend blickte Rena zu Alix hinüber. »Ich sollte mich gleich auf den Weg machen und sie benachrichtigen. Ihr müsst in der Zwischenzeit das Floß bauen und es an einer guten Stelle verstecken. Cchrneto zeigt euch den Weg zur Schlucht.«
Rowan nickte. »Wo treffen wir uns?«

»Auf der Anhöhe. So bald wie möglich. Ich werde mich beeilen.« Rena stand auf.

»Moment noch.« Rowan nahm sie in die Arme, drückte sie fest an sich. Sie küssten sich lange und Rena fuhr mit der Hand durch seine widerspenstigen hellblonden Haare, wie sie es so gerne tat. Hoffentlich passiert ihm nichts!, dachte Rena voller Wärme für diesen Mann, der sie so gut kannte und ihr schon so lange nahe war. Plötzlich fiel ihr auf, wie viel sich zwischen ihnen verändert hatte, seit sie damals nach der Warnung des Schmiedes losgereist waren. Es ist fast wieder wie früher, dachte sie, und trotz der Gefahr, in der sie schwebten, war ihr das Herz leicht, während sie den Waldpfad entlanglief.

Im Dorf war es ungewohnt ruhig. Niemand war auf dem Dorfplatz aus festgestampfter Erde, und auch zwischen den Erdhäusern war niemand zu sehen. O nein!, dachte Rena und spürte, wie Verzweiflung in ihr aufstieg. Ist Cano hier durchgekommen auf seinem Weg zur Felsenburg? Ist hier niemand mehr am Leben?

Doch dann hörte sie schon einen Schrei. »Reeeena!«

Rena blickte sich um. Also war doch jemand hier. Sie sah die neugierigen blauen Augen eines Jungen aus einem Gebüsch jenseits des Dorfes schauen. Ein zweites Gesicht – das eines Mädchens mit wildem braunem Haarschopf und verwegenem Lächeln – erschien neben ihm.

»Nik? Rika? Was macht ihr denn da!«

Nik war ihr jüngster Cousin, der Sohn ihrer Tante Nirminda. Er musste jetzt zehn sein. Da er ein zartes, kränkliches Kind war, hatte ihre Tante ihn noch nicht in die Lehre gegeben. Rika war zwei Jahre jünger als er, aber der Kopf hinter so

manchem Streich – ein Wildfang, der sich an keine Regeln hielt und nur schwer bändigen ließ.
»Sie sind alle im Haus von Lodovico«, berichtete Nik, »und überlegen sich, was sie machen sollen.«
»Ach so«, sagte Rena und schickte einen kurzen Dank an den Erdgeist. »Ihr solltet nicht hier draußen herumstreunen. Das ist gefährlich im Moment, wirklich!«
Ein begeistertes Lachen drang hinter den Büschen hervor, es raschelte, dann waren die beiden Gesichter verschwunden und tauchten nicht mehr auf. Rena zuckte die Schultern und ging hinüber zum Erdhaus von Lodovico. Es war das größte Gebäude in Fenimor, doch jetzt war es furchtbar eng darin; dreißig aufgeregte, schwitzende Menschen drängten sich hier.
»Ach du meine Güte, Rena!«, sagte ihre Tante, als sie öffnete. »Was hast du denn an? Du siehst aus, als hättest du in deiner Tunika geschlafen!«
Beinahe musste Rena grinsen. Das war typisch Tante Nirminda: Sie war sich immer ein wenig zu fein gewesen für ein gewöhnliches Erd-Gilden-Dorf und legte höchsten Wert auf Gepflegtheit und korrekte Umgangsformen. »Habe ich auch, Tante Nirmi.«
Sie drängte sich ganz nach vorne durch, wo Lodovico – der wichtigste Mann des Dorfes – Hof hielt. Er war nicht besonders groß, aber das machte er durch Leibesumfang und seine Persönlichkeit wett. »Eine Katastrophe für unseren Wald!«, donnerte er gerade und schwenkte einen schweren Holzstab. »Wir müssen etwas tun!«
Der Stab erinnerte an das, wofür Lodovico einmal berühmt gewesen war: In seiner Jugend konnte er Äste, die so dick

wie sein Arm waren, spielerisch entzweibrechen. Und er war überzeugt davon, dass das noch immer kein Problem für ihn war. Taktvoll hatte ihn schon lange niemand mehr gebeten das unter Beweis zu stellen.

»Hört mir zu!«, rief Rena. Sie stellte sich auf die Zehenspitzen und hob die Stimme, damit alle sie verstanden. Am freundlichen Ausdruck auf den Gesichtern sah sie, dass die Bewohner von Fenimor sie erkannt hatten. »Ich komme gerade aus der Felsenburg. Wir müssen schnell handeln! Der Prophet ist auf dem Weg hierher und ich brauche eure Hilfe!«

Verschreckt glotzten die Dorfbewohner sie an, dann redeten alle durcheinander – ein Lärm, der in dem voll gepackten, niedrigen Raum taub zu machen schien. Gut, das war eindeutig zu direkt, dachte Rena verlegen.

»Ruhe!«, donnerte Lodovico. Schnell wurde es wieder still. Dann wandte er sich an Rena. »Meiner Treu! Dieser räudige Maushund auf dem Weg hierher! Bist du sicher?«

»Leider ja«, sagte Rena. Sie erklärte, was sie vorhatten und wo die Falle gestellt werden sollte. »Ich bräuchte ein paar Leute. Kannst du mir welche mitgeben?«

»Die Menschen der Erd-Gilde kämpfen nicht«, mischte sich ein dünner Mann mit strähnigen Haaren und bunt geflickter Lederweste ein. »Das weißt du doch, Rena. Wir müssen das Schicksal, das der Erdgeist uns zugedacht hat, annehmen.«

»Hör auf mit dem blöden Gerede, Moxy«, sagte Kip, einer von Renas Cousins und ein einfacher, hart arbeitender Mann mit reichlich gesundem Menschenverstand. Er war vor zwei Wintern Meister geworden und verstand sich auf das Fällen von toten Bäumen wie kein anderer. »Erstens glaubst du selbst nicht dran und zweitens haben nicht alle von uns Lust, mit anzuschauen, wie sie das Dorf niedermachen.«

»Recht hat er!«, riefen einige der anderen Männer. »Gut gesprochen, Kip!«

»Wir kämpfen nicht«, betonte Rena. »Wir halten sie nur auf. Niemand soll getötet werden.«

»Hm, ich glaube, ich gebe dir am besten *die Hand* mit«, sagte Lodovico. »Die Hand« war der Spitzname seiner Fünflinge. Sie waren in den letzten Jahren zu kräftigen jungen Männern herangewachsen, doch noch immer war es schwer, sie zu unterscheiden. Sie arbeiteten so gut zusammen, dass es manchmal schien, als stünden sie in Gedankenverbindung.

»Geht klar«, sagte einer von ihnen – entweder Lo, Do, Vic, Ke oder Al – und die anderen nickten.

»Wir kommen auch mit«, riefen ein halbes Dutzend andere Männer.

Wer weiß, wie oft Gildenfehden so angefangen haben, dachte Rena, plötzlich nachdenklich geworden. Jemand kommt mit der Nachricht von einem Unrecht, das begangen wurde, und alle stürmen los ohne lange nachzufragen …

»Aber Moment«, mischte sich Moxy noch einmal ein. »Was ist mit diesem furchtbaren Weißen Feuer, das sie angeblich haben? Sollen wir alle verbrennen?«

Schreckensrufe ertönten. Ein paar der Männer sahen so aus, als hätten sie sich das mit dem Mitkommen eben noch mal überlegt.

»Es ist ein Feuer, das nur schadet, wenn man glaubt, dass es einem schadet«, verkündete Rena. »Ich kann es jetzt nicht erklären, weil es eine komplizierte Sache ist. Wichtig ist: Ihr dürft keine Angst vor dem Kalten Feuer haben! Es ist eigentlich völlig ungefährlich!«

Dreißig Augenpaare blickten sie angstvoll an.

»Ja, aber ...«, sagte Kip.

»Tut mir Leid, glaube ich alles nicht«, erklärte Moxy.

»Kaltes Feuer, das wirklich kalt ist – na so was«, meinte Lodovico.

»Das alles muss ein *Albtraum* sein«, sagte Rikas Mutter.

»Denkt dran!«, schärfte ihnen Rena ein. »Es tut euch nichts!«

Doch gleichzeitig fragte sie sich, ob sie damit überhaupt Recht hatte. Was sie ihnen erzählte, war nur eine Theorie. Stimmte sie wirklich? Wenn nicht, dann waren sie alle verloren – durch ihre Schuld. Aber sie durfte jetzt keine Zweifel zeigen.

»Wir müssen euch Proviant mitgeben. Ihr werdet bestimmt Hunger bekommen«, murmelte Tante Nirminda und hastete in die Küche. Rena schaffte es nicht mehr, sie aufzuhalten. Proviant! Die gute alte Tante Nirmi!

»Wir müssen jetzt gleich los«, drängte Rena. »Es ist keine Zeit zu verlieren.«

Ihre Tante schaffte es gerade noch, Rena zwei Hand voll Nusskekse in die Tasche zu stecken, dann ging es los. Die Männer und die beiden Frauen, die sich bereit erklärt hatten mitzukommen, drängten sich durch und polterten nach draußen. Dreimal zwanzig Atemzüge später versammelten sie sich wieder vor Lodovicos Haus. Die meisten hatten sich irgendeine Waffe geholt – Holzstäbe meist oder eine Tasche voll Steine, die man als Wurfgeschosse verwenden konnte. Zwei oder drei, darunter Kip, hatten Äxte. Besorgt blickte Rena auf das jämmerliche Waffenarsenal und plötzlich wurde ihr bewusst, dass sie in dieser Gruppe die Einzige war, die Schwert und Dolch trug. Sie hatte sich schon so daran gewöhnt, dass sie es kaum noch bemerkte. Inzwischen beschwerte sich auch kein Gildenmeister mehr über ihre Ungebührlichkeit – Rena war auf Daresh so berühmt, dass man ihr die Marotte mit dem Schwert nachsah.

Rena wandte sich zum Gehen. »Gut, dann können wir ja los! Seid leise, bitte.«

Alix und Rowan hatten schnell gearbeitet: Das einfache Floß war bereits fertig. Seine Tragfähigkeit war sicher nicht berühmt, nass werden würde Alix ganz sicher, aber zumindest musste sie nicht in das verhasste Element eintauchen. Eifrig tarnten sie ihre Konstruktion mit Schlingpflanzen und Ästen.

»Hm, ich werde schon ein paar Atemzüge brauchen, um das Ding in den Fluss zu kippen – das heißt, ich benötige eine Baumlänge Vorsprung«, sagte Alix und schürzte nachdenklich die Lippen.

»Was schätzt du: Wie weit sind Cano und seine Leute noch weg?« Unruhig blickte sich Rena um.

»Er müsste eigentlich bald hier sein. Verzieht euch lieber auf die Anhöhe. Ich komme hier schon klar. Wie wollt ihr mich warnen, dass Cano kommt? Ihr werdet ihn dort oben als Erste sehen.«

»Ich werde pfeifen wie ein Rubinvogel«, sagte Rena und ahmte den trillernden Ruf nach. Sie war außer Übung, aber es klang trotzdem ganz vernünftig.

»Hier in der Gegend gibt es keine Rubinvögel«, wandte einer der Fünflinge ein.

»Eben deshalb.«

Alix setzte sich auf einen Baumstumpf am Ende der Schlucht, dort, wo sie warten sollte, und fingerte am Beutelchen um ihren Hals herum. »Schon verrückt«, meinte sie. »Jetzt habe ich endlich mal Calonium in der Hand und dann darf ich nicht mal was davon behalten. Meinst du, ich könnte mir wenigstens ein kleines Stück ...?«

»Alix!!!«

»Na gut, war ja nur eine Frage ...«

Schnell bereiteten sich die Fünflinge nach Kips Anweisungen vor, auf Befehl die Schlucht abzuriegeln. Oben gab es genug Felsbrocken, die sie hinabrollen konnten. Und im dichten Wald standen reichlich tote Bäume – mit ihnen konnte man in zehn Atemzügen eine massive Wand aus Holz und Ästen legen. Mit kritischem Blick musterte Kip, die Axt über der Schulter, die Bäume, die in Frage kamen. »Perfekt. Die Dinger sind so morsch, dass sie ohnehin bald von selbst umgefallen wären. Wir brauchen sie nicht mal anzusägen.«

»So, jetzt müssen Cano und seine Leute eigentlich nur noch in die Schlucht hereinmarschieren«, sagte Rena grimmig. Sie gab den Dorfbewohnern Anweisungen, wo sie sich postieren sollten, dann legte sie sich an den Rand der Anhöhe, von wo aus sie einen guten Blick über die Umgebung hatte. Es ging ziemlich steil hinunter von hier aus. Zufrieden stellte sie fest, dass außer Alix niemand ihrer Leute zu sehen war; die Erd-Menschen beherrschten die Kunst, mit dem Wald zu verschmelzen, perfekt.

»Ab jetzt müssen wir leise sein«, flüsterte Rowan. »Raubtiere haben gute Ohren.«

»Ich weiß.« Rena lauschte auf das, was sich die Bäume erzählten, während der Wind durch ihre Kronen strich, und behielt dabei die Schlucht im Auge. Natürlich waren sie im Wald das Tagesgespräch. Nur gut, dass keine Menschen der Erd-Gilde bei Canos Leuten waren; die Feuer-Leute verstanden die Sprache der Bäume nicht.
Sie warteten. Warteten. Ohne einen Laut, ohne eine Bewegung. Mit Nerven, die vor Angst zu vibrieren schienen.
Ein Zweig unter ihrem Körper drückte unangenehm. Doch Rena wagte nicht sich zu bewegen und vielleicht ein Geräusch zu machen. Sie beobachtete Alix, die unten in der Schlucht saß und wachsam auf ihre Umgebung achtete. Immer noch nicht. Noch nicht.
Fast hätte Rena das leise Rascheln nicht bemerkt. Es passte gut zu den Lauten des Waldes. Doch dann fiel ihr auf, dass die Bäume schwiegen. Ganz plötzlich waren sie verstummt.
Rena fuhr herum.

Weißer Wald, Weißes Feuer

Hinter ihr, keine zehn Menschenlängen entfernt, standen zwei Männer in der schwarzen Tracht der Phönix-Leute. Sie schienen ebenso überrascht wie Rena, dass hier jemand war. Doch sie reagierten schnell. Einer der beiden stieß einen lauten Ruf aus. »Hierher! Hier sind sie!« Hinter ihnen tauchten noch andere Menschen auf... mehr und mehr und mehr.

»Ach du Scheiße!«, murmelte Rowan.

Es blieb keine Zeit mehr zum Überlegen. Es gab nur einen Fluchtweg – nach unten. Rena und Rowan sahen sich an. Dann krochen sie, so schnell sie konnten, zur Kante des Abhangs. Mit einem schnellen Gebet zum Erdgeist ließ Rena sich nach unten kollern und schützte den Kopf mit den Armen. In einer Wolke weißen Laubs rollte sie nach unten und verstreute dabei Nusskekse über den ganzen Abhang. Sie schlug sich Arme, Beine an, prallte schmerzhaft gegen Baumstämme, stieß sich wieder ab, nur weiter nach unten! Schwindelig, verdreckt und voller Schrammen kam sie am Fuß des Abhangs an, zwang sich auf die Beine. Neben ihr rappelte sich Rowan auf.

Um sie herum stoben die Erd-Leute in alle Richtungen davon. Nur Alix stand noch am selben Platz. »Weg! Weg!«, schrie Rena. »Sie kommen aus der falschen Richtung!«

»Das sehe ich«, sagte Alix und zog ihr Schwert.

»Vergiss es!«, brüllte Rena. »Es sind mindestens vierzig!«

Bevor auch sie loslief, drehte sich Rena noch einmal um. Schon strömten die Anhänger des Propheten über den Abhang nach unten. Sie erkannte Cano. Und da war auch Lella, die Feuermeisterin! Sie hielt etwas in der Hand, eine Art Behälter aus dunklem Stein …

Jemand nahm ihre Hand, zerrte sie vorwärts: Rowan. Doch aufgeregt schüttelte Rena ihn ab. Sie hatte noch etwas gesehen: Einer der Männer aus dem Dorf schien nicht ganz so eingeschüchtert wie die anderen, er hatte angehalten und griff in die Tasche mit seinen Wurfsteinen. Wütend schleuderte er die Geschosse auf die anrückenden Männer. Ein zweiter – Kip –

tat es ihm nach und ein dritter. Die unerwartete Gegenwehr verunsicherte die Leute des Propheten, die damit beschäftigt waren, sich den Hang herunterzuarbeiten.

Entsetzen durchfuhr Rena, als sie sah, dass Lella sich über den Behälter beugte. »O nein ...«, flüsterte sie. Sie wusste, was gleich kommen würde. Keine Angst, keine Angst, wiederholte sie für sich krampfhaft, aber es war zwecklos.

Und dann war es so weit. Eine Wolke Weißen Feuers hüllte das Tal ein, schoss auf sie zu wie ein blendend heller Fluss, der ihnen auf Augenhöhe entgegenströmte. Dann hatte das Kalte Feuer sie erreicht, flutete silbrig weiß über ihre Körper. Es war so hell, dass es einen Moment die Sonne über ihnen auszulöschen schien, den hellvioletten Himmel verblassen ließ. Schreie hallten durch das Tal, echoten in der Schlucht. Rena sah, wie das Feuer eine Schicht über ihrem Arm, ihren Beinen bildete. Grünlich-weiß-silbern schimmernd wie eine zweite Haut aus poliertem Metall. Nur dass das Feuer vorwärts kroch wie ein lebendiges Wesen. Harmlos, dachte Rena krampfhaft, es ist völlig harmlos ...

... und tatsächlich. Es tat nicht weh, fraß sich nicht in sie hinein! Nach einer Weile wagte Rena wieder zu atmen. Beim Erdgeist: Sie hatten Recht gehabt! Es konnte ihnen nichts anhaben! Nur der Schreck war Rena tief in die Knochen gefahren, ihre Beine fühlten sich schwach und zittrig an. »Alles in Ordnung?«, fragte sie Rowan und er nickte. Doch er war blass wie das Laub eines Colivars.

Sie schaute zu den Anhängern des Propheten hinüber, die noch immer den Hang herunterkletterten. Viele von ihnen waren verdutzt stehen geblieben. Rena tat es Leid, dass sich aus der

Entfernung ihre Gesichter nicht besser erkennen ließen. Doch eins war klar: So verblüfft waren die Phönix-Leute selten gewesen. Ihre Wunderwaffe hatte versagt. Und zwar ausgerechnet bei diesen verweichlichten Menschen von der Erd-Gilde. Nur Cano sah nicht überrascht aus – sondern einfach nur wütend. Er wusste ja, dass sie bei den Sieben Türmen gewesen waren.
Die Schreie fielen Rena ein. Besorgt sah sie sich um. Hatte einer von ihnen doch daran geglaubt, dass die Flammen tödlich waren? Erschüttert sah sie einen der Männer im Gras liegen und sich nicht mehr rühren. Die Fünflinge umringten ihn, wirkten wie gelähmt.
»Sie haben Enok umgebracht!«, brüllte Kip in den Wald. »Diese stinkenden Dhatla-Fresser!«
Er ergriff einen Stein und schleuderte ihn mit aller Kraft auf die Anhänger des Propheten. Rena hörte den Schrei einer Frau, ein Klirren.
»O nein«, stöhnte Rena. Und dann spürte sie auch schon das vertraute Wirbeln, das Ziehen in der Magengrube, das sie in der Zwischenzone gespürt hatte. »Es ist raus – das Stück Dunkelzone! Weg hier!«
Sie wusste, dass sie jetzt die vielleicht einzige Gelegenheit hatten, zu fliehen. Ein paar Atemzüge lang würden die Anhänger des Propheten mit dem beschäftigt sein, was aus dem Behälter entwichen war.
Doch schon wurde es schwierig, voranzukommen. Rena musste ihre Beine zwingen vom Boden abzuheben, es war, wie durch Wasser zu laufen. Es wurde dunkler und ein beißendkühler Wind kam auf. Auf einmal war die Sommerlandschaft um sie verschwunden und sie stapften durch einen tief ver-

schneiten Wald. Kämpften sich durch dunkelviolette Schneewehen, während ihr Atem in Wolken vor ihren Gesichtern stand.

Dann war es auf einmal wieder warm. Doch die Anhänger des Propheten waren verschwunden, sie waren völlig allein. Alles war friedlich und still. Durch die weißen Blätter der Colivars fiel Sonnenlicht, ein paar Girris zirpten.

»Die Zeit schwankt«, stieß Rowan hervor. »Sieh dir den Sonnenstand an, es ist früher Morgen!«

»Wir müssen versuchen zurück zum Dorf zu kommen«, sagte Rena.

Sie stolperte und fiel in eine neue Schneewehe. Ihre Füße und Finger wurden taub und Rena wunderte sich dumpf darüber, dass das so schnell ging. Dann spürte sie ein Reißen am Hals – Rowan hatte sie am Kragen ihrer Tunika gepackt und zog sie aus der Schneewehe heraus. »Verdammt, hoffentlich bekommen die Leute des Propheten die Dunkelzone wieder unter Kontrolle.«

»Wo ist eigentlich Alix? Rowan, wir haben sie irgendwo verloren …«

»Sie wird schon zum Dorf zurückfinden. Wahrscheinlich wird sie vor uns da sein, so wie ich sie kenne.«

Nach einer Weile ließen die seltsamen Effekte nach – anscheinend waren sie außer Reichweite. Oder Cano und Lella hatten es tatsächlich geschafft, das Stück Dunkelzone wieder in den Behälter zu bugsieren.

Sie marschierten, so schnell sie konnten, und atmeten beide schwer. Das Dorf war nicht mehr weit, aber sie hatten keinen großen Vorsprung vor Cano und seinen Leuten.

Ein paar hundert Atemzüge später waren sie zurück in Fenimor. Sie schienen die Letzten zu sein, alle anderen Bewohner waren schon da und mit nervöser Hast damit beschäftigt, in ihre Erdhäuser abzutauchen und die Eingänge zu verriegeln.
»Schnell, kommt hier herein!«, schrie Kip, der vor Lodovicos Haus stand, ihnen zu. Er gestikulierte aufgeregt. »Hier drin sind wir sicher!«
»Wartet auf uns ....«, keuchte Rena und fiel mit letzter Kraft in einen Laufschritt. Am Rand des Dorfes tauchten schon die ersten schwarzen Gestalten auf.
»Los, macht schon!«
Kopfüber warfen sie sich in den Eingang. Hinter ihnen knallte die Tür aus eisenhartem Nachtholz ins Schloss und Rena hörte das schabende Geräusch, als die Fünflinge sie mit Balken verstärkten. Dann flammte eine Kerze auf. Rena sah sich um. Lodovico und die Fünflinge, Tante Nirminda und Kip drängten sich mit ihnen im Hauptraum des Erdhauses.
»Jetzt kann der elende Maushund draußen toben«, polterte Lodovico und ließ sich ächzend in einem grasgepolsterten Sessel nieder.
Doch er saß nicht lange. In der unverputzten Wand hinter ihm begann es zu kratzen und zu schaben. Etliche Erdklümpchen kollerten herunter, dann brach ein kleines braunes Wesen mit langen Grabkrallen durch und plumpste dem Dorfältesten direkt in den Schoß. Lodovico nahm es mit Fassung. »Sieh an, ein Wühler! Wer uns den wohl schickt?«
»Wenn alle unsere Nachbarn es so machen würden, hätten wir bald keine heile Wand mehr«, sagte Tante Nirminda spitz. »Nik, hilf deinem Onkel die Erde wegzufegen!«

»Beim Erdgeist, Tante Nirmi, es ist ein *Notfall*«, stöhnte Kip.
»Nik ...? Wo bist du, mein Schatz?«
Rena beugte sich neugierig vor und versuchte die Nachricht zu entziffern, die Lodovico dem Wühler abgenommen hatte. Sie war von Rikas Mutter.

Ist Rika bei euch? Niemand hat sie gesehen. Bitte gebt mir gleich Bescheid, falls sie bei euch ist!

»Beim Erdgeist«, sagte Lodovico. »Wo kann das Mädel sein?«
»Wir haben sie vorhin mit Nik draußen im Wald gesehen, sie strolchten im Gebüsch herum«, berichtete Rena.
»Nik!«, kreischte ihre Tante. »Wo ist mein Nik? Er ist nicht da!«
Lodovico donnerte los: »Verdammte Blattfäule, hat denn keiner die beiden reingeholt? Wahrscheinlich wissen sie gar nicht, was los ist!«
Tante Nirminda bedeckte das Gesicht mit den Händen.
»Vielleicht schaffen sie es, sich draußen zu verstecken«, sagte einer der Fünflinge hoffnungsvoll.
»Unwahrscheinlich«, meinte Rena und seufzte. »Wahrscheinlich hat Cano die beiden schon.«
In bangem Schweigen warteten sie, hofften auf ein Wunder. Doch ein knappes Dutzend Atemzüge später hörten sie Wulfs Stimme. Sie durchdrang selbst die dicken Türen aus Nachtholz.
»Hört gut zu, Dörfler! Wir haben zwei eurer Gören. Wenn ihr unsere Bedingungen nicht erfüllt, sterben sie.«
Lodovico war blass vor Wut und Kip schlug mit der flachen Hand gegen die Erdwand, dass es staubte.

»Sie sind nicht bei klarem Verstand«, jammerte Tante Nirminda. »Niemand würde ein Kind töten, so was tut kein normaler Mensch!«

Rena presste die Lippen zusammen. Nur allzu gerne hätte sie auch so gedacht. Doch sie hatte im Laufe ihrer Reisen durch Daresh zu viel gesehen, zu viele Gildenfehden miterlebt. Wulf traute sie eine solche Tat nicht zu. Aber Cano.

»Dies sind unsere Bedingungen«, tönte Wulfs Stimme dumpf zu ihnen herein. »Drei Menschen müssen sich uns stellen – Alix von der Feuer-Gilde, der Mann der Luft-Gilde und die Frau, die sich Eleni nennt. Liefern sie sich aus, wird niemand anderem etwas geschehen.«

»Das habe ich mir fast gedacht«, ächzte Rowan.

Dann waren sie still und sahen sich an. Niemand wagte etwas zu sagen.

»Vielleicht werden sie euch nichts tun«, meinte einer der Fünflinge hoffnungsvoll.

Niemand würdigte ihn einer Antwort. Die Menschen, die sich in Lodovicos Erdhaus zusammengedrängt hatten, beobachteten Rena und Rowan.

Alle fragen sich, was wir wohl tun werden, dachte Rena deprimiert. Sie wollte nicht einmal daran denken, was sie erwarten mochte, wenn sie sich wieder in Canos Gewalt begaben. Ihr war schlecht vor Angst. Sie wollte nicht dort rausgehen, sondern sich tief, tief in die warme, lockere Erde eingraben. Dort bleiben, bis all das hier vorbei war. All dem den Rücken kehren, fortziehen, allein sein.

»Wir ....«, sagte Rena, doch die Worte weigerten sich ihren Mund zu verlassen.

Rowans Finger spielten nervös mit seinem Halstuch. Rena fragte sich, ob er den Mut finden würde, hinauszugehen. Bei sich selbst war sie noch alles andere als sicher.
»Glaubst du, er wird sie wirklich freilassen?«, fragte Kip leise und brach damit das bedrückte Schweigen. »Oder sagt er es nur so dahin?«
»Ich weiß es nicht.« Rena stützte den Kopf in die Hände. »Vielleicht hält er sein Wort. Vielleicht auch nicht. Das ist das Problem bei Cano. Man weiß nie, was er als Nächstes tut.«
»Man weiß nur, dass er einem immer einen Schritt voraus sein wird«, fügte Rowan bitter hinzu.
Rena fühlte sich elend. Das alles war ihre Schuld. Nie hätte sie ihre Leute einem solchen Risiko aussetzen dürfen. Nur recht und billig, dass sie jetzt wieder gutmachen musste, was sie ihnen zugemutet hatte. Doch sie traute sich selbst nicht mehr, wusste nicht, ob sie ihre Füße wirklich dazu bringen konnte, sie aus dem Schutz des Erdhauses hinauszutragen.
»Ihr werdet gehen?«, fragte Lodovico. In seiner Stimme lagen keine Zweifel. Für ihn ist es undenkbar, dass wir uns anders entscheiden könnten, dachte Rena. Vielleicht würde niemand uns einen Vorwurf machen, wenn wir nicht gingen. Sie würden uns nur verachten. Aber nicht so sehr wie wir uns selbst.
»Ich werde gehen«, sagte Rena. »Was ist mit dir, Rowan?«
»Uns bleibt wohl keine Wahl«, meinte er mit hilfloser Wut. »Doch er wird schon sehen, was die Luft-Gilde mit ihm macht, wenn er es wagt, uns anzurühren!«
Dann gibt es wieder Krieg, dachte Rena niedergeschlagen. Orkan gegen Kaltes Feuer. Aber vielleicht ist es besser so. Ir-

gendjemand muss Cano aufhalten. Wir haben es nicht geschafft. Womöglich haben die gewitzten Händler der Luft-Gilde mehr Glück.

Kip hob den Kopf und lauschte. »Habt ihr das gehört? Eine Tür. Jemand ist rausgegangen.«

»Das muss Alix gewesen sein«, sagte Rena und plötzlich war ihre Angst nicht mehr ganz so groß. Sie würden es zusammen angehen. Was auch immer auf sie zukam. Das war nicht so schlimm, wie allein vor Cano zu stehen und sich auszumalen, was er wohl mit einer Verräterin wie ihr machen würde – jetzt wo er sie endgültig in seiner Gewalt hatte.

Die Fünflinge waren schon eifrig dabei, die Barrikaden vor der Tür abzutragen.

Rena legte die Hand auf die Klinke, zog die Tür auf. Vorsichtig, erst mal ein Stück weit. Von hier aus konnte sie den Dorfplatz nicht sehen, nur ein wenig Himmel und etwas Wiese. Sie und Rowan schlüpften hinaus. Bis zum Dorfplatz waren es nur ein paar Schritte. Es wäre ganz leicht, jetzt im Wald zu verschwinden, wegzuhuschen und nie mehr zurückzukommen, dachte Rena und schämte sich sofort dafür. Schließlich ging es um den kleinen Nik, dem sie beigebracht hatte, wie man essbare Blätter sucht, dem sie vorgesungen und die Nase abgewischt hatte!

Und dann standen sie auf dem Dorfplatz. Auf der anderen Seite des Platzes hatte sich eine Gruppe Phönix-Leute aufgebaut. Cano – das Gesicht blutüberströmt, anscheinend hatte er einen Stein abbekommen –, Tavian und Wulf, dazu fünf ihrer Anhänger. Zwischen ihnen Nik und Rika, sehr still und eingeschüchtert im Griff eines bärtigen, muskulösen

Mannes. Der Rest der Phönix-Leute wartete am Waldrand, schwarze Flecken zwischen den sahnefarbenen Blättern der wilden Viskarien.

Alix war schon da. Ihre langen kupferfarbenen Haare schimmerten im Sonnenlicht. Sie war bleich, doch niedergeschlagen wirkte sie nicht. Es tat Rena gut, dass ihre Freundin noch nicht aufgegeben hatte. Aber was hatten sie jetzt noch für eine Chance? Schon bewegten sich Männer des Propheten zwischen sie und die Erdhäuser, schnitten ihnen vorsorglich die Fluchtwege ab.

»Wir sind da«, rief Rena. »Gebt die Kinder frei.«

Der bärtige Mann ließ los. Die Kinder stoben zum Eingang des Erdhauses, tauchten hinein wie Wühler auf der Flucht vor einem hungrigen Iltismenschen.

Rena sah ihnen nach, bis sie in Sicherheit waren. Dann wandte sie sich zögernd wieder den Leuten des Propheten zu.

»Das mit der Falle war ein netter Versuch«, sagte Cano freundlich. »Doch der Feuergeist duldet es nicht, wenn man versucht, Menschen, die an ihn glauben, zu hintergehen.«

Rena wollte etwas erwidern, etwas Beißendes, Geistreiches. Aber natürlich fiel ihr nichts ein. Stattdessen antwortete Alix.

»Du glaubst doch nicht im Ernst, dass der Feuergeist sich mit Abschaum wie dir abgibt.«

»Das reicht«, sagte Cano und für einen Moment glomm auf seinem Gesicht Ärger auf. Er wandte sich an Tavian. »Töte sie!«, befahl er kurz.

Auf Canos Gesicht lag ein erwartungsvolles Lächeln, das Rena schaudern ließ. Das war es dann also, dachte sie. Sie standen auf

diesem Dorfplatz, sonnengewärmte Erde unter ihren Füßen, um sie herum die grünen Hügel der Erdhäuser und das weiße Laub der Colivars, und jetzt mussten sie sterben.
»Nein«, sagte Tavian. Einfach nur dieses eine Wort.

Tavian

Alle Augen richteten sich auf den Schwertkämpfer in der schwarzen Tracht. Rena starrte ihn verblüfft an. Alix neben ihr schien völlig erstarrt. Stolz und aufrecht stand Tavian dem Propheten gegenüber, einen eigenartigen Ausdruck auf dem Gesicht.
»Jetzt ist der richtige Augenblick dafür, wir sollten es erledigen!«, beharrte Cano ungeduldig. »Oder was hast du vor?«
»Ich werde sie nicht töten«, wiederholte Tavian.
Alix stieß einen seltsamen Ruf aus, halb Jubel, halb Kampfschrei, zog das Schwert und stürzte sich auf die Anhänger des Propheten. Und das Wunder geschah – Tavian wirbelte herum und seine gebogene Klinge wandte sich gegen die Männer in Schwarz. Überrascht und entmutigt versuchten die Leute des Propheten ihre Waffen zu ziehen und nestelten an ihrer Ausrüstung herum. Manche gingen zögernd Schritt für Schritt rückwärts. Tavians Schwert flirrte durch die Luft, Blut begann zu fließen. Das Blut von Phönix-Leuten. Ich glaub's nicht, dachte Rena und glotzte. Konnte es wirklich sein, dass Tavian …? Die rechte Hand des Propheten …?

Inzwischen hatten auch die Dörfler begriffen, dass etwas Ungewöhnliches im Gange war. Sie lugten aus ihren Erdhäusern, manche trauten sich heraus. Murmelnd, mit großen Augen sahen sie zu. Einige der Frauen flüsterten aufgeregt untereinander. Moxy kratzte sich zweifelnd am Kopf und versuchte wohl zu entscheiden, was er tun sollte.

»Wartet ihr auf irgendetwas?«, brüllte Lodovico fröhlich. Er und seine Fünflinge griffen sich ein paar Holzstangen und stürmten aus voller Kehle schreiend in den Kampf. Verblüfft sah ihnen Rena zu. Das hätte sie dem Alten nicht zugetraut! Und er hatte sogar Erfolg: Ein paar Anhänger des Propheten ergriffen die Flucht. Dass ihr Kaltes Feuer nicht gewirkt hatte, schien sie völlig demoralisiert zu haben. Rena fühlte sich so euphorisch, als hätte sie einen ganzen Mund voll Beljas gekaut.

Sie bekam nicht viel Zeit zum Nachdenken. Einige der Leute des Propheten hatten ihren Mut wiedergefunden. Ein bärtiger Riese stürmte mit erhobener Waffe auf Rena los. Erschrocken ging sie in Abwehrstellung. Doch das hohe Sirren von Tavians berühmtem Schwert in der Nähe schien den Bärtigen nervös zu machen und Rena nutzte seine Unaufmerksamkeit, um ihm mit der Schwertspitze eine blutige Schramme zu verpassen. Mit einem Grunzen wich ihr Gegner zurück. Obwohl er nur einen Kratzer abbekommen hatte, zögerte er, sie noch einmal anzugreifen. Rena nutzte die Atempause und versuchte etwas von dem mitzubekommen, was sich um sie herum tat. Seltsam, dass es kaum Verletzte gab – und Tote sah sie gar keine. Tavian tobte zwar wie ein Berserker, schien es aber nicht darauf anzulegen, seine Gildenbrüder zu verletzen. Er

versucht nur sie in den Wald zu jagen, wurde Rena klar. Langsam leerte sich der Dorfplatz. Hier und dort sah man schwarz gekleidete Gestalten zwischen den weißen Blättern der Colivars davonhasten.
Cano selbst war blass geworden, doch er focht wie der Feuergott persönlich. Mit heiserer Stimme brüllte er Befehle und schaffte es schließlich doch noch, eine Hand voll seiner Anhänger zum Angriff zu führen. Alles ehemalige Söldner, dachte Rena. Die rennen nicht so schnell weg. Erschrocken sah sie, wie einer der Fünflinge getroffen zu Boden sackte. Auch ein anderer Mann aus dem Dorf stürzte von einem Schwert durchbohrt in den Staub und eine große Blutlache breitete sich um ihn herum aus. Mit vor Wut verzerrten Gesichtern ließen ein paar Jugendliche faustgroße Steine auf die Angreifer prasseln. Fluchend versuchten sich Canos Leute zu schützen.
Mit einigen anderen Männern nutzte auch Kip die Chance zum Angriff. An seinem schweren Holzstab zerbarst eins der Schwerter, als wäre es aus Glas. Zwei Anhänger des Propheten eilten ihrem Kameraden zu Hilfe. Unerschrocken wirbelte der junge Holzfäller seinen Knüppel herum und donnerte ihn einem seiner Gegner auf den Schädel. Wie vom Blitz getroffen fiel der Mann um. Doch nun griff Cano in den Kampf ein. Schon nach wenigen Atemzügen war Kips Gesicht schweißüberströmt. Ein Gegner wie der Prophet war zu viel für ihn.
»Alix!«, brüllte Rena und deutete auf ihren Cousin. Die Schmiedin hatte schon bemerkt, in welcher Klemme Kip saß. Sie eilte quer über den Dorfplatz auf ihren Bruder zu.

Rena blieb der Atem weg, als sie sah, mit welcher Wucht die Schwerter aufeinander trafen. Das war ein Kampf auf Leben und Tod. Keines der beiden Geschwister war mehr bereit, den anderen zu schonen. Wütend trieb Alix Cano zurück, doch kurz darauf verlor sie Boden an ihn. Hin und her wogte der Kampf und keiner schaffte es, den anderen zu verletzen.
Nach und nach gaben um sie herum die restlichen Männer des Propheten auf. Ein paar flohen in den Wald. Andere waren verwundet und mussten sich gefangen nehmen lassen. Nur noch Cano und Alix kämpften. Gebannt verfolgten die Dorfbewohner ihr Duell. Niemand wagte sich einzumischen.
Schließlich schaffte es Cano, Alix einen Hieb zu versetzen, der sie zurücktaumeln ließ. Triumphierend holte er weit aus, um ihr den Rest zu geben. Unwillkürlich hielt Rena die Luft an. Hatte Alix den entscheidenden Fehler gemacht? Doch Cano hatte seine Schwester unterschätzt. Sie fing sich schnell, flink wie ein Iltismensch brach sie durch seine Deckung. Einen Atemzug später saß die Spitze ihres Schwerts direkt über seinem Herzen.
Keuchend ließ Cano das Schwert sinken.
Viele Augen beobachteten, wie die Frau der Feuer-Gilde die Hand ausstreckte. Sie sprach leise, doch Rena war nah genug, um alles deutlich hören zu können. »Gib mir das Stück Schattenzone, das du trägst.«
»Gut gemacht, Allie«, sagte Cano mit bitterem Hohn. Sein blutüberströmtes Gesicht sah zum Fürchten aus. »Du hast gewonnen. Ein einziges Mal warst du stärker als dein großer Bruder.«
Er machte keine Anstalten, den Behälter herauszugeben.

»Spar dir die großen Posen«, sagte Alix nüchtern. »Schau dich um. Niemand von deinen Leuten ist mehr da.«
Cano spuckte aus. »Feige wie Dhatlas sind sie, alle.«
»Gib es mir«, wiederholte Alix. »Ich verspreche dir, dass sie dich nach dem Kodex des Rates behandeln und dir nichts antun werden.«
Ein zufälliger Beobachter hätte nicht gewusst, was sich in diesen Momenten abspielte. Doch Rena merkte, dass die beiden warteten, jeder Muskel gespannt. Auf ein Zeichen? Eine winzige Schwäche? Noch waren beide bewaffnet.
Ein furchtbar langer Moment verging. Rena wagte nicht, sich zu bewegen – jede Kleinigkeit konnte den Bann brechen.
»Vielleicht hast du es verdient«, sagte Cano schließlich. Beim Klang seiner Stimme zuckte Rena zusammen. »Wir waren einfach nicht stark genug – und so etwas verzeiht der Feuergeist nicht.«
Er holte einen kleinen Gegenstand aus einer Tasche seines Umhangs und händigte ihn Alix mitsamt seinem Schwert aus. Mürrisch ließ er zu, dass sie ihm die Hände mit einer Lederkordel fesselte.
Rena schickte dem Erdgeist einen stillen Dank. Als sie sich umblickte, ahnte sie, warum Cano es nicht darauf hatte ankommen lassen. Mittlerweile waren alle Dörfler um den Platz versammelt, in ihren Gesichtern ballte sich die Wut. Rowan hatte seine Armbrust erhoben und zielte auf Canos Kopf. Seine Hand zitterte nicht. Tavian hatte sich halb abgewandt, so als interessiere ihn das alles nicht. Er, das war klar, würde seinen Propheten nicht verteidigen.
»Bringt den Propheten in eins der leeren Erdhäuser und be-

wacht ihn gut«, befahl Alix. »Und wenn ich gut sage, dann meine ich richtig gut, klar?«

Betroffen sah Rena, dass Tränen in ihren Augen standen.

»Kann ich ...«, begann Rena, doch Alix fauchte nur: »Ach, lasst mich doch alle in Ruhe, verdammt noch mal«, und drehte sich abrupt um.

Kip und zwei andere Männer überwanden ihre Scheu und brachten Cano weg. Auch Wulf und einige weitere Mitglieder des Phönix-Kults waren gefangen genommen worden. Rena schaute neugierig, ob sie jemanden erkannte, doch sie blickte in lauter fremde Gesichter. Sie werden ihre gerechte Strafe bekommen, dachte sie. Es war kein so befriedigender Gedanke, wie sie geglaubt hatte. Was würde wohl aus Tavian, aus Wulf und Kerimo werden? Blühte ihnen Kerker, Verbannung? Irgendwie konnte sie sich den zarten Kerimo nicht in einem Kerker vorstellen. Sie hoffte, dass er in seiner Heimatprovinz Tassos untergetaucht war. Und was war aus Derrie geworden? Hier, bei diesem Trupp, war sie jedenfalls nicht gewesen.

Tavian fiel ihr wieder ein. Aufgeregt blickte sie sich um. War er geflohen? Oder war er noch da? Ja, er stand am Rand des Dorfplatzes. Müde, verdreckt, eine unendlich einsame Gestalt. Sein Schwert mit den blauen Steinen hatte er weggesteckt. Es sah nicht aus, als wolle er fliehen, und die Dörfler versuchten nicht, ihn zu den anderen Gefangenen zu bringen.

Nun ging Alix auf ihn zu. Mit langen Schritten und doch vorsichtig. Bis sie und Tavian sich gegenüberstanden. Als Rena sah, wie sich die beiden anblickten, wurde ihr auf einen

Schlag klar, was geschehen war. Sie musste lächeln. Deshalb hatte Alix also nach ihm gefragt, damals in den Gewölben der Felsenburg! Und das war wohl auch der Grund, warum Tavian sich geweigert hatte sie zu töten.
»Wir müssen noch besprechen, wie wir die Gefangenen unterbringen«, murmelte Rowan und steuerte auf Alix zu. »Wo können wir …«
Rena erwischte ihn am Ärmel und zog ihn weg. »Lass mal. Gib den beiden ein bisschen Zeit.«

Ja, sie sind wirklich goldgefleckt, seine Augen, dachte Alix. Tavians hartes Gesicht wirkte ruhig. Aber auch irgendwie verletzlich. Oder bildete sie sich das nur ein?
»Wieso hast du das getan?«, fragte sie ihn.
Noch immer blickte er sie an. »Das könnte ich dich auch fragen«, sagte er. »Du hättest mich töten können, damals auf der Flanke des Berges. Nachdem ich über den Busch gestolpert bin. Es wäre eine gute Gelegenheit gewesen.«
»Ja, wäre es«, sagte Alix und lächelte. »Und du hättest uns folgen und zur Strecke bringen können. Ohne Probleme.«
Tavian schob sich eine Strähne seines schwarzen Haars aus der Stirn. »Ich habe gemerkt, dass ich das gar nicht wollte.« Er suchte nach Worten. »Nachdem ich dich in Canos Zelt gesehen hatte … war nichts mehr wie zuvor.«
»Das war es auch nicht«, sagte Alix. Sie wollte nicht daran denken, was gerade geschehen war, dass sie eben ihren Bruder hatte gefangen nehmen lassen. Aber Tavian hatte Recht: Bei dem schmerzlichen Wiedersehen damals hatte sie ihn zum ersten Mal getroffen. Es hatten eben alle Dinge zwei Seiten.

»Jedenfalls hat dein Bruder genug Unheil angerichtet«, sagte Tavian. »Irgendwann kommt der Punkt, an dem man sich entscheiden muss. Kennst du das?«

»Ich bin froh, dass du so mutig warst dir überhaupt diese Frage zu stellen.«

Tavian winkte ab, er schien verlegen. »Ich weiß nicht, ob das etwas mit Mut zu tun hat.«

»Doch, das hat es. Und es ist nicht die Art von Mut, die man für einen Schwertkampf braucht.«

»Jedenfalls bin ich froh, dass es vorbei ist.«

»Ich auch. Das kannst du mir glauben.«

Sie wollten beide nicht in die Felsenburg, diesen Ort des Todes, zurückkehren – noch nicht. Rena nickte, als Alix es ihr sagte. »Ja, dazu habe ich auch wenig Lust. Wir schicken einen Boten und bleiben erst einmal hier. Am Rand des Dorfes steht ein Erdhaus für durchreisende Gildenbrüder bereit, habe ich gehört. Dort könnt ihr übernachten. Es wird ja bald dunkel.«

Alix musste grinsen. Ihre Freundin hatte schnell verstanden. Rena lächelte zurück und wandte sich ein bisschen schüchtern an Tavian. »Ich hatte noch keine Gelegenheit, dir zu danken. Aber ich tue es jetzt. Ohne dich hätten wir es nicht geschafft.«

Tavian nickte. »Ich weiß. Deshalb habe ich euch ja geholfen.«

»Nimmst du es mir noch übel – dass ich … du weißt schon …«

»Dass du dich in den Garten des Feuers eingeschmuggelt hast?«

»Äh, genau.«

»Du hast getan, was dein Gewissen von dir verlangt hat«, sagte Tavian ruhig. »So wie ich.«

»Ich wünschte, wir hätten dafür nicht zu Verrätern werden müssen.«
»Damit werden wir nun leben müssen, Eleni ... oder wie du wirklich heißt.«
»Rena heiße ich. Rena ke Alaak – von der Erd-Gilde.«
Tavian zog die Augenbrauen hoch. »Die Vermittlerin des Rates, von der man schon so viel gehört hat? Du bist diejenige, die vor dem letzten Winter zu allen Gildenräten gereist ist?«
Rena nickte verlegen. »Ja. Das war ich.«
»Du hast ganz schön was riskiert. Unter unseren Leuten hätte jemand sein können, der dich kennt.«
»Ich habe eben Glück gehabt.«
Einen Moment lang verdüsterte sich Tavians Miene. Alix ahnte, was er dachte: Für die Leute des Phönix-Kults war es wahrhaftig kein Glück gewesen, dass sie es so spät geschafft hatten, Rena zu enttarnen! Doch dann schlich sich ein leichtes Lächeln in seine Mundwinkel. »Dass du nicht zu den Feuer-Leuten gehörst, habe ich mir fast gedacht. Wer ein Schwert benutzt, als ob er Holz hacken würde, der kann nicht in Tassos geboren worden sein.«
Rena wurde ein bisschen rot – und lachte dann doch mit. Alix hatte nichts anderes von ihr erwartet.

Im Hügelhaus war es dunkel und ein bisschen kühl, es roch nach trockener Erde und ein wenig nach Harz. Einen schmalen rohen Holztisch mit zwei Bänken gab es, in der Schlafnische gepolsterte Matten und einige Decken aus weichen Pflanzenfasern. Alix lehnte Schwert und Messer an eine der Wände, ging herum und zündete mit einer gemurmelten Beschwörung nacheinander die Lampen an, die im Raum verteilt waren. Sie wollte sich nicht eingestehen, dass sie doch ein wenig nervös war – jetzt, wo sie beide zum ersten Mal allein waren. Doch Tavian schien es nicht zu bemerken. Er hängte seinen Umhang über einen Haken neben der Tür und stellte seine Waffen neben ihre. Es war eine sehr bewusste Geste, fast ein Ritual. Nun waren sie beide unbewaffnet, hatten sich dem anderen ausgeliefert. Dann stand er mitten im Raum und sah sie forschend an.

Alix fand es auf einmal schwer, diesen Blick auszuhalten. Sie setzte sich auf die Bank, entdeckte einen Krug gegorenen Coruba-Saft auf dem Tisch und goss sich einen Becher ein. »Willst du auch einen?«

»Ja.« Er setzte sich ihr gegenüber. »Wie fühlst du dich?«

»Schwer zu sagen. Erschöpft. Furchtbar erschöpft. Es war ein harter Kampf und viele Menschen, die ich gekannt habe, sind tot. Und du?«

»Traurig.« Seine Stimme stockte. »Verwirrt. Aber auch glücklich. Als hätte mich die Schwinge eines Rubinvogels gestreift.«

Sie fragte sich, wie es wohl wäre, ihn zu berühren. Seine Hand zu nehmen. Aber noch ging das nicht. Noch war er ein Fremder.

»Denkst du an Cano? Vermisst du ihn?«

»Eigentlich nicht – oder doch, ja«, sagte er und setzte den Becher hart ab, ärgerlich über sich selbst. »Verdammt, ich weiß gar nicht mehr, was ich denken soll. Ich hätte nicht gedacht, dass es so schwer werden würde … mich von alldem zu lösen.«

Alix entschied das anzusprechen, was sie schon eine ganze Weile beschäftigte. »Hast du eigentlich an das geglaubt, was Cano verkündet hat … du weißt schon, die Überlegenheit der Feuer-Leute? Dass man die anderen Gilden auslöschen sollte?«

»Nein«, sagte Tavian und lächelte ein wenig müde. »Ich war schon vorher bei ihm, als er sich all das noch ausdachte. Lange Zeit habe ich leider nicht ernst genug genommen, was er den Leuten erzählte.«

»Aber wieso warst du dann bei ihm …?«

»Er hat mir das Leben gerettet. Weißt du, wir hatten uns beide als Söldner verdingt und kämpften gegen die Luft-Gilde, um Geiseln aus einem der Dörfer herauszuholen. Ich hatte Pech, habe einen Pfeil abbekommen. Wahrscheinlich wäre ich verblutet, wenn mich dieser junge Kerl nicht herausgeholt und in Sicherheit gebracht hätte. Ein junger Kerl namens Cano. ›Feuerkopf‹ nannten wir ihn unter uns.« Tavian lachte, aber es klang gequält. Er trank einen Schluck und fuhr fort: »Damals habe ich geschworen zu ihm zu halten. Wir haben uns ein paar Jahre aus den Augen verloren … und dann war er auf einmal da und sagte: ›Ich brauche deine Hilfe.‹ Also bin ich mit ihm gegangen und wir haben den Garten des Feuers aufgebaut.«

Alix war sicher, dass er die Wahrheit sprach. Sie konnte es hören, wenn jemand log – und in Tavians Stimme klang kein falscher Ton mit. Nur eine schmerzhafte Ehrlichkeit. »Aber wieso bist du so lange geblieben? Das hast du ihm nicht geschuldet.«

»Ich glaube, es hat mir gefallen, seine rechte Hand zu sein, eine wichtige Rolle zu spielen. Weißt du, Allie, ich komme aus einem sehr armen Dorf, draußen in den Phönixwäldern. Ich wollte nicht als Söldner enden. Und auch nicht als Dorfschmied, der gerade mal seinen Lebensunterhalt zusammenkratzen kann. Aber es wäre besser gewesen, nie dort wegzugehen – dann wäre all das vielleicht nicht passiert.«

Es war leicht, zu ahnen, was er nicht erzählt hatte. Wie er Winter für Winter geschuftet hatte, um sich für eine höhere Meisterschaft zu bewerben. Wie es gewesen sein musste, mit anzusehen, wie aus Cano langsam der Prophet des Phönix wurde, der immer mehr Menschen in seinen Bann zog. Wie es gewesen war, das erste Mal für den Kult zu töten.

»Er hätte es auch ohne dich geschafft. Du kennst ihn doch.« Spontan nahm Alix seine Hand. Tavian blickte sie an. Plötzlich war seine Stimme heiser. »Allie ...«

»Nenn mich nicht so – irgendwie, aber nicht so ...«, sagte Alix, nahm sein Gesicht in die Hände und küsste ihn. Seine Lippen waren sehr weich und sie fühlte seine Fingerkuppen über ihre Wange, über ihre Schulter gleiten. Alix fragte sich, wie er wohl liebte – wie ein Kämpfer, wie ein Dichter oder ein bisschen wie beides? Die meisten Männer der Feuer-Gilde waren grob, mit ihnen zu schlafen war fast wie ein Kampf, bei dem beide ihrer Wildheit freien Lauf ließen. Nun, sie hatte Lust, es herauszufinden. Es war lange her, dass sie sich zu einem Mann so hingezogen gefühlt hatte.

Dann standen sie plötzlich an einer der Innenwände des Erdhauses und Tavian küsste sie auf den Hals, löste die Bänder, die ihr Kleid zusammenhielten, schob den Stoff beiseite. Alix ließ den Kopf gegen die Erdwand sinken, schloss die Augen und genoss die Bewegungen seiner Zunge auf ihren Brüsten, die sanfte und feste Berührung seiner Hände. Es war anders als das, was sie kannte, aber gut. Ja. Mehr als das.

»Verdammt, das habe ich mir so lange gewünscht ...«, murmelte Tavian.

Genüsslich, ohne Hast knöpfte Alix sein dünnes ledernes Hemd auf, das er unter der schwarzen Tracht getragen hatte. Sein Körper war schlank und hart durch viele Stunden Schwerttraining. Wie der Körper eines Tänzers oder Läufers, dachte Alix und stöhnte auf, als er sich gegen sie drückte. Ihre Münder saugten sich aneinander fest und ihre Körper verschmolzen, bewegten sich nach einem unhörbaren Rhythmus im Gleichklang.

Später lagen sie eng aneinander geschmiegt auf den dicken Grasmatten der Schlafnische. Langsam trocknete der Schweiß auf ihren Körpern. Es war so warm, dass sie die Decken nicht brauchten. Die Lampen waren beinahe heruntergebrannt.

»Schon ein bisschen unheimlich, so unter der Erde zu sein«, sagte Tavian. »Ich war einmal vier Tage in einem Verlies eingesperrt, bei völliger Dunkelheit. Das war nach der Fehde von Belén. Seither ist mir nie ganz wohl in solchen Häusern.«

»In der Fehde von Belén?« Alix fühlte, wie ihr Körper sich anspannte. Nach Eos Verrat hatte sie in Belén, halb verrückt vor Wut und Enttäuschung, mitgekämpft und eine Schneise der Vernichtung hinter sich gelassen. Sie dachte ungern daran. »Du warst dort? Auf welcher Seite hast du gekämpft?«

Tavian lachte leise. »Auf eurer. Ja, ich weiß, was damals passiert ist. Ich habe ein bisschen was über dich herausgefunden, Alix, ganz diskret natürlich. Cano hat auch ein bisschen was erzählt – aus eurer Jugend.«

»Wirklich? Wann denn? Nachdem er uns gefangen genommen hat wie ein dämliches Rudel Nachtwissler?«

»Nein, nachdem er gesehen hatte, dass Eleni … Rena … ein Schwert trug, das du gemacht hattest.«

»Soso.« Alix musste lächeln. »Dann weißt du also eine Menge über mich, ich aber nicht viel über dich.«

»Das wird sich hoffentlich ändern«, meinte Tavian und küsste ihre nackte Schulter.

»Ich hoffe nur, sie ziehen dich nicht zur Rechenschaft dafür, dass du einer von Canos wichtigsten Gefolgsleuten warst«, sagte Alix besorgt. »Sonst landest du in den Kerkern der Felsenburg und wir sehen uns ziemlich lange nicht wieder. Gut möglich, dass der Rat eine Bestrafung verlangt, obwohl du uns geholfen hast. Immerhin hat es Tote gegeben.«

»Für jede falsche Entscheidung muss man bezahlen«, bestätigte Tavian ruhig.

»Ich hoffe, du bist nicht der Meinung, dass das hier eine falsche Entscheidung war«, sagte Alix und ließ ihre Hände über seine Hüften gleiten.

»Richtiger ging es gar nicht. Alles andere lasse ich auf mich zukommen.«

»Rostfraß und Asche, du nimmst das verdammt leicht. Ich habe keine Lust, dich schon wieder zu verlieren.«

»In der Felsenburg habe ich niemanden getötet. Das war eine widerliche Angelegenheit. Übrigens hattet ihr einen Verräter in der Burg. Er hat unsere Leute … Canos Leute … reingelassen.«

Unruhig richtete sich Alix auf einen Ellenbogen auf. Sie erinnerte sich daran, was Rena von dem vergifteten Becher

Cayoral erzählt hatte. »Noch ein Verräter! Wer war denn der Mistkerl?«

»Eine der Wachen. Auch ein ehemaliger Söldner, einer von Canos Freunden. Aber den werdet ihr nicht mehr bestrafen können. Er ist tot. Beim Kampf um die Burg hat ihn einer der Farak-Alit erwischt.«

»Beim Feuergeist, wenn wir das geahnt hätten. Ein zweiter Mann des Propheten in der Burg!«

Einige Atemzüge lang lagen sie still nebeneinander, hingen ihren Gedanken nach. Dann sagte Alix: »Weißt du was? Ich wollte schon immer wissen, was du auf dein Schwert hast eingravieren lassen. Zeigst du es mir?« Halb erwartete sie, dass er ablehnen würde.

»Moment«, sagte er, stand auf und ging zu seiner Waffe. Träge betrachtete Alix seinen nackten Körper, der von vielen Kämpfen gezeichnet war – so wie ihr eigener.

Die gebogene Klinge glänzte im Schein der Lampen, warf Lichtreflexe auf die Wände. Tavian nahm eine der Lampen und führte das Schwert darüber, damit eine feine Schicht Ruß es bedeckte. Er verrieb sie, bis die zarten Buchstaben auf dem Metall deutlich sichtbar waren. Mit leiser Stimme las er:

Ich flüstere von dir, von deiner Stimme in den Kronen der Bäume
und dem Ruf des Rubinvogels,
von deinen Augen, die mich anblicken aus den Tiefen der Flamme
und aus dem Tau auf den Grashalmen,
von deinem Duft, der mich bewegt wie der Rauch meines Schmiedefeuers
und der Atem der Sonne.

»He, das ist ja ein Liebesgedicht«, sagte Alix und blinzelte eine Träne weg.
»Ja«, bekannte Tavian schlicht. »Ich dachte mir: Die Frau, die dir so nahe kommt, dass sie deine Verse ohne Gefahr lesen kann ... ist diejenige, für die sie geschrieben worden sind.«

Tribunal

Das Tribunal fand im Hauptsaal der Felsenburg statt. Er war so groß, dass das ganze Dorf Fenimor mitsamt allen Häusern hineingepasst hätte. Beim letzten Mal, als Rena hier gewesen war, war der Saal prächtig ausgestattet gewesen. Jetzt war von der Pracht keine Spur mehr zu sehen, diesmal hingen nur lange Fahnen in tiefem Violett, der Farbe der Trauer, an den Wänden. Zwei Dutzend Menschen und Halbmenschen waren um den Thron der Regentin versammelt. Es war ein verloren wirkendes Grüppchen in dem riesigen Saal. Rena lächelte den Iltismenschen zu, die sich am Rand herumdrückten. Doch im Grunde war ihr nicht nach Lächeln zu Mute.
In der Mitte des Saales, vor den Mitgliedern des Rates, standen fünf Menschen: Cano, Tavian, Wulf und zwei andere Anhänger des Phönix-Kults, ein Mann und eine Frau. Der Einzige, der keine Fesseln trug, war Tavian. Sie wurden von Farak-Alit bewacht. Die haben den Phönix-Leuten nichts vergessen oder vergeben, dachte Rena, als sie die grimmigen Mienen der Wächter sah.

Die Regentin nickte einem ihrer Bediensteten zu und der junge Mann begann eine Liste zu verlesen. Es war eine Aufzählung der Menschen, die beim Angriff auf die Burg umgekommen waren. Die klare, ernste Stimme des Vermittlers hallte durch den Saal und Rena konnte die Tränen nicht mehr zurückhalten. Sie kannte fast jeden dieser Namen. Rowan nahm ihre Hand und drückte sie. Auch seine Augen glänzten feucht.

Dann ergriff Ennobar das Wort – er wandte sich direkt an die fünf Menschen, die vor ihm standen. »Ihr habt viel Unglück über Daresh gebracht«, sagte er. »Aber wir maßen uns nicht an, euer Leben zu nehmen. Das steht uns nicht zu. Hört, was wir als Vertreter aller Gilden entschieden haben: Cano ke Tassos, der sich Prophet des Phönix nennt, wird in die Eiswüste von Socorro verbannt und unter Überwachung gestellt. Verlässt er Socorro, kann jeder ihn töten, der ihn sieht.«

Ein Raunen lief durch die Reihe der Anwesenden. Das war eine harte Strafe, besonders für einen Mann der Feuer-Gilde. Wasser und Kälte waren jedem in dieser Gilde verhasst. Doch Cano ließ sich nichts anmerken. Auf seinem Gesicht lag ein leichtes Lächeln, vor dem es Rena gruselte. Wie hatte dieser Mann ihr je sympathisch sein können?

»Wulf ke Tassos wird im Verlies der Burg bleiben, bis der Rat entscheidet, dass er keine Gefahr mehr darstellt. Ebenso Vicro und Nera ke Tassos.«

Wulf senkte den Kopf. Die anderen beiden versuchten ohne viel Erfolg Canos Gelassenheit nachzuahmen.

Fehlte nur noch Tavian. Mitfühlend sah Rena hinüber zu Alix. Sie wirkte angespannt, aber ihr Gesicht war ausdruckslos. Es hatte sich schnell herumgesprochen in der Burg, dass sie und Tavian sich etwas bedeuteten. Doch das Urteil war von der Regentin und dem Rat gefällt worden – beide würden keine Rücksicht auf Gefühle nehmen. Das Calonium hatte Alix zu ihrem großen Bedauern zurückgeben müssen.

»Tavian ke Tassos ist ein Sonderfall«, sagte Ennobar und sein Gesicht wirkte einen Moment lang weniger streng. »Wäre er nicht gewesen, dann stünden wir heute vermutlich nicht hier. Außerdem ist nicht zu erwarten, dass in Zukunft eine Gefahr von ihm ausgehen wird. Daher darf er seine Freiheit behalten. Er muss jedoch im Weißen Wald bleiben und darf sich künftig nicht mehr als eine Tagesreise von der Felsenburg entfernen. Überschreitet er diese Linie, kommt auch er ins Verlies. Nehmt Ihr dieses Urteil an, Tavian?«

»Ich nehme es an«, sagte Tavian mit ruhiger Würde.

Besser als nichts, dachte Rena. Immerhin kann er sich innerhalb dieser Grenze frei bewegen. Aber es wird hart für ihn und Alix sein, nicht nach Tassos zurückkehren zu dürfen.

Sie konnte sich denken, warum der Rat dieses Urteil vorgeschlagen hatte: In Tassos kannten viele Menschen die Leute des Propheten und damit Tavian.

»Er hat Glück gehabt«, flüsterte Alix ihr zu. Doch Rena konnte ihr die Enttäuschung ansehen, dass Tavian nicht ganz ohne Strafe davongekommen war.

»Cano im Grunde auch«, wisperte Rena zurück. »In der Zeit, als die Regentin noch ohne den Rat regiert hat, hätte sie ihn töten lassen – schneller, als ein Mensch blinzeln kann.«

»So dumm ist der Rat zum Glück nicht. Es gibt keinen Weg, wie man einen Anführer schneller zur Legende machen kann.«

»Hast du eigentlich etwas von Derrie gehört?«

»Tavian weiß auch nichts über sie. Sie ist wahrscheinlich geflohen, als das Lager gestürmt wurde. Tja, sie hat doch die falsche Seite gewählt.«

»Geschieht ihr recht.«

»Sie wird es erst mal nicht leicht haben. Aber Menschen wie sie fallen immer auf die Füße.«

»Eins weiß ich jedenfalls – ich will sie nie wieder sehen.«

»Das wirst du bestimmt nicht. Sie wird einen weiten Bogen um dich machen.«

Tavian sah zu ihnen herüber. Einen Moment lang waren seine Augen warm. Alix lächelte ihm zu und seufzte. »Verdammt, warum konnte ich mich eigentlich nicht in einen ganz normalen Mann aus irgendeinem miesen kleinen Dorf in Tassos verlieben? Sag mir das mal, Rena. Sag mir das mal.«

»Das wäre doch langweilig gewesen.« Wider Willen musste Rena grinsen.

»Rostfraß und Asche, das ist nicht dein Ernst! Jetzt muss ich für alle Zeiten um die Felsenburg herumkrauchen wie ein verwundetes Dhatla. *Das* ist langweilig!«

»Erzähle ich alles Tavian weiter, wart nur ab.«

»Untersteh dich.«

Oje, fiel es Rena beim Stichwort »Weitererzählen« ein. Was war, wenn Tavian Alix gegenüber erwähnte, dass er Cano und sie damals halb nackt zusammen gesehen hatte? Vergessen hatte er das ganz sicher nicht …

Doch sie schob den Gedanken beiseite. Es gab jetzt wirklich wichtigere Dinge. »Los, komm«, sagte sie ungeduldig. »Wir müssen noch zu der Ratssitzung, die Dagua einberufen hat.«

»Wart noch einen Moment …«

Sie sahen zu, wie die Gefangenen abgeführt wurden. Tavian blieb zurück, küsste Alix flüchtig. »Nachher im Innenhof der Burg?«

»Ich werde da sein.«

Rena, Alix und Rowan eilten zu dem kleinen Sitzungsraum. Dort hatten sich schon Dagua von der Wasser-Gilde, Aron, der Delegierte der Feuer-Gilde, eine Frau der Erd-Gilde und der neue Kommandant der Wache eingefunden – ein junger Mann mit kurz geschorenem blondem Haar. Er wirkte nervös. Wahrscheinlich ist er unter den wenigen Überlebenden ausgewählt worden, dachte Rena. Der Stellvertreter eines Stellvertreters.

»Es gibt wieder einmal wichtige Dinge zu besprechen«, sagte Dagua. »Viele von uns mögen gedacht haben, dass es mit diesem Phönix-Kult vorbei ist, aber das stimmt leider nicht. Ich habe vor dreimal zehn Atemzügen einen Bericht aus Tassos bekommen. Zwar gibt es das einstige Lager nicht mehr, die Bewohner haben sich zerstreut, doch das ist genau das Problem. Diese Leute, diese Verrückten, leben jetzt überall in Tassos und verbreiten die Botschaften des Propheten weiter. Und es gibt eine Menge Feuer-Leute, die mit diesen Ideen sympathisieren. Wie sollen wir das jemals in den Griff kriegen?« Er seufzte.

»Wir könnten die ehemaligen Anhänger ausfindig machen und einkerkern«, schlug der junge Kommandant der Wache vor.

Dagua sah nicht begeistert aus. »Noch andere Vorschläge? Alix?«

»Ich fürchte, es wird einfach eine lange Zeit brauchen«, sagte die Schmiedin langsam. »Es ist einfach verlockendes Gedankengut – und der Prophet wird den Leuten in Erinnerung bleiben.«

Erinnerung … das Wort kreiste in Renas Gedanken. Und plötzlich hatte sie eine Idee. »Vielleicht gibt es noch eine Möglichkeit«, sagte sie. »Wir müssen ihnen die Erinnerung madig machen, sie zerfressen. Aber das geht nur mit Menschen – Menschen, die genug Überzeugungskraft haben, um glaubwürdig zu wirken. Gegen-Propheten sozusagen.«

»Wer oder was, zum Erdgeist, soll denn das sein?«

»Zum Beispiel«, fuhr Rena wagemutig fort, »ein Mann, der als enger Vertrauter des Propheten galt und heute, nach all den Morden, nichts mehr mit ihm zu tun haben will. Er könnte durch Tassos ziehen und mit den Leuten sprechen. Ihnen die wahre Geschichte erzählen.«

Sie alle wussten, von wem Rena sprach; es war nicht nötig, seinen Namen zu erwähnen.

»Aber du solltest darauf vorbereitet sein, dass er sagt, was er wirklich denkt«, meinte Alix trocken. »Denn dieser Mann wird sich nie wieder dafür einspannen lassen, die Wahrheit eines anderen zu verbreiten.«

»Weiß ich. Und die Frage ist natürlich, ob er überhaupt einverstanden ist. Es ist nur so eine Idee. Was haltet ihr davon?«

»Ich halte das für einen ausgezeichneten Vorschlag«, sagte Dorota mit einem Lächeln. »Was meinst du, Aron?«

»Könnte funktionieren. Wenn dieser Tavian mitspielt. Aber einer wird nicht reichen. Wir bräuchten noch mehr Gegen-Propheten.«

Alix nickte. »Die muss er eben vor Ort rekrutieren und ausschicken.«
»Vielleicht kann man auch nutzen, dass der Prophet anscheinend Feinde in der Feuer-Gilde hatte. Er hat mir einmal versehentlich verraten, dass es irgendwo einen Gegenspieler namens Keldo gibt«, fuhr Rena fort. »Man müsste ihn nur ausfindig machen und mit ihm sprechen.«
»Lässt sich bestimmt machen«, sagte Dagua und lächelte verschmitzt. »Tja, dann sollten wir Tavians Urteilsspruch abändern lassen. Das wird weiter kein Problem sein.«
»Ein Problem ist aber noch, wie wir das Stück Dunkelzone wieder an seinen angestammten Platz zurückbringen«, gab Rowan zu bedenken. »Es ist gefährlich – und es hier in der Felsenburg zu behalten wäre pure Dummheit.«
»Würdet ihr, du und Rena, es zurückbringen?«, bat Dagua. »Ihr gehört zu den wenigen Menschen, die wissen, wie man den Rand der Welt überschreitet und heil wieder zurückkommt.«
Rowan und Rena sahen sich an. Rena stellte sich vor, wie es wäre, mit ihm allein zu reisen. Wirklich allein diesmal. Sie beide und sonst niemand. Ohne Gefahr, ohne jede Eile. Und dann, nachdem sie zurückgebracht hatten, was nicht in diese Welt gehörte … dann konnten sie vielleicht einfach weiterziehen, immer weiter nach Osten, bis zu den wogenden blauen Ebenen des Grasmeers. Bis zu dem Ort, nach dem sich Rowan schon so lange sehnte. Dem Ort, an dem die Menschen kleine Vögel auf den Schultern trugen, mit denen sie in geistiger Verbindung standen und die ihnen den Weg durch das Labyrinth der Pfade wiesen.

»Wir könnten einen neuen Pfadfinder für dich holen«, sagte sie leise zu ihm und Rowan nickte. Sie spürte seine Hand in ihrer, einen kurzen festen Druck.

»Ja«, sagte er. »Ich glaube, das sollten wir tun.«

Renas Herz war so leicht, als wollte es wegfliegen. Sie hatte fast schon vergessen, wie sich das anfühlte.

Am nächsten Tag, kurz nach Sonnenaufgang, verließen sie die Felsenburg. Die Stämme der Colivars waren noch in Morgennebel gehüllt. Es war kühl um diese Tageszeit und fröstelnd zog Alix den Umhang um sich und setzte ihr Reisegepäck ab. Tavian trug einen schlichten sandfarbenen Umhang und enge Hosen aus dunklem Stoff – wahrscheinlich war er seit vielen Wintern das erste Mal nicht in Schwarz. Er wirkte gelöst und ein Lächeln lag auf seinem sonst so ernsten Gesicht.

»Diesmal muss ich dir danken«, sagte er zu Rena. »Ich habe gehört, dass du für mich gesprochen hast.«

»Dann sind wir ja quitt«, meinte Rena und dachte: Er ist ein guter Mann. Wenn jemand Alix verdient, dann er. Sie wusste, dass er nie darüber sprechen würde, was er an diesem einen Abend im Zelt des Propheten gesehen hatte. »Grüß Kerimo von mir, wenn du ihn siehst!«

»Passt auf euch auf, ihr beiden!«, sagte Alix und strich sich das Haar zurück, das ihr der Südwind ins Gesicht wehte. Mit unschuldiger Miene fügte sie hinzu: »Geht nicht in üble Gasthäuser, nehmt nicht zu viel Beljas und geht immer früh schlafen.«

Rena musste so sehr lachen, dass sie sich beinahe verschluckte. »Aber nur, wenn ihr auch immer schön euren Viskarien-Brei aufesst!«

»Solche Sachen verspreche ich grundsätzlich nicht«, sagte Alix munter und umarmte Rena und Rowan, einen nach dem anderen. »Aber vielleicht schreibe ich diesmal auch …«
»Das will ich doch hoffen!«
»*Vielleicht* habe ich gesagt. Macht's gut … wir sehen uns wieder, irgendwann …«
Als sie sich von der Burg entfernten, wollte Rena sich umdrehen, die hohen Tore und die Wehre, die aus dem Fels herausgemeißelt worden waren, noch ein letztes Mal sehen. Doch dann spürte sie Rowans Hand auf ihrem Arm. »Schau nicht zurück. Das bringt Unglück.«
»Du hast Recht«, sagte Rena und blickte sich nicht mehr um.

Anhang

Liste der wichtigsten Personen

Rena ke Alaak

Siebzehn Winter alt, Erd-Gilde, durch ihre große Reise zu den Gilden sehr beliebt auf Daresh.

Alix ke Tassos

Sechsundzwanzig Winter alt, Feuer-Gilde, kämpft mit schwierigen Verwandschaftsverhältnissen.

Rowan ke Nerada

Einundzwanzig Winter alt, Luft-Gilde, Renas Freund.

Cano ke Tassos

Der Prophet des Phönix, eine Persönlichkeit, deren Faszination schon viele erlegen sind.

Erd-Gilde

Ennobar	Renas Mentor in der Felsenburg, einer der Hauptvermittler der Regentin.
Dorota	Delegierte der Erd-Gilde in der Felsenburg.
Lodovico	Mächtigster und angeblich noch immer stärkster Mann im Dorf Fenimor.
Tante Nirminda	Renas Tante, vergisst selbst in gefährlichen Situationen nie, worauf es wirklich ankommt.
Nik und Rika	Renas Cousin und seine beste Freundin; berüchtigte Racker.
Kip	Ebenfalls einer von Renas Cousins; ein einfacher, entschlossener Mann und exzellenter Baumfäller.
Moxy	Dorftrottel von Fenimor; liebt es, große Pläne zu demontieren.
Die Fünflinge	Auch »die Hand« genannt – das Gehirn bleibt auf der Strecke.

Feuer-Gilde

Denno	Gastfreundlicher junger Schmied mit dem Spezialgebiet »Kochgeräte«.
Prery	»Kontaktmann« des Propheten jenseits der Berge.
Tavian	Schwertkämpfer und Dichter; rechte Hand des Propheten.
Wulf	Leibwächter des Propheten; hat auch Qualitäten als Heiler.

Andra	Etwas vertrocknete und intrigante Anhängerin des Propheten.
Kerimo	Junger Goldschmied, der für den Propheten schwärmt.
Aron	Delegierter der Feuer-Gilde in der Felsenburg.
Lella	Feuermeisterin im Dienste des Propheten.

Luft-Gilde

Offizier Okam	Einer der leitenden Menschen in der Gildenresidenz. Seit Renas großer Reise ein treuer Verbündeter.
Eo	Einstiger (treuloser) Geliebter von Alix.

Wasser-Gilde

Dagua	Weises und lustiges Mitglied des Rates. Etwas über fünfzig Winter alt; ehemaliger Reisegefährte von Alix und Rena.

Halbmenschen & Tiere

Cchrlanho	Junger Iltismensch; alter Freund von Rena.
Cchrneto	Iltismensch, der in der Felsenburg lebt.

Inhalt